Sophie Mereau

Amanda und Eduard

SOPHIE MEREAU

AMANDA UND EDUARD

EIN ROMAN IN BRIEFEN

Herausgegeben
und
mit einem Nachwort versehen
von
Bettina Bremer
und
Angelika Schneider

Kore

O Julie – du süsse, erfinderische Liebe! p. 14

Amanda und Eduard

ein Roman
in Briefen.

Herausgegeben
von
Sophie Mereau [geb. Schubart]

Mit 1 Tafel

Erster Theil.

Frankfurt a. M. bei Fr. Willmans.
1803.

Briefe

von

Amanda und Eduard.

———

ERSTER THEIL.

Erster Brief.

AMANDA AN JULIEN.

Ich habe den geliebten, vaterländischen Boden wieder betreten, und bin Dir nun wieder um vieles näher, meine Julie! Wer durch mehr als hundert Meilen getrennt war, dem scheint eine Entfernung von zwanzig nur ein unbedeutender Zwischenraum zu seyn, obgleich nicht selten sich hier größere Schwierigkeiten in den Weg stellen, als selbst bei jenen. — Du und Deine Liebe sind mir noch um vieles werther geworden, denn meine nähere Bekanntschaft mit den Menschen hat mich den Werth und die Seltenheit einer Neigung, die sich nicht auf äussere Verhältnisse sondern auf unsere Persönlichkeit gründet, sehr innig fühlen lassen. — Ich freue mich darauf, Dir, da ich hier sehr ruhig leben zu können hoffe, von Zeit zu Zeit manches aus der Geschichte dieser letzten, im Geräusch verlebten, Jahre nachholen zu können.

Meine bisherigen flüchtigen Briefe müssen Dir nur einen sehr unvollkommenen Abriß meiner Lage gegeben haben. Alles war mir neu, Gegend, Menschen, Verhältnisse, und ich gestehe Dir, daß ich mich oft mit geheimem Vergnügen, oft auch mit Bangigkeit, daran erinnerte: «ich stehe nun wirklich auf dem Schauplatze der Welt, die ich mir sonst in mancher stillen Jugendphantasie verworren geträumt ¦ hatte.» Doch zuweilen schien das Gewühl von Menschen und der glänzende Schein, der mich umgab, meine Eigenthümlichkeit ganz verschlungen zu haben, und es kostete mir beinah Mühe, mich zu überzeugen, daß ich jenes stille, einfach erzogene Mädchen sei, welches die Welt und die Menschen nur aus ihren Büchern kannte. Mein ganzes, voriges Leben wich immer mehr in einen neblichen Hintergrund zurück, und selbst Dein Bild, meine Julie, schien an seiner Lebhaftigkeit verloren zu haben. Aber dann kam ein Brief von Dir, *Du* warst noch immer die Alte. Ganz und in Allem Deinen vorigen Ideeen getreu, lebtest Du noch ungestört in jenem glücklichen Ländchen, dessen Andenken mir immer mehr zu verschwinden drohte. Mit Dir erschienen die Geister aller vergangenen, freund¦lichen Jugendscenen, und so waren Deine Briefe das Band, das über Berg und Thal zu mir reichte, und mich an sanften, seidenen Fäden zu einem unversiegbaren Quell von Ruhe und milder Besonnenheit zurückführte. — Ach! ich hatte oft nöthig, aus diesem Quell zu schöpfen, wenn ich nicht unter den wechselnden Eindrücken von Vergnügen und Sorge, Neigung und Wiederwillen, mich selbst und alle innre Uebereinstimmung auf ewig verlieren wollte! — Der erste Eintritt in das Haus meines Mannes, als wir unsre Reise vollendet hatten, überraschte mich auf das angenehmste. Der Glanz, den ich dort allenthalben herrschen sah, war mir neu, und berauschte mich mit Vergnügen. Ich wiegte mich mit Lust auf den seidnen, schwellenden Polstern, ich strich gern vor den Spiegelwänden vorüber, ich horchte mit Aufmerksamkeit auf das melodische Spiel einer Flötenuhr, welches die Stunden angenehm bezeichnete. So geschwind auch die Lebhaftigkeit dieses Eindrucks verlosch — denn das Auge gewöhnt sich bald an die Reize einer prächtigen Umgebung, und Bewunderung ermüdet leicht — so wußte doch Albret durch Neuheit und Abwechselung ihn immer wieder anzufrischen. Er führte mich in eine Welt voll glänzenden Scheins, und munterte mich unaufhörlich auf, hier alle andre zu verdunkeln. Die Art, wie ich mich, auf sein Verlangen, allenthalben zeigen mußte, war mir oft lästig, so sehr sie auch der Eitelkeit schmeichelte. Ueberall, wo ich erschien, zog ich die Blicke der Neugierde auf mich, öfterer folgten selbst Frauen mir nach; besonders gab es Einige, die mich mit einer seltsamen, unangenehmen Theilnahme beobachteten. Einst, als wir aus einem glänzenden Zirkel zurückgekommen waren, wo diese mir, oder meiner Umgebung, geweihte Aufmerksamkeit ihren höchsten Gipfel erreicht zu haben schien, fiel mir Albret mit Innigkeit um den Hals. «Holdes Weib, rief er entzückt, wie sehr hast du mich zu deinem Schuldner gemacht! ich sehe es, ich bin durch dich gerächet!» — Diese Aeusserung freute und betrübte mich. Ich fühlte, daß ich sie nicht mir selbst, sondern einer fremden, mir unbekannten Ursache zuzuschreiben hatte, und doch rührte es mich, ihn endlich einmal herzlich mit mir sprechen zu hören. «Lieber Albret, sagte ich, und lehnte mich an seine Brust, wolltest du mich nur näher kennen lernen, so würdest du, wie ich hoffe, ganz andere Ursachen finden mit mir zufrieden zu seyn, als diese, von denen ich mir nichts zueignen kann.»

Er sah mich einige Augenblicke lang mit zweifelhaftem Ausdruck an, und schien bewegt. Aber bald war es, als schämte er sich seiner Empfindung, er verließ mich, und blieb so verschlossen, wie vorher. Ach! Julie, wenn ich diesen sonderbaren Mann zuweilen Sätze aufstellen hörte, die meiner heitern Ansicht von Welt und Menschen gänzlich Hohn sprachen, wenn ich sein peinliches Mißtrauen in Alle und auch in mich vergebens zu mildern versuchte, und vor diesem verschloßnen Herzen ewig unerhört stand, dann wurden mir meine Tage oft unerträglich, und die Erinnerung an das Gute, das ich ihm verdankte, sank wie eine erdrückende Last auf mein Herz! — Freilich habe ich dies alles auch oft genug vergessen. Meine Wünsche waren nicht eigensinnig an einen einzigen Gegenstand gebunden, meine Sinne standen jedem Eindruck offen, und so konnte es mir in meiner Lage nicht an Veranlassungen fehlen, meinen Kummer zu vergessen. Nur das Verlangen nach einer vertrauten Seele, nach dem Genuß einer gegenseitigen Mittheilung, eines arglosen, innigen Umgangs, ließ sich nie ganz unterdrücken.

Und wo hätte ich dies Glück eher suchen sollen, als bei Albret? — Aber ach! meine Julie, an welches unerklärliche, furchtbare Wesen hat mich das Schicksal gebunden! — Du scheinst hievon weniger überzeugt zu seyn, und Deine schon oft geäusserte Meinung, daß meine Klagen über unsere wenige Uebereinstimmung wol überspannt sein möchten, bewegt mich, Dir ein Geheimniß zu entdecken, das vielleicht bei mir auf ewig vergraben bleiben sollte. Du bist das einzige Wesen auf der Welt, dem ich es anvertraue, das einzige, in dessen Herzen ich alle meine Sorgen niederlege.

Wenn ich nicht irre, so habe ich Dir schon längst in einem meiner Briefe von dem Markese * geschrieben, der meine nähere Bekanntschaft sehr eifrig zu suchen schien. Bei dem zerstreuten, geselligen Leben, welches wir führten, ward es ihm nicht schwer, Zutritt in unserm Hause zu finden; er sah mich fast täglich, und bald hörte ich das Geständniß seiner Liebe von ihm. Ich hörte es ohne Entrüstung — und ohne Vergnügen an. Ich schätzte den Markese; seine Unterhaltung war mir | von großem Werth; doch Liebe fühlte ich nicht. Natürlich daß ich ihm dies sagte, er aber schien es nur halb zu glauben. «O! Sie werden, Sie müssen mich lieben, rief er feurig aus, meine Beharrlichkeit soll sie dazu zwingen. Die Natur will mein Leben; ohne Liebe sterbe ich, und ich kann Niemand lieben, als Sie.» Was ich auch gegen diese Behauptung einwandte, so konnte es ihn doch für den Augenblick nicht überzeugen, und nur die Folge bewies zu seinem Schmerz, mit welchem Recht ich widersprochen hatte. Doch gestehe ich Dir, daß ich mich selbst oft im Stillen über die eigensinnige Unempfindlichkeit meines Herzens gegen diesen liebenswürdigen Mann wundern mußte. Das allgemeine Urtheil nannte ihn schön, ich selbst erkannte gern so viele Vorzüge in | ihm an, und gleichwol fehlte meiner Empfindung für ihn jener geheimnißvolle, harmonische Zug, ohne welchen mir nun einmal jede Liebe gemein erschien. Unser Umgang, den Jedermann für ein Liebesverständniß hielt, dauerte auf diese Weise fort, ohne daß unser gegenseitiges Glück sehr dabei gewonnen hätte. Die Offenherzigkeit, mit der ich meinem Freunde den Zustand meines Herzens mittheilte, schien ihn nur fester an mich zu binden. Er zerriß, zu seinem Nachtheil, manches andere Verhältniß, und fuhr fort, mir mit einer hartnäckigen Anhänglichkeit ergeben zu seyn. Albret schien auf alles dies nicht zu merken, er beschränkte unsern Umgang nicht, und legte durchaus keine Spur seines Mißfallens an den Tag.

Einst an einem schönen Abend war ich mit dem Markese im Garten, der unser Haus umgab. Das laue, schmeichelnde Wehen der Lüfte, und die balsamischen Gerüche, die aus tausend Blumen und Pflanzen stiegen, bewegten mein Herz auf ungewohnte Weise. Was ich empfand, war nicht Erinnerung des Vergangenen; nicht Genuß des Gegenwärtigen; es war eine Ahnung, ein Sehnen nach etwas Fernem, Unnenbarem. Es schien mir, als müßte ich die ganze Welt mit Innigkeit, mit Liebe umfassen; nur das Nahe, Gegenwärtige war mir fremd. Auch der Markese war ungewöhnlich bewegt, jedoch von ganz andern Empfindungen, als ich. Wir gingen schweigend neben einander durch die duftenden, halberhellten Alleeen. «Wenn Sie nur liebten, rief er endlich, mit schmerzlichem Ausdruck, wenn auch nicht mich! — Aber Sie lieben nicht, und werden ewig

nicht glücklich seyn! — O! der nagende Schmerz, diese Blume, die schönste, welche je die Natur hervorbrachte, traurig verblichen, an dem kalten Herzen eines Mannes vergehen zu sehen, der keinen Sinn für ihre Vortrefflichkeit hat! — und o! fuhr er fort, indem er mir schmerzlich die Hand drückte, daß eine Zeit kommen wird, wo Sie dies alles lebhafter, aber vergebens, mit ewiger Reue empfinden werden!» — —
Mich schauderte, indem er dies sprach. Ich fühlte, daß eine Wahrheit in seinen Worten lag, die ach! nur zu sehr mit meinen eignen Empfindungen zusammen traf. Meine Gedanken flogen weit hinweg; überall fanden sie eine trostlose Leere, und kehrten quälender zurück. So, ohne Gegenstand, ¦ verworren träumend, wußte ich es kaum, daß wir uns in einer Laube niedergesetzt hatten, und daß der Markese mir zu Füßen gesunken war, und mich mit einem Arm umschlungen hielt.

In diesem Augenblick trat Albret vor uns. — Er fuhr betroffen zurück, doch war er bald gefaßt. «Gut, sagte er mit kaltem aber schneidendem Ton, ich habe es erwartet.» Und hierauf, als wäre nichts geschehen, verschwand er in einen Seitengang. Der Markese sprang auf, er drückte mich mit Heftigkeit an sich, dann trennten wir uns stumm und beängstigt. Ich suchte Albret auf seinem Zimmer; ich wünschte so sehnlich, ihm den wahren Zusammenhang dieser Scene entdecken zu können. Er war nicht da, und als ich ihn am andern Morgen wieder sah, blickte er mich so kalt und entfernend an, daß es unmöglich war, diese Scheidewand hinwegzuschieben. Er war noch bei mir, als man uns die Nachricht brachte, der Markese sei am vorigen Abend, nicht weit von unserm Garten, ermordet gefunden worden. Todesschauer überfiel mich bei dieser Nachricht und ein gräßlicher Argwohn zuckte mir wie ein Dolchstich durch die Seele. O! Albret! rief ich mit leichenblassem Gesicht, und bebender Stimme. Mein Mann heftete lange einen festen Blick auf mich, und schien den schrecklichen Gedanken ohne große Befremdung in meinem Auge zu lesen. Es lag etwas furchtbares in seinem Blick, aber zugleich eine gewisse Hoheit, der ich nicht widerstehen konnte. Unsre Abreise erfolgte bald darauf, und ich blieb in dieser schauderhaften Ungewißheit, deren Quaalen nur durch die Veränderung der Gegenstände, und durch den gänzlichen Mangel einer, jenen Verdacht bestärkenden, Bestätigung, gemildert worden sind.

Doch, frage Dich selbst, ob mir nicht, wenn ich darüber nachdenke, immer noch Gründe genug zu ängstlichen, entfernenden Zweifeln gegen Albrets Carakter übrig bleiben? — Was soll, was kann ich von diesem geheimnißvollen Wesen denken? und ist nicht vielleicht diese erhabene, in allen Fällen sich gleichbleibende, Fassung selbst ein Beweis, daß gewisse schreckliche Grundsätze ihm ganz zur Natur geworden sind?

Ich verlasse Dich, um mich zu zerstreuen, und diese Gedanken so viel als möglich aus meiner Seele zu verbannen. Wollte ich ihnen nachhängen, so müßte ja aller Frieden und aller Glauben an Menschlichkeit auf ewig daraus scheiden.

Zweiter Brief.

EDUARD AN BARTON.

Seitdem Du mich verlassen, mein Barton, habe ich schon oft den waldigen Hügel erstiegen, wo ich zum letztenmal Deines vertrauten, freundschaftlichen Umgangs genoß. Du warst damals in einer ungewöhnlich feierlichen Stimmung, und Dein Auge schaute voll tiefer Rührung herunter in die heitere, weit um uns verbreitete Welt. «Welches Leben, welche Wirksamkeit in der ganzen Natur! sagtest Du. Stete Umschaffung, Verarbeitung, Veränderung, und eine Kraft, die immer bleibt; denn nur das Bleibende kann sich verändern. Aber was sie ist, diese Kraft, welche die Räder des Ganzen zusammen hält, daß kein Theil sich aus seinen Fugen herausreißen darf, die den Geist mit Formen bekleidet, und das Aufgelösete, nach Ruhe strebende, zu neuem Leben, neuer Thätigkeit zwingt? — Forsche nicht darnach; nur das, was sich *verändert*, können wir wahrnehmen, und das Bleibende erkennen wir, wie unser eignes Wesen, aus seinen Wirkungen. Ja, Eduard, fuhrst Du fort, wir lernen unser inneres Leben immer deutlicher und schöner kennen, je wirksamer wir in dem äussern sind. Laß uns dem großen, guten All aufs innigste angehören, und unser Selbst nur in dem Ganzen wiederfinden. Der Mensch fängt damit an, Alles von Andern zu erwarten, und soll damit enden, Andern so viel er kann zu gewähren. Es giebt eine Zeit, wo er sich unglücklich fühlt, wenn Andere ihm nichts sein wollen, und wieder eine andere, wo es ihm Bedürfniß ist, der Welt etwas zu sein. Du hast den Weg bis dahin natürlich und gut vollendet; ich gebe Dich mit frohem Muth der Welt; und verlasse Dich, weil Du es werth bist, allein zu stehen.» — Dieses, und noch manches andere fällt mir ein, so oft ich den Hügel ersteige, und ich liebe diese Erinnerungen. — O! ich begreife wohl Deine Absicht, Theurer! Du sahest meine Anhänglichkeit an Dich, meine feurige Bewunderung Deiner seltnen Eigenschaften, und Du fürchtetest, meine Eigenthümlichkeit könnte bei diesen Empfindungen leiden, das Lebendige, Wahre in mir könnte zu einer künstlichen, nachgeahmten Tugend herabsinken, die immer unfruchtbar bleibt, so vortrefflich auch ihr Vorbild sein mag. Deshalb hättest Du mich verlassen, auch wenn keine andre Geschäfte Deine Gegenwart verlangt hätten. Aber Dein Bild wird nie aus meinen Gedanken weichen, und in den Stunden des Unmuths, wie in Stunden der Weihe, wird es, wie ein freundlicher Genius, tröstend oder theilnehmend vor meiner Seele schweben. Ja, Du hast mich der Welt gegeben, ein heitres gutgebildetes Wesen, stehe ich vor ihr, und blicke mit Lust in die weite, lebensvolle Sphäre hin, wo auch ich mit wirken soll und will. Eindrükke aller Art strömen mit Macht an mein Herz, und ich brenne vor Verlangen, dem Ganzen, durch Wort und That, das ¦ wieder zu geben, was es so wohlthuend in mir erweckte. Ich kann Dir nicht beschreiben, Barton, wie sehr mich ein frohes Selbstgefühl zuweilen emporhebt, und glücklich macht. So war ich am gestrigen Abend in einer Gesellschaft junger Männer, die sich versammelt hatten, um fröhlich zu seyn. Wir hatten Musik, tranken, und die herrschende Idee eines Jeden mahlte sich bald lebendiger und stärker im freien Gespräch. Barton! hier fühlte ich recht meinen Werth; ich fühlte mich voll Kraft, reich an Erfindung eine ganze Welt zu beglücken, stark an Entschließung, trotz allen Verhältnissen, der Natur getreu zu leben. Ich sah um mich her — die meisten schienen mir kraftlos, künstlich, verstimmt — nicht Einer, der sich zu meinen Gefühlen hätte emporheben können. Mitleid und ¦ Stolz bestürmten mich wechselsweise so sehr, daß ich es nicht aushalten konnte. Hinaus in

[I, 2. Brief, 23–25]

die freundliche Abendwelt lief ich, und an den einsamen Ufern des Stroms, wo nur die Abendwinde mit geistigen Stimmen mich umsäuselten, fand ich mich inniger, glücklicher wieder. Ich sank auf die Kniee und küßte die Blumen und die Erde, im Gefühl einer namenlosen Liebe. — O! was sind alle Genüsse der Sinne gegen das Entzücken eines solchen Augenblicks! — ein dumpfes, unterbrochenes Geräusch störte meine Begeisterung. Es kam aus dem Wasser, und ich entdeckte bald durch die Gesträuche etwas Lebendiges in dem Strom. Ein Knabe war es, der noch spät am Ufer geangelt hatte, und unvorsichtig in die Fluth hinabgegleitet war. Er kämpfte noch matt gegen die Wellen. | Ich sprang sogleich hinein, und brachte ihn, ohne Gefahr, leicht und glücklich ans Ufer. Seine Besinnung kehrte nach einiger Mühe bald zurück, und ich führte ihn zu seinen, um ihn besorgten, Aeltern, deren Wohnung er mir beschrieb. Das Kind hatte ein bedeutendes Gesicht, und selbst die Keckheit, womit er sich heimlich an den Fluß geschlichen hatte, gefiel mir; es freute mich doppelt, ihn gerettet zu haben. Hierauf gieng ich zurück an den Strom, entkleidete mich, und tauchte von neuem in die lauen Fluthen. Der gewölbte Himmel mit Mond und allen leuchtenden Sternen stand in unermeßlicher Tiefe unter mir im Wasser. Ich durchkreuzte die Fluren des Himmels und verwirrte der Sterne ewige

Bahnen. Ueber mir, unter mir und in mir war Himmel. ¦

Ein einziges thut mir weh, Barton! daß sich mein Vater so lange von mir trennt, daß ich in manchen Augenblicken nicht zu ihm eilen kann, zu ihm, dem ich mein ganzes Glück verdanke, und dem mein Anblick gewiß belohnend sein müßte. — Jetzt erst fange ich an zu begreifen, *wie* er auf mich gewirkt hat. In vielem, wo ich sonst nur das planlose Spiel des Zufalls fand, ahne ich jetzt die wohlthätige Einwirkung eines vernünftigen heitern Geistes, der die Umstände gerade so für mich zusammenreihte. Mein Vater hielt mir nie langweilige Vorstellungen meiner Lebenspflichten, die nur den Verstand berühren und das Herz unbewegt lassen; nur durch lebendige Eindrükke suchte er mich zu bilden, und so blieb die Eigenthümlichkeit und Freiheit ¦ meines Gemüths ungekränkt. Wenn ich in die Zeiten meiner Kindheit zurückgehe, wie eine lachende Welt mich, von der Wiege an, umfing, und alles einen Quell von Lebenslust in meine Brust senkte, der wie ich hoffe, unversiegbar sein wird. — Selbst das Zimmer, worin ich lebte, der erste Schauplatz meiner Erfahrungen und meiner Spiele, hat ein angenehmes Bild von Harmonie und Fröhlichkeit in mir zurückgelassen, und ich weiß noch ganz genau, welche Farben, welche Gemälde es zierten, welche Aussicht es gewährte. Mein Auge gewöhnte sich an heitre, liebliche Formen, und mein kindisches Herz war mit unsichtbarer Gewalt an das Schöne gebunden; ich unterließ das Schlechte, nicht weil es böse, sondern weil es häßlich war. So ward die Sinnlichkeit zuerst in mir gebildet, und mir eine Freundin an ihr erzogen, bis ich älter ward, und mein Verstand erwachte. Von dem glücklichen Wahn erfüllt, daß man Alles lernen, Alles begreifen könne, war ich unermüdet in Fragen, und vielleicht ward meine Wißbegierde noch geflissentlich gereizt. So lernte ich Sprachen, Mathematik, Naturwissenschaft, Geschichte, mit immer neuer Lust und dankbarem Gefühl, und der Baum der Erkenntniß trug mir nur süße Früchte, bis ein reiferes Alter mir durch das Gefühl meines beschränkten Wissens auch die bittern darreichte. Aber jetzt brach ein neues Leben für mich an. Mein Vater, hieß es, müßte eine Reise in verschiedene Gegenden Europa's thun, und ich sollte ihn begleiten. Das heitre Bild menschlicher Thätigkeit wuchs vor meinen Augen immer mehr, wie der Raum um mich her. Unter der Menge neuer, lebendiger Vorstellungen verlohr ich das Andenken an mich selbst; meine erwachende Phantasie umgab die Natur mit einem ätherischen Schimmer; die Strahlen der Kunst berührten meine Seele mit heiliger Ahnung, und eine Welt von neuen Gestalten bildete sich in meinem Busen aus. Ich dachte nur so viel als gerade nöthig war, um meine Genüsse schöner und an ziehender zu machen, und so genoß ich Glücklicher! alle Freuden der Jugend, von Phantasie, Gefühl und Geschmack zu Allem begleitet, und nur dann verlohren sie ihren Reiz für mich, wenn die Grazien sich von ihnen weggewandt hatten. — — Freylich bin ich stolz geworden. Diesen Nacken hat noch kein Unglück gebeugt, im׀mer hat ein günstiger Zufall mir, wenn ich sorgen wollte, die Hand geboten, und selten habe ich einen Wunsch verfehlt. Ja, ich traue mir Kraft genug zu, die Gewährung meiner Wünsche, so hoch sie fliegen mögen, der Welt abzuzwingen, und von dem Schicksal die Erfüllung meines Berufes zum Glück zu fordern. Aber Barton, mein Gefühl ist lebendig und gut; es giebt Menschen, die ich hasse, aber ich könnte sie dennoch beglücken, stände es in meiner Macht; und selbst die, welche ich verachten muß, bedaure ich zugleich. Meine Leidenschaften sind heftig, ich weiß es, aber sie brechen sich in sanfte Farben, wie Regentropfen im Sonnenstral, vor dem allmächtigen Schönheitssinn, der mein ganzes Wesen durchdringt und emporhebt. — Und ist nicht dieser Sinn, ׀ wenn wir frei genug denken, ihn aufs Ganze zu verbreiten, das größte, heiligste in uns? — wie weit erhebt er uns über eine engherzige Sinnlichkeit! Diese zieht nur einen kleinen Zirkel um uns, wählt wankelmüthig bald dies, bald jenes, und selbst das höchste Interesse, das sie an Andere binden kann, wird durch den Tod zerrissen. Aber jenes Gefühl, dessen heilige Rührung durch die ganze Gattung gefühlt wird, durch welches eine wahrhaft schöne Handlung, eine große Empfindung, die vor Jahrhunderten verübt oder gefühlt ward, und auf unser persönliches Wohl oder Weh keinen Einfluß hat, Thränen des reinsten Wohlgefallens in unser Auge lockt — dies Gefühl entstand mit der Menschheit, erhielt sich und dauert fort.

Du siehst, mein Lieber, daß ich Deine ¦ Auffoderung, Dir viel, und viel von mir selbst zu schreiben, treulich in Erfüllung setze. Ich habe jetzt mehr als je über mich nachgedacht, und ich hoffe, dies soll nicht ohne Nutzen gewesen seyn. Ja, Barton, ich erwarte viel von mir selbst. In dieser jugendlichen Freudigkeit gedeihen gute Entschlüsse, und die Kräfte, die ich in mir fühle, sollen eine wohlthätige Erscheinung werden, und die Fackel der Thätigkeit auch in fremden Gemüthern anzünden. Das handelnde Leben, ohne welches die edelsten Gesinnungen unfruchtbar bleiben, und alle Kraft des Gedankens verschwindet, reizt mein Verlangen, und ich brenne vor Sehnsucht mein eignes Wesen, in Wort und That, wieder zu finden.

Leb wohl, mein Freund, und laß mich bald von Dir hören.

Dritter Brief.

EDUARD AN BARTON.

Liegt es in meiner gegenwärtigen Stimmung, oder ist es ein besondrer Reiz dieser Gegend, was mir diese Stadt so angenehm macht, daß ich sie ungern verlassen würde, auch dann, wenn mir der nähere Umgang des vortrefflichen Mannes, dem ich empfohlen bin, nicht so viel wahren Vortheil gewährte, als er wirklich thut? — Ich denke mir oft, hier sollte ich eigentlich gebohren sein, und lebhaft sehnte ich mich schon sonst in diese Gegend, gleichsam als wären Theile in mir, die hier erst ihr wahres ¦ Vaterland finden würden. Und so viel ist gewiß — bin ich gleich nicht unter dem Einfluß dieses schöneren südlichen Himmels gebohren, so wird doch vieles hier in mir erzeugt, was mir ein neues schöneres Daseyn gewährt. Ein unbeschreibliches glückliches Gefühl steht mit mir auf, winkt mir ins Freie, belebt mir jede Ansicht. Blühende

Mandelbäume, schmeichelnde Lüfte, muntre Vögel, die in den zarten Schatten des sprossenden Gesträuchs frölich umher hüpfen, alles, alles erhebt mein Herz mit freudiger Ahnung. Viele Stunden, die nicht ernstere Beschäftigungen einnehmen, weihe ich der Musik. Die Mitternacht findet mich oft im Genuß dieser bezauberten Welt, und kaum bin ich des Morgens wach, so tragen mich die lockenden Töne ¦ bald wieder in ihr geheimnißvolles Vaterland hin.

Vor einigen Wochen ist Nanette *Sensy* hier angekommen. Sie hatte meine Wohnung bald erfahren, und kam, anstatt mich zu sich rufen zu lassen, selbst zu mir. Wir waren seit mehrern Jahren getrennt, und unser Wiedersehen war so fröhlich, herzlich, so kindlich, als Du Dir nur denken magst. Erinnerungen an das väterliche Haus, an unsere Jugendspiele, und ein lustiges Verwundern über jede kleine Veränderung, die wir gegenseitig an uns bemerkten, erfüllten die ersten Stunden, und seitdem vergeht kein Tag, wo wir nicht, allein oder in Gesellschaft, zusammen sind. Ich finde sie sehr liebenswürdig, und es ist mir herzlich wohl bei ihr. Sie ist jetzt Witwe ¦ und ist, wo möglich, noch heitrer, muthwilliger, unbefangner geworden, als sie vor ihrer Verheirathung war. Es leben hier in der Nähe mehrere ihrer Verwandten, und da ihr die Gegend gefällt, so gedenkt sie lange hier zu bleiben.

Gestern hatten wir ganz in der Frühe, noch mit einigen Andern, eine Wallfahrt nach einem ziemlich fern gelegenen Dorfe gethan, dessen Lage uns sehr romantisch beschrieben wurde, und es auch wirklich war. Nanette war sehr ermüdet, als wir zurückkamen und wollte die noch übrigen Stunden des Tages allein sein. Ich hingegen fühlte mich noch sehr munter, und da der Abend schön war, ließ ich mein Pferd satteln und suchte das Freie. Sehnsucht nach menschlichem Anblick lockte mich auf die Landstraße, wo ich in jeden Wagen, ┆ der mir begegnete, neugierig hinein sah und mich damit belustigte, aus dem Aussehen der Reisenden auf ihren Stand, Gewerbe, Charakter und Vorhaben zu schließen. In dem letzten, den ich sah — denn für die folgenden hatte ich kein Auge mehr — schlummerte in einer Ecke des Wagens eine unbeschreiblich schöne, weibliche Gestalt. Du weißt, wie mich Schönheit, wenn und wo ich sie auch finde, unwiderstehlich anzieht, — wie mußte sie in diesem Moment auf mich wirken, da sie mich so empfänglich gegen jeden Eindruck fand! — Ich wandte um, der Wagen fuhr langsam, und ich hatte Zeit, sie ruhig zu betrachten. Der Schlaf goß eine liebliche Unbestimmtheit über die schönen Züge, in denen kein herrschender Ausdruck sichtbar war, und mich dünkt, ein wahrhaft ┆ schönes Gesicht dürfe auch nie einen andern Ausdruck haben, als den, einer reinen

Harmonie, welchen es von der Natur empfängt. —
Die schöne Schläferin erwachte endlich, und nun fielen meine Blicke auch auf ihre Begleitung, auf die ich zuvor gar nicht geachtet hatte. Es war ein bejahrter Mann, mit einem sehr bedeutenden Gesicht, welches wunderbar anziehend und zurückstoßend war. Ein leichter Gram schien um die Augen zu schweben, und flößte Theilnahme ein, doch ein kaltes verächtliches Lächeln bewachte den Mund und zerstörte schnell jenen Eindruck wieder. Die Stirne zeigte Hoheit und das Auge schien geübt, in fremden Seelen zu lesen. Ich sah bald daß meine Blicke ihm lästig waren, und fühlte selbst das Unschickliche derselben. Ich nahm nun einen andern Weg, ┆ und träumte noch viel über die beiden. Nie schienen mir zwei Geschöpfe sich so unähnlich zu sein, wie diese, und der Gedanke daß sie wol auf irgend eine Art zusammen gehören möchten, machte mich beynah traurig. Aber der holde Eindruck des Schönen beherrschte mich bald wieder rein und ungetheilt. — Schönheit gleicht dem Genie; sie ist freie Gabe der Götter, und als solche hat der Wille der Menschen keinen Theil daran. Was selbst erworbner Reiz des Betragens langsam hervorbringt, ist bei ihr das Werk eines Augenblicks: die angenehme Rührung, welche mein Herz bewegte, goß einen höhern Reiz über die ganze Natur um mich her. Der Glanz der Abendsonne schien mit überirdischer Klarheit auf

den Baumwipfeln zu ruhen — der Rheinstrom und die romantische Ferne, die einsamen Höhen und der frische duftige Wiesengrund mit dem lebendigen Gewühl von Menschen und Thieren — das zarte Laub, das, kaum entfaltet, freudig im Abendwind flüsterte. — Alles schien verklärt, harmonisch, ahnungsvoll. — O! ich bin so glücklich, mein Freund! — Mein einziger Wunsch ist, daß ich tausend Leben haben, tausend Formen beleben, alle Verhältnisse durchirren, alle mögliche frohe Empfindungen fühlen könnte, und meine einzige Sorge, daß irgend eine Fähigkeit ungeweckt in meiner Seele schlummern, irgend eine Freude ungefühlt vor mir vorüber rauschen möchte!

Vierter Brief.

AMANDA AN JULIEN.

Dein Brief hat mich angenehm gerührt. Du schilderst mir Deine Lage so gefühlvoll, Du bist so harmonisch mit Dir und Deiner Welt, Deine folgsame Phantasie führt Dich nicht über Deinen Kreis hinaus, und haucht nur ein blühenderes Kolorit über die Bilder des gewöhnlichen Lebens. Wie glücklich bist Du, meine Julie! — komm zu mir und lehre mich in meiner Lage zu sein, was Du in der Deinigen bist. Dein Anblick wird die stillen Bilder unserer frühen Jugend an Blumenketten der Erinne¦rung vor meine Seele führen, und meine gespannte Stimmung wohlthätig mildern. — Wenn wir uns allein fühlen, mag sich dann der lieblichste Sonnenschein in goldnen Wellen über die Gegend ergießen; ein gleichgültiger Tag nach dem andern vergeht, und die Freude wird Wehmuth für den, der sie nicht theilen kann. Und ich *bin* allein!

allein in der lebendigsten Natur, über deren fröhlichste Bilder dies Gefühl einen schwermüthigen Schleier zieht. Diese duftenden Lauben wollen ein liebendes Gespräch, diese reizenden Irrgänge wollen eine Bedeutung. — Ach! vielleicht trennt nur ein blühendes Gebüsch, ein leichter Pfad den Gegenstand von mir, der es würdig wäre, meine Gefühle zu theilen! vielleicht wandelt auch er allein, mit dem schönen, unbefriedigten Herzen, ¦ erstaunt, die todte Natur so lebendig, und die lebendige Welt so todt zu finden! Er weiß es nicht, daß die, welche einzig ihn verstehen kann, so nahe bei ihm ist; er flieht das Glück, das er sucht — ein schadenfroher Dämon führt ihn ewig bei mir vorbei!

Du lächelst über meine Schwärmereien, Julie, aber laß mir sie, die allein mir Bürge sind, daß ich noch glücklich sein kann. Glücklich ist der Mensch nur in seinem Gefühl. Er kann zufrieden sein, mit sich, mit der Welt, durch Vernunft, durch reine Würdigung der Dinge — aber jene göttlichen Momente, wo der schöne Eindruck nur Bilder und keine Begriffe in uns erweckt, jene Augenblicke voll Unendlichkeit die wir undeutlich nennen, weil die Sprache für sie zu arm ist — diese liegen ¦ nur in unserm Gefühl. Zu lange, o! zu lange hat mein Sinn an den Reizen einer zufälligen Umgebung gehangen, zu lange habe ich unter den Freuden des Lebens mit kalter Ueberlegung gewählt, ich möchte nicht mehr wählen, ich möchte hingerissen sein. Die Seligkeit, die in dem Tausch der Seelen, in dem Gedanken liegt, die Welt in einem fremden Herzen schöner zu genießen, diese süße Trunkenheit der Gefühle, warum versagt sie mir das Schicksal, nur mir allein? — In früher Jugend stand das Bild eines solchen Glücks lebhaft vor meiner Seele; Jahre lang schien es verschwunden zu sein, aber jetzt stellen Einsamkeit und Phantasie es mir mit neuen Reizen dar. Soll ich sterben, ohne je geliebt zu haben? und habe ich dies Glück nicht durch eigene Schuld verscherzt? — Wenn dies so ist, ¦ Julie, so werde ich ewig über mein Geschick trauern müssen, ohne deshalb unzufrieden mit mir selbst sein zu können, denn die Gründe meiner Handlungen konnten irrig sein, aber unrecht waren sie nicht. — Damals als ich mit Albret bekannt wurde, warst Du nicht bei mir, und ich glaube daß ich jene Tage mit Recht für den Zeitpunkt halten kann, wo Du in Deinem ganzen Leben den wenigsten Antheil an mir genommen hast. Es war unsre erste Trennung. Du reis'test mit Deinem jungen, kaum zum Gatten gewordnen, Liebhaber nach Deinem neuen Wohnorte, und natürlich daß Dir da im ersten süßen Rausch einer ganz aus Liebe geschloßnen Verbindung, wohl wenig Zeit, an Deine Freundin zu denken, übrig blieb. Es hat mir, die gerade in diesen Momenten fester an Dir ¦ hing, als je, manche Thräne gekostet; desto erfreulicher ist mir jetzt der Gedanke, daß eine Zuneigung, welche *dieser* Klippe, der gefährlichsten, die weiblicher Freundschaft droht, zu trotzen wußte, auf der ganzen Reise des Lebens keinen Schiffbruch mehr zu besorgen hat. Ich blieb allein, und bemerkte zum erstenmal, nicht ohne Befremdung, daß unsre Denkungsart nichts weniger als gleichförmig sei. Ich dachte mir Dich als unaussprechlich glücklich, und grämte mich recht sehr, daß ich es auf Deinem Wege nicht sein und nie werden zu können glaubte. Ich hielt Dich für besser, weil Du glücklicher warest, und glaubte fast, ich verdiene von Dir vergessen zu sein. Unser gemeinschaftlicher Freund, der redliche Brenda, besuchte mich oft, und suchte mir Deine Abwesenheit vergessen zu machen, ¦ aber es wollte ihm nie recht gelingen. Er schien sich immer fester an mich zu ketten, und auch ich glaubte Neigung für ihn zu fühlen, — vielleicht nur, weil Du mir gesagt hattest, daß Du es wünschtest. Aber diese Neigung erfüllte mein Herz nicht so sehr, daß darinnen nicht tausend Phantasieen noch Raum gefunden hätten. Es war mir süß, wenn ich an die Zukunft dachte, wie Kinder bei halbgeschloßnen Augen, eine Menge rosiger, goldner, verworrner Gestalten vor mir hinschweben zu sehen. Ich konnte mir das Leben unmöglich wie einen geraden, offnen Weg denken, wo man schon beim Eintritt das Ende übersehen kann; vielmehr liebte ich mir einen verschlungenen seltsamen Pfad voll romantischer Stellen und wechselnden Lichts zu träumen. Unser Freund, das wußte ich, ¦ war für diese Ideen nicht gestimmt, sie betrübten ihn sogar und verursachten manches Mißverständniß zwischen uns; demohngeachtet blieb er der einzige Gegenstand meiner jugendlichen Anhänglichkeit. — Jetzt kam Albret in unsre Stadt. Sein erster Anblick machte einen tiefen aber unangenehmen Eindruck auf mich. Zwar konnte er, obgleich nicht mehr jung, mit allem Recht auf den Namen eines schönen Mannes Anspruch machen, aber in seinen Zügen war etwas so zerstörtes, gewaltsames, willkührliches, das allen den sanften fröhlichen Bildern, die ich mir von Liebe und Lebensgenuß gezeichnet hatte, grausam Hohn zu sprechen schien. Mein Vater hatte viel Geschäfte für ihn zu besorgen, er sagte mir, daß er ihn schon ehedem, auf Reisen an verschiednen Orten kennen gelernt hätte, ¦ und hegte von seinem Charakter eine eben so hohe Meinung, wie von seinen Reichthümern. Ich sah ihn oft, und lernte ihn nie kennen; denn er hatte in seinem Wesen etwas so entfernendes, willkührliches und planmäßiges, daß es mir nicht möglich war, etwas anders, als daß er unergründlich sei, von ihm zu wissen. Indessen übte die Reife seiner Urtheile, und die Sicherheit, der Gleichmuth seines Betragens über meinen Verstand eine stille Gewalt aus, ohne daß die Kluft, welche die Verschiedenheit unserer Gefühle zwischen uns legte, dadurch ausgefüllt worden wäre. — In jener Zeit sah ich meinen Vater von einer, mir unbekannten Unruhe gequält; sein Betragen gegen mich ward weicher und zärtlicher als je, und wenn er mich betrachtete, traten ihm oft die Thränen in die Augen. Einst kam er zu mir — ich sehe es noch, wie er vor mir stand — die ganze ehrwürdige, alternde Gestalt, Ausdruck des Kummers, und der schöne Zug reiner Güte in seinem Gesicht, mit Rührung und Unruhe vermischt. — «Mein Kind, sagte er, Unglücksfälle haben unser kleines Glück vernichtet; mein Vermögen ist verlohren, und auch selbst dies kleine Eigenthum, worinnen wir bis jetzt frei und zufrieden lebten, müssen wir verlassen. Ich zittre nicht für die wenigen Tage, die *ich* noch zu durchleben habe, aber *dein* Schicksal bricht mir das Herz. Die Umstände vergönnten mir nicht, dir eine Erziehung zu geben, welche die, in dir vielleicht schlummernden Talente hätte gehörig entwickeln können, damit du jetzt in ihrer Ausbildung Mittel zu einem leichten und anständigen Unterhalt finden möchtest. Aber du lebtest bis jetzt in freien, sorgenlosen Verhältnissen, und dein eignes Wesen ist mehr für Freiheit als Dienstschaft gemacht; du giebst lieber als du empfängst, und du kannst nur glücklich sein, wenn es in deiner Macht steht, glücklich zu machen.

Was sollen dir diese Eigenschaften, die dein Schmuck sein würden, wenn du reich wärest, in deiner nunmehrigen Lage? wie wirst du, armes Kind, nun die Dienstbarkeit, das Eingeschränkte, Kümmerliche ertragen können?» — Ich war betroffen, denn ich hatte, leichtgesinnt wie eine freie, unverkümmerte Jugend immer ist, nie an die Quellen meines sorgenfreien Lebens und also auch nie an ihre Versiechung gedacht, und fühlte jetzt mit Erröthen, daß ich wirklich sogleich kein Mittel wußte, die Sorge ¦ für meine Erhaltung selbst zu übernehmen. Indessen kam mir das alles nicht so grausend vor, wie meinem Vater, und tröstend sagte ich ihm: Nein! bester Vater, wir werden nicht ganz unglücklich sein! es werden mir Mittel einfallen, ich werde Aussichten finden — — Es hat sich eine gefunden, sprach er wieder, und wenn es dir möglich ist, dieser zu folgen, so bittet dich dein Vater, thue es! Albret verlangt deine Hand; er wird dir ein heitres, genußvolles Leben, deinem Vater ein sichres, sorgenfreies Auskommen verschaffen. Du wirst von Einem Menschen abhängen, aber in übrigen frei sein. Bedenke, wie selten Liebe allein eine ehliche Verbindung schließt, wie selten vorzüglich ein Weib in ihrer abhängigen Lage darauf Anspruch machen kann! bedenke, daß du Bedürfnisse und ¦ Wünsche hast, welche ein freies, nicht von ängstlichen Sorgen bekümmertes Leben verlangen, und daß jene Freiheit, welche uns in den Stand setzt, den äussern Verhältnissen, mehr und mehr eine selbstbeliebige Form zu geben, am leichtesten durch Reichthum erreicht wird. Ich verlasse dich jetzt; aber Albret verlangt schnelle und entscheidende Antwort; bedenke daß die Ruhe deines Vaters davon abhängt.

Und so, Julie — denn mein Herz wiederstand dem bittenden Vater nicht, und ich hielt es für verdienstlich das dunkle, traurige Gesicht zu überwinden, welches mich von dieser Verbindung zurückzuziehen schien — ward ich in wenig Tagen Albrets Gattin, denn er verlangte die schnelle Vollziehung unsrer Verbindung mit einem Eifer, den ich für wahre herzliche Liebe zu ¦ mir nahm. — Ach! dies war es nicht! ganz andre Wünsche, andre Zwecke fesselten ihn an ferne, mir unbekannte Gegenstände und zogen ihn in andre Gegenden, und unsre Verheirathung ward nur darum so beschleunigt, damit er sogleich nach seinen, bei Florenz gelegnen Gütern reisen konnte, wohin ihn ein heftiges Verlangen trieb. Die allen meinen Wünschen zuvorkommende Artigkeit meines Gatten, tröstete mich anfangs über den Mangel an Vertrauen und Herzlichkeit, welchen ich nur allzubald fühlte, und ich schmeichelte mir mit der Hoffnung, ihm durch mein Betragen sein Zutrauen abzugewinnen und selbst an seinem Wesen, vielleicht manches umändern zu können — und erst dann, als ich wahrgenommen, daß er mich zu wenig achtete, um mir seine Geheimnisse mitzutheilen, ja, ¦ daß er mich oft als Mittel zu mir unbekannter Absichten brauchte, ist diese Hofnung gänzlich von mir gewichen. Bald nach unsrer Trauung ward mein Vater gefährlich krank, und ich bemerkte mit tiefem Schmerz, daß Albrets Bekümmerniß, mehr dem Verdruß, unsre Reise verzögert zu sehn, als dem Antheil an dem geliebten Alten zuzuschreiben war.

Er starb, der zärtlichste der Väter, dem in der liebenden Brust seines Kindes, ein stilles aber unvergängliches Denkmal seiner Herzensgüte und seiner Liebe zurückgeblieben ist. — Mit aller Mühe konnte ich Albrets Einwilligung zu einer Reise zu Dir nicht erlangen, und nur daß er selbst sich gezwungen sah, noch einige nothwendige Geschäfte abzuthun, bestimmten ihn endlich dazu. Da kam ich zu Dir, meine ¦ Julie, mit allen meinen Leiden, meinen Sorgen, meinem Wahn und meinen Hoffnungen. Unsre Herzen fanden sich bald wieder; Deine heitre Stimmung theilte sich mir unvermerkt wieder mit, und Deine ruhige Vorstellungsweise half mir an meiner Lage manche neue, angenehme Seite entdecken. Doch gestehe ich Dir auch, Julie, daß ich Dich oft beneidete, wenn ich Dich traulich an der Seite eines Mannes sah, mit dem Dich nur Neigung verbunden hatte. Eure Thorheiten kamen mir zuweilen belachenswerth vor, ich schalt Dich damals oft, wegen Deiner gänzlichen Hingebung, der sorglosen Nachlässigkeit Deines Betragens, aber ich fand Dich glücklich. In euren kleinen Zänkereien selbst, die oft entstanden, weil ihr euch einander ganz ohne allen Schein, alle Verstellung zeigtet, lag etwas, das mit gefiel. Die Erinnerung an eure Liebe vereinigte euch bald von neuem, und die stille Harmonie eurer Herzen hielt das Band fest, das Leichtsinn und Laune umsonst zu zerreissen drohten. Vielleicht verschönerte sich Dein Glück in meiner Phantasie, aber ich gestehe dies, so oft ich daran dachte, ward ich traurig, und fühlte es mit schmerzlicher Lebhaftigkeit, daß Harmonie sich nicht erkünsteln läßt.

Diese bei Dir verlebte Zeit hatte mir jedoch dazu verholfen, daß ich die Reise nach Florenz nun mit neuem Muth und neuer Lebenslust antreten konnte. Der Schmerz über den Verlust meines Vaters war gemildert; vorige Träume und Wünsche kehrten zurück, und die Phantasie stellte meinem neu auflebenden, ahnungsvollen Herzen in die Ferne manches reizende Gemälde hin. Mit Vergnügen erinnere ich mich noch jetzt der ersten Tage unsrer Reise. Der volle Farbenschimmer des Herbstes war über die Gegend verbreitet, kleine Büsche wallten goldnen Locken ähnlich, die Hügel hinab; weisse Gewebe flogen über den Boden, und der Himmel war in zarte silberne

Dünste gehüllt. Nie bin ich heitrer gewesen, als da, habe nie freier, jugendlicher gefühlt, nie der Tage, die mich erwarteten, mit froherer Zuversicht entgegen gesehn. An den Gedanken, die Welt zu sehen, knüpfte sich alles, was Phantasie, Hang zum Vergnügen und Verlangen nach reiferen Begriffen sich nur wunderbares, liebliches und belehrendes zu denken vermögen.

Doch *so* blieb es nicht lange. Ich dachte oft an Dich, meine gute Julie, und nie hab' ich Dich schmerzlicher vermißt, nie hat mir ein theilnehmendes Herz so sehr gefehlt, als wenn wir durch neue bezaubernde Gegenden kamen — Gegenden, bei denen ich, obgleich an die liebliche Hoheit meiner vaterländischen Ansichten gewöhnt, in ein tiefes, wonnevolles Staunen gerieth — und Albret bei allem ganz kalt blieb, und meine Entzückungen beinah verächtlich belächelte. Immer schien sein Sinn mit Ungeduld in die Zukunft zu streben; die meiste Zeit war er still und in sich gekehrt, und nie gieng ihm die Reise schnell genug. Ich suchte alles hervor, was mich über sein Betragen trösten konnte, und gewiß habe ich viele frohe, sehr frohe Momente gehabt. Viel jugendliche Träume, viel Wünsche sind mir erfüllt worden, ich war oft glücklich, nur mein Herz war nie hingerissen, nie befriedigt! Und Julie! sollte ich vielleicht diesen Träumen nicht einmal nachhängen? — aber warum erinnert mich denn Alles daran, daß Liebe das höchste Glück des Lebens ist, warum muß ich allenthalben sehn, wie sie die niedrigste Lage veredeln, und der Dürftigkeit und Abgeschiedenheit selbst ein zauberisches, beneidenswerthes Ansehen leiht? — Meine Fenster gehen auf der einen Seite in einen benachbarten Garten, den ein Gärtner mit ein paar jungen Töchtern bewohnt. Die Welt wird wohl nie ihren Namen nennen, niemand als die nächsten Nachbarn kennen sie, ihr Anzug, ihre Beschäftigungen verrathen ihren Mangel an allen Gütern des Glücks, aber *die Liebe* hat sich ihrer angenommen. Bei frühem Mor¦gen, wenn noch alles schläft, schleicht die eine von ihnen an die Planke, und öfnet leise die Thüre. Unruhig erwartend geht sie auf und ab, und fährt bei jedem Geräusch zusammen, das der Morgenwind an der halbofnen Thüre macht. Bald erscheint ein junger wohlgebildeter Mann, sie hüpft ihm entgegen — sie sind so jugendlich, so froh, und sie genießt in diesen Augenblicken die reichste Entschädigung für alles, was ihr die Laune des Glücks versagte! ich gestehe Dir, daß ich ihre frohen Unterhaltungen schon öfter mit dem höchsten Interesse belauscht habe — doch hinter der Jalousie, damit mein Anblick ihre Freude nicht störte.

Fünfter Brief.

AMANDA AN JULIEN.

Dies kleine, niedliche Städtchen gefällt mir mit jedem Tage mehr. Das ruhige Leben welches ich hier führe, läßt mich meinen Träumen ungestört nachhängen, und mildert manches traurige Bild, das sich mir, als ich im Geräusch lebte, sehr oft, mit schreienden Farben und bitterm Contrast unerwartet darstellte. Hier ist alles was mich umgiebt, Luft, Gegend, Frühling, in ein weiches Colorit getaucht, und unvermerkt verschmelzen hier auch die Bilder meiner Gedanken, traurige und ¦ fröhliche, in ein mildes, übereinstimmendes Ganze. Könnte ich nur diese Sehnsucht nach einem verwandten Wesen, nach jener, vielleicht nur erträumten Seelenharmonie, die mich jetzt oft lebhafter als je ergreift, könnte ich nur diese vergessen, so würde ich ganz glücklich sein. Ich seh' es ein, daß mir so vieles ward von dem, was die Wünsche des Menschen reizt. In der Blüthe der Jahre, in der vollen Kraft der Gesundheit gewährte mir ein günstiges Schicksal so manche fröhliche Genüsse, schöne Beziehungen des Lebens, die Andre unter ewigen Wünschen, unter Sorgen und Gram erst spät, viele nie erreichen. Frei und ohne mein Sorgen bieten sich mir alle Mittel dar, das Leben zu genießen, warum fehlt mir doch oft der Sinn dafür? Warum fliegen alle meine Wünsche unaufhaltbar dem Einen nach, was mir fehlt, da mich das Mannigfaltige, was ich besitze, genug beschäftigen könnte? — Ja, ich will allein sein, meine Julie! — ist es denn so unmöglich, daß ein Weib sich selbst genug sein kann? — sind unsre Herzen durchaus dazu geschaffen, in einem einzigen Gefühl die ganze Welt zu genießen, und warum sollten wir dies Gefühl nicht über die ganze Welt verbreiten können? — Wenn ich die Liebe, die ich ungetheilt im Herzen verschließe, auf viele Gegenstände übertrage, wenn ich einzeln und zerstreut die schönen Blumen breche, die das Schicksal nun einmal nicht für mich in einen Straus zusammenband, werde ich da nicht glücklich sein?

Ich habe, seitdem ich mich in dieser Stimmung zu erhalten suche, schon viele frohe Augenblicke gehabt. Kaum sind es einige Wochen, seit ich hier bin, und dennoch seh' ich mich bereits mit einer Innigkeit geliebt, die mir nichts mehr zu wünschen übrig läßt.

Mein Liebhaber ist ein wunderliches Geschöpf, das jede Stimmung willig von mir annimmt und sich ganz davon beherrschen läßt, ohne sich im geringsten darum zu bekümmern, ob er mich dagegen auch beherrscht, und ohne deshalb von seiner Originalität zu verlieren, der, ob er gleich das sinnlichste Wesen von der Welt ist, bei stundenlangem Alleinsein, auch die Eifersucht selbst nicht zum leisesten Mißvergnügen reizen würde, der mich ungestört meinen Launen nachhängen läßt und mich nie um meine Geheimnisse fragt. — Willst Du diesen seltnen Liebhaber, ohne Herrschsucht, voll Unschuld und ¦ Bescheidenheit näher kennen lernen, so sage ich Dir, daß es ein kleiner, sieben oder achtjähriger Knabe ist, der meiner Wirthin angehört. Das Kind hat etwas edles, bedeutendes in seinem Wesen, das ich unbeschreiblich anziehend finde. In den ersten Tagen meines Hierseins traf ich ihn meist auf der Hausflur, wo er mit einem zahmen Vogel spielte, den er immer mit sich herum trug, und ausserordentlich zu lieben schien. Lange konnte ich ihm keine Rede abgewinnen, und nur dadurch, daß ich seinem kleinen Liebling alle Tage eine Handvoll Körner brachte, und auf ihn gar nicht zu achten schien, erwarb ich mir sein Zutrauen. Seitdem bringt er den größten Theil des Tages bei mir zu, und die Aussicht etwas zur Verschönerung seines innern und äussern Lebens beitragen zu können, ¦ ist mir unbeschreiblich angenehm. — Ach! warum kann Albret dies Vergnügen nicht theilen! wie unglücklich ist das Herz, das sich so unschuldigen Gefühlen nicht hin zu geben wagt! Albret traf den Kleinen auf meinem Zimmer, und sein liebenswürdiges Wesen schien auch seine Aufmerksamkeit zu erregen. Er betrachtete ihn — beinah wohlwollend, spielte mit ihm — ja er war, wie ich ihn noch nie gesehen. Aber unerwartet schien ein schneller Unwille gegen das Kind in ihm rege zu werden; er bat mich, ihn zu entfernen, wunderte sich über meine Geduld mit dem unartigen Knaben, und sagte so viel Hartes und unfreundliches über ihn, daß Wilhelm — so heißt der Kleine — scheu aus dem Zimmer sprang. Ist diese, so oft hervorbrechende Bitterkeit Werk der Natur, oder ist sie das Symptom eines vom Schicksal oder Menschen tief gekränkten Herzens? — O! daß ich das letzte glauben dürfte, wie gern wollte ich theilen, was auf diesem Herzen lastete! — Aber umsonst suche ich mir sein Vertrauen zu erwerben; er verschmäht den Antheil, den ihm jetzt freilich nur mein Blick noch zu zeigen wagt!

Aber wie mild doch jede Naturscene die Seele zu stimmen, und über das harte Gemälde des Menschenlebens ein weiches, geistiges Colorit zu hauchen vermag! — ich stand am Fenster, und meine Blicke tauchten sich träumend in die nächtliche Gegend hin.

Ueber den Bergen erhob sich ein wankender Schein, der sich immer weiter und weiter verbreitete. Das Schweigen der Lüfte, die feierliche Erwartung der Natur, des Himmels wachsender Glanz, ¦ verkündete die nahende Erscheinung einer Gottheit. — Und nun stieg sie herauf, im Glanz gehüllt, die Beherrscherin der Nacht, und ein silbernes Licht strömte aus ihren Augen über die dunkle Erde hin. In Träume aufgelößt, und von dem langen Wiegenlied der Grillen in tiefe Selbstvergessenheit gesungen, sah ich dem leichten Tanz der Wolken um unsern Erdkreis zu, und überließ mich ganz dem Genuß einer unbestimmten, ahnungsvollen, freundlichen Schwärmerei, die eigentlich nur das Eigenthum der frühen Jugend ist. O! wer sollte nicht wünschen, daß es möglich wäre, in diesem Blüthenraum der Jugend, wo die Zukunft wie ein Feenland vor uns liegt, und ein ewiges Morgenroth der Hoffnung unsre Aussicht bekränzt, das ganze flüchtige Leben wegträumen zu können? ¦ Warum treibt der scharfe Hauch der Zeit uns so schnell aus diesen Blumenthälern hinweg, wohin kein Weg zurückführt? — Die Fähigkeit zu allen süßen, allen traurigen Empfindungen ruht in der Kindheit noch unentwickelt in dem kleinen Herzen, und es empfindet da bei der einfachsten Veranlassung noch ungetheilt, alles, was es jemals, vertheilt, bei den mannigfaltigsten Eindrücken zu fühlen vermag. Jedes Bild tritt neu und ungetrübt vor die jugendliche Phantasie, und der lebendige Eindruck ergießt sich mit sanfter Gewalt durch alle Saiten des erwachenden Gefühls. Deshalb umfaßt es die kleine Welt, die es umgibt, mit einer Innigkeit, die sich nicht durch Worte ausdrükken kann. Die liebliche Magie der Unerfahrenheit überwebt Ursprung und Ende jeder schönen Empfin¦dung wie mit einer Wolke, daß sie auf einmal in ihrer ganzen Fülle dasteht, unbegreiflich und mächtig wie das Erscheinen einer Gottheit. Dies alles verschwindet, wenn der reifer gewordne Verstand, nun heller um sich schaut, und den leisen Gang der Eindrücke die das Saitenspiel des Herzens bewegen, zu verfolgen vermag. — Aber, Julie, giebt es keine Zeit im Leben, wo diese jugendliche Begeisterung in ihrer ganzen Stärke und Einheit, nur noch inniger, schöner, heiliger zurückkehrt? und welche Zeit kann dies anders sein, als die, wo wir lieben? — O! Julie, dies Bild wird ewig, wie ein verlornes Paradies, vor meiner Seele schweben!

Ich habe bis jetzt wenig gelesen; in frühen Jahren lernte ich nur wenige, meist unterrichtende Bücher kennen, und Bücher ¦ zärtlichen Inhalts blieben mir fast ganz fremd. — Jetzt lese ich, unter andern, für mich neue Schriften, auch zum erstenmal Rousseau's Briefe zweier Liebenden. Was ich empfinde bei manchem von Juliens Briefen — denn nur sie, *sie* nur liebt, nicht St. Preux — vermag ich nicht, Dir zu beschreiben. So, denke ich, könnte ich auch lieben, und seufze über das Geschick, das mir Alles gab, ausser dem Einen und in dem Einen mir alles versagte.

Sechster Brief.

EDUARD AN BARTON.

Nicht immer, mein Freund, fühle ich mich so glücklich als an dem Tage wo ich Dir zuletzt schrieb. Unruhe überfällt mich zuweilen, und treibt mich rastlos umher. Vergebens rauschen die muntern Freuden des Lebens dann an mir vorüber; ihr schmeichelnder Fittig weckt die Sehnsucht meines Herzes nicht. Und doch ist die jugendliche Glut des Geistes nicht im mindesten erloschen; vielmehr umfasse ich die Gegenstände stärker, inniger, obgleich seltner. Oft dünkt es mich, als fehlte mir ¦ ein hellerer Aufblick in die eigentliche Oeconomie des Lebens, und das Gemälde menschlicher Wünsche und Handlungen wirkt in gewissen Augenblicken verworren und drückend auf meinen Geist. Es ist mir, als stünde ich noch unter den Uneingeweihten, als fehlte mir noch das Wort, der Aufschluß, die mir das Räthsel des Lebens und der

Welt erklären sollten. Sehe ich dann einen Mann, mit verständigem, bestimmten Gesicht, wo Leidenschaften geherrscht, aber nicht verwüstet haben, der das freie Spiel der Unterhaltung nicht mit seinen Ideen gewaltsam beherrschen will, sondern es geschickt, und wie wir gern es mögen, zu lenken weis; so fühl' ich mich sanft zu ihm hingezogen, und möcht' ihn bitten: «o Du! der Du die geheimen Irrgänge des Herzens beobachtetest und ¦ selbst durchwandeltest, ihre Erscheinungen auf dem großen Schauplatz des thätigen Lebens zu erkennen und zu würdigen weißt, o schließe den Reichthum Deiner Erfahrungen vor mir auf, und befriedige meine ungeduldige Sehnsucht!» — denn was kann wohl schöner sein, Barton, als in dem vorüberrauschenden Strom des Lebens, wo so viele nur ein wildes Spiel der Wogen sehen, eine hohe Harmonie zu vernehmen, und mit geläuterten Sinnen die schönen Töne des Gefühls zu unterscheiden, die aus dem todten Stoff der Umstände lebendig hervorquellen? Wer dies vermag, dem kann es dann auch gelingen, die bunten Gaukeleien des Zufalls nach seinem Gefallen zu ordnen, und dem verworren Stoff eine bestimmte Form zu geben. Mit schöpferrischer Hand drückt er ¦ selbst der todten Natur Spuren eines freien, denkenden Wesens ein, und in Stunden ernster Begeisterung gehen die ewigen Zwecke des Lebens faßlich und rein seiner Seele vorüber.

Meine Hoffnung ist auf die Zeit gerichtet, wo mein Vater seine, mir zum Theil noch unbekannte Pläne mit mir, ausführen will, auf die Zeit, wo mich vielleicht eine andere Hemisphäre aufnehmen und mit ihren Wundern erfreuen wird. Diese Idee, die ich freilich nur ahne, ist meine Geliebte, die mich durch ihr zauberisches Halbdunkel unaufhörlich reizt, und anzieht; und ich bitte Dich, mein Freund, wenn Du etwas beitragen kannst, mich diesem Ziel näher zu bringen, so thue es, und mache Deinen Eduard sobald als möglich glücklich.

Ich komme eben von einem weiten Spaziergang zurück, und weihe Dir noch die letzten Augenblicke dieses Tages. — Neues Leben regt sich durch die Natur; ein frisches Grün breitet sich über den Grund, die Bäume schwellen von junger Lebenskraft. Mit welcher Lust sah ich, als ich die bekannten Höhen hinaufstieg, den Raum unter mir, immer mehr an Leben und Mannigfaltigkeit gewinnen! — Wäre es doch möglich, dachte ich, so immer höher zu steigen, und dann, in heiliger Einsamkeit, die ganze Erde, ihren einfachen Gesetzen gemäß, dahin wandeln zu sehen, dann immer weiter den unersättlichen Durst nach Wissen zu folgen, und den Sonnen und Sternen ihre ewigen Geheimnisse abzulauschen! — Ach! daß es einen Punkt giebt, wo alles in Nebel verschwindet, wo der Blick des menschlichen Auges, des äussern und innern, traurig an der Gränze haftet, welche eine unbegreifliche Macht seiner durstigen Wißbegier vorschob! — Hier, wo sonst alles in der Natur den Zweck erreichen kann, zu dem seine innern Kräfte es bestimmen, wo alles in friedlicher Nothwendigkeit die beschriebene Bahn durchläuft, wo für jedes Bedürfniß des sichern Instinkts gesorgt ist; was soll hier des Menschen freier, unauslöschlicher Durst, nach Wissen, der nie befriedigt wird, und ihn gleichwol zwingt, lieber, ewig unbefriedigt, vor der geheimnißvollen lezten Ursache alles Lebens, aller Wirkung stehen zu bleiben, ehe er, mit den Erscheinungen zufrieden, ruhig den kurzen Traum des Erdenlebens genießt? — Und doch, mein Barton, wäre der Streit über unser eignes Wesen entschieden, der geheimnißvolle Schleier der Natur zerrissen; so wäre ein Stillstand aller Thätigkeit, alles Strebens in uns. Ewig müssen wir *suchen,* indeß ein jeder das Geheimniß seines Wesens und seiner Hoffnungen, unerkannt und ahnungsvoll in seinem eigenen Busen trägt. Lebe wohl. Morgen reise ich nach dem Landgut des Herrn von W * *, wo er eine vorzügliche Sammlung phisikalischer Instrumente aufbewahrt, und wo ich mir für meinen Geist reichlichen Genuß verschaffen darf.

Siebenter Brief.

AMANDA AN JULIEN.

Ein guter Genius hat mir seit einigen Wochen die angenehmste Gefährtin zugeführt — und daß ich *Dir* so lange nicht schrieb, ist wol der stärkste Beweiß, wie anziehend sie mich beschäftigt. Sie ist ein leichtes zierliches Wesen, das gleich den Schmetterlingen nur auf Blumen verweilt, und ohne sich zu verletzen, den Dornen des Lebens vorüber flattert; eine immer fröhliche Laune, und das glücklichste Talent, allenthalben das Angenehme leicht und sicher herauszufinden, scheint sie in jede Lage zu begleiten. Ein solcher Umgang ist gewiß ein großer Schatz für Menschen, die, gleich mir, noch unruhig und strebend, oft das *Gute* verschmähen, weil sie nach dem *Vollkommenen* schmachten. — Nanette Sensy — dies ist der Name meiner neuen Freundin — lebte nur wenige Tage in der Ehe, die bloß Convenienz geschlossen hatte, und ist jetzt Wittwe. Der Wunsch, einige vormalige Bekannte wieder zu sehen, führte sie hieher ins Bad, wo es ihr nun sehr zu gefallen scheint. Ich sah sie zum erstenmal auf einem Ball. Wir waren beide fremd, hatten uns durch ein Spiel des Zufalls auf gleiche Art gekleidet, fanden, daß wir in der Gestalt viel Aehnliches hatten, und dies alles — Du weist, daß solche kleine Umstände oft ein Band knüpfen können — ¦ beredete uns, daß wir einander mehr als den Uebrigen angehörten. Sie kam mir mit der angenehmsten Art von der Welt entgegen, und zeigte in Allem was sie sagte und that, etwas so unbefangenes und dabei so vollendetes, daß ich gleich sehr lebhaft für sie eingenommen ward, und ihren Umgang eifrig zu suchen beschloß. Seitdem sehen wir uns täglich, und sie hat mich dazu vermogt, — was ich bis jetzt nicht habe thun mögen, — unter der, hier immer mehr anströmenden Menge von Fremden mehrere Bekanntschaften zu machen, und an ihrer Seite herum zu schwärmen. Aber die liebsten Stunden, sind mir die, welche ich mit Nanetten allein zubringe. Es giebt so vieles aus unserm vergangnen Leben, was wir uns gern mittheilen mögen, und Nanette hat eine so harmlose, ¦ leichte Art, die Dinge zu betrachten, daß ich, seit diese Silphide mich umgaukelt, meine jugendliche Heiterkeit ganz zurückkehren fühle. Wie sehr können zwei weibliche Wesen sich gegenseitig beglücken, bei ihrer zarten Empfindung, dem leisen Errathen, der schnellen, reizbaren Phantasie, die ihnen eigen ist, wenn sie nur standhaft alle Eifersucht von sich entfernt zu halten wissen! — Da wir häufig das Freie suchen, so haben wir die Gegend umher schon ziemlich genau kennen lernen, und wir sind bei unsern kleinen Ausflügen stets äusserst froh. Ueberlaß ich mich in manchen Augenblicken zu sehr den Lockungen einer schwermüthigen Träumerei, so weiß sie meine Blicke immer sehr glücklich auf die angenehmen Seiten meines Lebens zu lenken, oder sie neckt mich auch wol, ¦ und zerstreut mich, indem sie mit Laune und Feinheit, meine Empfindlichkeit rege macht. Eine Scene, die gestern vorfiel, muß ich Dir schildern, denn ich weiß, Du liebst das idyllenhafte — und der ganze Tag ist wol einer Beschreibung werth. Es war ein liebliches Wetter; die Luft athmete so warm, so wohlthuend, daß Alles ihren Einfluß fühlte. Meine Gärtnermädchen sangen mit frühem Morgen, Frühlingslieder, und selbst ein paar wilde, junge Menschen, die nicht weit von mir wohnen, waren aus ihrer Fühllosigkeit erwacht, und stimmtem ihre rauhen Töne zu sanften Gesängen um. Wir fühlten uns ungewöhnlich heiter, und Nanette schlug vor, die Familie eines Pächters zu besuchen, die sie auf ihrer Reise zufälligerweise hatte kennen lernen, und die in einer vorzüglich ¦ schönen, selten besuchten Gegend wohnen sollte. Bald war alles in Ordnung; wir nahmen Wilhelm mit uns, und es war uns dreien recht herzlich wohl. Wir fuhren seitwärts durch die Gebirge in ein freundliches Thal; die waldigen Höhen wichen immer mehr zurück, und bekränzten zuletzt nur noch in weiter Entfernung die lieblichste Ebene, die je dem Auge gelacht. Eine Menge zierlicher Dörfer sahen munter und anmuthsvoll aus ihren blühenden Gärten hervor; weite Saatfelder säuselten in grünen Wogen vorüber, trauliche Gruppen von Bäumen bekränzten kleine spiegelhelle Seen, oder wölbten sich über schnelle, lautmurmelnde Bäche. Wir freuten uns der mahlerischen Krümmungen, an denen uns unser Weg durch viele Dörfer und Büsche führte, und priesen die Reise durchs | Leben, welche eben so sanft abweichend und abwechselnd zum Ziele führt. Es war Mittag als wir ankamen; ich fand, ein schönes, reinliches Landhaus, worinnen alles Ordnung, Betriebsamkeit und Fröhlichkeit athmete, und eine schlanke, weibliche Gestalt, mit Vergißmeinnichtaugen uns zuerst bewillkommte. Sie sagte uns bald, unaufgefodert, daß sie die Braut eines von den Söhnen des Hauses sei, mit dem sie in wenig Tagen getraut werden würde. Sie schien sich schon ganz als ein Mitglied der Familie zu betrachten, auf nichts bedacht zu sein, als alle Geschäfte in dem Sinn derselben zu verrichten, und ihr ganzes Wesen zeigte den Ausdruck einer muntern, ruhigen Aufmerksamkeit.

Bald kamen auch die Uebrigen herbei, die durch unsern Besuch überrascht, aber nicht im mindesten verlegen waren. Es war eine sehr zahlreiche Familie von sehr verschiedenem Alter und Ansehen; alle schienen mit ihrer Lage zufrieden, und die Reden der Alten waren so vollwichtig und gediegen, wie die schweren, silbernen Löffel, die uns an der wohlbesetzten Tafel gereicht wurden. Nach Tische giengen wir in den Garten, der etwas erhöht, die Aussicht über das ganze Dorf gewährte. Eine warme, fühlbare Luft trug uns auf ihren schmeichelnden Flügeln die würzigen Düfte tausend blühender Pflanzen und Bäume entgegen. Mein Herz bebte in wunderbarer Rührung, von Vergnügen und Wünschen getheilt. Hier der trauliche Schatten, hoher, wehender Bäume, der sichtbar Kühlung verbreitete — dort das blühende, fröhliche Weib, das sorgenlos spielend mit ihrem Kind auf dem Arm, in der kleinen Thür stand — die hohe Linde am Kirchhof, die ihre Schatten und Blätter friedlich über die Grabhügel streute — mit ihrem Korbe voll Klee die muntre Dirne, die mit raschem Gang durch die sonnige Wiese schritt — alles dies gab mir ein Bild von Unabhängigkeit und Ruhe, von heiterm, schuldlosen Lebensgenuß, und natürlicher, leichter Erfüllung aller menschlichen Pflichten, das mich innig rührte. Sind nicht, dachte ich, diese ruhigen, phantasielosen Menschen, mit ihrer heitern Luft und ihrem heitern Herzen, ihrem eingeschränkten Wissen, und ihrem eingeschränkten Wünschen, glücklicher und näher der Natur, als wir, die sie verbessern, um uns im Gebiet der Einbildung unendliche Freuden aber auch unendliche Qualen zu holen, wir, die ¦ erst nach Schmerzen und Verirrungen zu ihrer heitern Beschränktheit zurückkehren können?

Unser Wirth hatte mehrere erwachsene Söhne, die, obgleich wohl gebildet, doch bloße Landleute waren, und sich mit nichts anderm zu beschäftigen schienen, als die weitläuftige Wirthschaft ihres Vaters bestellen zu helfen. Der eine von ihnen hatte mich immer mit aufmerksamen, vergnügten Blicken angesehen; doch als beim Mahl, der Genuß des fröhlichen Weins, den alten jovialischen Vater zu etwas rohem Scherz begeistert hatte, und ich eine kleine Verstimmung, nicht verbergen konnte, war er hinweggegangen. Jetzt gieng ich einige Augenblicke allein, in einen von den schattigen Gängen, und hier kam er mir nach. Mit wahrer Feinheit, sagte er ¦ mir: «mein Vater hat ihnen nicht gefallen, aber sein sie uns darum nicht böse, ich will ihn bitten, daß er nicht wieder so spricht.» Dann trat er mir ehrerbietig aber zutraulich näher, legte seine Hand auf meinen Arm und sagte: «werden sie zürnen, wenn ich sie um einen Kuß bitte?» Sein Ton war weich und bescheiden, seine Miene ehrlich und gefühlvoll; ich zürnte nicht, Julie ich küßte ihn, und ich kann Dir sagen, daß ich ihm im Herzen recht innig wohl wollte. Er verließ mich schnell, sein Auge glänzte von reiner Freude, und wer weis, ob mein Kuß irgend jemand einen glücklicheren Moment gewähren könnte, als diesen Jüngling.

Als wir zurückfuhren glänzten die Wiesen im Abendthau, ein röthliches Licht wankte um die Gipfel des Waldes, und ⁝ als dies verschwand, blickte der Mond heller durch die Gebüsche.

Ich erzählte Nanetten mein kleines Abendtheuer, und sie lachte, wie ich vermuthen konnte, mich recht herzlich aus. Sie sah in dem Jüngling nichts weiter, als einen hübschen jungen Landmann, der sich in mich verliebt habe, und alles andre, was ich in ihm fand, nannte sie eine meiner gewöhnlichen Schwärmereien. Und doch liebe ich sie darum nicht minder, so wenig auch ihre Art, die Dinge anzusehen, mit der meinigen übereinstimmt. Ihr gelingt es, keinen Eindruck so stark werden zu lassen, daß er das Gleichgewicht ihres Gemüths stört, und *dadurch,* daß sie von Allem spricht, und Alles aus dem gefährlichen Halbdunkel der Gedanken ans Licht der Sprache hervorzieht, entwindet sie der ⁝ Phantasie ihrem mächtigsten Zauber, der Deiner Amanda oft so gefährlich zu werden droht. Ja zuweilen fühle ich es recht lebhaft, wie verschieden meine Art, die Dinge anzusehen, von der euren ist. Wie vieles ängstigt und entzückt mich, wobei ihr andern ganz gleichgültig und gelassen bleibt. Dafür aber bewahrt ihr in eurem Gemüth eine gewisse Klarheit, deren ich mich nicht zu erfreuen habe; denn — was es ist, weis ich nicht — aber vieles liegt noch dunkel und ahnungsvoll in meiner Seele.

So harmlos gehen mir jetzt mehrere Tage hin, und auch Nanette versichert, daß sie sich kein bessres Leben wünscht. Freilich muß ich fürchten, daß vielleicht der Reiz der Neuheit die Flüchtige am stärksten anzieht, und daß sie, wenn dieser ver‌loschen ist, mich leicht für eine neue Bekanntschaft hingeben könnte. Denn sagte sie nicht selbst: «mein Herz schmachtet ohne Aufhören nach Neuheit; durch sie allein wiederholen wir uns den süßen, allzuflüchtigen Traum der Jugend, wo uns alles neu ist?» —

Albret sehe ich jetzt wenig; er scheint sehr beschäftigt; aber Wilhelm kömmt fast nie von meiner Seite. Herzlich erfreut mich sein dankbares Lächeln, jede freundliche Aeusserung, womit er mir die angenehmen Empfindungen, die ich ihm verschaffe lohnt, und ich würde seine Dankbarkeit ungern entbehren. Nenne dies nicht eigennützig; es ist ein so süßes, menschliches Gefühl, sich als den Schöpfer fremder Freuden betrachten zu dürfen, und von einem unschuldigen, liebevollen Her‌zen dafür anerkannt zu sehen; so wie es in meinen Augen eine unnatürliche Größe ist, die nahe an Bitterkeit und Härte gränzt, allein und unerkannt Gutes schaffen, und das dankbare Gefühl des Andern als überflüssig entbehren zu wollen!

Achter Brief.

AMANDA AN JULIEN.

Meine Julie, ich habe neue traurige Stunden verlebt, und fast trage ich Bedenken, Dir davon zu schreiben. Denn soll ich ewig klagen? Muß ich mich nicht schämen, daß ich zum Leben zu ungeschickt bin, und daß meine Verhältnisse mir eher dunkler und schwerer werden, da sie mir leichter und klärer werden sollten? — Doch was Du auch von meinem Verstand denken magst, ich kann, ich will mich nicht gegen Dich verstellen, und finde in der Wahrheit meiner Aeusserungen einen Ge¦nuß, der das Bewußtsein, von andern für vorzüglich gehalten zu werden, mir zehnfach aufwiegt. Du kennst die weiche Stimmung worin ich jetzt bin — alle meine Briefe sprechen sie nur all zu deutlich aus. Mein Herz, das in Liebe zerschmilzt, gleicht einer reifen Frucht, die über einen Strom hängt. Bricht sie nicht irgend ein Kühner, wenn auch mit Lebensgefahr, so sinkt sie und begräbt sich in die Fluth; denn brechen muß sie. Höre — und sag selbst, wie ist es möglich, meine Wünsche mit meinen Verhältnissen in Uebereinstimmung zu bringen?

Ich stand heute hinter meinen Jalousien, und bemerkte Albret in einer nahe stehenden Laube, neben ihm den kleinen Wilhelm. Er glaubte sich ungesehn, und ich sah, wie er mit einem ungewöhnlichen | Ausdruck seines Gesichts, den Knaben in seinen Armen empor hielt, und ihm bewegt ins Gesicht sah. Daß dieser Kleine in irgend einer Verbindung mit ihm stehen müsse, war mir längst gewiß, und ich beschloß schnell, diesen köstlichen Moment, wo ich sein Herz bewegt, wo ich ihn menschlich, fühlend und leidend zu sehen glaubte, nicht unergriffen vorüber gehen zu lassen. — Ich eilte zu ihm hinab und lehnte mich schmeichelnd an seine Brust. «Liebster,» sagte ich, «was soll diese unselige Verschlossenheit? laß mich von diesem theuren Herzen die grausame Rinde ablösen, worunter es beinah erliegt. — Vergönne mir Theil zu nehmen an Deiner Freude und an Deinem Schmerz, und verheele nicht länger die Empfindungen, die ein treues Weib mit Dir theilen | will.» — «Eben weil es ein Weib ist, verheele ich sie,» sagte er, und sah mich mit einem Blick an, als befremde es ihn, daß ich glauben könne, er leide. «Vertändle du dein Leben, Amanda, und kümmere dich nicht um ernste

Dinge. Wenn ihr nur spielt, seid ihr wenigstens nicht schädlich, wenn ihr ernsthaft sein wollt, seid ihr es immer. Handle du nach Laune und überlaß es dem Mann nach Vernunft zu handeln.» — Mein Gefühl entbrannte bei diesen Worten. «Warum,» rief ich schmerzhaft aus, «wähltest du ein fühlendes Weib zur Gefährtin deines Lebens, wenn du sie nicht zu würdigen vermagst? warum bereitest du einem schuldlosen Herzen, das dich achtet, und dir Alles sein möchte, die kränkende Ueberzeugung, daß es für dich nichts sein kann? — ¦ War es recht, ein dir gleiches Wesen bloß Mittel sein zu lassen, zu Zwecken, welche du ihm nie bekannt zu machen gedachtest?» — «Wer nicht selbst Zwecke haben soll und kann, wird immer nur Mittel sein,» sagte er nun schon ganz gefaßt. «Ich hoffe nicht, daß du dich über mich zu beklagen hast. Verschließt dein Herz Wünsche, so sage sie, und wenn sie nicht unmöglich sind, sollen sie sicher befriedigt werden. Nur wenn du an meiner Denkungsart zu ändern hofst, so —» Er brach hier ab, und gab mir eine beträchtliche Summe Geld, wobei er mich mit vieler Artigkeit bat, bei Gelegenheit einiger bevorstehenden Lustbarkeiten meinen Anzug so glänzend einzurichten, als ich es mit vollem Recht thun könnte. Sein Gesicht hatte sich nun ganz wieder in die feinen, ¦ verschloßnen Falten gezogen, die es gewöhnlich hat, und er verlies mich. Ich fühlte, es war vorbei; er sah meine schwimmenden Augen und konnte mich verlassen. Ich fühlte mich in diesem Augenblick ganz einsam; alle Gegenstände schienen weit von mir zurückzuweichen, und ein unermeßlicher Abgrund von Leere sich neben mir zu öfnen. — Ich lies mein Mädchen ausgehen, und meine Thür blieb vor der ganzen Welt, selbst vor dem Knaben, verschlossen. Ein bittrer, unmässiger Gram durchdrang das Innerste der Seele. Ach! auf der ganzen Welt kannte ich kein liebendes Herz, das mich in den trüben Strom gereizter Empfindlichkeit erhalten, und durch freundliche Theilnahme wieder zum Licht der Hoffnung empor gehoben hätte! — Selbst Du, meine Julie, entferntest Dich von mir! ich fühlte nur allzuwohl, was ich Dir sei, obgleich ich Dir Alles bin, was ich Dir sein kann. Du hast Deinen Gatten, Deine Kinder, und Dein Herz zerschmilzt in Liebe für die Gegenwärtigen, während es für die Entfernte nur ein freundliches Andenken hat. — Anders war es, als wir zusammen lebten, und unsre Freuden und Leiden, wie verschlungne Ranken zusammen aufwuchsen. Damals, umgab mich die wahre, herzliche Liebe meines Vaters, gleich einem wohlthätigen Schutzgeist, damals schien es mir, hingen so viele an mir, schlug mir so manches Herz entgegen, und jetzt — Ich ging ans Fenster und kühlte meine brennenden Augen in der milden Abendluft. Es war ein lieblicher Abend, und alles suchte das Freie. Mit welcher Sehnsucht sah ich auf die Vorübergehenden; ach! Alle schienen mir glücklicher als ich. — Die Gärtnertöchter gingen in den schattigen Gängen mit einem jungen Mann. Sie waren dürftig gekleidet, ohne Grazie, ohne Liebenswürdigkeit, aber sie gingen so traulich; ihre Herzen waren leicht wie die Lüfte und übereinstimmend wie die Farben des Abendhimmels — mit welcher quälenden Wehmuth sah ich ihnen nach!

Sieh! so strebe ich, während die hier immer mehr anwachsende Menschenmenge sich munter um mich her treibt, und alles dem Vergnügen sich ergiebt, mit grausamer Erfindsamkeit mich selbst zu quälen und wie ein eigensinniges Kind alles Glück, das sich mir anbietet, zu verschmähen, weil *mir das Einzige,* nach dem ich mich sehne: geliebt zu werden, so wie ich mir es träume, versagt ist. Doch fühle ich, daß mir während dem Schreiben unvermerkt wieder leichter geworden ist, und daß der Quell der Hoffnung und Lebenslust, wie in jeder Menschenseele, unversiegbar auch in mir lebt. — Aber was soll ich thun? ich fühle was ich einem andern sein könnte, und darum ist es mir so schmerzlich, Nichts für den zu sein, dem ich viel sein möchte. Warum kann ich den Weg zu seinem Vertrauen nicht finden, und stehe ewig fremd und unverstanden vor ihm? — Als ich Albret kennen lernte, glaubte ich an ihm einen furchtbaren Gleichmuth, eine kalte Erhabenheit über Leidenschaften und Wünsche wahrzunehmen, die ihn in meiner Phantasie zu einem höhern Wesen erhoben und meine Ehrfurcht erregten. Aber in der Folge bemerkte ich, daß diese Stille von aussen, nur destomehr innre Stürme verbarg, Stürme, deren Natur mir nur Wiederwillen erregte — und da sah ich es gern, daß unsre Lebensart uns von einander entfernt hielt. Doch jetzt, da ich überzeugt zu sein glaubte, daß er menschlich empfindet, daß er leidet, daß er vielleicht mehr unglücklich als hart ist, jetzt, meine Julie, fing ich an, ihn zu lieben! — Noch einmal den Versuch zu machen, mich in seine Geheimnisse einzudringen, halte ich für unwürdig, aber der Knabe ist mir nun noch lieber geworden. Es ist unverkennbar, daß hier ein, ihm nahe liegendes Geheimniß verborgen ist, und, wie es auch sei, dies Kind soll mir als das Pfand einer vergangenen, wahrscheinlich für ihn glücklichen Zeit vorzüglich werth sein. — Gute Nacht, meine Julie, mein Herz schlägt ruhiger nach diesem Brief.

Neunter Brief.

EDUARD AN BARTON.

Ich schreibe Dir nur, um Dir Dein langes Schweigen vorzuwerfen, Du Saumseliger! — Als wenn Du nicht wüßtest, daß ich ohne Dich, ohne Zusammenhang mit Dir, noch nicht im Leben auskommen kann, nicht wüßtest, daß ich nur durch Dich, von dem mir alles Gute kömmt, auch Nachrichten von dem theuern Vater erhalte, nach denen ich mich immer sehne! — Ich verlasse morgen diesen ländlichen Aufenthalt wieder, von dem ich viel Nützliche und angenehme Erinnerungen mit hinweg nehme. Einige Ideen über Dinge, die ich hier erlernt und überdacht, lege ich Dir noch besonders bei, und da ich weiß, wie sehr Du Eigenthümlichkeit zu schätzen weißt, in welcher Gestalt sie sich auch zeigen mag, so will ich Dir, da ich selbst heute nicht zum Schreiben tauge, einen Brief von Nanetten abschreiben, den ich vor ein paar Tagen erhielt.

«Eduard,» schreibt sie, «wenn Du nicht im Augenblick Dein Altes verwünschtes Schloß, und Deine Kenntnisse und sogenannten Zwecke, mit denen Du Dir selbst und andern, doch nie eine einzige frohe Minute machen wirst, verläßt, und hieher eilst, wo alles frohes, warmes, erquickliches Leben athmet, so sterbe ich vor Ungeduld. Du mußt sie sehen, und hast keinen Augenblick zu verlieren. Eine schöne, junge, ⁞ reiche Frau, deren Mann älter, in seinen eignen verwickelten Händeln ganz vergraben, und ohne alles Gefühl zu sein scheint; kannst Du Dir für junge Männer etwas anziehenderes denken? — Ohne Gefahr können sie hier ihre zärtlichen Lügen bis aufs äusserste treiben, was sich, wenn sie bloß jung und schön wäre, doch nicht so unbedingt thun ließ. — Freilich hoffe ich, und sie wird von ihrer Seite, diese unschätzbare Situation nicht unbenutzt lassen; ihrer Eitelkeit mit ein paar Dutzend Männerherzen ein angenehmes Opfer bringen, und so Betrug mit Betrug vergelten. — Ich wenigstens thue alles, um sie dafür zu stimmen, denn ich liebe sie recht von Grund des Herzens, ob ich gleich eigentlich gar nicht begreifen kann, was mir so an ihr gefällt, da ich fast alles was sie ⁞ denkt und thut, abgezogen, daß *sie* es thut, höchst lächerlich finde. Denn wie man bei einem lermenden, allerliebsten Ball voll eleganter Tänzer und Tänzerinnen, an die, im Menschen liegende, geheimnißvolle Neigung zur Harmonie, denken, und von einem Manne eine unerklärliche, süße Uebereinstimmung, kurz etwas anders verlangen kann, als — Mittel gegen die lange Weile und das angenehme Gefühl unsrer Verstandsüberlegenheit — das ist mir ganz unbegreiflich! Ich hasse alles, was nur von fern einer Träumerei ähnlich sieht, und die listige Miene einer artigen Modehändlerin, die sich beständig mit Geschmack zu kleiden versteht, und dadurch die Käuferinnen anlockt, ist mir viel interessanter als die tiefsinnigste Reflexion, die in nichts eingreift und nichts bewirkt. Frisch, munter hingelebt, sein Dasein nach allen Seiten hin, sorgenlos ausgebreitet, so viel Freude genossen, als möglich; gegen andre, nicht gut, sondern klug sich betragen; sich nur an die Aussenseite gehalten, um das Innere nicht bekümmert, denn dies ergründet doch keiner; *uns* als die Seele des Ganzen — die Männer, als die gröbern Werkzeuge betrachtet, die wir nach Gefallen regieren können — mit dieser Weisheit, oder Thorheit hoffe ich auszukommen; ja ich hoffe noch so viel angenehme Kleinigkeiten zu thun, so viel Neid und Liebe zu erregen, so viel fremde Thorheiten zu belachen, daß ich gar keine Zeit habe, an meine eigenen zu denken.»

«Ja! ich weis es doch, was mich eigentlich so an Amanden fesselt. — Sie afektirt nicht; so wie sie ist, so ist es ¦ ihre Natur — und dies ist unschätzbar! denn wenn irgend etwas der verständigen Plumpheit der Männer beikömmt, so ist es die unverständige Ziererei der Weiber.»

«So komm denn, ich erwarte Dich.

Deine Nanette.»

Zehnter Brief.

AMANDA AN JULIEN.

Ich komme eben aus dem Garten. Ein heitres, schimmerndes Morgenlicht ergoß sich über die Gegend; die Stauden und Blumen hauchten ihren Geist in den süssesten Gerüchen aus. Alle Lauben dufteten, alle Vögel sangen — Himmel und Erde umfaßten mich mit freundlicher Liebe. Ich fühlte mich an Körper und Geist unaussprechlich wohl, und empfänglich für jeden Eindruck.

Nur Eins noch, ihr Götter, rief ich ¦ in fröhlicher Begeisterung, und ich bin selig wie ihr!

Was mein Gemüth in diese freie, empfängliche Stimmung versetzt hat, daß mir alles neu verklärt, in einem schönern Licht erscheint, ist, ich fühle es, wol etwas besseres als die flüchtige Anwandlung einer heitern Laune. Es ist der Nachklang einer höhern Harmonie, die gestern, mit göttlicher Hand alle Saiten meines Herzens berührte. Nanette ließ in ihrem Gartensaal eine Musik aufführen. Die geschmackvolle Einrichtung des Gartens, der freundliche Himmel, die muntre, liebenswürdige Wirthin, alles dies öfnete bald die Herzen für jeden gefälligen Eindruck. Ein paar fremde Virtuosen, Bekannte von Nanetten, die ganz in ihrer Kunst lebten, führten, von den übrigen gut unterstützt, ¦ verschiedene der besten Compositionen, meisterhaft aus. Bei einer der schönsten Stellen fiel mein Blick auf einen jungen Mann, der ganz in den Tönen zu leben schien. Denke Dir einen wahren Geniuskopf, und um diesen Kopf die Glorie inniger Entzückung. Die Töne verklärten sich in dem schönen Auge und schwebten wie Geister auf den feinen Lippen. Er hatte für nichts anders Sinn; seine ganze Seele war der Harmonie hingegeben; und daß ihn nichts stören konnte, war es eben, was mich ganz störte. — Diese schöne Rührung, der höchste Triumph der Kunst, die ich selbst in unharmonischen Zügen nie unbewegt wahrnehmen kann, wie mußten sie sich auf einem solchen Gesicht verherrlichen! — Ich konnte und wollte meine Augen nicht von der ¦ holden Gestalt wegwenden, und fand ein unbeschreibliches Vergnügen darinnen, mir die reine entzückte Stimmung dieser harmonischen Seele auf das lebhafteste zu denken. — Welch eine Wonne ist es, Julie, das Beschränkte unserer Natur zu vergessen, und mit der Einbildungsgewalt in fremde Seelen einzudringen! — So hatte ich, ganz in diese Betrachtungen vertieft, nicht eher wahrgenommen, daß das Spiel zu Ende war, bis ich den Jüngling fortgehen und unter die Spielenden treten sah. Er nahm mit freimüthigem, gebildetem Wesen ein Notenblatt; die Musik begann von neuem; er sang. Nie habe ich eine reinere, lieblichere Stimme gehört; er sang mit einer Wahrheit, Biegsamkeit, mit einer Seele, die unwiderstehlich in alle Herzen drang; auch die Gleichgültigsten wurden bewegt. Sein Gesang bezauberte mich so sehr, daß ich ihn selbst darüber vergaß; mein Herz zerschmolz in schmerzlich süßer Wehmuth, und überließ sich ganz einem Gefühl, das ich nie zuvor empfunden, das eine wunderbare Mischung von Ahnung und Erinnerung, nicht bloßes Wohlgefallen an der Kunst war.

Als die Musik geendigt hatte, führte Nanette den Sänger zu mir, und stellte mir ihn als ihren sehr nahen Verwandten vor, der eben jetzt von einer kleinen Reise zurück gekommen sei. Ich erinnerte mich nun, daß ich sie unter dem Namen Eduard schon mehrmals hatte von ihm sprechen und vieles von ihm erzählen hören. — Unser Gespräch lenkte sich natürlich auf den nächstliegenden Gegenstand, die Musik, und gewann gar bald Leben und Bedeutung, besonders da wir mit Vergnügen in unserm Geschmack viel Uebereinstimmendes bemerkten. Nanette horchte einige

Zeit mit muthwilliger Miene zu, aber bald, des ernstern Gesprächs überdrüßig, unterbrach sie es mit einer Neckerei, nahm Eduard am Arm, und hüpfte mit ihm weg. Sie beschäftigte sich auch den ganzen Abend sehr angelegentlich mit ihm, und schien in seiner Unterhaltung unendlich viel Vergnügen zu finden. Ich fühlte mich weniger theilnehmend wie sonst; doch freute ich mich im Stillen an dem anmuthsvollen Wesen, das in Allem, was Eduard sagte und that, sichtbar ward. Warum besitze ich nicht die Kunst, Dir sein Bild durch einige genievolle Züge lebendig vor Augen zaubern zu können? —— Sicher würdest Du mit Lust darauf verweilen, und Dich von diesem Auge, aus welchem Dir eine Welt von schönen Gefühlen entgegen strahlt, dieser hellen, geistvollen Stirn, diesem ganzen ausdrucksvollen Gesicht nur mit Mühe wieder wegwenden können.

Auch Albret schien von dem ersten, allgemeinen günstigen Eindruck, nicht ausgenommen. Doch als ich ihn schärfer beobachtete, bemerkte ich bald, daß er etwas, dem jungen Mann nachtheiliges, in seinem Gemüth verschloß, so sehr er es auch mit seiner gewöhnlichen Feinheit zu verdecken wußte; denn er hat sich so sehr in seiner Gewalt, daß nur sein Auge denen, die ihn genau kennen, die wahre Stimmung seiner Seele ahnen läßt. Wie bewundrungswürdig ist doch dieser Ausdruck des Auges, und worinnen besteht er eigentlich? — ¦ Hier ist alles unendlich zärter, feiner, geistiger als in den übrigen Theilen des Gesichts, wo sich das, was in der Seele vorgeht, durch Röthe oder Blässe, oder Zusammenziehen der Haut entweder leicht verräth, oder bei festen Muskeln geschickt verheelen läßt. Aber das Auge ist unter allen das, was zunächst an Begeisterung, ans Unbeschreibliche gränzt — es ist hier, wo die Seele am unmittelbarsten zu wirken scheint.

Doch, ist es nicht seltsam, daß ich im engen Zimmer sitze und schreibe, indeß mich im Freien alles zum fröhlichsten Leben und Empfinden einladet? — Lebe wohl, und freue Dich, Du theilnehmendes Wesen, daß Deiner Freundin heute ein sehr heit'rer Tag aufgegangen ist. ¦

Da der Brief noch nicht fort ist, muß ich Dir noch einmal schreiben. Ich habe diesen ganzen Tag allein zugebracht; selbst Nanetten habe ich nicht gesehen, und doch war mir so wohl, doch fühle ich mich so glücklich, meine Julie! — Eine leichte duftige Sommernacht schwebt' über der Landschaft. Der Himmel mit allen seinen glänzenden Augen blickte heiter herab. Der Mond strahlt mit halbem Antlitz, und wirft ein leichtes Nebelmeer zwischen die Berge hin. Kleine Johanniskäfer fliegen wie herabgefallene Sterne durch die dunkeln Büsche. Eine neue, muntre Welt umgiebt mich; alle Verhältnisse scheinen mir leicht, von freundlichen Genien gewoben. Die Gegenwart begränzt meine Wünsche, ich erwarte, ich verlange nichts. Und wenn ich mich frage, woher diese Stimmung, weiß ich es? — woher — doch ich kann dies nicht verschweigen — ja! ich habe ihn heute gesehen.

Meinem Garten gegenüber liegt eine kleine, anmuthige Anhöhe, da gieng er in der lieblichen Abendkühlung. Er blieb stehen und betrachtete rings die Gegend, und zuletzt, da ihn das einsame Plätzchen anzuziehen schien, warf er sich auf den frischen Rasen nieder; halb verbarg ihn ein blühendes Gesträuch, und ich sah, daß er ein Buch hervorzog. — Es ist nichts, ich weis es; leicht möglich, daß *er* nicht einmal bemerkte, wer ihm gegenüber stand, aber ich fühle, daß meine heitre Stimmung durch dies Nichts gewonnen hat.

Elfter Brief.

EDUARD AN BARTON.

Ich beklagte mich in meinem letzten Brief über Dein Schweigen, und nun gebe ich Dir Ursache über das Meinige zu klagen. Aber sind wir uns gleich? — Du kannst meine Briefe entbehren, Du liesest sie vielleicht nur um meinetwillen; mir sind die Deinigen unentbehrlich, ja sie machen einen Theil meines Lebens aus.

Ich habe seit ich Dir zuletzt schrieb, Nanettens Freundin, die sie mir in ihrem Brief schilderte, kennen lernen, und in ihr jene Unbekannte wieder gefunden, die ich in den ersten Tagen meines Hierseins, neben dem ältlichen Mann im Wagen schlummern sah, und deren unbefangene Schönheit ich Dir schilderte. Eine nähere Bekanntschaft hat mich nur noch mehr zu ihr hingezogen, und ich überlasse mich willig den Eindrücken die sie auf mich macht, — unbekümmert, ob sie meine flüchtige Neigung wird fesseln können, oder nicht. Du selbst riethest mir oft, mich dem verfeinerten Theil der Weiber, der gleichsam ein andres Geschlecht ausmacht, zu nähern, und ich hätte es gern gethan, wenn mich nicht meine natürliche Ungeschicklichkeit immer davon zurückgehalten hätte. Doch jetzt fühle ich lebhafter als je den Wunsch, von diesem wunderbaren Wesen mehr zu erfahren, und ihre mächtige Einwirkung auf unsere Bildung ¦ und Zufriedenheit an mir selbst zu empfinden. Glaube jedoch nicht, daß mich der weibliche Umgang ausschließend beschäftigen und von allem andern, was mir bis jetzt wichtig war, abziehen werde, denn noch gedenke ich lebhaft der Stunde, wo Du mir einst sagtest: Nichts hindert die Bildung besserer Menschen mehr als Liebeleien. Leidenschaften können zerrütten und erheben; die Seele, die sich ganz der Liebe hingeben kann, ist zu jeder Größe fähig, aber sie werden nur selten empfunden, und kleinlich ist es, ihren Schein zu erkünsteln.

Auch müßte ich wol sehr eitel sein, wenn ich glauben wollte, auf Amandens Herz einen bedeutend tiefen Eindruck machen zu können; denn sie ist reizend, sehr reizend, ein jeder fühlt das, der sie sieht, und ein wunderbarer Zauber, von tiefem, ¦ lebhaften Gefühl, der sie umgiebt, zieht Männer und Weiber mit Liebe zu ihr hin. Und doch, Barton! — ich möchte gegen

Dich, um alles in der Welt nicht Heuchler sein — wenn ich alles bedenke, so, — wie mich auch ihre Phantasie ihr vielleicht darstellt — wie ich auch auf sie gewirkt haben mag — genug! ich muß es glauben, dieses Weib, dem Alles huldigt, das ich anbeten muß — sie liebt mich!

Höre was ich Dir zu sagen habe, und urtheile selbst. Nanette hat sich in der Nähe ein Gut gekauft, weil ihr das hiesige Leben so sehr gefällt, daß sie jährlich einige Zeit in dieser Gegend zubringen will. Sie lud uns ein, mit ihr dahin zu fahren, Amanda, mich und noch einige Bekannte, die ich Dir ein andermal schildern will. Ich sage Dir nichts von der Reise, obgleich Witz und Vergnügen sie zu der angenehmsten erheben, und obgleich schon da ein unsichtbares, unnennbares Band sich zwischen mir und Amanda webte. Als wir ankamen war es bereits Nacht. Nanette, von der Hitze des Tages und ihrer eigenen Lebhaftigkeit ermüdet, sehnte sich nach Ruhe, und da Amanda, die, unveränderlich wie eine Göttin, noch wie am Morgen voll Geist und Leben war, sich gleichwol nicht von ihrer Freundin trennen wollte, so ließen wir übrigen sie allein und gingen in der heitersten Laune und mit der angenehmen Aussicht auf ein paar glückliche Tage in die uns angewiesene Zimmer. Ich erwachte früh am andern Morgen; im Hause war noch alles still, und ich eilte hinaus in die Landschaft, auf welche eben die ersten ¦ Strahlen des Morgens fielen. — Die Schönheit der Gegend überraschte mich, denn die glückliche Stellung der Gebirge, die sich um das schöne Thal ziehen, bildete sehr romantische Parthien und einen reizenden Grund, wovon ich am Abend nicht das Mindeste geahnet hatte.

Ich verlor mich seitwärts in den Wald, der sich sanft den einen Berg hinaufzog; die frischen Waldgerüche durchdrangen und stärkten mich, und die Vögel wirbelten mit ihrer wilden, frohen Musik, mich zu neuer, rascher Lebenslust empor. Unvermerkt hatte ich die Höhe erreicht, und trat nun aus dem Dunkel des Waldes heraus. Ein wildes Klippengemisch sank unter mir ins Thal herab. Ringsumher waren alle Berge mit Wald bedeckt, der bald scharfe, dunkle Umrisse zog, ¦ bald gefällig wie mit grünen Wellen herabsank. Die Morgensonne glänzte mit heiligen Strahlen über die Berge, und meine Seele erklang wie Memnons Bildsäule, beim Wiedersehen der Mutter. Lange, lange stand ich da, das schöne Bild mit Wollust in mich aufzunehmen, und meine Gedanken hiengen an dem freudigen Wehen der Bäume, und an dem Leben, das aus ihren Zweigen in heiterer Ungebundenheit rauschte. Ueberall sah' ich eine unaussprechliche Freiheit und Liebe verbreitet. Wie in einem glücklichen, wohl organisirten Staat gedieh' hier alles, hinderte sich nichts, wuchs alles nach Kräften empor. —

Mitten in diesen Bildern fühlte ich mein Herz von einer seltsamen Wehmuth durchschnitten. Hier, wo alles sich zu kennen, sich zu fassen schien, und fröhlich in Eins zerschmolz, schien ich mir ganz unzusammenhängend, ganz allein, dazustehen, und erschrack fast vor meiner eigenen Gestalt. — Ich breitete meine Arme aus, und fühlte mich so innig mit der Natur verwandt, hätte ein Mitglied dieser Bäumerepublik werden mögen! Ach, das ängstliche Klopfen meines Herzens störte keinen in seiner Ruhe, und eine Thräne preßte sich mir ins Auge, indem ich die unübersteigliche Scheidewand fühlte, die mich von den Wesen, welche mich umgaben, trennte. — In diesem Augenblick sah ich nicht weit von mir, unter Felsen und wildem Gesträuch, eine weibliche Figur sitzen, die ich im ersten Augenblick für Amanda erkannte. Sie sah zu mir herauf, sie blickte mich seelenvoll an, und mir ward wohl, jugendlich wohl. — O! Leben, rief ich — und sprang über die Felsen zu ihr hinab, welch ein liebes, freundliches Geschenk bist du! — Mit innigen Vergnügen hörte ich, wie sie mir zurief, nicht diesen Weg, der allzugefährlich sei, zu kommen. Ich sah sie schöner, himmlischer als je, eine überirdische Glut loderte in ihren Blicken, und jeder Zug ihres Gesichts, jede Bewegung, war Anmuth und Seele. — Meine Amanda! dachte ich — und merkte erst an ihrem überraschten Blick, daß ich es auch gesagt hatte. Aber wer hätte bei dieser Umgebung, in solcher Stimmung, und bei *ihr,* wol an Verhältnisse, oder nur an etwas Entferntes denken können? — Die Gegenwart war so allbeseligend, und eine fröhliche Begeisterung, gab allen Gegenständen um uns her eine neue, schönre Bedeutung. Ich schlang meinen Arm dicht um den ihrigen; mein Blick durchirrte die Gegend nicht mehr, und so oft auch sie mich anblikte, mit ihrem Auge voll Geist und Liebe, flog ein heiliger, nie gefühlter Schauer durch meine Seele.

Nach diesem Morgen war alles ganz anders, zwischen ihr und mir. Ueberall schienen wir uns zusammen zu gehören, und ein geheimes Verständniß leitete uns, ohne daß davon zwischen uns die Rede gewesen wäre. Wir blieben einige Tage auf dem Lande. Am letzten war Amanda trübe, aber diese Schwermuth war reizender als alle Freude der Welt. Wir alle hatten den schönen Abend in der Laube des Gartens zugebracht. Die andern giengen weg; sie verspätete sich einen Augenblick: O! daß ich sie zu erheitern vermöchte! sagte ich, daß ich ihnen nur etwas sein könnte! — Eduard, sagte sie, sie können mir Viel sein! Und in diesem Augenblick fühlte ich einen leisen Druck ihrer Hand, der meine ganze Seele erschütterte.

Was wirst Du mir schreiben, Barton? ich erwarte Deinen Brief mit der höchsten Ungeduld. Wie? wenn ich vor Dir da stände, wie einer jener Gecken, die ich immer so bitter gehaßt habe, die jedes freundliche Wort eines Weibes, jeden leichten, vorübergehenden Scherz für Liebe halten! — Tage sind vergangen, ich habe sie nicht gesehen, und jene seltsame, freudige Gewißheit, ist nicht mehr in meiner Brust; ja fast schäme ich mich, daß einige Blicke, halbe Worte, und ein Händedruck, mir sie erregen konnten. Und doch! — — O! sag' Du mir Deine Meinung, aber bald! ich bin entschlossen, sie nicht wieder zu sehen; denn, wenn die Gewalt eines Weibes so groß ist, daß sie uns mit uns selbst entzweit, so ist sie mir furchtbar.

Zwölfter Brief.

AMANDA AN JULIEN.

Hab' ich bis jetzt geträumt? oder sendet eine höhere Sonne nur zuweilen einen flüchtigen, aber göttlichen Blick auf unser düstres Leben? — Was für Stunden sind mir geworden! Das erste goldne Alter der Menschheit ist zurückgekehrt, alle Mißverhältnisse sind verschwunden, alle Fesseln zerbrochen, und ungehindert folgen die Herzen dem süßen Zug der Harmonie. Ich trage in meiner Seele ein hohes Bild; ich denke an nichts, kein Mensch hat Recht auf meine Theilnahme, ich lebe jetzt nur *mir,* nur meinem Himmel. Zu welcher Höhe von Glück bin ich auf einmal emporgestiegen? Welch ein göttlicher Frühlingshauch hat alle Blüthen meines Gefühls entfaltet? Julie! wenn Du jetzt nicht mit mir fühlst! — Du sagtest mir es oft — und ich bestritt es zuweilen — wenn zwei gleichgestimmte Herzen sich fänden, das sei die lieblichste Blüthe des Lebens. O! freue Dich mit mir, holde Jugendgespielin! Laß Dich von keiner Sorge, keiner Bedenklichkeit zurückhalten. — Wahrheit des Gefühls, wo und wenn sie auch erscheint, und wie sie sich auch äussert, ist immer ehrwürdig, immer heilig! —

Ich begleitete Nanetten auf ihr neuerkauftes Gut, das in einer mäßigen Entfernung von hier liegt. Sie hatte noch einige ihrer Bekannten eingeladen, und in unserm Wagen fuhr ihr Vetter Eduard, und noch ein andrer junger Mann, der zu unserm nähern Umgang gehört. Nanette war ausgelassen lustig; aber diese Laune ist bei ihr stets von einer gewissen Kindlichkeit begleitet, wodurch sie für mich erst reizend wird. Sie neckte und plagte die Männer auf mancherlei Weise. Eduard machte sie Vorwürfe über seine Sentimentalität, mit welcher er eigentlich nur seine gränzenlose Eitelkeit zu verdecken strebe, und sein unliebenswürdiges Betragen gegen die Weiber. Sie schloß mit der Prophezeihung, daß es mit ihm noch ganz anders werden würde. «Mein Herz, sagte Eduard lächelnd, ist gleich dem Diamant, den kein Feuer zerschmelzen kann, ausser die reinen Strahlen der Sonne.» Er sah mich flüchtig, aber ausdrucksvoll an, und Nanette fuhr fort, ihm zu sagen, daß er ihr wol auf vier Wochen lang gefährlich werden könnte; sie schlug ihm vor, den Verliebten zu spielen, und ermahnte ihn, seine Rolle aufs natürlichste vorzutragen. — Dann fieng sie Händel mit unserm andern Begleiter an, der immer viel von Verhältnissen und Uebereinstimmung sprach. Er nannte ihre Laune einen schönen *Auswuchs,* der eigentlich nur bewies, daß sie in ihrem Innern nicht ganz harmonisch sei. «Was das für phantastische Grillen sind! rief sie aus. Wie, ich sollte die gute, freundliche Stimmung, die mir stets ungerufen und unerwartet vom Himmel kommt, grämlich von mir weisen, weil sie sich nicht zu allen meinen innern und äussern Verhältnissen schickt! — Ich bitte, verschonen sie mich mit ihrer Uebereinstimmung, und lassen sie mir meine Fragmente, die mir auch das Fremde, Unharmonische ertragen lehren.!»

Der Abend war unbeschreiblich schön, und ich schlug vor, den Rest des Weg's zu Fuß zu machen. Eduard stimmte mir sogleich bei; doch Nanettens Bequemlichkeit war stärker als ihre vorgenommene Liebe zu ihm; sie lies ihn unter tausend scherzhaften Verhaltungsregeln, mit mir allein wandern und blieb im Wagen. — Der Weg gieng durch ein verwachsenes, süß duftendes Gehölz. Julie! was war es, was ich empfand? — hast Du es je gefühlt, was, ganz von dem gewohnten Gang der Gedanken getrennt, verschieden, mit zarten, leisen Schwingen, alle Saiten Deines Herzens rührt? — was Deinen Sinn von der Weiblichkeit abschneidet, und mit geheimnißvollem Zug, Dich in ein fremdes, himmlisches Leben führt, wo selbst die Flügel des Gedankens nicht hinreichen? — welch' eine Wehmuth, eine Ahnung quoll mir aus den Abendgerüchen des Waldes, den bethauten Pflanzen, aus der zarten Dämmerung, die schon durch die fernen Sträuche hervordrang, entgegen! Ich hatte so manches Gespräch anknüpfen, Eduard über manches fragen wollen, aber ich war stumm, doch ohne mißvergnügt darüber zu sein. Eduard schien meine Gefühle zu theilen, doch, vielleicht mehr gewohnt mit Eindrücken zu spielen, suchte er sich und mich, auf eine angenehme Weise zu zerstreuen, und ich wußte es ihm Dank, denn ich kam gefaßter zu den Uebrigen zurück. Wir hatten von gleichgültigen Dingen gesprochen, und doch schien es, als hätte dieser Gang uns einander näher gebracht. Was ist das, Julie, was ohne Worte, die Seelen leise zusammen bindet? hast Du es je erklären können?

Es ward Nacht, wir waren angekommen, und ohne Müdigkeit zu fühlen, war ich froh, allein zu sein. Die Bilder des Tages giengen lächelnd vor meiner Seele vorüber; aber bald that es mir unbeschreiblich weh, daß ich mit Eduard nicht mehr gesprochen hatte. Ich wußte noch so wenig von ihm; seine ganze Vergangenheit war todt für mich, seine Zukunft konnte uns leicht auf immer trennen, und ich lies die kurzen Augenblicke der Gegenwart unbenützt vorbei! — Es schien mir in meiner Unruhe, als könnte diese schöne Gelegenheit nie wieder kommen, und doch beschloß ich sie wieder zu suchen. — Ich ¦ erwachte mit dem Tag, die Morgenröthe erschien mit ihrer Rosenstirn und ihren goldnen Füßen. Alles zog mich ins Freie; und ich folgte gern. Wie verändert war alles! Der Duft der Ahnung ruhte nicht mehr auf dem Thal, die Begeisterung hatte ihren Schleier aufgerollt, aber ein Glanz, ein Leben, eine Herrlichkeit schwebte über der Gegend, die ich nicht zu beschreiben vermag.

Ich war wie von unsichtbaren Händen empor getragen, mein ganzes Wesen, war leichte, freie, süße Freude. Lange schwelgte ich auf der Höhe in reinem Luftstrohm, dann lies ich mich die Felsen herab, und stand nun da, in einsam lieblicher Wildniß. Vor mir wehte und wogte die Gegend in sichtbarem Aether; Himmelswärme spielte um meine Wangen, Begei-¦ sterung küßte meine Seele, und frohe Schauer durchbebten mich. — Augenblicke voll unendlicher Seligkeit giengen mir vorüber; dann kehrten meine Gedanken zur Erde zurück, ich fühlte mich angenehm beschränkt, meine Wünsche überflogen diese Höhen nicht; ich hatte alles was ich wünschte — denn ich liebte. Da sah ich auf, und die schöne Gestalt die in meinem Herzen wohnte, stand lebendig vor mir.

Nachdenkend, mit schönem Ausdruck, stand er auf der Höhe und bemerkte mich lange nicht. Endlich aber, wie von Zephirs getragen, kam er herab, leicht und glücklich über die gefährlichsten Stellen. Was soll ich Dir noch sagen, Julie? — Dieser Morgen band meine Seele auf ewig an die seine. — Alles um uns her blühte schöner, ein zarter, heimlicher Sinn säuselte in jedem Lüftchen, das uns küßte. Das Herz war des Herzens gewiß, jedes unsrer Worte war voll Geist und Leben, ein *hoher* Genius trug alles weit über das Mittelmäßige empor. — Ich zwang mich nicht. Was mir ins Herz kam, das sagte, das that ich. Ach! wie lange, wie innig hatte ich mich nach einem verwandten Wesen gesehnt, wie bitter mir die gestrige, verlorne Stunden vorgerückt — jetzt von der ganzen Natur zur Freude eingeladen, von allem Zwange fern, an seinem Arm, der heiß ersehnte Augenblick — denk' Dir, was ich empfand!

Wir kommen wieder unter Menschen. Etwas Unnenbares hatte ihn an mich gefesselt, hielt ihn ganz an mich gebannt. Die gleichgültigste Kleinigkeit, wie erhielt sie durch seine Gegenwart ein besonderes, unbeschreibliches Interesse! — in Allem was wir sprachen, lag ein geheimer Sinn, den der Scharfsinn des Andern immer leicht und glücklich zu finden wußte; ein zufriedenes Lächeln war dann die Belohnung. — Ohne Geist, welche traurige Liebe! Aber wenn das

Auge von Begeisterung glänzt, und ein süßes Staunen über die Vorzüge des Geliebten die Seele erhebt, dann — Himmel! o Entzückung!

O, Julie! — die süße erfinderische Liebe! — Eben kömmt Wilhelm, dessen Anhänglichkeit an mich sich nicht mindert, und immer stärker zu werden scheint, zu mir. Ich höre ihn hastig die Treppe herauf springen; die Mutter hält ihn auf; fragt, wo er die schönen Blumen her habe? Gefunden, ruft er dreist und schnell, macht sich los und schlüpft zu mir herein. Er ¦ hält mir einen großen, mahlerisch schönen Rosenzweig, mit voll entfalteten und noch halb geschlossnen Blüthen entgegen, und aus der kleinen festgeschloßnen Hand zieht er ein feines Blatt Papier hervor, das in leicht geschriebenen Zügen, folgendes enthält: «Ein reizender Knabe spielt an meinem Garten. Sein Anblick erfreut mich; ich finde Mittel ihn gesprächig zu machen, und erfahre, daß er in Amanda's Nähe lebt, daß er sie liebt — wie könnt' er anders? — Ich breche die schönsten Rosen meines Gartens; wie ihr Duft umschwebt mich das Andenken an die schönsten Tage, aber wie ihr Stachel, verwundet mich der Zweifel, ob sie auch je wiederkehren? — Bote der Liebe! bringe sie der Gebieterin, und wenn ihr der Duft gefällt, wenn sie den Zweifel zu ¦ heben würdigte, vielleicht durch Dich — o! dann eile schneller als ein Gott und segnender, zu dem Sehnsuchtsvollen zurück!» O! wie schmeichelt dieser Duft, dieses Geschenk der Liebe aus eines Amors Hand — wie mich die Nähe des Gottes ergreift!

Der Kleine hat mir noch vieles von dem schönen, jungen Mann erzählt, vieles, was mich entzückte. — Leb' wohl. Ich sende — ja ich sende ihn zurück. Der nächste Augenblick und mein Herz mag entscheiden, mit welcher Antwort.

Dreizehnter Brief.

AMANDA AN JULIEN.

Ich sitz' allein in meinem Zimmer, von den seligsten Träumen umgaukelt. Die Kleider, welche ich heute trug, liegen zerstreut umher. Ich küsse sie, ich drücke sie an mein Herz — seine Blicke, sein Hauch haben sie umschwebt und geheiligt. Ach, Julie! wie liebe ich diese Erinnerungen! wie süß ist diese Träumerei! Endlich, endlich bin ich glücklich! — Die Stunden hüpfen wie silberklare Wellen um mein Dasein; aus dem verworrenen Spiel menschlicher Wünsche, tönt eine leise Harmonie zu mir ¦ her — die ganze Natur ist ein schöner, ewig ungetrübter Spiegel, der mir heiter nur mein eignes Glück zurückstrahlt!

Wenn ich Dir sagen werde, was heute geschehen ist, und was ich fühle, so wirst Du vielleicht erstaunen, und wie in Deinem vorigen Briefe fragen, ob ich noch dieselbe Amanda bin, und ein so weises Mißtrauen in sie setzte? — Aber, Julie, so lange wir noch nicht geliebt haben, dürfen wir nicht hoffen, uns selbst recht zu kennen. Eine fremde, höhere Macht bestimmt dann unsere Handlungen, ja sie reicht bis in das Heiligthum unserer Gedanken und wir *freuen* uns noch ihrer Allgewalt. Wahre Liebe ist nicht möglich ohne das vollkommenste Vertrauen; wir haben keine Gründe dazu, aber wir bedürfen auch keine. Unser Gefühl reicht weiter, als unsre Ueberzeugung, und ein heiliger Glaube bürgt uns für das fremde Herz, wie für unser eignes.

Ich schrieb Dir zuletzt, auf welche Art ich von Eduard Nachricht erhalten. Vom Schreibtisch gieng ich zu den Blumen, die einen kleinen Garten vor meinen Fenstern bilden, und suchte bei ihnen eine Antwort, denn diese Sprache hatte mir etwas so liebliches, daß auch ich sie wählen wollte. Ich brach einen schönen, frischen Myrthenzweig, und umwand ihn dicht mit Stundenblumen, deren schöne, vergängliche, aber sich schnell wieder erholende Blüthe Du wohl kennst. Dann schrieb ich auf ein Blättchen: «*Liebe hält das Flüchtige fest und erneuert das Vergangene.*» Der Kleine sprang vergnügt und schnell mit seinem Auftrage fort. Eduard wiederholte auf diese Weise seine Erinnerungen öfterer; wir sahen uns zwar zuweilen, aber stets in Gesellschaft, wo, eben der geheime Wunsch, einander näher zu sein, uns mehr von einander entfernte. Ich antwortete einigemal, und der Knabe vollzog seine Aufträge mit einer Geschicklichkeit und Besonnenheit, die mich in Erstaunen setzte. Aber bald befremdeten sie mich nicht allein; sie erschreckten mich. Diese früh geübte Verstellung mußte ja eine Rinde um sein Herz legen, die vielleicht nie ein Strahl der Wahrheit zu durchdringen fähig war. Durfte diese zarte Seele mit einem Geheimniß belastet werden, diese Unbefangenheit etwas zu verheelen haben, und sind Verschwiegenheit und Tugenden für Kinder? Nein! um diesen Preis konnte ich meine Freunde nicht erkaufen, und was ich auch dabei verlor, so schrieb ich dies doch Eduard, und verbot ihm, mir ferner auf diesem Wege Nachricht von sich zu geben.

So giengen mehrere Tage traurig hin, an denen ich nichts von ihm hörte, und mein Herz war weit entfernt, in dem Gedanken: gut gehandelt zu haben, Beruhigung und Freude finden zu können; ja es warf mir vielmehr meine Bedenklichkeit und Unempfindlichkeit bitter vor.

Heute war es, wo ich, wie ich oft zu thun pflege, allein spazieren gieng. Ich gieng durch blühende Alleen, zwischen Hecken und über gemäheten Wiesen; unachtsam auf das was um mich her vorgieng und ganz meinen Träumen hingegeben, war ich weit gegangen, als ich sahe, daß eine dunkle Wolke sich tief in die Thäler hereinneigte, ¦ und bereit schien, sie mit ihrem Seegen zu tränken. Die Linden hauchten starke, begeisternde Gerüche aus, eine laue, zärtliche Luft drang mir entgegen, und die ganze Natur erschien mir wie die Geliebte des Himmels, die ahnend den Thränen der Liebe entgegen harrt. — Jetzt stand ich ganz nah vor einem Garten; die kleine Thür, von grünen Ranken und blauen Blumen beinah verdeckt, stand halb offen, und ich trat, vor den nahen Stürmen flüchtend, eilig hinein. Meine Blicke suchten nach einem Obdach, als ein junger Mann mir entgegen kam, den ich sogleich für Eduard erkannte. Er selbst war der Bewohner dieses Gartens, und wir fühlten uns durch dies wunderliche Spiel des Zufalls unbeschreiblich überrascht und befangen. Es war das erstemal seit jenen ¦ schönen Tagen auf dem Lande, daß wir uns allein sahen, und es schien, als wären wir uns durch die Briefe selbst, nur fremder geworden. Und — es ist gewiß — Liebe verträgt keine fremde Mittheilung, so wie sie keine andre Nahrung als sich selbst bedarf. Was sollen Zeichen, die der Verstand erfand, wo keine Begriffe auszudrücken sind, wo nur ein Blick aus dem verklärten Auge des Geliebten, der Seele die Gewißheit, daß ihr unnennbares Gefühl auch von dem verwandten Wesen verstanden und empfunden wird? —

Wir giengen durch einige Gänge, die nach dem Gartenhaus führten, als eine Nische von Acazienbäumen und Rosen beinah' verschlossen, meine Aufmerksamkeit erregte. Ich bog die Zweige zurück und gieng hinein. Die Bildsäule eines Amors, fein und richtig gearbeitet stand in reizender Gestalt da. Sein Bogen und seine Pfeile lagen zerbrochen vor ihm; keine Binde verdeckte seine Augen, Aber mit ernster Schalkheit legte er den Finger auf den Mund. — Ein hoher Rosenstock, der noch in voller Blüthe stand, verbreitete ein röthliches, unbeschreibliches Licht. Hier, sagte Eduard, vor diesem Gott, der verschwiegen, aber nicht blind ist, und gern auf ewig seinen Waffen entsagte, bete ich täglich die Göttin an, die selbst ich nicht darzustellen wagte.

Laut rauschte es jezt durch die Blätter und große Regentropfen fielen herab. Wir mußten eilen, in das kleine Zimmer zu kommen, das uns in seine freundliche Einsamkeit aufnahm. Könnte ich Dir doch den Eindruck mittheilen, den dieser reizende Aufenthalt der Ruhe und des Vergnügens, auf Deine bewegte Amanda machte! — Alles schien mir zu sagen, daß eine harmonische Seele hier ihre schönsten Stunden verlebe. Ueberall sah ich gefällige, zusammenstimmende Farben; wenige, aber mit Sinn gewählte Gemählde erhoben die Wände, überall dufteten Blumen aus den zierlichsten Gefäßen, köstliche Früchte wie unter hesperischem Himmel gereift, schimmerten unter frischen Blättern hervor, eine Laute lag weichlich auf den Polstern, und nicht fern davon grünte noch der Myrthenzweig, wie durch Zauberei erhalten.

Hier, wo so viele Bilder erweckt, und das berauschte Herz sich angenehm aus seiner Träumerei gezogen fühlte, fanden wir uns bald mit Gesprächen, wie mit Blumenketten, verschlungen. Ein jedes zeigte ¦ frei seinen Geschmack, seine Meinungen, die oft wie labyrintische Pfade durch Blumenthäler von einander abwichen, und doch am Ziel in schöner Harmonie sich immer wiederfinden. — Was soll ich Dir noch sagen, Julie? — Ach! Deine glückliche Amanda, vergaß ganz, daß es Verhältnisse, Klugheit und Mißtöne in der Welt giebt, und das selige Gefühl, ihren schönsten Traum erfüllt zu sehen, und endlich das gleichgestimmte Herz gefunden zu haben, das sie ganz zu verstehen vermag, durchathmete ihr ganzes Wesen!

Der Regen hatte aufgehört. Die grünen, getränkten Bäume schimmerten, frisch und lachend in die Fenster herein, und ein glühendes Licht wankte durch die bebenden Zweige an den zierlichen Wänden. Wir traten ans Fenster und athmeten die ¦ gereinigte Lüfte. Ach, Julie! welch ein Abend! Erst jetzt habe ich Worte für die Bilder, die ich da nur mit stummem Entzücken in mich sog! Die Sonne sandte einen stillen, aber brennenden Blick über die Gegend. Fröhlich flatterten Schwalben, mit glänzender, silberner Brust, wie weisse Blüthen, durch den Sonnenblick, der golden und blendend durch die Berge hervorschoß, und alles, was er berührte, mit überirdischem Reiz verklärte. Das ferne Bergschloß hüllten düstre Schatten, aber weit hinter demselben glühte der entlegendste Berg, wieder in röthlichem Gold. Der Sonnenblick zog weiter; das Thal versank schwermüthig in den Bergschatten, indeß sich von dem Schloß, der Schleier wegzog. Ein heiliger Glanz lag nun auf dem grauen, verfallenen Gestein, den kleinen, aufblühenden Gebüschen, die es umgaben, und dem ganzen düstern Bergprofiel. Graue Regenwolken, von der Abendsonne mit goldenen Flecken zerstreut, zogen wie flammende Wagen, flüchtig an den Höhen vorüber; in Westen glänzte ein endloses Aethermeer, und ein dunkles Gewölk, mit vergoldetem Rand, schwamm wie ein glückliches Eiland darinnen, und war immer goldner und strahlender, je weiter die Sonne hinabsank. — Ach, Julie! was war es, was mich, verloren in diesen Anblick, ganz von der Erde hinwegzog, in ein unbekanntes Land, von fremden seligen Gefühlen, und mein Auge mit unnennbaren Thränen erfüllte? — Nur dunkel, dachte ich: O! dort in dem strahlenden Wolkenland, von Menschen entfernt, und von der Unendlichkeit umgeben, mit dem Geliebten zu sein in ewiger Jugend und Liebe! — Da blickte ich auf, und sah Eduard, der in einiger Entfernung von mir stand. Ich kehrte aus meiner wunderbaren Entzükkung zurück, und fühlte mich wieder freundlich an die Erde gefesselt. Wir waren fröhlich und sprachen viel, nur von dem, worüber wir hätten sprechen sollen, nehmlich: auf welche Weise wir uns künftig sehen oder schreiben wollten, kein Wort. Erst beim Abschied dachten wir daran, aber dieser Abend schien uns zu schön, zu heilig, als von dergleichen Dingen zu sprechen; wir überließen alles den Göttern und trennten uns wehmüthig, aber unendlich glücklich.

Ich gieng zurück. Alles war still um mich. Ich bewunderte dies weite Schweigen in der Natur. So, dachte ich, war es ¦ im Anfang aller Dinge; aber die Liebe erschien, und alles war belebt. Ich kam nach Hause, und erstaunte, alle Gesichter noch eben so gleichgültig zu finden, als ich sie verlassen. War ich es denn allein, deren Augen von Vergnügen glänzten, deren Seele mit Wonne an den vergangenen Momenten hieng? — Ist denn die Welt so arm an Freuden? Ich blieb allein; mein Mädchen bat um die Erlaubniß einige Bekannte zu besuchen, und ich gab sie ihr gern. Vielleicht erwartet sie ein liebendes Gespräch, und ich würde mich mit ihr freuen; sie ist ein gutes Geschöpf. In der ganzen Welt sehe ich nur Liebe, allenthalben Liebe, und ich begreife nicht, wie ohne sie etwas der Rede werth sein könne? — Ich habe mich ans offene Fenster gesetzt, und die zärtliche, warme Luft, ¦ zu mir herein wallen lassen. — Du weißt nun alles, und ich verlasse Dich, um von neuem zu träumen.

Vierzehnter Brief.

EDUARD AN BARTON.

Dein Brief würde mich sehr beruhigt haben, wenn es nicht schon zuvor die Liebe gethan hätte. Du schreibst es mir — o! und ich habe es gefühlt! — mit meinem Entschluß sie nicht mehr zu sehen, sei es mir nicht Ernst. — Thor, der ich war! Die schönsten Freuden meines Lebens frevelnd von mir weisen zu wollen, eines elenden Stolzes wegen! — O, Freund! es ist geschehen! Alle Zweifel sind gelöst; die Welt steht in schöner Klarheit vor mir, und das Leben liegt erwacht in meinen Armen!

Ich bin wieder auf einige Tage auf dem Gute des Herrn von V —, und bin hieher gereist, um Dir zu schreiben, denn dort, ich gestehe Dir es aufrichtig — in *ihrer* Nähe, ist an keinen Brief zu denken. — Anfangs sahen wir uns nur selten und schüchtern; aber jetzt bin ich fast täglich in ihrem Hause; wir sehen uns bei Lustbarkeiten, und allein; Albret scheint keinen Widerwillen zu haben, und ich begleite sie fast allenthalben hin. O, Freund! wie ist das alles so anders geworden! Was war das kalte, leere Wohlgefallen an ihr, gegen das glühende Gefühl, das jetzt in mir lebt! — Oft muß ich mich vor ihr niederwerfen und anbeten, wenn sie in ihrer Unbefangenheit so hohe Dinge sagte, die wie Gestalten aus einer andern Welt, mich mit süßem Schauer be|rührten. Mit Erstaunen höre ich sie oft, mit ungekünstelter Eigenthümlichkeit und Klarheit, Gedanken aufstellen, die den größten Scharfsinn enthalten. Sie sind nicht das Resultat eines langen, mühsamen Nachdenkens, wie bei den Männern, nein! sie sind vielmehr der leichte, glückliche Fund eines reinen, unfehlbaren Sinns, der die Wahrheit nicht erst durch Dunkel suchen darf, sondern dem sie sich gleich im heitern, schimmernden Lichte zeigt. — Und so, dünkt es mir, sollen überhaupt die Weiber immer auf das merken, was ihnen schnell einfällt, ohne viel darüber nachzudenken, denn bei ihnen kommen die Resultate immer zuerst. Auch wenn sie schreiben, müßten sie dies beobachten, und stets die schnell herabfallenden Funken achten. Aber sie sollen überhaupt nicht schreiben; | sie sollen nichts als leben und — lieben.

O, Freund! Du sagtest mir vieles, dessen Wahrheit ich schon erfuhr, aber das sagtest Du mir nie, daß das

Leben so unaussprechlich reizend sein kann! oder solltest Du selbst es vielleicht nie empfunden haben? sind vielleicht nur wenige Sterbliche von den Göttern dazu ausersehen, und ergriff das Glück, das stets nach Laune wählt, gerade mich in meinem seligsten Moment? — Erst hier, von ihr getrennt, werd' ich mir ganz meines Reichthums bewußt; denn es gehet mit unserm Glück wie mit Gemählden; erst in der gehörigen Entfernung können wir die Schönheit derselben künstlerisch wahrnehmen und genießen. Welche Genüsse, welche Freuden, schmiegen sich bei diesen Rückerinnerungen ¦ um mein Herz! Alle Verhältnisse meines Lebens, legen sich lieb und schmeichelnd um mich, als wären es weichliche Gewänder, von Frühlingsdüften gewoben. Jetzt erscheint sie mir erst in all ihrer Schönheit, in all ihrer Liebe, und ich kann es kaum begreifen, wie so schnell, wie so schön wir uns gefunden haben. O Tag! o Abend, den ich nie vergessen will und kann! — Alles um mich her, war mir nicht mehr bedeutend, sondern ausgesprochen; alles war da, nicht fliehend und nicht kommend; alle Sehnsucht ruhte in der Gegenwart, die unendlich war. Als sie mich verlassen hatte, war ich nicht traurig — nein! die lebendigste Freude hatte mein Herz geöffnet, ich fühlte mich ganz für die Welt gebildet, kindlich nahm ich an Allem Theil, und sah in Allem den hei¦tersten Sinn. Die Knaben belustigten mich, die an meinem

Garten, hinter der grünen Umbüschung eines Teichs, mit komischer, wirklich empfundener Angst, nach einem Bret warfen, und es, als wäre es ein feindliches Schiff, durch Steine vom Ufer abzuhalten suchten, und in den rohen Gesängen einiger wilden Gesellen, vermochte ich durch alle Mißlaute hindurch, mit Vergnügen die einzelnen Spuren einer wilden Geniealität wahrzunehmen, und mich derselben zu erfreuen. —

Und als nach einer kurzen Schattennacht, der schwärmerische Tag des Mondes aufgieng, und die Bäume ihre Gipfel träumend in dem zärtlichen Licht wiegten, da fühlte ich mich ihr so nahe, war ihres Andenkens so gewiß, daß ich von neuem glücklich war.

Und so ist es nun noch immer mit | mir. — Sieh diesen Morgen! wie die Berge hoch an ihren Scheitel den goldnen Schimmer empor heben, der Wald begierig die süßen Stralen einsaugt! o schöne, reizende Erde! *Alles,* in und ausser mir, ist Uebereinstimmung, Hoffnung und *Liebe!* In der ganzen Natur, sah ich keinen andern Zweck, als sie; sie ist der ätherische Kranz, in dem alle Wesen verflochten sind. Den stillen Drang der Nothwendigkeit, und den freien Flug des Willens, ist kein anderes Ziel vorgesteckt; sie ist das Einzige, was uns glücklich macht, weil sie, bei aller Unendlichkeit der Empfindung, doch alle unsere Wünsche beschränkt.

[I, 14.Brief, 168/169]

Ich habe Dir nun alles gesagt; Du weißt nun, daß ich glücklich bin. Morgen reise ich wieder von hier ab. Länger von ihr getrennt sein, wäre Tod; ich muß sie sehen, denn mein Leben hängt an ihren Blicken. — O, ihr Horen! die ihr den Himmel der Götter verschließt und eröffnet, fliegt, fliegt und eröffnet auch mir meinen Himmel! Zieht die Wolke hinweg, die mir die Göttin verbirgt!

Funfzehnter Brief.

AMANDA AN JULIEN.

Monden sind vergangen, und zu sehr mit der glücklichen Gegenwart beschäftigt, hatte mein Herz für die entfernte Freundin, nur Gedanken, aber keine Worte.

Deine Briefe allein, meine Julie, sie, die ich sonst immer mit freudiger Rührung las, haben jetzt zuweilen mein Glück gestört. Wo ist der freie Blick, der milde, menschliche Sinn, der sonst Dein Urtheil über die Menschen leitete, und Dich ihre Handlungen mit ihren Schicksalen gutmüthig und richtig vergleichen lehrte?

Kann ich dafür, daß mir die Liebe nicht auf Deinem Wege entgegen kam? und hast Du vergessen, daß, wie ich jetzt fühle, Du ehmals gefühlt hast? — Julie, bedenke es, daß, wir mögen noch so redlich streben, Keinem Unrecht zu thun, wenn unser Gefühl nicht zart genug ist, die feinen Nuancen des Herzens zu bemerken, und es uns an Phantasie fehlt, lebhaft die Tage eines andern zu empfinden; so werden wir dennoch oft andern weh thun, und keinen um uns her glücklich machen können. — Nein! störe den Frieden meines Herzens nicht mehr, und verlange nicht, daß ich mir Gewalt anthun soll. Wer sein natürlich reines Gefühl bewahrt hat, kann sich die undankbare Mühe ersparen, seine Neigungen bekämpfen zu wollen; sie führen ihn recht; er darf sich ihnen überlassen.

Du verkennest meinen Freund, wenn Du glaubst, er werde mich leichtsinnig und ohne Bedenken tausend Unannehmlichkeiten aussetzen. Er selbst hat es durch sein geschicktes Benehmen so einzuleiten gewußt, daß wir uns nun mit größter Leichtigkeit so oft sehen, als wir wollen. O! Du solltest es sehen, wie er auf Andere zu wirken versteht! Ueberall, so jung er auch ist, erregt er unwillkührliche Achtung. Seine Ueberlegenheit muß ein jeder, freiwillig oder nicht, anerkennen. Er bittet — und man weiß es ihm Dank, denn man fühlt, daß er befehlen könne. — Und Albret? — O! ich rechte nicht mehr mit ihm! sein Verhängniß führte ihn, wie mich das Meinige. Daß ich mit einem Herzen voll Liebe vergebens nach seinem Vertrauen rang, daß ich in seinen Ideenkreis mich nicht zu stellen vermochte, was kann *er,* was kann *ich* dafür? — Mein Schicksal führte mich einen blumigen Pfad; es sandte mir die gleichgestimmte Seele, wo ich ihrer am bedürftigsten und am würdigsten war. Denn meine Liebe ist nicht die betäubende, ungewisse Glut der ersten Neigung; sie ist der reinste Genuß des Herzens, mit den edelsten Blüthen des Lebens verwebt und verbunden. — Gern sagte ich alles, was ich empfinde; denn kann es ihm weh thun, da er mich nicht liebt? Aber würde ihm nicht mein Vertrauen vielleicht kindisch erscheinen, ihm lästig sein? — Er verlangt ja nur Schein von mir, nur — ach! ich weiß nicht, was er verlangt! Laß mich immer thörigt sein, Julie, diese Momente werden nie wiederkommen. — Ich will jetzt alles ¦ vergessen, ich *will!* — und ich fühle mich dabei weise und gut.

Wir werden wegen den Unruhen des Kriegs, diesen ganzen Winter, und vielleicht noch länger, hier bleiben. Seit einiger Zeit ist auch der Graf von L — hier, dessen Bekanntschaft ich schon in Italien machte.

Albret sieht es gern, wenn ich bei den Festen, die er veranstaltet, erscheine, und ich füge mich leicht in seinen Sinn, denn mit Freuden ergreife ich die Gelegenheit, ihn zu verbinden, und — allenthalben finde ich Eduard.

Du fragst mich nach Nanetten — und ich fühle ganz den Vorwurf, der in dieser Frage liegt; wie lange ist es, daß ich ihrer, die ich doch so herzlich zu lieben versicherte, gar nicht gegen Dich gedachte! ¦ Ach!

wol läßt sie uns alles vergessen, diese gebieterische Leidenschaft! und so war es natürlich, daß ich Dir zu schreiben vergaß, wie sie schon seit einem Monat zu einer Verwandtin gereist ist, die sie sehr angelegentlich zu sich einlud. Aber sie hat versprochen, bald wieder hieher zu kommen, und wir erwarten sie täglich.

Und wolltest Du, meine Freundin, *Du* allein, Deine Freundin betrüben, während Zufall, Liebe und Wahrheit sich zu ihrem Glück vereint haben? — O! gedenk' an unsre jugendlichen Träume, an unsere Hoffnungen, an unsere milden, unschuldig freien Grundsätze! Bedenk', daß die Sterblichen zwar oft *das* erreichen, was sie wünschen, aber selten oder nie, gerade zu dem Zeitpunkt, *wo* sie es wünschten. Julie, es kann schwach und unrecht sein, die Verhältnisse, worinnen wir einmal sind, leichtsinnig zu verletzen, aber es ist stark und gerecht, sie zu seinem Glück zu vergessen, ohne sie zu verletzen.

Sechzehnter Brief.

EDUARD AN AMANDA.

Ich muß Sie verlassen, Amanda, wenn ich meine Abreise so nennen kann, da ich nie von Ihnen mehr zu trennen bin. Barton ist hier, und überbringt mir die Bitte meines Vaters, unverzüglich zu ihm zu kommen. Mein Vater schreibt, daß er nicht versteckt vor mir handeln, nicht seine Gründe in den Schleier des Geheimnisses hüllen, aber mir nur alles *mündlich* sagen wolle, dann soll ich urtheilen, und nur bis dahin seiner Versichrung trauen, daß er nicht willkührlich mit mir verfährt. — ┆ Meine Abreise soll für Albret ein Geheimniß bleiben. Warum? das weiß ich noch nicht, doch diese geheimnißvollen Wesen, die jetzt über mich gebieten, sollen mir von Allem Rechenschaft geben. Schon morgen reise ich; darum vergönne mir heute, Dich ungestört zu sehen. Freudig will ich die letzten köstlichen Tropfen der Gegenwart trinken.

Ich bin glücklich; ich habe keinen Sinn für Trennung und für Schmerz. Wir werden uns bald, freudig und liebend wiedersehn.

Siebenzehnter Brief.

AMANDA AN EDUARD.

Sie erschrecken mich. — Ich hatte mich so sehr an mein Glück gewöhnt, daß ich, wie ein Kind glaubte, es könne nie anders werden. Und nun, schon jetzt? — Ach! diese Trennung ist nicht gut! keine ist es. Kommen Sie bald, damit Ihre Gegenwart mir Alles klärer und heitrer mache.

Achtzehnter Brief.

AMANDA AN JULIEN.

Es ist vorbei! — Zwei Wesen sind getrennt, die ohne einander nicht leben können. Abgerissen sind die Fäden, die mein Herz an das gesellige Leben banden, und alle Freuden erscheinen mir ohne ihn, wie entseelte Körper. — O! allmächtiges Gefühl der Liebe, das im Innersten des Herzens wohnt, und mit unbekannter Kraft, Trauer oder Freude über die ganze Welt ausgießet, vergebens müht sich der bildende Verstand, Dir die Erscheinungen nach seinem Gefallen darzustellen, vergebens strebt die meisternde Vernunft, Dich in ihre Formen zu gießen — in hoher Freiheit, waltest Du, unumschränkt nach Deinem Willen. Deine Wahl ist die ewige Harmonie der Natur, der geheime Zusammenklang lebendig fühlender Wesen. Ewig suchst Du darnach, und, wo Du sie findest, aller Schranken und Hindernisse spottend, da ist einzige, ewige Wahrheit. Oft weißt Du in der Tiefe des Unglücks, Dir Deinen Triumpf zu bereiten, nach dem vergebens das glücklichste Leben sich sehnt. Und weh' dem, dem es gelingt, mit Dir den kalten Bund zu schließen, daß Du folgsam Dich den niedern Bedingungen des Verstandes anschmiegst; denn bald schweigst Du ihm ganz, und er steht da, ein kaltes, trauriges Monument, des einst in ihm wohnenden Lebens! — |

O! Julie! ich war glücklich! glücklich, wie es wol nie eine Sterbliche war, und werden wird! — Stunden hoher Begeisterung und ruhiger Einfalt, der geistigsten, schönsten Poesie, und bescheidner, nüchterner Lebensfreuden, schlossen sich reizend an einander. Ja! es gab Momente, wo uns das Herz so groß ward, wo uns Phantasie, Liebe und Naturgenuß, ganz über alle gewöhnliche Verhältnisse hinweg, ins Gebiet der Ideale empor hob, wo wir alles andere verachteten, und zu sterben wünschten, weil nach solchen Augenblicken, kein irdisches Glück mehr unsrer Sehnsucht werth schien. Aber es gab auch Stunden, Tage, wo wir friedlich auf dem sanften Strom des gewöhnlichen Lebens hinabgleiteten, uns in den mannigfaltigen Beziehungen der Menschen, in geselligen | Verhältnissen glücklich fühlten, und mit freundlicher Ruhe einander ins Auge blickten. — Das war es eben, was uns so selig machte, daß wir uns allenthalben begegneten, auf den ewigen Höhen der Begeisterung, und in den flüchtigen Wellen des Augenblicks, allenthalben uns einander nahe fühlten. — Und dies alles ist vorbei! Julie, wenn Du dies je gefühlt hast, wenn Du es nur ahnen kannst, so komm zu mir, und lehre mich, mich selbst ertragen! — Eine stürmische Sehnsucht ruft mich weg in ferne Gegenden, wo ich ihm zu begegnen hoffe. Wilde Phantasien umschwärmen mich; es ist der sanfte Ton der Empfindung nicht mehr, der in nahem Bezug, auf die Gegenwart allein, meinen Träumen die fröhlichste Bedeutung lieh. Die Welt ist tod für mich, und in ¦ der ganzen Natur, bewegt kein erfreuender Ton mehr mein Herz mit leisem Widerklang.

Daß Eduard von mir getrennt, weißt Du, aber warum so schnell, und so geheimnißvoll? — Das wußte er selbst nicht, und wird es erst aus dem Munde seines Vaters erfahren. Sein Freund Barton, den er so oft verehrte, kam hieher, um Eduard's Angelegenheiten in Ordnung zu bringen, und vielleicht auch, wie ich fast vermuthe — mich näher zu beobachten. Es ist ein Mann, der die Welt sehr zu kennen scheint, und den eine gewisse Sicherheit und Schicklichkeit im Betragen, überall willkommen sein läßt. In seinem Gesicht hat sich, um den Mund, noch ein ¦ leiser Zug von Gutmüthigkeit erhalten, aber die Augen sprechen viel Klugheit, beinah Schlauheit aus. Er ist in unserm Haus bekannt geworden, und ich sehe ihn öfters, aber noch kann ich kein Vertrauen zu ihm fassen. Und wie sollte ich? er scheint zu verständig, um mich verstehen zu können.

Albret hat sich jetzt, wie immer, auf eine eigenthümliche Weise benommen. Nach unsrer Trennung, bei der auch Eduard trostloser war, als er selbst erwartet hatte, sagte ich ihm alles was ich fühlte. Der Schmerz macht aufrichtig, und das bestürmte Gemüth kannte keine Schranken, keine Rücksichten mehr. — Er hörte mich gelassen an, ohne ein Zeichen von Ueberraschung, mit einem Lächeln, wie man die Träume eines Kindes belächelt. «Amanda,» sagte er, als ich schwieg, «Du kennst Dich selbst, Du kennst die Menschen nicht. Unbedachtsam hälst Du die hinfällige Pflanze, die einen Frühling lebt, für den Sprößling eines Baumes, der allen Wettern trotzen, und mit den Zeiten wachsen wird. Zu späte Reue ist schrecklich; bedenke das! — du bist mir werth.» Diese Aeusserung reizte meine Empfindlichkeit. Ich fühlte mich so groß, so unendlich in meiner Liebe, daß jeder Zweifel an ihrer Dauer, ihrer Stärke, mir Lästerung zu sein schien. — Indessen, was mir auch darinnen mißfällig sein konnte, so fand ich doch, Albrets Benehmen, in diesem Fall untadelich, ja! edel. — Seitdem hat er nie wieder über diesen Gegenstand, mit mir gesprochen, aber täglich verwickelt er mich absichtlich, immer mehr in einen ¦ Wirbel von Zerstreuung und Lustbarkeiten, wo ich ihm nicht glänzend genug erscheinen kann. Ich gestehe Dir, daß ich nicht weiß, was ich davon denken soll. Bin ich das Spielzeug seiner Eitelkeit, oder neuer, mir unbekannter Absichten? — Ach! die Liebe macht mich für alles andere ungeschickt, und raubt mir alles Urtheil!

———

Eduard hat mir geschrieben. Seitdem weiß ich, daß die Welt noch Reiz für mich hat; ich ahne wieder einen leisen Einklang im Spiel des Lebens, und bin mir selbst wieder gegeben. Seine Klagen haben mich geweckt, und die Sorge, ihn zu trösten, führt meinem eignen Herze Beruhigung zu. Wie sehr wünschte ich, meine Julie, daß Deine Einrichtung, Dir jetzt ¦ verstattete, zu mir zu kommen. Deine Gegenwart ist mir nie so nothwendig gewesen, und sie würde das begonnene Werk vollenden. — Nanette ist seit einiger Zeit wieder hier, aber sie scheint sich von mir zu entfernen, wenigstens ist sie so unbefangen nicht mehr, wie vormals. Zuweilen blickt sie mich liebevoll an, und ein fremder Zwang scheint ihren Mund zu verschließen; dann aber glaub' ich auch, Mißtrauen und Zweifel in ihren Augen zu lesen. — Und, soll ich Dirs gestehen? — beinah' ist es mir jetzt gleichgültig. — Ach! seit ich *ihn* verloren habe, welchen Verlust kann ich noch fürchten?

Neunzehnter Brief.

EDUARD AN AMANDA.

Wir halten hier in einem elenden Ort, weil mein Bedienter krank geworden ist. Nur mit Mühe konnte sich Barton, der mich einige Tagereisen mit begleitet, entschließen, diese Nacht hier zuzubringen, denn rastlos lies er mit mir dahin jagen, und der Wagen flog ihm nie schnell genug. Ich lasse mir alles gefallen, ich habe keine Kraft, keinen Willen mehr. Amanda, Amanda, was ist aus mir geworden? — O! wie wenig wußte ich, was Trennung war, wie frevelnd war der Muth, mit dem ich sie zu ertragen hofte! — Ich fürchte in eine gänzliche Melancholie zu verfallen, und wird es nicht besser mit mir, so kehre ich, trotz allen Gründen, allen Verhältnissen zu Dir zurück. Du bist das einzige Wesen auf der Welt, dem ich ausschließend angehöre. Andre bildeten mich zum Menschen, aber Du erhobst mich zum Gott; von Dir ge-

trennt, sinke ich tiefer hinab, je höher ich stand. —
Die ganze Natur scheint fühllos gegen meine Qual.
Der blaue Himmel und die lachenden Fluren, spotten
meines Kummers, die Menschen können mein unendliches Leid nicht fassen, und ihre unselige Kunst, entfernt mich schnell, und immer schneller von dem Ort,
der all' meine Liebe, mein Leben, meine Freiheit in
sich schließt. — Vergolde nur immer, Abendsonne!
die träumende Erde, ¦ du vergoldest die Träume meines Herzens nicht mehr! Ich bin tod, ohne gestorben
zu sein. Der magische Ring ist zerbrochen, womit
mein Sinn alle Erscheinungen in lieblicher Einheit zusammen hielt, und die Harmonie des Weltalls, ist mit
der Harmonie meiner Seele entwichen. Die Unendlichkeit hat Grenzen, und ein kaltes Schicksal ist in
dem Kreis meiner Gedanken an die Stelle der göttlich
freien Willkühr getreten. Ich hasse die Welt, und in
der Welt mich selbst am meisten.

Amanda! schöne Seele! — Deine Wirkungen sind
allgegenwärtig, wie die Gottheit und begegnen mir
da, wo ich es nicht im geringsten vermuthete. Eine
arme Vertriebene, die tiefer als viele an¦dere ihres
Gleichen gebeuget zu sein schien, kam zu uns, und
klagte uns ihr Leid. Als sie aus einer unscheinbaren
Brieftasche eine kleine Schrift hervorzog, die als Be-

glaubigungsschein ihres Unglücks gelten sollte, entfaltete sich ein andres Papier, worauf ich Deine Hand zu erkennen glaubte. Kaum bemerkte sie meine Aufmerksamkeit, als sie mir es überreichte, und mit ungewöhnlicher Rührung Dein Lob anstimmte. Ich las Deine freundlichen Worte, deren feine Wendung ein größrer Balsam auf die Wunde der Unglücklichen war, als selbst Dein ansehnliches Geschenk. Ich küßte die geliebte Schrift; es war das erste, was ich seit unsrer Trennung von Dir sahe; ich wünschte, sie zu besitzen, und bot der Frau eine beträchtliche Summe. Sie schlug sie ¦ aus, jedoch mit sichtbarer Resignation. Ach! es ist traurig, wenn das feinere Gefühl gegen Mangel zu kämpfen hat! — Ich gab ihr das Geld, und ließ ihr Deine Schrift, jedoch auch nicht ohne Resignation.

———

Wir sind wieder weiter gereißt, da der Kranke sich bald gebessert hatte. Unsre Pferde laufen unerträglich schnell vorwärts, und der Raum schmilzt vor unsrer fliegenden Eil behende hinweg, indeß er zwischen mir und Dir immer mehr anwächst. Ach! Amanda, ich kann die Trennung von Dir, immer weniger ertragen! Meine Gesundheit leidet, und nur die Hoffnung auf einen Brief von Dir, hält mein fliehendes Leben noch fest. — Doch, sorge nicht, ¦ Geliebte, ängstige Dich nicht! es wird besser werden, oder ich kehre, so bald ich meinen Vater ein einzigmal umarmt habe, unaufhaltsam zu Dir zurück.

Ich bin so stolz geworden, und so demüthig, daß ich mich selbst nicht mehr kenne. Stolz — denn ich habe Barton, ihn, der mir sonst alles war, noch nicht gewürdigt, mit ihm von Dir zu sprechen, so sicher er es wol erwartet hatte, und mit Recht erwarten konnte. Ach, er weiß es doch nicht, was Du bist, und kann es nicht fassen — auch konnte ich es ihm nicht beschreiben. Ich möchte eine eigne Sprache haben, um von Dir sprechen zu können. So kränke ich meinen Freund, dem ich so vieles verdanke, vorsätzlich, durch die eigensinnigste Verschlossenheit, und gleichwol ist er mir unentbehrlich. Ich ¦ bitte ihn, bei mir zu bleiben, wenn er weggehen will; er darf mich keinen Augenblick verlassen. Es ist so unaussprechlich schauerlich, sich *Allein* zu fühlen — ich habe das nie gefühlt, und müßte ich es nur auch jetzt nicht! — Ich war ein Uebermüthiger, der der ganzen Welt trotzen zu können glaubte — jetzt scheint mir jeder Dank zu verdienen, der mich erträgt.

Heute hab' ich Dein Bild zum erstenmal angesehen, das war ein seliger Augenblick! — bis jetzt erlaubte ich mir es nicht, weil ich mich selbst fürchtete. Die Thränen stürzen mir aus den Augen, aber es waren wohlthätige, süße Thränen. Es ist so wenig von Dir, und mir doch so unendlich viel. ¦

———

Hier, im Wirthshaus ist ein kleines Mädchen, das Deinen Namen führt. Wie ich erschrack, als ich den Namen nennen hörte, wie rasch ich mich wandte! — Das Kind darf mich nun nicht mehr verlassen, es ist ein liebliches Geschöpf, und hat einen Zug um den Mund, der ihm viel Aehnlichkeit mit Dir giebt. Ich betrachte es mit süßem Schmerz, und träume mir viel. — Zuweilen wünsche ich — verzeih'! — es möchte Dein Kind sein, dessen Dasein vielleicht ein Geheimniß bleiben sollte, und das nun, durch Zufälle hieher gekommen sei. Dann wird mir das Mädchen so heilig, ich drücke sie mit Wollust an mein Herz, und ihre Augen schienen mir verklärter als vorher. Mich dünkt, es würde mir um vieles besser sein, wenn ich das Kind immer um mich haben ¦ könnte. Ich habe schon diese Idee gegen die Aeltern geäussert, und ernsthaft mit ihnen darüber gesprochen, aber sie wollen nichts davon hören.

Barton treibt schon wieder zum Aufbruch. Er schildert mir meinen harrenden Vater, wie er meiner Ankunft mit unruhiger Sehnsucht entgegen sieht. Amanda, ach! wie kann ich weiter, da mich alles, alles zurückzieht? — Diese Qualen kennst Du nicht. —

Was macht Wilhelm? Denkt er noch an mich? Was gäb' ich darum, ihn bei mir zu haben! Er hieng mit so treuer, warmer Liebe an Dir, und ich war oft eifersüchtig, wenn — o Bilder, o Erinnerung! —

                              Ganz Dein.

Zwanzigster Brief.

AMANDA AN EDUARD.

Umwehe mich, Abendluft, und hauche mir Frieden in die beklommene Brust! — Ich tauche mich in dem kühlenden Luftstrom, ich athme die Düfte der Nacht, aber sie mildern die Sehnsucht des Herzens nicht. In der Dämmerung, im Lüftchen, im Blumenduft, überall wohnen Erinnerungen; überall bist Du und bist Du nicht! — O! daß ich Dich verlieren mußte! —

Es ist unbegreiflich, wie Deine Gegenwart in mein ganzes Leben verschlun¦gen war. Alles war durch sie geweiht, und allmächtig hauchte sie Leben und Begeisterung, auch in die gleichgültigsten Dinge. Jetzt tritt mir allenthalben eine unerträgliche Leerheit entgegen. Gefühllos seh' ich, wie sich die Menschen um mich her bewegen; gefühllos thue ich, was Andre von mir begehren. Mein Herz ist tod; mit Dir hat mich mein beßres Selbst verlassen. Und dennoch regt sich in mir ein unendliches Verlangen nach Glück. Ach! ich hatte es gefunden, und ich ließ es entfliehen, das einzige Glück, welches für mich blühte! — Eduard! ich theile Deine jugendlichen Hoffnungen nicht, mir ahnet eine lange, grauenvolle Trennung. Jetzt erst denke ich: ach! warum reisete ich nicht mit ihm? O! kalte, unerträgliche Rücksichten, die mich noch jetzt zurückhalten! — Der Mensch denkt sich oft in seinem Kreise so wichtig, so unentbehrlich, und kaum hat er ihn verlassen, so sieht er, wie ein andrer ihn leicht, und oft weit besser ausfüllt. Aber da, wo ein höheres Leben für ihn blüht, wo sein heiligstes Dasein, an dem göttlichen Hauch harmonischer Freiheit und Liebe, sich mit den schönsten Blüthen entfaltet, die ganze Welt sich seinem Aug' verklärt, und er gut sein muß, weil ihm alles andre gut erscheint, da ist er an seiner Stelle, da muß er sich, aller Hindernisse trotzend, ewig zu erhalten suchen.

Ich fuhr gestern spazieren, und wählte den Weg, den Du gereist bist. Es war mir, als käme ich Dir näher; ja, einige Augenblicke lang, dauerte die süße Täuschung, als eilte ich in Deine Arme. Es ward Abend; die Natur lag in ruhigen Träumen, still und frei vor mir; das graue Bergschloß, das Deinem Gärtchen gegenüber liegt, lächelte, wehmüthig zärtlich in die Abendglut; die Fenster, der ländlichen, umher zerstreuten Hütten, glänzten Ruhe und Einfalt. Komm, o! komm, rief ich laut, die Sehnsucht tödtet Deine Amanda! — Ach! da zerrann die Täuschung, und als ich wieder zurück fuhr, lebten alle Qualen der Trennung, tausendfach in mir auf.

Und so war es denn ein Traum, das ganze wunderbare Glück unsrer Liebe? Eine Erscheinung, die flüchtig wie alles andere, und bedeutungslos verschwindet? — Ist es *möglich,* frage ich mich oft mit kindischem Zweifel, daß man so glücklich sein kann, wie wir es waren? so glücklich ¦ im Genuß der Gegenwart? — Vergangenheit umzieht ihre Freuden mit ätherischem Duft, und reizt die Sehnsucht, nach unmöglichen Genüssen; die Zukunft kleidet ihre Bilder, in das blendende Gewand der Täuschung; die Phantasie zieht sich aus einer fremden Welt Paradiese herab, die nie sein werden — aber *Gegenwart, Wahrheit;* wenn auch diese so beseligen, so begeistern, dann, ja! dann ist es nur das Werk der Liebe, der Allesvermögenden! Aber wie selten finden sich so gleichgestimmte Seelen, wie selten vereinigt sie ein so wunderbares Band! — Ach! unendlich wie mein Glück, soll auch mein Schmerz es sein! Wie gern gäb' ich noch eine solche Zeit, wie diese war, zu leben, mein Dasein, mit allen übrigen Genüssen, dafür hin, *und stürbe,* ¦ *mit dem letzten Kuß beglückt, in Deinen Armen!*

Ich habe Deinen Brief! Wie süß hab' ich geweint, als ich ihn las! — O! Allgewalt der Liebe, auch getrennt umwindest du deine Lieblinge, mit ätherischen Blüthen des Entzückens! — Ich hatte mich sehr auf diesen Tag gefreut, und wohl mir, daß die Hoffnung mich nicht betrog! Sie täuschet also doch nicht immer, diese Trösterin der Getrennten? — Wie wächst mein Vertrauen nach dieser Ueberzeugung!

Beruhige Dich, Eduard, wir werden uns wiedersehen. Bekämpfe diese Heftigkeit, die Deine Gesundheit untergräbt; ach! sie ängstet mich unaussprechlich! — ¦ Hoffe Alles — die Zeit — unser Wille — ich bin ruhig — Nein, Eduard! ich kann Dir nicht heucheln, der schöne Bund der Aufrichtigkeit, den wir zusammen schlossen, soll unter keinem Vorwand, auch den gutmüthigsten nicht von mir verletzt werden. Ich bin *nicht* ruhig. — Hoffnung und Zweifel belebt und tödtet mich; mein Geist entflammt in Sehnsucht, und das Leben ist Qual ohne Dich. — Wie wird sich das geheimnißvolle Benehmen Deines Vaters lösen? — Welche Pläne verschließt sein Busen, die Dich vielleicht weit, weit von mir entfernen? und soll ich Dich vielleicht nie wiedersehn? ¦

———

Wilhelm, der einst unser kleine Vertraute war, spricht oft von Dir. Er kann die Stunden, die er bei

Dir zugebracht hat, nicht genug rühmen, und wird oft ungeduldig, wenn ich ihm auf seine Fragen, mit trübem Blick versichre, daß Du noch immer nicht wiederkömmst. Der Knabe ist jetzt mein einziger Trost. In den ersten Tagen der Trennung, wo ich für Alles tod war, war auch *er* mir gleichgültig geworden, aber sein süßes Geschwätz, und der Gegenstand desselben, hat mir bald Theilnahme abzulocken gewußt. Seine Bildung beschäftigt mich nun wieder, das heißt, ich pflege die zarten Blumen, die die Natur in das kindliche Herz pflanzte, Wohlwollen, Frohsinn, Wahrheitsliebe. Du weißt, wie bittre Vorwürfe ich mir einst machte, daß ich ihm Verstellung abgedrungen hatte; ich suche es jetzt durch die einfachsten Erklärungen wieder gut zu machen, und jede Spur einer Handlung zu vertilgen, die nur die Liebe entschuldigen konnte.

Täglich, stündlich ruht mein Blick auf den Lauben, den Schattengängen, wo wir beide oft, in lieblicher Einsamkeit, die schönsten Stunden unsers Lebens verträumten. Eduard! diese leise flüsternde Bäume, die stumm wankenden Schatten, haben eine Sprache, die bis in das Innerste meiner Seele dringt! Dann fühle ich mich oft so frei, so hoffnungsvoll, wie in den Tagen der Liebe. Aber bald fehlt mir der Einzige, und es stürmt von neuem in der Seele.

Und keiner, keiner, der mein Leiden mit empfinden könnte! — Nur Du leidest in der Ferne mit mir. Einsam trauren wir beide, und der süße Trost der Mittheilung ist uns versagt. Gute Nacht! ganz Dein.

Ein und zwanzigster Brief.

EDUARD AN AMANDA.

Nun bin ich hier in dem geräuschvollen * *, und statt meines Vaters, dessen Anblick allein einen Strahl von Freude in mein Herz zu senken vermogt hätte, fand ich bloß einen Brief von ihm. Er ist nach England gereis't, weil, wie er schreibt, Geschäfte, auf denen das Wohl von vielen beruht, dort seine Gegenwart verlangen. Nur den dringendsten Beweggründen, fährt er fort, vermöchte er seinen liebsten Wunsch, noch länger aufzuopfern. Er *bittet* mich um meine Nachsicht, und rechnet ganz ge¦wiß darauf, in wenig Wochen wieder hier zu sein. — Und so muß ich nun ausharren, denn erwartete ich die Ankunft meines Vaters nicht: ich kehrte ohne Verzug zu Dir zurück. Ach, Amanda! ich bin so fern davon, ruhiger zu sein, daß meine Sehnsucht nach Dir, vielmehr mit jedem Tage zunimmt! — Täglich bin ich in Gesellschaft; die Menschen sind gefällig, zuvorkommend gegen mich; manches weibliche Auge glänzt mir entgegen, aber ich bin für alles kalt und fühllos. Wie anders, ach! wie ganz anders war es, wenn ich bei Dir war, welche Stunden der Weihe, der Begeisterung, der Liebe! Du weißt es nicht, was Du bist, Amanda, und dies macht Dich eben so schön! wie eine Heilige verehre, bet' ich Dich an!

Du glaubst nicht, wie schwer es mir ¦ oft wird, in Gesellschaft die nöthige Fassung zu behalten. Meine Seele ist jetzt in einem so hohen Grad zur Wehmuth gestimmt, daß alles, was nur den leisesten Bezug auf Dich hat — und wo fände ich ihn nicht? — mich unbeschreiblich erschüttert. Gestern sagte einer bei Tische die Stelle aus Carlos:

> «Gehört die süße Harmonie, die in
> Dem Saitenspiele schlummert, seinem Käufer,
> Der es mit taubem Ohr bewacht? Er hat
> Das Recht erkauft, in Trümmern es zu schlagen,
> Doch nicht die Kunst, den Silberton zu rufen,
> Und in des Liedes Wonne zu zerschmelzen.
> Die Wahrheit ist vorhanden für den Weisen,
> Die Schönheit für ein fühlend Herz.
> Sie beide gehören für einander.» ¦

Dies ergrif mich so gewaltig, daß ich hinaus gehen mußte. So geht es mir sehr oft, und das Schrecklichste dabei ist, daß ich dann noch Vorwände suchen muß, wenn ich nicht für einen Thoren gehalten sein will. Dann bringe ich bald der Wirthin Blumen, oder werfe irgend eine sonderbare Frage auf, und muß so noch an kalte Gesellschaftsregeln denken, indeß meine ganze Seele von Sehnsucht nach Dir glüht!

Endlich Nachricht von Dir — das ist der erste, lichte Moment meines ganzen, fern von Dir verträumten Daseins. Jeder Buchstabe von Dir, ist mir heilig. Was für ein Himmel liegt in Deiner Liebe, einzige, geliebte Amanda! Ich bin eifersüchtig auf Dich, denn gewiß hat Dir mein Brief nicht das Entzücken gewährt, | wie mir der Deinige. In Allem möchtest Du mich übertreffen, nur hierinnen solltest Du mich nicht zurücklassen. Und dennoch möchte ich um Alles in der Welt nicht, daß Dein Brief mir weniger Freude gemacht hätte. So ist kein Zustand im Leben so voll Widersprüche, wie der Zustand der Liebe; die Zeit der Liebe ist nicht die Zeit der Ruhe. Wie ist es doch möglich, daß wir bei diesen Widersprüchen, bei dieser Unruhe so glücklich sind?

Ich beneide Dich, Amanda, obwol ich Dir es gönne, obwol ich alle Freuden meines Daseins hingeben möchte, um Dich froher zu wissen. Ich beneide Dich, daß Du dort lebst, wo jede Aussicht, jedes Plätzchen neue Schwärmereien weckt, und süße Qualen nährt. Was gäbe ich darum, wenn ich ungestört meinen

Träumen nach hängen könnte! Du weißt, wie wenig ich über die Aeusserungen meiner herrschenden Stimmung zu gebieten vermag, und hier, im Kreise meiner Verwandten und ältern Bekannten, muß ich es fast immer. Mein einziger Trost ist oft, von Dir zu sprechen, so wie sich nur die entfernteste Gelegenheit darbietet. Alle kleine, von Dir gesammelten Züge, alles Freie, Hohe, Interessante, Schöne, wird erzählt, und da ich nicht von einer Einzigen sprechen will, so vertheile ich Deine Vorzüge auf alle die Weiber, die in Deinem Kreise leben, und es ist für alle genug, reicht vollkommen hin, um hier die weibliche Eitelkeit durch eure Unerreichbarkeit zu kränken. Sieh', meine Amanda so reich bist Du; und daß man Dir das erst sagen muß, das macht Dich eben noch reicher.

Aufrichtigkeit — wie hat mich das Wort ergriffen, als ich es in Deinem Briefe fand! Jener Stunde, worinnen Du Dich so schön hierüber erklärtest, gedenke ich noch oft und gern. Ich lag auf den Knieen vor Dir, das Herz voll Qualen der Eifersucht. Es war spät; ich hatte Dich aus einem glänzenden Zirkel nach Hause begleitet, wo Dein Reiz, Deine Anmuth, alle Weiber überstrahlt, alle Männer geblendet hatte. Ich sah die trunknen Blicke nach Dir hintaumeln, und wie selbst kältere Herzen, Dir unwiderstehlich zuflogen, als Du mit seelenvollem Ausdruck, zu den schmelzenden Tönen einer Laute sangst. Ich stand in einiger Entfernung, und athmete kaum. Meine Blicke irrten auf Deiner Gestalt umher, und liebten alles, bis auf die schimmernden Ketten, die Deine Arme umschlossen. Diese schöngebildete Hand ist mein, sagte ich mir freudig, dieser Arm, dieser Nacken, diese Wange, dieser Mund — und mir schwindelte vor Entzücken. — Aber es wird, es kann nicht mein bleiben, dachte ich weiter. Die Ansprüche, die ein jeder an sie thut, ihr jugendlicher Sinn, ihr vorzüglicher Geist — genug, ich sagte Dir alles, was mich quälte, als wir allein waren, und Deine süßesten Versicherungen konnten mich nicht beruhigen. Da sprachst Du: Vertrauen ist das einzige Band, was die liebenden Seelen in fester, zarter Gemeinschaft erhält. Aller Zauber der Phantasie, vermag nichts über die Herzen, wenn nicht Wahrheit des Gefühls zum Grunde liegt. Sollte ich je anders für Dich fühlen, als jetzt — was mir unmöglich scheint, so sage ich Dir es frei, und auch Dich halte keine vermeinte Zartheit ab, die immer Falschheit bleibt, mir alles, was in Dir vorgeht, zu vertrauen. — Da gelobten wir einander stete Aufrichtigkeit, und es tröstete und labte mich dieser Bund über Alles.

Barton hat mir geschrieben, doch was ich so sehnlich von seinem Briefe wünschte und erwartete, fand ich nicht. Er schreibt wenig und nichts Befriedigendes von Dir; aber wie sollte er anders? — Habe ich nicht durch meine hartnäckige Verschlossenheit seinen Unwillen verdient? Ist es nicht an mir, alles wieder gut zu machen? — Dagegen schreibt er mir von Nanetten, mit einer feurigen Beredsamkeit, die mir an ihm fremd ist, und mir eine sonderbare Art von Freude macht. — ¦ «Bei ihr,» schreibt er, «finde ich noch die liebe alte Fröhlichkeit, die, von uns entflohen, einst der Genius besserer Zeiten war, die nicht erst lange fragt, warum? und ob mit Grund? und ob alles in der ganzen Welt dazu paßt? nein, frei aus dem Herzen herausquillt, und gleich einer erwärmenden Frühlingssonne, auch in Andern, manche ferne, erstorbene Freude weckt. Nanette plagt sich nicht mit *Vorbereitungen* zum Leben — sie *lebt*. Von andern wenig fodern, auf sich selbst rechnen, übrigens so wenig als möglich, an sich denken, und lustig fortleben, dies ist ihre Weisheit, die einzigen Regeln, die sie befolgt.»

Ich danke Dir, Amanda, daß Du mir nichts von Albret schreibst, denn ich verheele Dirs nicht, daß sein Name mir stets, ¦ wie ein glühendes Eisen, durchs Herz fährt. Ich verehre Deine Handlungsart, aber das vermindert meine Schmerzen nicht, ich werde kalt und warm, und taumle zwischen Wehmuth und Ungestüm, wenn ich an ihn denke. — O! warum warst Du so fremd, mit Deinem eignen Herzen? Und, warum mußten wir uns jetzt erst finden? —

In wenig Tagen reise ich aufs Land, an den Ort, wo ich die ersten, goldnen Tage des Lebens zubrachte. Dort werde ich auch meinen Vater einen Tag früher sehen können, der mit seiner Ankunft mir schon viel zu lang zögert. Aber ich habe nicht den Muth, mich darauf zu freuen, vielmehr fürchte ich, irgend ein Hinderniß könnte mir dort die Nachrichten von Dir, länger vorenthalten, und diese sind jetzt das höchste Ziel meiner Sehnsucht. Schreibe mir Verbannten bald. Gute Nacht, mein Leben, meine Seligkeit, mein Alles — ach! warum antwortest Du nicht? —

Zwei und zwanzigster Brief.

AMANDA AN EDUARD.

Eduard! ich bin allein — die romantische Stille der Nacht, ruht auf allen Wesen. Vor gerißnen, dunklen Wolken, steht einsam der Stern der Liebe; Ein geistiger Schein verklärt das ferne Gebirge, indeß tiefe ambrosische Nacht, das vor mir liegende Thal bedeckt.

Ach! aus allen Wesen ist die Bedeutung gewichen; ein kaltes Licht strömt von dem Stern hernieder, und in den leisen, durch die Nacht verstreuten Tönen, liegt Trauer und Wehmuth. — Eduard, ¦ ist dies die Welt, die einst so schön, so heiter war? — Welch ein allmächtiger Zauber lag in Deiner Nähe! — Du wußtest es nicht, nein! Du wußtest nicht, wie Du geliebt wurdest. — Die Luft hauchte mir Deinen Athem, in dem Geflüster der Blätter hörte ich Deine Stimme, der Mond beleuchtete nur Deinen Pfad. Ich wußte es, eine solche Nacht ließ Dich nicht ruhen. Du eiltest hinaus, in die Natur, vor Deinen Augen entfaltete sich eine neue Welt, himmlische Freiheit und Liebe empfing Dich, und die heiligen *Stimmen* der Nacht, riefen wunderbare *Bilder* vor Dein Gemüth.

Dann, ach! das wußte ich auch — zog Dich ein allmächtiger Zug zu mir hin. Du wandeltest durch blühende Haine, blühender und lebendiger als sie, und eine ¦ stärkere Sehnsucht entflammte Dich. Wenn ich dann hinaus sah, in die nächtliche, liebeathmende Welt, und hinter jedem Gesträuch Dich ahnen durfte, wie ward mir dann die Gegend so lieb, so heilig! Wie strömte aus Deinen Blicken ein neuer, himmlischer Reiz über sie hin! — Deine Wünsche waren jugendlich wie die Frühlingsblumen, Deine Phantasie himmlisch, wie das Licht der Sterne, Deine Gefühle lebendig, wie der rauschende Bach. — Jetzt überfällt mich namenlose Wehmuth, wenn ich die blühende Natur um mich erblicke, und mich von Dir getrennt, in dieser blühenden Natur. Vergebens sage ich mir, daß jedes Glück — auch die Liebe, enden muß, besser gewaltsam durch Trennung als langsam durch die Zeit — das Innerste ¦ des Herzens widerspricht, und meine Thränen strafen mich Lügen.

Seit einigen Tagen ist Julie hier, und wie wohl mir ihre Gegenwart thut, wirst Du fühlen, da Du weißt, wie ich sie liebe; doch habe ich manches an ihr anders gefunden, als ich mir es dachte. — Sie will um ihre, nicht ganz feste Gesundheit, zu stärken, diesen Sommer das hiesige Bad brauchen, und hat sich gefreut, dies mit meinem Wunsch, sie bei mir zu seh'n, vereinigen zu können. Die Jahre, während wir uns nicht sahen, haben den Duft der Jugend von ihrem Geist abgestreift, und sie hat manches in ihrem Wesen, was mir weh thut, was ich hart nennen möchte, wenn ich es nicht wegen der Uebereinstimmung des Ganzen gern ertrüge. Sie ist ganz das, was sie sein | wollte, eine Frau, die Vergangenheit und Zukunft, stets im Bezug auf die Gegenwart denkt, mit ihren Verhältnissen in Eintracht lebt, den Lebensgenuß weise vertheilt, um damit bis ans Ende auszureichen, und die Befriedigung des, allen Menschen eignen Triebes nach Glück, mehr von dem Verstand als dem Gefühl erwartet. Freilich läßt sich von einem solchen Gemüth schwerlich Billigung und lebhafte Theilnahme an einer Leidenschaft erwarten, die wie die unsrige, alle Verhältnisse des Lebens vergißt, den ganzen Himmel in Momente zusammen faßt, und aus dem geheimnißvollen Quell der Gefühle, unendliche Freuden und unendliche Qualen schöpft. Gleichwol *liebe* ich sie, weil sie mir giebt, was sie mir geben kann, weil Jugendgefühle, Erinnerungen, mich an sie | binden, und ich *ehre* sie, weil sie unbefangen *das* ist, was sie sein kann, und sich für nichts anders gehalten wissen will. — Verschieden werden die Menschen geboren, und mag doch immer jeder seine Eigenthümlichkeit, — nur in einer schönen Form — zu erhalten suchen! Wie thörigt begehren Manche die unendlich reiche Mannigfaltigkeit der Naturen mit der flachen Einförmigkeit einer einzigen Form vertauscht zu sehen!

———

Eduard! Deine Klagen dringen mir ans Herz. Verbanne diese wilde Traurigkeit, die mich ängstigt; ich verlange, ich fodre es. — Auch ich will ruhiger sein; und bin es schon. Ich habe Augenblicke, Stunden, wo ich mit gefaßtem Gemüth, ¦ über unsre Trennung nachzudenken vermag. — Mühsam suche ich dann alle *Gründe* hervor, um Vortheile für Dich darinnen zu finden. Der vorzügliche Mensch, sage ich mir, soll harmonisch ausgebildet werden; das Gefühl darf nicht die Oberhand behaupten, nicht das schöne Gleichgewicht verletzen, und dann in allen Verhältnissen des Lebens, sich eine despotische Herrschaft über die andern Geisteskräfte, anmaaßen. Ach! aber dann fällt es mir schwer aufs Herz, daß wir das, was in der Zukunft vielleicht noch reifen wird, mit den geliebtesten Freuden der Gegenwart erkaufen; das Schöne dem Nützlichen, das Freie dem Gesetz aufopfern, und wie gefallne Engel den hohen Pfad verlassen mußten, der uns, vereinigt, zu mehr als irdischem Glück und Hoheit ¦ führte. — Warum mußten wir so viel besitzen? — Ach! dem, der einmal den Himmel besaß, dünkt ein gleichgültiger Zustand schon Verdammung zu sein. — Doch, Eduard! wo gerathe ich hin!

Ich beneide Dich um die Neuheit, das fremde Leben, welches Dich umgiebt, wie Du mich um meine stillen Träume. Jedes hält den Andern für glücklicher, wünscht sich an seine Stelle, und gönnt ihm doch seine vermeinte, beßre Lage. — Ach! in dem fremdesten Gewühl, und in der einsamsten Hütte, wird das treue Herz von Sehnsucht gequält!

Es beunruhigt mich oft, daß ich Dir nicht öfterer schreiben kann, und daß meine Briefe Dich erst so spät erreichen. — Ich zittre für jeden Aufschub, und möchte Dir gern jede Unruhe, jede ¦ Sorge ersparen. Zuweilen, Freund, durchfliegt mich eine himmlische Zuversicht. Weissagend, verheißt mir eine innre Stimme: wir sind nicht für einander verloren! — Der stille Gang der Schicksale führt uns wieder zusammen, diese Sehnsucht bleibt nicht ungestillt, aber wenn und wie? noch weiß ichs nicht! — O! ist nur erst der Schleier des Geheimnisses hinweg gerollt, der über Deinen Verhältnissen ruht! — Daß er dann bald erscheine, jener selige Moment des Wiedersehens! — bald, wenn noch die Glut der Gefühle ihn unendlich macht, und die himmlischen Geister der Phantasie um die Wahrheit ihre Blüthenkränze flechten! ¦

———

Oft erfreut es uns, Julien und mich, auf die verschlungnen Pfade der Vergangenheit, wie von einer Höhe herabzusehen. Erst dann, wenn Jahre dazwischen liegen, wird erst bemerkt, was in der Gegenwart sich zu nahe vor die Augen drängte. Schon frühe trennten sich unsre Wege, aber wir bemerkten es nicht. Wenn wir von der Zukunft träumten, und Julie bald ein Ruheplätzchen zu finden wünschte, wenn ihre Phantasie sich kaum einige Meilen weit wagte, und sie das reinliche Landhaus, und ein stilles, regelmäßiges Leben bald festhielt, so reizte mich der Gedanke: mehr von der Erde zu sehen, ganz unaussprechlich; die unbestimmte Ferne zog mich an, und als das höchste Glück, dachte ich mir stets, an der Seite eines ¦ geliebten Mannes, ein schönes, vielseitiges Dasein zu genießen, tausendfach zu leben. — Ihr, der Gnügsamen, ward, was sie wünschte, und sie erfüllte die Lage, die sie so oft sich dachte; mich trieb das Streben, das hohe, was ich kannte, in Einem vereinigt zu finden, rastlos im Gebiet des Lebens *umher,* und als es mir ward, als ich kaum das harmonische Dasein fühlte, das alle Wünsche begränzte — ach! da verschwand der Himmel, und einsam und verlassen fand ich mich auf der Erde wieder!

———

Du schriebst mir lange nicht, Eduard! Dein Schweigen ängstet mich. Schon einige Posttage sind vergangen, wo ich ¦ Seligkeit erwartete, und alle Bitterkeit getäuschter Sehnsucht fand. Ach! Dein Bild webt sich in alle meine Träume, und meine süßesten Hoffnungen ruh'n in Deinem Herzen! Oft überflieg' ich, was uns trennt, und lebe dann mit Dir, ein neues, schönes Leben. Und theilst Du sie mit mir, diese Sehnsucht nach Wiedersehn? — wie soll ich mir Dein Schweigen erklären? — wie, wenn Du Dich der Freude überließest, während ich voll Trauer jede Freude verschmähe, und Dich stets allenthalben vermisse? — Ich bat Dich ruhig zu sein, und müßte verzweifeln, wenn Du es wärest. Nur das kann mich beruhigen — wenn Du mir nichts verheelst, Dich durch keine Spizfindigkeit des Verstandes, keinen Trugschluß der Vernunft ¦ verleiten läßt, das hohe Gesetz des Vertrauens zu brechen, das, wie durch Zauberei, Eins in des Andern Seele lesen läßt.

[I, 22. Brief, 231–233]

Drei und zwanzigster Brief.

EDUARD AN AMANDA.

Ich bin nun hier auf dem Gute meines Vaters, und habe zum erstenmal einen Busen voll Sturm in diese friedlichen Fluren gebracht. Hier war ich als Knabe — glücklich ohne es zu wissen, eine heitre Welt stand vor meinem Blick, mein Leben war Genuß und Thätigkeit. Hier war ich oft als Jüngling, mit Wunsch und Gefühl. Oefters weinte ich da an einem schönen Abend oder Morgen, Thränen, deren Quelle ich nicht kannte. Ach! es waren schon damals Thränen der Sehnsucht, die ich Dir weinte, obwol ich Dich nicht kannte, einzige Amanda! warum sah ich Dich damals nicht, warum verband uns nicht Ein Himmel, Eine Flur? — Und als ich Dich endlich fand, als mich die Liebe mit Dir vereinigte, wie war es möglich, Dich wieder zu verlassen? — Ich habe viel darüber nachgedacht, was mich ans Leben hält, und was überhaupt den Menschen so ans Leben fesselt, und ich weiß es, ich habe es gefunden, es ist die Liebe, einzig sie allein. Wenn ich aufhöre zu lieben, so höre ich auch gewiß auf zu leben. Nur Liebe oder Eigennutz sind die Bande, die alle menschliche Gesellschaft zusammen halten, und wenn ich mich in schwarzen Stunden der Selbstqual ungeliebt und ohne Liebe denke, so schaudert mir, und ich ergreife rasch Dein Bild oder ¦ Deine Briefe. — Ich bin jung, und habe wenig Leiden erprüft, aber doch nicht selten schmerzlich die Nichtigkeit aller Freude gefühlt. Meine lebhafte Phantasie zauberte mich in alle noch ungeprüfte Lagen bis zur Wirklichkeit hinein. Ehe ich Dich kannte, fühlte ich *öfters* unbeschreibliches *Verlangen,* banges Gefühl von Alleinsein. Die Natur war damals meine Geliebte. Wie *oft* bin ich auf die Knie gesunken, den Busen voll Sturm, das Auge voll Thränen, und habe die Blumen geküßt und die Erde! — Dann schwärmte ich rastlos umher, und ich brauche Dir nicht zu sagen, daß es kein gemeiner Taumel, kein gewöhnlicher Durst nach Vergnügen war. Eine Art von Verzweiflung jagte mich, und bei allem Reichthum meiner Gefühle, dünkte ich mich ¦ arm. Da führte mein Genius Dich zu mir — und alles, was ich je empfunden, wiederholte sich schöner bei Dir. Der Sehnsucht Thräne, der Wehmuth Seligkeit, die tiefe Ehrfurcht, das stumme Entzücken, — das alles gab ich nun Dir, und Du warst reicher als die Natur, Du nahmst und gabst. — O! Einklang der Seelen! Mittheilung ohne Worte! O! selige, selige, selige Zeit! — Gleich einer glücklichen Insel ragt sie aus dem Strom des Lebens hervor. Die Liebe leitete uns auf geheimnißvollem Weg dahin; aber wir mußten sie verlassen, unser Weg hat weiter keinen Zusammenhang mit ihr, und einsam und getrennt treibt der Strom den öden Nachen hinab. — Was soll ich nun allein auf den dunklen Wellen, wo Du, leuchtendes Gestirn! mir fehlst? — ¦ Ach! ich bin so kleinmüthig! und das macht die Entfernung allein, die Entbehrung, die mich alles Sinnes und Muthes beraubt! — Die Welt weicht von mir zurück. Leiser, und immer leiser verhallen in dem weiten All die Töne der Liebe, der Freude, unvermerkt löset sich ein Band nach dem andern, und an dem großen Accord menschlicher Wünsche und Freuden schließt sich der Ton meines Herzens nicht mehr an.

———

Dein Brief thaut Balsam auf mein wundes Herz, und gräbt die Wunde doch tiefer. Ich denke mich bis zum Wahnsinn in alle verschiedenen Lagen hin, worinnen ich Dich so oft gesehn. Ach! daß ich die Träume, die die Sehnsucht Deinem Auge entlockt, wenn Du einsam in ¦ die nächtliche Gegend blickst, nicht von Deinen Wangen küssen kann! daß ich nicht mehr gegenwärtig bin, um die Musik Deiner Rede zu vernehmen, wenn Deine Lippen sich so anmuthsvoll bewegen, daß ich oft selbst das Hören darüber vergaß! — Kann der todte Buchstabe mir ersetzen, was einst so lebensvoll, so göttlich vor mir stand? — Nein! meine Empfindung gleicht der Empfindung eines Greises, der aus dem Schatten der Ruhe noch einmal auf den schimmernden Blumenpfad seiner Jugend zurückblickt. Alles Glück liegt hinter ihm, und vor ihm, eine stille, leere, dunkle Gegend.

Ein Plätzchen habe ich hier gefunden, heimlich zwischen Bergen und Gesträuch, dem Garten ähnlich, wo einst Engel zu mir herabstiegen. Hier will ich mir eine kleine Kapelle bauen, einfach, prunklos und mit weichem Boden, daß man leise geht, wie der verstohlne Tritt der Liebe. Ueber dem Altar hängt Dein Bild; auf ihm liegt alles, was ich je in seligen Stunden von Bändern, Blumen und Briefen von Dir erhielt. Vier Säulen sind darinnen, der Phantasie, Erinnerung, Hoffnung und Liebe geweiht, und jede trägt das Gemälde einer Sonne aus der kurzen Blüthenzeit meines Glücks. Zuweilen muß ich auch einen Menschen mit mir dahin führen, um dort zu beten, denn welcher Genuß ist ungetheilt? — Aber *behutsam,* sehr behutsam werde ich sein in meiner Wahl, und wol manches Jahr wird hingehen, daß keiner in den Tempel meiner Allgegenwärtigen tritt. Und wenn auch einer der Erste seines Jahrhunderts wäre, so müßte er dennoch geliebt, glücklich geliebt haben, wenn er mich begleiten dürfte. Aber große Menschen werden nicht ohne Liebe; sie allein bringt uns den Vollkommnen näher. — Wäre nur meine Kapelle schon fertig, daß ich mich in den heissen Augenblicken der Unruhe und der Sehnsucht, dahin verbergen könnte!

———

Amanda! ich bin in Verzweiflung! — In meiner Zerstreuung hab' ich vergessen, dem Boten, der Briefe in die Stadt trägt, diesen Brief an Dich mitzugeben. Das Aussenbleiben desselben wird Dich beunruhigen, und ich kann diesen Gedanken nicht ertragen. Ich lasse das schnellste Pferd satteln, und fliege in die Stadt, um die Post noch zu erreichen. O! daß es so unbändig wäre und sich nicht halten ließe, und mich ohne Rast zu Dir hintrüge!

———

Ich bin wieder besser, meine Amanda, ich bin ganz gesund. — Ach! was habe ich gelitten, daß ich Dich so lange in dieser Ungewißheit lassen mußte, aber die Krankheit übermannte mich mit unbeschreiblicher Stärke und Schnelligkeit; ein heftiges Fieber raubte mir das Bewußtsein, und vergönnte mir nur selten einen leichten Augenblick; ich habe viel phantasirt, und bin sehr glücklich gewesen. Ganz deutlich erinnere ich jetzt mich dessen, was meiner Krankheit vorher gieng, und ich will es Dir erzählen, weil ich Dir nichts verheelen darf. — Ich ritt, nachdem ich Dir zuletzt geschrieben, mit fliegender Eil, um noch vor Abgang der Post in der Stadt zu sein. Auf meinem Weg lag eine Fähre, die ich passiren mußte. Es war so früh, daß man auf der andern Seite niemand vermuthete, und ich mußte lange warten. Die Luft wehte kalt, der Himmel sah schwarz umzogen, und meine Ungedult war fürchterlich. Schon wollte ich mich in die Wogen stürzen und hinüberschwimmen, als ein alter Schäfer herbei kam, und mich gutmüthig festhielt. Er stellte mir die Gefahr bei dem herannahenden Sturm so lebhaft vor, daß ich einige Augenblicke lang schwankte, und ein kleines Gespräch mit ihm anknüpfte. Und hier — so bitter war meine Stimmung — war ich recht bemüht, diesem Menschen, der mit seinem Dasein zufrieden schien, das Traurige desselben mit wilder Lebhaftigkeit aufzudecken. In dieser öden Gegend, wo Stunden weit keine menschliche Wohnung, nur Sand und dünner Graswuchs zu sehen ist, mußte dieser Mensch zwei mal 24 Stunden lang — allein mit seinem Hund die Schaafe hüten, wo dann ein andrer ihn ablöste. Bitter fragte ich den

Mann: Wie magst du nur das Leben ertragen? —
Aber er begriff mich nicht, und erzählte mir nur, wie
er dann Einen Tag in seiner Hütte zubrächte, und mit
seinem Weibe des kleinen Lohns sich freue, und sein
Gärtchen bestelle. — Dies Gespräch machte mich
noch ungeduldiger, und da die Fähre noch immer
nicht gekommen war, so nahm ich keine Gründe
mehr an. Ich verließ mich auf mein gutes Pferd und
meine Kräfte, und wünschte, daß ein verzweifelter
Kampf mit den Wogen, dem Leben, das in manchen
Augenblicken keinen Reiz mehr für mich hat, wiederum Werth geben möchte. — Glücklich erreichte ich
das Ufer, und nun weiter nach der Stadt. Ich kam zu
spät, und das brachte mein Blut noch mehr in Wallung; eine unnatürliche Glut rann durch meine
Adern; ich fühlte die Krankheit, aber ich faßte die
Idee, sie zu bekämpfen, und ihr durchaus nicht unterliegen zu wollen. Unverzüglich ritt ich wieder fort,
durch eine dunkle, stürmische Nacht. Aber mir war
wohl, sehr wohl. Das Ungewisse der Schatten, erhöhete meinen gespannten Zustand. Allmächtig, wie ein
Gott, wandelte ich allein in einer unendlichen Welt.
Die ganze Natur schien mir unterthan, ich fürchtete,
ich hofte nichts; Leben und Tod lag in meiner Hand.
Auf einer unermeßlichen Nebelbahn kam mir ein
ferner, freundlicher Lichtstrahl entgegen. *Du* warst
es; wie eine leuchtende Sonne nahtest Du mir, und wir

stiegen höher, immer höher. — Gegen Morgen kam ich an das Wasser und dachte mit Vergnügen der gestern überstandnen Gefahr. Diesmal fand ich die Fähre und ließ mich gleichgültig übersetzen. Meine Verwandten erschracken, als ich nach Hause kam. Ich sprach unbeschreiblich viel in Prosa und Versen, mit der größten Lebhaftigkeit. Nach einigen Stunden gelang es ihnen, mich ins Bett zu bringen, und von diesem Augenblick an weiß ich wenig mehr. — Mehrere Wochen sind mir ohne helles Bewußtsein vergangen, doch war Dein Bild in allen meinen Träumen. Sie sagen: ich soll noch nicht ausser Gefahr sein, doch fühle ich jetzt meine Kräfte täglich mehr zurückkehren, und meine einzige Sorge ist Deine Bekümmerniß. Fürchte nur nichts mehr, Geliebte! Du liebst mich und ich lebe.

Vier und zwanzigster Brief.

AMANDA AN EDUARD.

Du bist krank, Eduard! Du bist es noch immer! Dein Brief trägt unverkennbare Spuren Deines zerrütteten Zustandes. Weh mir, daß ich *so* Dich wissen und entfernt von Dir bleiben muß! Diese innre Nothwendigkeit bei aller äussern Freiheit ist das Schrecklichste, was sich fühlen läßt, ist die größte Qual meines Lebens! — Ich möchte, wie Clärchen, als sie Egmont im Kerker weiß, und ihn nicht retten kann, ich möchte gebunden sein, an allen Gliedern gelähmt, lieber, als so frei herum gehn zu können, und doch fern von Dir bleiben zu müssen! — O! jetzt — bei dem heiligen Gefühl der Liebe, beschwöre ich Dich — schone Dein! gedenke des liebenden Herzens, dessen Qualen Dein Werk sind. Verbanne alle Schwärmereien, bändige Deine Phantasie, bedenke, daß mit der Gesundheit auch die Freude, mit dem Leben die Hoffnung verfliegt. — Wie heftig bist Du in Allem — o! sei ruhig, vertraue dem Herzen der Geliebten, der Du Alles bist, laß uns der Zeit vertrauen, die das Verworrene still lösen wird. Noch hab' ich selten an unsre Zukunft gedacht, und wohin das alles wol führen sollte. Fragst Du den Strom, wohin er seinen Lauf zu nehmen gedenkt? Allmächtig wogt er dahin, wie Naturgesetz und Kraft es ihm gebieten. — Wie ¦ nahe, wie lebendig hat mich noch heute Dein Andenken umschwebt! einsam gieng ich in den dunklen Gängen des Gartens! sehnsuchtsvoll breitete ich meine Arme aus, und nannte leise Deinen geliebten Namen. Ach! da war es mir, als müßte ich Dich aus Deiner Ferne zu mir herüberziehen, und mir ward wohl und weh bei dieser Täuschung. — Und nun noch einmal, Eduard! einzig Geliebter! schone Dein Leben, Deine Gesundheit! — Julie ist zurückgereist; Albret ist krank; ich bin allein — o! wenn Du meine Unruhe kenntest!

Fünf und zwanzigster Brief.

AMANDA AN JULIEN.

Ich komme mit der alten Freundschaft und mit neuer Unruhe zu Dir, geliebte Freundin! — Wohl uns, daß wir uns verstanden, uns aufs neue gefunden haben! Der Sonnenstrahl der Nähe, hat alle die verhüllten Blüthenknospen der Jugendfreundschaft und Erinnerung, in unsern Herzen wieder aufgeschlossen; ein neuer Lenz hat sich unserm Gefühl entfaltet, dessen heitern Himmel keine Mißverständnisse, keine Klugheit, keine kleinlichen Rücksichten getrübt haben, und unsre Her¦zen waren gegen einander noch rein und ohne Falsch, wie in den Tagen der Kindheit. Du hast mich weicher, fühlender — jugendlicher verlassen; mich hast Du klärer, menschlicher, hoffnungsvoller zurückgelassen. Und nun vergönne mir den tröstenden Genuß der Mittheilung, und laß mich Dir sagen, was seit Deiner Abreise mit mir vorgegangen ist.

Du weißt, daß Albret von einer heftigen Krankheit überfallen ward; sein Zustand schien gefährlich. Ich that für ihn, was Dankbarkeit, was menschliches Gefühl, was mir mein Herz gebot, und er schien weicher und vertrauungsvoller gegen mich zu sein als je. Einst ließ er mich zu sich rufen. «Amanda,» sagte er mit schwacher Stimme, «mein Leben, ich fühle es, ist bald dahin. Willst du meine ¦ letzten Lebensstunden erheitern, und dir selbst die Ruhe deiner Zukunft sichern?» — «O! rede frei,» rief ich, schon ganz erweicht, «alles was ich kann, will ich gern, gern für deine Zufriedenheit thun! —» «Du liebst Eduard,» fuhr er fort «diesen Jüngling, der heftig, ehrgeizig, unzuverlässig, undankbar ist, kurz alle Fehler der Jugend in hohem Maaß besitzt; dein Glück, deine Ruhe, zertrümmert der Wilde unausbleiblich. Entsage ihm jetzt, da es noch Zeit ist, brich allen Umgang mit ihm ab; versprich es mir, und du verbreitest Frieden über mein gequältes, hinsinkendes Leben! —» Mein Herz zerfloß in tiefen Schmerz, und mein Auge in Thränen; — ach! es gelang ihm nur zu gut, alle Saiten meines Gefühls zu tiefer Trauer zu bewegen — aber ich war ¦ entschlossen. Jene rauhe Tugend, die Alles seinen Grundsätzen aufzuopfern befiehlt, mögen auch alle andre darüber zu Grunde gehen, kenne ich zwar nicht; sie ist mir fremd; aber diesen Betrug, diese Herabwürdigung dessen, was mir das Liebste, das Heiligste ist — O! wie hätte ich ein solches Versprechen über meine Lippen bringen können? — Nein! sagte ich fest, und nur dieses einzige kann ich Dir nicht gewähren! — Albret gab seinen Plan so leicht nicht auf; er suchte alles hervor, was mich zu erschüttern vermochte, und nur spät überzeugte er sich, daß es vergebens war. «Nun wohl,» sagte er hierauf, «bist du seines Herzens, ist er des deinigen so gewiß, so kannst du nichts dabei wagen, wenn ich ihn auf eine, nicht allzu schwere Probe stelle; und dies Verlangen wirst du mir, ohne Ungerechtigkeit, nicht unbefriedigt lassen können. Versprich mir nur vier Monate lang, ihm keine Zeile, kein Wort von deiner Hand lesen zu lassen, und dann entscheide selbst über ihn. Fühlt er wirklich so, wie du glaubst, was vermag eine so kurze Zeit, was vermöchte die größte Wahrscheinlichkeit, gegen die freudige Gewißheit seiner Liebe? gegen sein Vertrauen zu dir?» — Er fügte noch manches hinzu, und Julie — ich versprach es. Ich versprach es und werde es halten, was es mir auch schon jetzt kostet. Denn diese Probe, was soll sie? — Verträgt sich die Klugheit einer solchen Prüfung mit der Einfalt, der heiligen Kindlichkeit der Liebe? — Ach! schon bin ich sehr unruhig! Dem Sterblichen sollte Wahrheit über alles heilig sein! Eine einzige Abweichung — und

Du kannst die Folgen nicht berechnen. Kaum ist die Handlung geschehen, so geht ihre Wirkung ins Unendliche; unaufhaltsam stürmen die raschen Mächte des Schicksals mit deiner That dahin, und nie bekommst Du sie mehr in Deine Gewalt!

Sechs und zwanzigster Brief.

EDUARD AN BARTON.

Barton! ich habe Dich beleidigt, schwer beleidigt — ich weiß es, und allen Deinen Briefen fühle ich meine Schuld und Deinen Kaltsinn an. Eigenmächtig, ohne Grund, entzog ich Dir mein Vertrauen. *Du* warst mir wenig mehr, weil mir *Amanda* Alles war. Vergiß es jetzt, ich selbst kann es Dir noch nicht erklären — und vielleicht kannst Du es besser als ich; beurtheile mich im Ganzen, als Erscheinung, wie Du sonst wol thatest, und Du wirst sehen, es wird sich alles ausgleichen.

Ich bin kaum genesen und es stürmt so vieles auf mich ein. Mein Vater ist hier, und hat mir Alles gesagt. Ich weiß es nun, daß er von Albret tödlich gehaßt wird, und aus welchen Gründen; weiß es, daß dieser stolze, rachedürstende Mann seinen Groll auch auf mich übertrug, und daß mein Vater, der in seiner

Nähe für mich fürchtete, sogar mein Leben in Gefahr glaubte, deshalb so schleunig, so unbiegsam auf meine Abreise drang. Seine Liebe erfreut mich, aber die Gefahr, worinnen er mich geglaubt, rührt mich weit weniger, als, wie ihr das furchtbare Gemüth dieses Mannes kennen, und es so gleichgültig zu ertragen vermochtet, daß Amanda bei ihm lebt. Wie? habt ihr Herzen? oder hat die ǀ Welt schon euren Sinn so eng zusammen gezogen, daß nur euer eignes Schicksal euch rühren kann, und ihr das Wohl und Weh eines fremden Wesens — o Gott! und des vollkommensten — gelassen und unthätig, in seine eignen Hände gebt? — Und ihr seid ja die bessern unter den Menschen! — Doch davon hernach: jetzt das Wichtigste.

Amanda schreibt mir nicht — was geht dort vor? — das ist es, was ich von Dir wissen muß. Einer meiner dortigen Bekannten erzählt mir in seinem Brief ganz unbefangen, daß man sie sehr oft mit dem Grafen * * zusammen sehe; daß seine heftige Leidenschaft für sie kein Geheimniß sei, und Amanda ihr Gehör zu geben scheine. Ich glühe, wenn ich mir das denke. Kanntest Du jemals diese ǀ Qualen der Eifersucht, die mir, wüthender Flammen gleich, verheerend durch die Seele zucken. — Warum vernichten sie ohne zu tödten? — Und warum soll sie keine Freude mehr genießen, ohne mich: ihre ganze Existenz geduldig in die meinige auflösen? — Kann ich, will ich diesen Seelenmord verlangen? Ja! ich darf Alles von ihr fodern, weil ich ihr Alles zu geben bereit bin; mein Gefühl ist natürlich, ist gerecht! — Ein heiliges Gesetz, daß Liebe nur Liebe — verlangt und giebt, liegt ihm zu Grunde. Ist *sie mir* nicht Alles? Möchte ich nicht, von ihr getrennt, jede Freude nur darum genießen, um sie, treu aufbewahrt und verschönert, ihrer Phantasie wieder zu geben?

Vergleiche ich nun die stillen Aeusssserungen Deiner Briefe damit, die auch ih¦rer oft in Verbindung mit dem Grafen erwähnen, so stoßen sie mir den Dolch ins Herz, und doch kann ich nicht sagen, daß du mir weh thust. Du schreibst mir kein Urtheil, nur trockne Wahrheit; bloß die äußre Erscheinung, nichts von Vermuthung, selbst das nicht, wie es auf Dich wirkte. Das thust Du, eben weil Du weißt, wie tief es mich angeht. «Ich rathe niemand in Sachen des Gefühls,» sagtest Du einst, «denn ich kann so gut irren, wie der Andere. Aber ich stelle ihm die Sache hin, rein und natürlich, wie sie mir erscheint, um vielleicht durch eine neue Ansicht sein Urtheil unbefangen zu machen.» — Aber, Freund! mit dieser kalten Klarheit richtest Du jetzt nichts aus, jetzt nicht gegen mein leidenschaftliches, gequältes Herz. Ich *fodre* ¦ Dein Urtheil, ganz bestimmt, Alles was Du von ihr, ihrem Wesen, ihren Verhältnissen und ihrer Liebe zu mir, denkst. — Ach! daß ich so kalt, so fremd, so gemein, von ihr, von dem sprechen muß, was mir das Nächste, das Heiligste, das Unaussprechlichste war! — Wie anders, wie ganz anders gestalten sich diese göttlichen Bilder, durch diesen Zweifel, diese unwürdige Verhandlung! — Wie! ich hätte vielleicht geträumt? — und dies alles könnte enden, wie das Gemeinste endet? und es wäre Wahn gewesen, Rausch des Vergnügens, kurz, irgend etwas, was man erklären kann, was ich so einzig, so göttlich in mir fühlte? — O! vielleicht haben meine letzten Briefe, oder die ihrigen, ein unglückliches Schicksal gehabt, und ein gemeiner Zufall verführt mich zu den frevelhaftesten Aeusserungen! — Genug, schreibe mir bald und deutlich. Ich warte zwei Posttage auf Deinen Brief, und warte ich vergebens, so siehst Du mich vor Dir!

Sieben und zwanzigster Brief.

EDUARD AN BARTON.

Gut! ich habe nun Deinen Brief, und Du bist mit mir abgefunden. Du handelst rechtlich, und ob gleich ich Dich hier lieber *fühlend* hätte handeln sehen, so darf ich doch nichts dagegen sagen. — Du schreibst mir, daß Dich Albret einst aus einer der größten Verlegenheiten Deines Lebens befreit hat, daß Du ihm große Verbindlichkeiten schuldig bist, und damals den unverbrüchlichen Vorsatz gefaßt hast, niemals auf keine Veranlassung, und in keinem Verhältniß, *gegen* ihn zu handeln. Treue gegen Deinen Entschluß, und noch überdies, die Ueberzeugung, daß man sich nie in fremde Herzensangelegenheiten mischen dürfe, hielten Dich also ab, an meinem Verhältniß mit Amanda, auch nur entfernt, Theil zu nehmen, und alles was Du jetzt für mich thun konntest, war, daß Du Nanetten fragtest, ob ihr vielleicht der Grund von Amandas

Schweigen bekannt sei? — Und er war es! — Amanda hat mir auf Albrets Bitte feierlich entsagt! Sei der Bewegungsgrund welcher er wolle, sie hat mir entsagen können, was läßt sich dagegen einwenden? — Und nicht von ihr selbst sollte ich dies erfahren — denn ich habe keinen Brief darüber von ihr, so unbegreiflich dies ist. Vielleicht, daß irgend ein Geheimniß hier verborgen ist, aber wie es auch sei — Nanette hat es ja von Albret selbst gehört. — Entsagt! nein! mein Stolz erwacht, und was es auch kosten mag, ich reiße Liebe und Hoffnung und Glück, auf ewig aus meinem Herzen!

In einigen Tagen wird mein Vater mit Privataufträgen des * *schen Hofs nach * * gehen. Er will, daß ich ihn begleiten, mancherlei Geschäfte übernehmen, und mich nun selbst mit Welt und Menschen bekannt machen soll; und ich werde, so viel ich kann, mich in seine Wünsche fügen; aber mein Sinn, meine Stimmung, treibt mich jetzt fast unwiderstehlich dazu, Kriegsdienste zu nehmen, und ich werde alles thun, um ihn für diesen Wunsch zu gewinnen. Sonderbar ist es mir zu Muthe, wenn ich jetzt an meine frühern Wünsche zurück denke, wo ich mir kein größer Glück denken konnte, als meines Vaters *Freund* zu sein, und viele Länder und Menschen kennen zu lernen. Und nun bin ich fast der *Vertraute* meines Vaters geworden; ich sehe ihn, der sonst vor meiner Phantasie immer in heiliges Dunkel gehüllt war, ganz nahe und klar vor mir handeln; nun ist der Augenblick gekommen, der sonst eine Gränze für alle meine Hoffnungen zog. Und wenn ich mich nun doch so voll Unruhe und Sehnsucht fühle, da erscheint mir der Mensch wie ein Wandrer, der einen Berg ersteigen will, und wenn er die eine Höhe, die er für die letzte hielt, erstiegen hat, so wächst der Berg vor seinen Augen, und er steigt mit steter Sehnsucht, so weit er kann, ohne je den Gipfel erreichen zu können. Unsre Wünsche verlieren sich ins Unendliche, wie alle unsre Vorstellungen; denn ⸣ wir können uns das Größte und das Kleinste, das Unbeschränkte und Beschränkteste nicht denken. Nur Einen Zustand im Leben giebt es, welcher Ruhe gewährt ohne Ersterbung, der das Unendliche umspannt, und alle Sehnsucht befriedigt. Es ist der kurze, glühende Sonnenblick, den eine höhere Sonne, vorübergehend, auf das dunkle, flüchtige Leben des Sterblichen wirft. Aber er geht vorüber, und alles sinkt ihm noch in tiefere Schatten! — Ohne Hoffnung blicke ich in mein zukünftiges Leben hin; das Glück liegt hinter mir, und ich lebe dafür nicht mehr. Und wofür denn sonst? — zum Wohl des Ganzen soll ich wirken? und weiß ich denn, worinnen dies eigentlich besteht? zeige mir, wo ich das wahre Ziel zu suchen habe: — und wenn ich es nicht weiß, nicht wissen darf, so treibt mich eine ewige Noth-⸣

wendigkeit, auch ohne mein Zuthun dahin. — Ach! das hat mich schon öfters gequält! — Rollt die Menschheit mit allen ihren äussern und innern Revolutionen, ewig wie ein ungeheures Rad, mit Nacht und Traum bedeckt, in dem Strom der Zeit dahin? Das Rad rollt unablässig durch die Feuersäule hindurch, und was beschienen wird, erwacht auf einen Augenblick zum Leben, zum Bewußtsein. Aber alles eilt hindurch und schwindet in Nacht; bis es einst vielleicht wiederum unter einer andern Gestalt eben so flüchtig den Feuerstrahl durchrollt. O! dann wünscht' ich trostlos, von diesem unendlichen, einförmigen, zwecklosen Reif herabspringen zu können, wäre es auch, um in das ewige Nichts zu versinken! — Oder steigen wir auf der unermeßlichen Linie der Zeit einem vorgesteckten Ziel entgegen? aber was es ist, und wo es endet? — O! warum streben unsre Wünsche ewig dieser Gränze zu, wo eine fremde Macht sie kalt zurückreißt; warum können wir nicht, wie Mückenschwärme im Abendgold, uns des flüchtigen Sonnenblicks unbesorgt erfreuen, bis er verloschen ist?

———

Ich habe * * verlassen; die Trennung von dieser Gegend, hat mich lebhaft an eine andre erinnert, und ein Augenblick hat mich belehrt, wie sehr mein Herz an seiner Liebe hängt. Beinah' dünkte es mir unmöglich, diese Gegend zu verlassen, und mich noch weiter von ihr zu entfernen. Nein! ich war zu rasch, und will nicht so von ihr getrennt sein! Ich will schreiben, und Nanette den Brief zuschicken, da Du es nicht übernehmen kannst. Ich muß, ich muß sie wieder sehn, mit ihr le¦ben! — O! ewig würde dies schöne Bild, wie ein verlornes Paradies, meiner Seele vorschweben, und alle Freuden durch seine Erscheinung in Qualen verwandeln, wenn ich nicht alles thäte, um es mit Wahrheit zu beleben! — Wie? ich sollte nie mit ihr glücklich sein? unsre Bekanntschaft wäre ohne Zusammenhang mit unserm ganzen übrigen Leben, und die Harmonie unsrer Herzen nichts als der Traum einer erregten Phantasie? — Und wie kann *sie* ohne *mich* glücklich sein? — kein Andrer kann ihr das sein, keiner ihre Gefühle so verstehen wie ich, keiner sie so erwiedern! öde und leer wird uns beiden das Leben, das uns so frisch, so verständlich, so blüthenvoll sein könnte. — Nein! sie soll alles wissen was in mir vorgeht; unser Glück will ich ganz in ihre Hände, in ihren Willen legen. Und wissen soll sie, welch ein Herz der Mann, ¦ an welchen sie das Schicksal band, im Busen trägt. Denn mich banden ja die Bedenklichkeiten nicht, welche Euch zurückhalten, und ich darf ihr frei sagen, daß Albret, als ein unversöhnlicher Feind meines Vaters, seinen Haß auch auf mich Unschuldigen übertrug, ja, daß mein Leben nicht sicher in seiner Nähe war, und mein, um mich besorgter Vater, deshalb auf meine Entfernung so eifrig, so ohne Aufschub drang. Ja ich *muß* ihr das alles sagen, und wie konnte ich nur so lange schweigen? — welche Verblendung ist es, die den Menschen oft verführt, gegen einen falschen Stolz, kleinliche Bedenklichkeit oder ein übereilt gegebenes Wort, sein Liebstes, sein Heiligstes aufs Spiel zu setzen?

———

[I, 27. Brief, 272]

Amanda und Eduard

ein Roman in Briefen.

Herausgegeben von

Sophie Mereau. [geb. Schubart]

Zweiter u. lezter Theil.

Frankfurt a. M. bei Fr. Willmans.
1803.

Briefe

von

Amanda und Eduard.

ZWEITER THEIL.

Erster Brief.

AMANDA AN JULIEN.

Seit langer Zeit, Julie, ist dies der erste Augenblick, wo ich Dir wieder schreiben kann. Zu welchem Wechsel von Gefühlen ist mein Leben bestimmt! — ich wandle wie in einem dichten, düstern Hain, wo nur zuweilen die wankenden Zweige sich öffnen, und mir die Aussicht auf ein fernes glänzendes Thal zeigen. Aber schnell schließen sie sich wieder, und ungewiß, ob mich der Weg in eine Einöde, oder in jene lichte Gegend führt, gehe ich im Dunkel weiter, wie das Schicksal es mir gebietet.

Ich schrieb Dir, daß Albrets Krankheit gefährlich gewesen sei, und sie ist es noch. Sein Gemüth scheint in gewissen Augenblicken, vielleicht zum erstenmal, von Vertrauen gegen ein fremdes Wesen durchdrungen, und eine wunderbare Weichheit nimmt dann die Stelle seiner gewohnten Fühllosigkeit ein. In solchen

Momenten hat er mir Vieles aus seinem frühern Leben vertraut. Da war es, wo mir von ihm entdeckt ward, daß Wilhelm *sein* Kind sei; daß er einst eine heftige Leidenschaft für dessen Mutter gefühlt, sie aber bald darauf wieder ganz verlassen habe. — Sie sei, fuhr er fort, wahrscheinlich aus Gram darüber, gestorben; er habe das Kind hier erziehen lassen, und der Wunsch es zu sehen, wäre unter andern Gründen, mit eine Veranlassung gewesen, warum er an diesen Ort ¦ gereist sei. «Sorgfältig, setzte er hinzu, war ich bisher bemüht, Dir aus diesem Verhältniß ein Geheimniß zu machen, denn, Amanda, ob gleich ich in Dir das vorzüglichste Weib verehre, das ich je habe kennen lernen — aber, sei so edel Du willst; frag Dich selbst, ob Du nach dieser Entdeckung nicht ein Recht über mich zu haben glaubst? und wer kann mir bürgen, daß Du diese Gewalt nie misbrauchen wirst? — o! die Gewalt über uns, ist für ein Weib das schönste Ziel, nach dem sie ringt, und dem Vergnügen, dann nach Laune und Willkühr verfahren zu können, opfert sie mit Freuden jede andere Rücksicht auf!»

Wie seltsam ich bei diesen Scenen bewegt war, kann ich Dir nicht beschreiben. Es war mir genugthuend, diesem verödeten ¦ HerzenEtwas sein zu können, es durch mich mit leisen Banden des Vertrauens, des Wohlwollens wieder an das Leben gebunden zu sehen. Aber dann war mir dieser Mann wieder so fremd; seine lange Verschlossenheit, sein Argwohn, seine kalten Berechnungen stießen mein Gefühl zurück, und machten mir seine Nähe schauderhaft. Ja, Julie, diese Verschiedenheit unsrer Ansichten, unsrer Empfindungen, liegt wie ein tiefer Abgrund, den wir nicht überschreiten können, zwischen uns beiden; vergebens sende ich die Blüthen der Innigkeit, der Mitempfindung, mit weichem Herzen zu ihm hinüber; kaum Eine derselben erreicht ihn; die meisten flattern in die Tiefe, und ich fühle nur die dunkle Leere, die uns trennt. — Und doch muß ich so innig das Herz bedauern, das seine schönsten Gefühle ¦ zu verbergen strebt, weil es fürchtet, in die Gewalt eines Andern zu gerathen, das unabläßig, ferne, dunkle Zwecke verfolgt, die ihn doch nie glücklicher machen, und sein Auge für das nahe, helle Leben um ihn her verschließen; doch bleibt mir der Wunsch immer lebendig, ihn durch Wahrheit und Gefühl mit dem Leben wieder auszusöhnen, und das verschlossene Gemüth den Empfindungen der Menschlichkeit wieder zu eröffnen.

Und so bin ich denn jetzt ganz allein gelassen, mit diesen wechselnden Gefühlen? Du bist fern, und ich kann und will Deine Gegenwart nicht fodern. Nanette ist zu ihren Verwandten gereist, und wer weiß wann sie zurückkehrt.

[II, 1.Brief, 6/7]

Barton hat schleunig diesen Ort verlassen, wahrscheinlich um mit Eduards Vater, ich weiß nicht wo? zusammen zu treffen. Und Eduard — ach! wie entfremdet ist mir dieser Name geworden! wie anders, wie so ganz anders sind die Bilder, die jetzt mein Gemüth erfüllen! — Schon sind beinahe drei Monate verflossen, ohne daß ich die geringste Nachricht von ihm erhalten hätte, und Alles was mir so nah, was so ganz *Mein* zu sein schien, droht wie ein wesenloser Traum zu verschwinden. — O! warum mußte der Liebe kindlicher Glaube, das heitre Vertrauen, so leicht dem beleidigten Stolz, dem unverständlichen Schein, weichen? — Warum vertraute er mir nicht? — Schreibe mir bald, ich bedarf es. Alles ist mir fern und dunkel, und ich stehe allein in dem fremd gewordenen Gebiete des Lebens.

———

Albret ist nicht mehr! — Der stille Genius des Todes hat nun dies Herz beruhigt, und alles Widersprechende in sanftem Frieden aufgelöst. — Wie ein aufgerolltes Gemälde liegt das farbige Spiel seiner irdischen Freuden und Leiden vor meinem Blick, und auf der Rückseite steht mit schwarzen Zügen das Grab. —

Ich weiß es, Julie, daß er selten wahrhaft gegen mich war, daß ihm mein ganzes Dasein bloß für ein

Opfer seiner Absichten galt, daß bei ihm auf jede wahre Aeusserung seines Gefühls nur Reue folgte, aber ich fühle in diesen Augenblicken nichts, als daß er *unglücklich* war. Ach! ist dieser Kampf, diese Mischung von Wahrheit und Lüge, von Hölle und Himmel, nicht in jedem Menschen, wie in ihm, nur mit etwas mildern Farben? — laß mein Urtheil über ihn, immer so weich als möglich sein, es ist gewiß ein gutes menschliches Gefühl, was uns so mild gegen die Todten macht, die sich nun nicht mehr vertheidigen, nicht mehr sagen können, wie oft sie misverstanden worden, und wie schmerzlich ihnen vielleicht oft eben dann zu Muthe war, wann sie Andern hart und gefühllos erschienen! —

Ich erwarte sehnlich einen Brief von Dir. Eine Menge Geschäfte, die alle Geistesgegenwart erfordern, drängen sich in trauriger Verwirrung um mich her; so bald ich kann, schreibe ich Dir wieder.

Zweiter Brief.

AMANDA AN JULIEN.

Nur mit Mühe, meine Freundin, vermag ich mich aus dieser Verwirrung von prosaischen Dingen heraus zu reissen. Albrets Angelegenheiten sind zum Theil in großer Unordnung; und doch möchte ich dem Vertrauen, mit welchem er mir die Berichtigung derselben übertrug, gern auf das Vollständigste entsprechen. Täglich kommen Briefe; täglich giebt es neue Geschäfte abzuthun. — Wie verändert, wie tief verändert ist alles um mich her! — Wohin sind die lieblichen Bilder, die himmlischen ¦ Träume, geliebte Schmerzen? — Oft dünkt es mir, ich sei mit kalten Blicken in die todte Sphäre hinüber getreten, wo alles in das öde Gebiet des Irrdischen versinkt, wo die klingenden Spiele der Phantasien schweigen, kein Zauberduft die Wesen mehr umwallt, und die Nothwendigkeit nicht mehr durch den Schleier des Schönen verhüllt, offen und vernehmlich ihre Ansprüche geltend macht. — O! warum ist das Leben denn ein immerwährender Kampf! — Frei tritt der Mensch in die Welt; noch wird seine Jugend von dem Wiederschein einer höhern Sonne beglänzt; aber überall lauern die unterirdischen Geister, die Sorgen der Erde, ihn zu sich herab zu ziehen; wohin er flieht, verfolgen sie ihn, und rettet er sich auf die Höhen der Liebe und Phantasie; so dringen die Stürme des Himmels die Pfeile des Schicksals auf ihn ein, und beängstigen sein schlagendes Herz!

———

Wilhelm soll mich nun nie verlassen; er war mir immer lieb, aber nun ist er mir heilig. Mit sonderbarem Gefühl betrachte ich ihn, als ein Wesen, das mir so ganz hingegeben ist, und fühle dann mit ruhigem Selbstbewußtsein, daß er sich dieses Looses wohl erfreuen darf. — Ich werde für seine künftige Bildung sorgen, so gut ich kann, das heißt, ich werde ihm seine Eigenthümlichkeit zu erhalten suchen. Denn die Menschen werden verschieden gebohren. Wie die Pflanze, das Thier, jede Erscheinung, eine besondere Form hat; so auch sie. Keiner darf deshalb zürnen, wenn ihm die Natur vorzügliche Gaben versagte, denn jeder erscheint, wie er kann, und ist darum für sich nicht schlechter, wenn er sich nur den Sinn erhält, über seine Verhältnisse zu den Andern frei denken zu können. — Der Mensch, so denke ich, Julie, soll immerhin Alles um sein selbst willen thun, aber man kann ihn lehren, sein eigenes Glück darin zu finden, daß er für Andre lebt. Diese einfache Idee spricht unmittelbar an das Herz, und ist dem Kinde, dem ungebildeten Menschen, verständlich. Jede Aufopferung für einen Andern, die nicht aus Neigung geschieht, ist unnatürlich; sie zerwühlt das eigene Herz und steht fruchtlos im Aeußern da. Menschen sollen *recht* gegen einander handeln, aber nicht großmüthig. Großmuth ist anmaaßend, weil sie nur höhern Wesen zukömmt, und grausam, weil sie Andere erniedrigt. — |

Könnte nur, — ich wiederhole es — ein jeder seine Natur verstehen lernen! Und glücklich der, dessen Neigungen ein freies, angemessenes Gebiet im Leben finden, wo sie sich äußern können, denn die Neigungen sind immer gut!

Sehr oft sehe ich auch jetzt den Grafen * *, der sehr bekannt mit Albrets Angelegenheiten ist, und mir in meiner verwickelten Lage, viele Dienste leistet. — Manches von dem, was er mir aus Albrets Leben erzählt, giebt mir Aufschluß über Vieles, was mir so lange dunkel geblieben ist, und neue Veranlassung über die unselige Verschlossenheit dieses Mannes zu trauern. — Denn ich weiß es wohl, Julie, daß Aufrichtigkeit nicht immer eine gesellige Tugend genannt werden kann; daß der Mensch, der für Andere und mit Andern leben will, oft etwas ¦ von der Wahrheit seines eigenen Wesens aufopfern muß, um des Ganzen willen. Auch möchte ich nicht gern zu denen gehören, die bitter auf die Klugheit schimpfen, weil sie zu ungeschickt sind, ihr eigenes Leben, so wie sie gern es wollten, durchzuführen. Aber, ich fühle es jetzt innig in der Seele, geoffenbart: nichts *kann beruhigen als Wahrheit, nichts erfreuen, nichts beglücken, als sie.* — Und darum ist — die Zeit der Liebe, auch die schönste, glücklichste Zeit des Lebens, weil da reine, ewige Wahrheit ist; denn niemals werde ich so thöricht sein, das Unendliche, Himmlische — *Wahn*, und das Irrdische, Beschränkte, — *Wahrheit* zu nennen.

Dritter Brief.

AMANDA AN JULIEN.

Die Natur lebt wieder auf; die letzten dürren Blätter säuseln in den singenden Strom hernieder; ein frisches Grün breitet sich über den Grund, und die Rebe weint schon dem Frühling ihre süssen Thränen. Durch das Dunkel der Tannenwälder, schimmern die lichten, grünen Gruppen der jungen aufsprossenden Birken, wie freudige Erinnerungen die Schwermuth eines trauernden Gemüths unterbrechen. — Mit dem Frühling erwacht mein Herz aus seinem Schlummer, und die Zeit der Ruhe ist, ¦ wie ein leichtes Gewölk, weit über mir dahin gezogen. — Vergebens nehme ich ein Buch, um mich zu zerstreuen; — ich kann nicht lesen. Mein Auge kann sich von den erfreulichen Bildern nicht losreissen. Die verklärten Bäume, die röthlichen Wolken, die den Himmel durchfliegen; die blühenden Büsche, welche Felder und Wiesen, wie Perlen, umfassen — in allen sieht mein treuloses Herz *sein* Bild! Vergebens rufe ich Stolz und Leichtsinn zu Hülfe; in meine einsamsten Stunden, drängen sich Bilder aus der Vergangenheit, und mit der ambrosischen Luft, athme ich neue Wünsche, neue Phantasien ein. O! ihr holden Genien des Lebens, rufe ich dann, Liebe, Hoffnung und Freude, solltet ihr mir auf immer entwichen sein? Sollte kein Tropfen eurer Götterschaale jemals wieder das ver¦ödete Herz erquikken? — Und doch, Julie, wenn ich seine Briefe lese — ach! ich lese sie öfterer, als ich selbst will! — und mich das Innige derselben bis zum Zerstöhren ergreift — dann wird mir der Gedanke kalte, tödtende Pein, daß auch *dies* enden konnte, auch dies, wie Alles endet! — Nein! wie es auch sei, ich kann ihm dieses Schweigen, dies Ersterben, ich kann es ihm nie verzeihen! — Denn was steht in *meiner* Macht zu thun, da ich nicht einmal seinen Aufenthalt weiß? — Und wenn ich auch handeln könnte, würde ich es wollen? Nein! nur dem Mann, dem Machtvollen, kömmt es zu, die Begebenheiten zu schaffen, alles Aeußre nach seinem Gefallen zu lenken. — Doch — was ich auch denken mag — bald kehrt die Erinnerung, des höchsten, einzigen Glücks, wieder siegreich ¦ in meine Seele zurück, und *Er* erscheint mir wieder ganz wie vormals. — Dann klage ich; warum bist du mir fern, Geliebter! in dieser heiligen Abenddämmerung, hier, wo alles die Sehnsucht nach dir erneut? — Wie ein Dolchstich fährt es mir durchs Herz, wenn ich dann bedenke, wie glücklich wir sein könnten, und jede Minute, die ich ohne ihn verleben muß, dünkt mich ein unersetzlicher Verlust. — Ja! alle beßre Seelen, haben Momente des höhern Lebens, der Begeisterung. Diese Momente verschwinden, und sie steigen zur Nüchternheit des Gewöhnlichen wieder herab; aber wenn zwei Seelen sich in solchen Momenten finden, wenn sie sich da begegnen, dann ist der Himmel zwischen den beiden. — O! da auch dies enden mußte, wie Alles, was hält denn den flüchtigen Geist noch hier? ¦ Wo erwartet denn nun noch das Herz, Befriedigung seiner unendlichen Sehnsucht? — Weh mir, daß ich *unsterbliche* Gefühle in mir nähren, und nur *sterbliche* erwecken konnte, daß mein Leben in dem Herzen des Geliebten aufhörte, und doch die Liebe unsterblich in mir lebt!

Vierter Brief.

EDUARD AN BARTON.

Wir leben nun hier in der Residenz, und ich bin ganz ruhig. Es ist vieles in mir anders geworden; ich komme mir klüger, aber auch schlechter vor, und ich kann meinen vorigen Gemüthszustand, nicht ohne eine gewisse Art von Ehrfurcht betrachten. — Du weißt, daß ich an Amanda schreiben wollte, und ich that es mit aller Innigkeit meiner Liebe. Ich schickte diesen Brief an Nanetten, die ihn mit einem eignen begleitete. Aber keine Antwort von Amanda erfolgte, und nur von Fremden habe ich die ¦ Nachricht erhalten, daß Albret todt ist, daß sie noch immer in B** lebt, und der Graf ihr einziger und steter Gesellschafter ist. Nun, Barton, was kann ich denn noch zu wissen begehren? Ist es nun nicht klar, daß ihre Liebe zu mir nur ein Sommertraum war, der Nachhall einer schönen Phantasie, die nun den Gegenstand gewechselt hat? Sie ist ruhig, und hat mich vergessen. Ich kann sie nicht tadeln, nur erscheint sie mir *anders* wie ehemals, doch auch jezt noch unaussprechlich liebenswürdig. — Sie ist eine von jenen schönen, heitern Naturen, welche gleich den Blumen, mit jedem Frühling neue Wünsche, wie Blüthen hervor treiben, wo sie dann den Sommer hindurch wachsen und grünen, bis sie bei dem leichtesten Sturme des Schicksals dahinwelken und sterben, so ¦ lange kein neuer Lenz, neue Blüthen und neue Wünsche erweckt. — O! wenn sie die Geistesstärke gehabt hätte, mir das alles freimüthig selbst zu sagen, ich hätte sie ewig! göttlich in meinem Herzen verehren müssen! dann wäre sie bei der liebenswürdigsten Natur, auch die edelste gewesen. Denn die Weiber, die durch ihre Neigung zur Güte, Aufopferung für Andere geführt werden, können nur dann edel sein, wann sie *wahr* und selbstständig sind, und ihre Weichheit besiegen, die sie leicht zur Verschlossenheit und Anhängigkeit geneigt macht.

Wie sonderbar fällt es mir jezt auf, daß die kurze Zeit von einigen Jahren, und ein paar Erfahrungen, so viel an unsern Ansichten verändern können! Ich hätte es nie geglaubt, denn die Bilder, die ich in mir trug, schienen mir alle ewig und un¦veränderlich. — Freilich weiß ich, daß ich ohne den Umgang meines Vaters, lange mit schweren Zweifeln hätte kämpfen müssen, und vielleicht auf immer, bitter und ungerecht gegen Welt und Menschen, oder ein kränkelnder Phantast geblieben wäre. Wie bewundre ich diesen Mann, der eine so reiche Imagination, mit einem so großen praktischen Verstand verbindet, und dem es so oft im Leben gelungen ist, die geistigen Blüthen der Phantasie und Liebe, und die irrdischen Früchte mühevoller Thätigkeit zu brechen, und in zwei Gebieten zu genießen. — Auch ich stehe nun erheitert im Leben da, und entschlossen, das Ruder meines Schicksals, so viel ich kann, selbst zu lenken, ohne mich, und überhaupt den einzelnen Menschen, für außerordentlich wichtig, aber auch eben so wenig, für vergessen ¦ zu halten. Ein großer Verstand beherrscht das Ganze; und es ist klein und eitel, sich als Zweck desselben zu denken. Das ist die Freiheit des Menschen und sein Werth, daß er mit Weisheit in die Umstände eingreift, die ihn umgeben; und wohl ihm, wenn er es versteht, sie mit seinem eigentlichen Wesen in Harmonie zu bringen! — Ich strebe darnach, mir feste Ideen zu bilden, nach denen ich handle; denn wären sie auch falsch, so machen sie doch das Leben zu einem Ganzen, da Erfahrung allein nicht zum Leitstern unserer Handlungen taugt, weil man fast bei allen Zweifeln, die uns im Leben aufstoßen, Erfahrungen *dafür* und *dagegen* anführen kann. Andere werde ich immer nach mir selbst beurtheilen, denn ein jeder kann sich selbst der Repräsentant der Menschheit sein, wenn er Geistesjugend und Freiheit genug besitzt, um Menschen und Welt im Allgemeinen denken zu können, und nicht in dem engen Kreise einer ängstlichen, kurzsichtigen Selbstsucht fest gebannt ist.

Fünfter Brief.

EDUARD AN BARTON.

Ich gieng vor einigen Monaten aufs Land. Mein Vater selbst rieth es mir, weil er meine Gesundheit nicht für ganz befestigt hielt. Aber während der ersten Tage, die ich in der freien Natur zubrachte, war mir sehr weh zu Muthe. Hier erst, fühlte ich schmerzhaft den Unterschied zwischen *jetzt* und *ehmals*, fühlte, daß die Musik in meiner Seele verstummt war. Ein Schleier schien zwischen mir und der Natur herunter gefallen zu sein; ich hörte die sehnende Nachtigall nicht, sahe unbewegt ¦ die neubelebte Gegend. Oft lief ich weit, und strebte mit Ungeduld an einen Ort zu kommen, und wenn ich nun da war, so hatte ich keinen Zweck gehabt; alles war stumm, und ich mußte rastlos weiter. — Da drang das Andenken an Amanda, an ihre unnennbare Liebenswürdigkeit, mit voller, siegender Gewalt in mein Herz. O! süßes, süßes Glück der Liebe! rief ich einsam, du einziges nicht zu vergleichendes Gut! O, könnten alle meine Seufzer, alle meine Thränen, Flügel werden, und ich so, Dich wieder erreichen! — Aber, Freund, ich fühlte bald das Gefährliche dieser Stimmung, und ich hatte nun schon Kraft genug, mich heraus zu reissen. Ich beschloß in der Gegend Bekanntschaft zu suchen; vielleicht konnte ich hier finden, was ich so sehr bedurfte — neues Leben, neue Liebe. Denn ¦ Barton, was ist denn das Leben, ohne weiblichen Umgang? — Warum sollte ich es nicht sagen: das Weib ist die Seele von Allen. Sie sind die innersten, feinsten Triebfedern des großen Kunstwerks, alles menschlichen Thuns und Beginnens; wir sind die äusseren Räder, und natürlich, daß unsre stärkern Bewegungen immer sichtbar sind, während jene, meist ungesehn, und nur dem geschärften Auge bemerkbar wirken.

Ich suchte mich also, mit der Gegend und ihren Bewohnerinnen, bekannt zu machen.

Bald führte mich das Ungefähr in eine Gegend, die mich unbeschreiblich anzog. Mitten im Walde, lag die schönste Ruine, die ich je gesehen habe. Die ganze Stelle hatte eine wunderbare Mischung, von süßer, weich¦licher Ländlichkeit, und reizender romantischer Wildheit; nie hab' ich etwas Lieblicheres gesehen. Ich stand vor den Ruinen, in der dunkelsten, angenehmsten Schwärmerei vertieft, und ward nur durch das Haus des Amtmanns, darinnen gestöhrt, das recht unschicklich in die edlen Trümmer hineingebaut war, als ich an einem Fenster desselben, ein frisches, weibliches Gesicht erblickte. — Es ist nicht zu leugnen, daß der Anblick eines artigen Mädchens, in einer einsamen, schönen Gegend, einen tiefen Eindruck auf die Einbildung macht, und ich empfand dies um so mehr, da mir unwillkührlich Werthers Amtmanns Tochter, dabei einfiel. — Auch hatte ich schon vorher im Wirthshause, von der Schönheit dieses Mädchens gehört, und, daß schon viele, sich, ihr zu gefallen, hier aufgehalten hätten. — Da ich jetzt so ganz Herr meiner Zeit war; so entstand der Plan sehr leicht, einige Zeit in dem Orte zu leben, und es war nicht schwer, in dem Amthause selbst aufgenommen zu werden, um so mehr, da das außerordentliche, schlechte Wirthshaus des Orts, meine Bitte vollkommen rechtfertigte.

Ich wohnte nun da, und konnte täglich, so viel ich wollte, den Anblick eines wirklich schönen Mädchens genießen, die, mit ein paar jüngern Geschwistern, ihrem Vater, einem freundlichen, verbindlichen Mann, der für vieles Sinn zu haben schien, und der Mutter, einer geschäftigen Hausfrau, das reizendste, liebenswürdigste Gemälde von der Welt darstellte. — Ich fühlte mich wirklich glücklich, weil ich unter Menschen lebte, die es zu sein, und es zu verdienen schienen, und wär' ich bald wieder abgereist, so hätte ich eine reine, schöne Erinnerung für mein Leben gewonnen; so aber blieb ich, und zerstöhrte meine angenehme Illusion.

Es entgieng mir nicht, als einige Wochen vorbei waren, daß ich von Agnes, — dies war der Name des schönen Waldmädchens — mit günstigem Auge angesehen wurde. Sie hörte meine Gespräche mit der ungetheiltesten Aufmerksamkeit an, und ihr schönes Auge lächelte mir immer den süßesten Beifall zu. Sie selbst sprach nicht viel, aber alles was sie sagte, schien mir einfach, gefühlvoll und zärtlich — genug, es gefiel mir, denn es lag fast immer etwas Schmeichelhaftes für mich darinnen. Beinah' glaubte ich, sie im Ernst zu lieben. Schon malte mir in manchen Stunden, meine Phantasie, ein reizendes Bild der Zukunft. Hier — in lieblicher Wildniß, beglückt durch die Liebe der schönen, unschuldigen Geliebten, in Einsamkeit, das Leben zu verträumen — konnte dies Glück, das mir so freundlich entgegen kam, nicht das unruhige Herz befriedigen? — Ach! nur quälte es mich, daß ich bei allem diesen, so leicht die Gränze sah, daß ich hinter den Armen der Liebe, der jugendlichen Begeisterung, die um das ganze Landleben ein frisches, entzückendes Colorit verbreiteten, gleich die dumpfe, leere Einförmigkeit, das Drückende der Eingeschränktheit, mußte hervorblicken sehen! — Auch

Agnes schien mir nicht ganz zufrieden, oft hörte ich ihre stillen Seufzer, und ich dachte mir sogleich, daß Sehnsucht, nach einem geliebten Wesen, der Grund dieser kleinen Ver stimmung sein müßte, denn nur eine *schöne* Trauer, war mir bei ihr denkbar. Und wenn ich dann diese Vermuthung leise äußerte, dann bestärkte mich ein süßes Lächeln, das halb zufrieden, halb verlegen war, ganz fest in meinen Ideen. — Soll ich Dir sagen, daß ich mir oft, dem Mädchen gegenüber, die so sanft und tief zu fühlen schien, bittere Vorwürfe darüber machte, daß ich, aller vorigen Sehnsucht, all' der schönen Bilder, die mich umgaben, zum Trotz, oft eine tiefe, unerträgliche Leere in meinem Herzen empfand? — Ach! dachte ich, und meine eigenen Gedanken stimmten mich zur Wehmuth, du kömmst mir entgegen, liebende Seele, mit allen deinen Blüthenträumen von Lebensglück, die vom schmeichelnden Hauch der Hoffnung verführt, zum erstenmal lieblich erwachen — und die Kälte, die oft wie ein schneller Nachtfrost aus meinem einst so tief gekränkten Herzen dringt, wird vielleicht die schönsten dieser Blüthen verderben!

Nach einiger Zeit, erhielt Agnes einen Besuch aus dem benachbarten Städtchen; es war ein Mädchen, die sie ihre vertrauteste Freundin nannte. Sie schien von einem neuen Geist belebt, nie war sie mir so schön, so lebhaft, so anziehend erschienen. Das halblaute Geschwätz, die Neckereien, das frohe Gelächter der beiden Mädchen, nahm kein Ende, und kaum war das Mittagsmahl vorbei, so sprangen sie beide in den Wald. Wie süß, wie reizend dünkte mich der frohe Sinn dieser harmlosen Geschöpfe! und wie freute ich mich, diese einzige, liebe Gabe des Himmels, auch bei dem geliebten, von der Natur ¦ so reich ausgestatteten, Mädchen zu finden!

Ich gieng von einer andern Seite gleichfalls in den Wald, und suchte mir ein romantisches Plätzchen zu meinem Ruheheert. Ich lag auf weichen Rasen, und ein dichter Busch, entzog mich allen Blicken. Der wohlbekannte, frische, geliebte Waldduft kam mir entgegen, und drang in mich mit allen den stillen, dunkeln Bildern von Einsamkeit, von ländlichem Leben und einfachem Glück, und mit der Gegenwart, schmolz die Vergangenheit in meinem Sinn wunderbar zusammen. — Ich fühlte auf Augenblicke ganz das süße, reine Leben, das nichts will, und alles in sich trägt. — Da hörte ich Stimmen, und erkannte bald Agnes und ihre Freundin. Es freute mich, etwas von ihrem schuldlosen, ¦ vertrauten Geschwätz zu erfahren. Sie sprachen sehr lebhaft, und blieben nicht weit von mir stehn. O! ja, sagte Agnes, ich bin Wilhelm gewiß sehr gut, aber sage mir selbst, was habe ich denn für Aussichten mit ihm? — wer weiß, ob er die Stelle bekömmt, und wenn auch — soll ich mich denn ewig auf dem Lande begraben? Warum soll ich denn nicht auch das Leben genießen, wie die Mädchens und Weiber in großen Städten, wovon mir so viele erzählt haben? — Nein! ich muß Dir sagen, ich sehne mich recht von hier weg; und ich glaube, was mir auch schon viele versichert haben, daß ich ganz für die Stadt geschaffen bin. Ach! schweig nur, sagte die andere, Wilhelm gefällt dir nicht mehr, weil du den Fremden lieber hast. — Nein, antwortete Agnes lebhaft, ich kann dir ver¦sichern, daß ich Wilhelm weit mehr liebe, als ihn. Aber die Mutter hat erfahren, daß der Fremde sehr reich, und der Sohn eines vornehmen Mannes ist, und wenn er mir nun wirklich gut wäre; so könnte ich ja durch ihn, ein sehr großes Glück machen — und Wilhelm, könnte ich deswegen doch immer noch sehen.

Wie schneidend dies Gespräch mit meinen Gefühlen und mit dem einfachen Reiz der Waldgegend abstach, brauche ich Dir nicht zu beschreiben. — Mit meiner Liebe war es aus. Dieses Mädchen war Alles das, nur noch unausgebildet, was verdorbene Weiber in großen Städten vollendet sind. Die schaale Bewunderung, der Flittertand, die leeren, rauschenden Freuden, galten ihr für das Höchste, wofür sie alles hingeben möchte. Ihre Seufzer, die mir ¦ so süß, so gefühlvoll geschienen hatten, galten der Einsamkeit, welche sie hinderte, ihre Vorzüge zu zeigen, die, wie sie meinte, hier keinen würdigen Schauplatz hätten, und für die Reize ihrer Lage, für die Freuden des Gefühls, der Einfachheit, hatte sie keinen Sinn. Das kluge Mädchen war mir nun ganz zuwider geworden; ich lachte über meine Menschenkenntniß, meine Eitelkeit und reis'te bald geheilt hinweg. — Aber, ist es denn gleichwohl nicht traurig, Barton, daß da, wo wir die schönste Wahrheit zu umfassen glauben, oft nur eine häßliche Lüge, ihr Gaukelspiel mit uns treibt? Und durft' ich denn so streng mit ihr rechten, da mein eigenes Herz, nicht rein von Betrug gegen sie war? — Denn, laß uns ehrlich sein, Barton, leider ist es wahr, daß die meisten Weiber alles aus ¦ Eitelkeit thun, daß die Reden der Geistreichen, wie das Schweigen der Geistlosen nur darauf berechnet ist, und daß all' ihr süßes Wesen gegen uns, was wir für Liebe nehmen, größtentheils nur eitle, selbstsüchtige Zwecke zum Grund hat, aber, Freund! was thun *wir*?

Sechster Brief.

AMANDA AN JULIEN.

Ich habe eine angenehme Entdeckung gemacht, die ich Dir mittheilen will, und die gewiß ein freudiges Bild in Dir auffrischen wird, wie sie es bei mir gethan hat.

Seit einiger Zeit gieng ich fast täglich, an dem einen Ufer des Flusses spazieren, wo ich die Aussicht auf einen Garten vor Augen hatte, der mir nach und nach merkwürdig wurde. Täglich sah ich einen jungen Mann emsig darinnen beschäftigt; er grub, pflanzte, begoß, verrichtete alle Arbeiten eines Gärtners, aber alles mit einem eigenthümlichen, leichten und anständigen Wesen. Nur des Sonntags sah' ich einen kleinen Kreis von gutgebildeten Menschen in dem Garten, um welchen Kinder spielten, und der stets aus denselben Personen zu bestehen schien. Ich betrachtete nun den Garten aufmerksamer, und fand ihn, bei aller Hinsicht auf Nutzen, so artig eingerichtet, daß sein Anblick mir wohl that. Der größere Theil desselben, der zierlich mit Blumen, die bis zu mir herüber dufteten, eingefaßt, und mit schmalen, reinlichen Gängen durchschnitten war, diente zum Küchengarten, und alle Gewächse darinnen, schienen wohlgepflegt und von edler Art. Vorn nach dem Fluße zu, stand dichtes Buschwerk mit Blumen-Ranken überblüht, und eine Laube, die so schattig, duftend und behaglich dastand, daß sie mich oft, wenn es heiß war, fast unwiderstehlich zu sich hinüber zog. Weiter hinten, lag ein Baumgarten mit frischem, reinlichem Gras und schönen Fruchtbäumen, den ein einziger schmaler Weg durchlief, und der sich an das Haus anschloß, das eben so anspruchlos, geordnet und nett wie das übrige, aus der Umarmung blühender Obstbäume hervorsah. — Du weißt, welchen Reiz eine gute Einrichtung für jedes weibliche Auge hat, wie uns hier selten das Kleinste entgeht, und wir immer nach der Schöpferin dieses Kunstwerks spähen, und Du wirst es also sehr natürlich finden, daß ich mich bald näher nach den Besitzern des Hauses erkundigte.

Und höre nun, die kleine rührende Geschichte, die Du eher wissen mußt, als das, wie es gekommen ist, daß ich jetzt in der Laube sitze, zu der ich mich so oft hinüber sehnte, und aus ihrer Umschattung an

Dich schreibe. Charlotte war die Tochter eines sehr reichen Beamten, der aber durch den Krieg, den größten Theil seines Vermögens und seine Stelle verlor, und mit seiner Familie in einer Eingeschränktheit leben mußte, die gegen die vorigen Zeiten, Dürftigkeit war. Charlotte lebte eine Zeitlang, bei Verwandten in der Residenz. Sie war äusserst reizend, und alle die Annehmlichkeiten für die Gesellschaft, welche ihre vormalige Lage zu fodern schien, waren ihr in einem ungewöhnlichen, hohen Grade eigen. Sie erregte die allgemeine Aufmerksamkeit; jedermann warb um ihren Umgang, und ein sehr reicher, vornehmer Mann, um ihre ¦ Hand. Die Verwandten wünschten Glück, die Eltern waren erfreut, aber der Mann war bei seinem unermeßlichen Reichthum, unermeßlich arm; er war roh, von dumpfen, eingeschränktem Geist, und von widrigem Aeußern. Lieben konnte ihn Charlotte nie, und ihn bloß als ein Mittel, sich eine glänzende Lage zu versichern, zu betrachten, widersprach ihrem Gefühl; sie schlug also seine Anträge, ganz bestimmt, und unwiderruflich aus, was man ihr auch dagegen einwenden mochte. Nach einiger Zeit kehrte sie wieder zu ihren Eltern zurück, in deren Hause sie einen jungen Offizier fand, der wegen einer sehr gefährlichen Augenkrankheit, den Dienst hatte verlassen müssen, und sich jetzt durch die Hülfe eines geschickten Arztes, wieder herzustellen hoffte. Es war ein sehr vorzüglicher, junger | Mann, voller Talente und Geschicklichkeiten, aber fast ohne Vermögen. Charlotte übernahm die Pflege des Kranken; ihr Herz zerschmolz in Wehmuth, wenn sie sein Geschick bedachte, das ihn, in der schönsten Blüthe des Lebens und der Wirksamkeit, zur Unthätigkeit verdammte, und sie überließ sich gern den schönen Regungen ihres Gefühls. Aber vielleicht dachte sie, wenn sie die Augen ihres Freundes mit der heilenden Binde verhüllte, und sich ungestöhrt dem Anschauen, seiner schönen, sprechenden Züge überließ, so oft an die Binde des Liebesgottes, bis er ihr endlich selbst den magischen Schleier um die Augen schlang. Genug, aus der Wohlthäterin des schönen Kranken, ward sie seine Geliebte. Sie liebten sich zärtlich, treu, über alles, und nach einiger Zeit verheirathete sie sich mit | ihm, was man ihr auch hier wiederum dagegen sagen mochte. Die Augen des jungen Mannes wurden besser, aber blieben schwach, und den Dienst konnte er nicht wieder antreten. Mit dem Ueberrest seines kleinen Vermögens, welches die Kur, beinah ganz aufgezehrt hatte, kauften sie sich in diesem Städtchen ein kleines Eigenthum. Charlotte richtete alles in dem Sinn ein, wie es ihr für ihre Lage zu passen schien; es fiel ihr nie ein, einen ihrer vorigen vornehmen Bekannten sehen, oder benutzen zu wollen. Sie vermied allen zwecklosen Umgang, erhielt sich und ihren Mann durch ihre

Thätigkeit, sah' mit jedem Jahr ein neues Pfand ihrer Liebe und war glücklich. — Und gerade deshalb, thut der Anblick ihrer kleinen Einrichtung so wohl, weil Wille und Kraft darinnen unverkennbar ist. Täglich sieht man Weiber unter der Last einer sorgenvollen Haushaltung beinah erliegen und sich aufopfern, und es thut einem weh, ist sogar widrig. Denn diese haben blos die Umstände dahin gebracht, sie sind, was sie sind mit Unmuth und Schwäche, und träumen sich eine andre Lage, als ein hohes Glück, das sie nur nicht erreichen können. Aber hier ist Leben, Geist, Bewußtsein und Klugheit, und dies erfrischt jeden, der es sieht; und ermuntert ihn, in seiner Lage und nach seiner Neigung eben so zu handeln. — Ihr Mann fühlt ganz den Werth ihrer Liebe und Vortreflichkeit, ohne jedoch sich selbst deshalb gering zu schätzen; denn er weiß, daß auch er sie liebt, wie keiner lieben würde, und daß ihm, den Verlust seiner Liebe, nichts in der Welt ersetzen könnte. *Er* war der junge Mann, den ich täglich mit so viel Eifer und Anmuth der Pflege seines Gartens obliegen sah, weil ihm seine noch immer schwachen Augen wenig andere Beschäftigungen verstatteten, und dies nun ein wichtiger Erwerbszweig, für sie geworden ist.

Gewiß hat Dir diese kleine Zeichnung gefallen, und ich hoffe, Du wirst Dir alles, Personen, Haus, Garten, recht lebendig denken können; aber ganz einheimisch wirst Du werden, wenn ich Dir sage, daß diese edelmüthige Frau, Charlotte M..... ist, deren Vater, als er noch reich war, in unsrer Nachbarschaft wohnte, und die damals als ein liebenswürdiges Kind, mit ihren schönen Kleidern und lieblichem Wesen, oft das Ideal unsrer kindischen Nachahmungssucht war. ¦

Ich suchte Gelegenheit Charlotten zu sehen, und sie fand sich. Wir erkannten uns beide sogleich wieder, und sie hatte Scharfsinn genug, um mich richtig zu beurtheilen, und sich nicht von mir zurück zu ziehen, obgleich man mich reich nannte, und sie sonst die Reichen flieht. Und sie hat im Allgemeinen wohl Recht es zu thun! Denn der Reichthum, der nur die Neigungen befreien, nur dem Menschen dienen sollte, ihn über kleine, enge Rücksichten wegzuheben, und ihm an Andern ein feineres, edleres Interesse nehmen zu lassen, eben weil er andere weniger braucht, wie ganz unerträglich ist er an denjenigen, die dennoch ganz in ihren Geistesbanden bleiben, sich nur mehr in Sorgen und Zwang vergraben, sich gegen andere ganz verhärten, und es recht unableugbar ¦ zeigen, daß sie zu Sclaven gebohren sind!

Sie und der Graf sind jetzt mein einziger Umgang, wenn ich mich entschließen kann, die Einsamkeit, die mir unendlich lieb geworden ist, zu verlassen. Ach! ich war einst zu berauscht, zu seelig, als daß ich das blos Angenehme des Lebens recht herzlich fühlen konnte. Doch, wenn ich mich selbst, wenn ich alles einzeln vergesse, und blos das Ganze in meiner Seele fühlen kann, dann habe ich den Muth, ohne Liebe hinauszugehen, in die lieberfüllte Natur, wo Luft und Stauden, Bäche und Vögel, alle noch wie ehemals Liebe hauchen und Liebe singen. Dann gebe ich mich ganz dahin, wo alles stille, große, harmonische Einfalt ist. Meine Sorgen klage ich den zärtlichen Lüften, mein Vertrauen ¦ weihe ich der ewigen Ordnung, mein Glück suche ich in dem allmächtigen Liebeshauch, der die Stauden und die Sonnen durchdringt. — Die Natur wirkt auf mich mit ihren großen Beziehungen, sie hebt mich empor mit ihren Flügeln, und wenn es süß ist, *Ein* verwandtes Herz zu verstehen, und sich von ihm verstanden zu fühlen; so ist es heilig, sich ganz den Empfindungen hinzugeben, wo *aller* Menschen Herzen, nah' oder fern in ihren reinsten Momenten zusammentreffen!

Siebenter Brief.

AMANDA AN JULIEN.

Ich habe mir seit Kurzem eine neue Wohnung gemiethet, welche mir durch ihre äußerst schöne romantische Lage schon längst gefiel, und es beschäftigt mich immer mehr, meine ganze Umgebung nach den Bildern zu gestalten, die ich schon lange im Sinne trage, und bisher nie, ungestöhrt ausführen konnte. Die Ungebundenheit meines Lebens; die Klarheit, mit der ich die Welt um mich erblicke; die stille Wirksamkeit die ich übe, macht mich zufrieden, und wenn ichs recht bedenke; so ist mein jetziger Zustand das Ideal einer Lage, welche ich mir oft jugendlich träumte. Mein stilles Leben faßt weit mehr in sich, und gewährt mir ein mannigfaltigeres Dasein, als meine vormalige lebendigste Lage. — Ein schöner, freier Kreis, das fühle ich lebhaft in heitern Stunden, liegt vor mir da; und indeß mir in meiner Sphäre nichts entgeht, nichts zu gering ist, ergreift meine Phantasie alle ferne schönen Beziehungen des Lebens.

Und welch ein liebes Geschenk gaben mir die Götter mit Wilhelm! Du glaubst nicht, wie innig er mir ergeben ist, und wie seine liebenswürdige Natur jede Mühe belohnt, die man sich zu ihrer Ausbildung geben kann! Er hatte manches von seiner kleinen Geschichte erfahren, und ich hielt es fürs Beste, ihm das Ganze, der Wahrheit gemäß, zu sagen. Er hörte es still und nachdenklich an, dann schlang er sich mit Innigkeit um meinen Arm, und sagte freudig gerührt: «O! du warst mir schon längst Alles, warst mir, vom ersten Anblick an, da ich dich sah, mehr als Vater und Mutter!» — Mit jedem Tag, wird er auch mir lieber, glaube ich, sein stilles und feuriges Gemüth besser zu verstehen, und wenn ich in sein schönes, bedeutendes Auge blicke, finde ich mich mit den liebsten Erinnerungen und Träumen umgeben. — Auch den Grafen sehe ich oft und seh' ihn gerne. Wir leben ein ruhiges Leben, und ich bin so weit davon entfernt, Zärtlichkeit für ihn zu fühlen, daß ich auch diese Empfindung gar nicht bei ihm voraussetzen kann; denn er ist zu vernünftig und zu erfahren, als ohne Hoffnung auf Erwiedrung zu lieben, und so finde ich in seinem Bestreben mir gefällig zu sein, weiter keine Bedeutung, als daß ihm meine Umgebung gefällt, und er meinen Umgang sucht, weil er ihm Vergnügen macht. —

So lösen sich leise und natürlich alle Verwirrungen auf, wenn wir selbst ruhig sind, und nur der eigene gespannte und leidenschaftliche Zustand, macht alle unsere Verhältnisse schwer und verworren. — Weil er Albret so genau kannte, so weiß er viel von meinem vorigen Leben, vieles was ich selbst nicht wußte; und ich höre mit seltsamer Empfindung manches von meiner eigenen Geschichte, die nun hinter mir versunken ist, so tief versunken, daß ich mich oft selbst kaum überzeugen kann, Eine, der in seiner Erzählung spielende Person zu sein. —

Vieles hat er mir von Biondina di Monforte erzählt, einer heissen, stolzen, grausamen Italienerin, die auf Albrets Gemüth den mächtig traurigsten Einfluß gehabt hat, und die von Uebermuth, Herrschsucht und Rache zu Handlungen getrieben wurde, die uns sanften, weichmüthigen Deutschen beinah' unglaublich vorkamen. Sie galt in ihrer Blüthe für die erste Schönheit in Florenz, und auch im reifern Alter, wußte sie durch Kunst, Lebhaftigkeit des Geistes und Klugheit in der Welt den Rang zu behaupten, welcher für ihre Eitelkeit und Sinnlichkeit unentbehrlich geworden war, und ohne welchen sie sich höchst elend gefühlt haben würde. In ihrer Kindheit hatte sie unter sehr drückenden Verhältnissen gelebt, und so hatte sich Härte und Klugheit in ihrem Charakter ausgebildet. Sie liebte heftig, aber sie haßte noch heftiger.

Einen Plan durchzusetzen, galt ihr mehr als Alles; unerschütterlich verfolgte sie ihn, und wenn sie selbst dabei hätte zu Grunde gehen sollen. Wie viel weniger schonte sie das Leben, die Glückseligkeit Anderer! Mehrere, die das Unglück hatten, sie zu beleidigen, mußten es mit ihrem Leben büßen, denn durch Schönheit, Rang, Reichthum und Einfluß war ihr Vieles möglich. — Frühzeitig, unumschränkte Gebieterin eines großen Vermögens, würden ihr die Männer durch ihre ewigen Schmeicheleien gleichgültig geworden sein, wenn nicht Vergnügen und Stolz, männlichen Umgang ihr zum Bedürfniß gemacht hätten. Was sie am meisten an einem Mann reizen konnte, war Verschwendung, Pracht, Leidenschaftlichkeit und blinde Ergebung in ihren Willen. Aber dabei verstand auch sie allen Leidenschaften der Männer, mit so viel Klugheit und Einsicht zu schmeicheln, daß selbst die, welche sich von ihr losgerissen hatten, ihr heimlich ergeben blieben, und sich von ihrer Meinung, ihren Willen noch lange abhängig fühlten. — Mit Albret hatte sie eine Zeitlang in den engsten Verständnissen gelebt, um ihrentwillen hatte er den größten Theil seines Vermögens verschwendet, und Verhältnisse zerrissen, für die er sonst viele Rücksichten gehabt hatte. Sie war die einzige, die er geliebt hatte, die ihm als eine seltene Ausnahme ihres Geschlechts groß erschien; alle andere Weiber hielt er für kleinlich, kindisch, verächtlich, und diesen Gesinnungen gemäß, hatte er sie immer behandelt. Und als seine Leidenschaft für sie, weniger heftig brannte, da ward es das Ziel seines Stolzes, ihren Ränken mit noch größerer List und Gewandheit zu begegnen, und sich, selbst wider ihren Willen, wenigstens den *Schein* eines engen Verständnisses zu erhalten. Aber seine Bemühungen waren vergebens, und er mußte es geschehen lassen, daß sie einen Andern ihm vorzog, auf eine Art, die seinen Stolz eben so sehr, wie seine Leidenschaft kränkte. Nunmehr trat Haß und Begierde nach Rache ganz an die Stelle der Liebe; bittre Verschlossenheit und verachtendes Mißtrauen, wozu er immer Anlage gehabt hatte, erfüllten nun ganz sein Gemüth. Doch auch gehaßt, blieb sie ihm stets der Mittelpunkt der Welt, die geheime Beherrscherin seiner Handlungen, das einzige Wesen, bei dem er sein Andenken erhalten, und sein Dasein für wichtig gehalten wissen wollte. Er wußte, wie sehr ihr Stolz durch den Anschein von Gleichgültigkeit zu verletzen war, nur mußte dieser Schein ganz die Gestalt der Wahrheit haben, wenn er ihren Scharfsinn täuschen wollte. — Er verheirathete sich mit mir, und es gelang ihm wirklich, ihre Empfindlichkeit rege zu machen. Das Aufsehen, welches er zu erregen, auf alle Weise bemüht war, reizte sie noch mehr, und es war die höchste Zeit, daß er sich entfernte, denn der Todesstreich, welcher den unglücklichen Marchese traf, war, wie es hernach klar geworden ist, Albret von ihrer Hand zugedacht. — Wie gut war es, Julie, daß ich meinen Argwohn gegen Albret, der sich doch nur auf eine bloße Vermuthung gründete, und durch nichts bestätigte, in meinem Herzen nicht lange Raum gab, und meinen Glauben an seine Menschlichkeit, so sehr sie auch durch seine Grundsätze leiden mochte, deshalb nicht ganz zurücknahm! — Doch laß mich von diesen Gegenständen schweigen! Es ist ein peinliches Gefühl, mit welchem ich auf jene Zeit der Verwirrung und der Mißverhältnisse zurücksehe. Die wunderbarste Beleuchtung, die seltsamste Mischung von Licht und tiefen Schatten, ruht auf jenen Tagen, und nur dann kann ich ruhig sein, wenn ich das alles vergesse, wenn ich mich überzeuge, daß alles dies tief hinter mir versunken ist, und ich nun frei und einfach mein Leben fortführen kann.

Seit einiger Zeit ist unser kleiner Kreis durch die Gesellschaft eines jungen Mannes vermehrt worden, der für mehrere Künste ausgezeichnete Talente besitzt, und sich Antonio nennt. Seine seltne Kunst im Portraitmalen machte hier Aufsehen, und ich ließ mich auf Wilhelms unabläßiges Bitten, für diesen von ihm malen; und da Wilhelm selbst für die Malerei viel Anlage und Lust bezeigt; so beschloß ich, diese Gelegenheit nicht ungenutzt vorbei zu lassen. Auf diese

Weise ist er uns näher bekannt geworden, und wir haben bald einstimmig entschieden, daß seine Manier im Umgang, für uns eben so angenehm ist, wie in Gemälden, und daß er eben so viel Charakter, als Talente besitzt. — Er hat in seinen frühern Lebensjahren mit vielen Unannehmlichkeiten zu kämpfen gehabt, sich aber unter allen unverrückt, zu dem gebildet, was er ist, und weil ihm seine Verhältnisse bald in die Einsamkeit, bald unter viele Menschen geführt haben; so hat er ¦ beides gebildet, Charakter und Talente; denn jener bildet sich in der Einsamkeit, diese mehr in der Gesellschaft. — Endlich ist ihm der Genuß eines freieren Daseins geworden, und er, der still und verborgen unter dem Druck der Umstände fortgeblüht hat, steht nun vollendet da, wie die Schneeblume, sobald der Schnee zerschmolzen ist. — Er *lebt* jetzt im ganzen Sinn des Worts; die Welt gefällt ihm, und an allem kann er eine schöne poetische Seite finden. Das Einzige was ihn bisweilen unzufrieden macht, so hoch es ihm wieder in andern Augenblicken beseeligt, ist seine Liebe zu den Künsten. — Vieles, und auch das quält den Künstler, daß er sein Werk, was er schaffen will, nicht mit Einemmal vollendet hinstellen kann, sondern erst das Mechanische überwinden, tausend kleine Schritte ¦ thun, geduldig den immer wiederkehrenden Abschnitt von Tag und Nacht durchgehen muß, und so seine heißgefaßte

Idee, das schnell gebohrne Kind seines Geistes, langsam, wie eine irrdische Pflanze durch die Zeit wachsen sieht, da er sie schon vollendet, als ein himmlisches Kind der Unendlichkeit, in seinem Geiste trug.

Lebe nun wohl, ich weiß Du wirst Dich über meine jetzige Stimmung freuen. Doch, Julie, wenn Du glauben wolltest, daß mein Gemüth immer so ruhig wäre, wie es vielleicht der Ton dieses Briefes sein mag, so würdest Du Dich sehr irren. — Sehr oft überfällt mich eine dunkle, quälende Unruhe; ich fühle mich unzufrieden, fremd mit mir selbst, und es ist mir, als gäb' es für mich noch viele Räthsel im Leben, die der Auflösung bedürften, als müßte ich ahndungsvoll noch irgend eine Begebenheit erwarten. — Und ich weiß es wohl was es ist — ich werde *ihn* wiedersehn, das ist mir fast gewiß — aber wenn? und wo? und muß ich dies, obgleich es in manchen Momenten mir als das süsseste Glück, der hellste Punkt meines Lebens erscheint, muß ich es nicht fürchten? — Ach! die Seelen der Liebenden, finden sich nie wieder! Einmal getrennt, sind sie es auf immer. — Ihr haltet noch das Bild des Geliebten fest, und erstaunt ein fremdes Wesen wieder zu finden, die Zeit verändert euch und ihn, und das eigensinnige Herz verblutet sich da, wo einst der Gegenwart himmlische Rosen blüthen, vergebens an den Dornen der Erinnerung.

[II, 7. Brief, 66/67]

Achter Brief.

Eduard an Barton.

Es ist tiefe Nacht. — Der Mond malt die Umrisse der Fenster bloß auf den Boden hin. Ich tauchte mich in die nächtliche Luft, die lieblich kühlend mir entgegen quoll, und eine dunkle Unruh überfiel mich, als ich an dem nächtlichen Himmel die wechselnde Gestalt der bleichen Wolken, das sonderbar gebrochne Licht des Mondes betrachtete. — Aber es war die zärtliche Schwärmerei nicht mehr, die wohl einst in glücklicher Zeit mich in solchen Stunden, mit Sehnsucht und Wehmuth er¦griff — es war vielmehr das lästige Gefühl eines beschränkten Wissens, das in gewissen Momenten den Menschen so mächtig ergreift. — Ich dachte mir, wie die frühen Generationen der Sterblichen schon auf die Erscheinung der Himmelskörper geachtet hätten, wie sie in stillen Nächten ihren Gang beobachtet, und mit der süssen

Hoffnung einst ganz mit ihnen bekannt zu werden erfüllt, ihnen ihre geheimnißvolle stille Ordnung abgelauscht hätten — bis dann die Menschen sich auf einmal vor der Gränze fanden, wo jede Spur verschwindet. Keiner stieg in den Stern hinauf, keiner stieg herab. Sie durften nicht fragen: *warum* befolgt ihr diesen Gang, diese ewige, gesetzmäßige Gleichförmigkeit? — Von ihrer eignen Schwere festgehalten, bleiben die Menschen an die Erde gefesselt, ¦ und nur auf den Schwingen der Phantasie können sie dieselbe verlassen. – Die Wolken flogen auseinander, und mit siegreichem Glanz standen die Sterne in ihrer blauen, unermeßlichen Klarheit da. — Dort oben also, ewiges Licht, und abwärts nur Dünste und zweifelhafter Schein? — Warum wirkt ihr auf mich, warum beunruhigt ihr mich, ihr geheimnißvollen Wesen, deren Natur ich vielleicht *nie* zu ergründen vermag? —

Wenn Du diese traurigen Gedanken gelesen hast, mein lieber Freund, so wirst Du mir es vielleicht kaum glauben, daß ich unmittelbar vorher, von der zärtlichen Unterhaltung, einer schönen Geliebten, nach Hause gekommen war. Und doch ist es so; aber meine Liebe, ist wie sie selbst, nur der Gegenwart geheiligt, aber auch in dieser gleich ihr, unendlich beglückend. ¦

Ich will Dir nicht leugnen, daß jenes Abentheuer, mit dem schönen Waldmädchen mich doch im Grunde gewaltig verstimmt hatte. Die Ueberzeugung, daß nur meine Umgebung allein, so vielen Reiz für sie gehabt hatte, war mir sehr empfindlich, und ich kam mir in manchen Augenblicken recht gedemüthigt vor. — Denn gewiß dünkt es doch einem jeden schön, — und ist es auch — um seiner Persönlichkeit willen geliebt oder geehrt zu werden, und so gern auch Viele sich im Nothfall hinter die Schutzwehr ihres Ranges oder ihres Reichthums verstecken, so schmeichelt ihnen doch nichts mehr, als wenn sie glauben, man übersehe dies alles, und achte nur ihr eigenthümliches Verdienst. Und wie unangenehm würden Manche, die so zuversichtlich alle Huldigung auf Rechnung ihres ¦ persönlichen Werths schreiben, überrascht werden, wenn ihnen ihre artigen Umgebungen, denen eigentlich die andern schmeicheln, auf einmal genommen würden, und sie nun mit einemmale alles um sich her verändert sähen! Ich war menschenscheu geworden und vergrub mich eine Zeitlang in Arbeiten, in denen mein Vater mir es nicht fehlen ließ, bis ich mein Selbstgefühl wieder so sehr gestärkt fand, daß ich wieder heiter und empfänglich in die muntre Welt, die mich hier umgiebt, treten konnte. Mitten im bunten Getümmel begegnete ich bald darauf einem Mädchen, deren Umgang im Kurzen das Ziel meines Bestrebens ward. Ich fand sie in den besten Gesellschaften, und überall, wo Vergnügen, Geschmack und Lebhaftigkeit wohnte, und durfte sie bald, so oft sie nur selbst wollte, ¦ in dem geschmackvollsten Zimmer, und der niedlichsten Umgebung allein sehen. Dir zu schildern, was sie eigentlich ist, vermag ich nicht, obgleich ich sie in manchen Augenblicken ganz zu verstehen glaube, aber wie es auch sei, so viel ist gewiß, daß mich ihr Wesen, so oft ich sie sehe, ganz froh und glücklich macht. Ich möchte sagen, daß sie von allen Freuden des Lebens nur das feinste und flüchtigste, wie den bunten Staub auf den Schmetterlingsflügeln, abstreift, und über alles Tiefe, Nachdenkliche, im Leben leicht und ahndungslos hinwegschlüpft, wie ein Zephir nur die Spitzen der Blumen berührt. Für mich ist sie sehr poetisch, obgleich sie selbst nichts davon wissen will, denn die Poesie, sagt sie, ist ein Traum aus einer andern Welt, und ich schlafe nicht; ich wache. — Uebri¦gens mein Lieber, bemühe ich mich auch eben nicht sonderlich, mein Urtheil über sie recht ins volle Licht zu setzen, und sie unter irgend eine schulgerechte Regel bringen zu wollen. Denn schon oft sind mir die meisten Urtheile der Männer über Weiber recht herzlich zuwider gewesen. Fast ein jeder hat sein System, und hält nun, wie an einer Silberprobe jedes weibliche Geschöpf, das ihm im Leben begegnet; er künstelt an dem unschuldigen Wesen, um es in sein System zu passen, und nennt es dann verschroben, wann es seiner Eigenthümlichkeit nach anders ist, als er sich es dachte. — Ich bin zufrieden, daß es mir vergönnt ist, in den Spiegel dieses heitern, empfänglichen Gemüths zu schauen, welches alle Strahlen der Welt auffaßt, und in den lieblichsten Farben zurückstrahlt ⸽ so, daß mir nun vieles, was mir sonst öd' und todt war, mit frischen Reizen in die Seele herein scheint. —

Wir hatten uns schon oft und viel gesehen, ohne sonderlich auf einander zu achten, als mir mit einemmale die Augen aufzugehen schienen. Ich war in der reinsten Stimmung, das Leben erschien mir unbedeutend und wichtig zugleich; ich nahm mir vor, nichts Bedeutendes zu erwarten, und die Freude frisch zu ergreifen, wo sie mir entgegen lächeln würde. Und so hatte ich den entschiedensten Sinn für ihre Liebenswürdigkeit. Wir wurden sehr schnell bekannt, und ich konnte ihr frei meine Neigung entdecken. Sie antwortete nicht darauf, blieb in ihrem Betragen unverändert, und schien es gar nicht zu achten. Aber einst, als ich allein bei ihr war, und ⸽ sie mir mehr als gewöhnlich reizend erschien, nahm sie eine frische Granatblüthe von ihrer Brust, und gab sie mir. Diese Blüthen sind der *Gegenliebe* geweiht, sagte sie, und blickte mich mit feuriger Schwärmerei an. — In diesem Styl ist alles was sie thut, leicht, willkührlich und fein, nur daß es von Blick und Geberde begleitet sein muß, und, wie sie selbst sich schöner sehen, als beschreiben läßt.

Sonderbar ist es, daß mich ihr Gesang, — denn sie übt' diese Kunst wie manche andere mit glücklichem Erfolg — stets in meiner Zufriedenheit stöhrt. — Auf seinen Flügeln trägt mich der Gesang dann in ein anderes, fernes Land, wo liebliche Gestalten verworren vor mir scherzen. Und gebe ich mich ihnen hin, so dünkt es mich, ich finde bekannte Wesen, ¦ die ich schon einst gesehen; es sind die Schatten meiner vorigen Freuden, meine Wünsche, meine Lieblingsträume. — Dann vergesse ich auf Augenblicke alles um mich her, und mein Herz weiß von keinem grössern Glück, als sich an diesen Wunden verbluten, in Wehmuth sterben zu können, — Und so ist es wohl gewiß, Barton, daß es Eindrücke giebt, die unauslöschlich sind; und die Töne sind die wunderbaren Fäden, die von der Geisterwelt gesponnen, durch alle Zeiten reichen und mit geheimnißvoller Wahrheit uns mit unsern eigentlichen Wünschen bekannt machen, und unsichtbar daran festhalten.

Neunter Brief.

AMANDA AN JULIEN.

O! Julie, dieser Antonio ist mir sehr viel geworden! — Sein heitrer, umfassender Geist zaubert eine schöne Gegenwart um mich her, seine feurige Phantasie trägt mich auf ihren Schwingen in das himmlische Land der Dichtung, wo alles auf ewig in dem entzückenden Duft jugendlicher Begeisterung getaucht ist! — Und dahin will ich mich flüchten, aus dem öden verworrnen Gewebe irrdischer Pläne und Verirrungen, dahin auf ewig mit reinem, liebenden Herzen! Ich fühle es, ich muß ¦ ihm alle meine Zweifel, meine Schmerzen, mein ganzes Leben muß ich ihm anvertrauen. — An den heitern Sinn dieses Mannes, schmiegt sich mein Herz vertrauungsvoll an, und die Welt lächelt mir neu in dem Wiederschein seines Geistes. Durch Antonio werde ich mit den schönsten Erzeugnissen der Poesie bekannt, die mir bis jetzt meist fremd geblieben sind, und indem ich mich ganz dieser himmlischen, ewig in Morgenroth schimmernden Welt hingebe, und gar nicht mehr nach Deutlichkeit in der irrdischen strebe, geht eine neue Wahrheit, ein neuer Glanz in meiner Seele auf. — Selbst der Gedanke an Eduard, an die schöne untergegangene Liebe, der so lange meine Seele mit dunkeln, niederschlagenden Erinnerungen beängstigte, fängt an, bei dieser Veränderung meiner Ansichten, eine lichtere Gestalt anzunehmen. Im Vergänglichen lerne ich das Unvergängliche ahnden; und wenn ich über die Irrungen des *Verstandes* traure, erscheint mir die Würde und die Unfehlbarkeit des *Gefühls* desto herrlicher. — Und auch dies dank' ich dem Freunde, der mit einem so weichen, fühlenden Herzen, den hellsten, freiesten Geist vereinigt. Was für Morgen, was für Abende vergehen uns! Ahndungsvoll und heiter, wehmüthig und freundlich spricht die Natur in einer neuen Sprache zu meinem Gemüth:

Blumen düften
in den lauen Lüften,
sieh! dort in den blauen Himmelsraum
lauschen Wölkchen, wie ein Frühlingstraum.

Und die Hoffnung, — über Thal und Hügel
kömmt die Holde mit smaragdnem Flügel,

und ich fühl', in Lust verlohren,
mich, wie neu gebohren!

―――

   Beschreiben soll ich Dir diesen Antonio? Das verlangst Du schon in zwei Deiner Briefe. — Aber verzeih mir, wenn ich gar keine Lust dazu habe, weil ich ihn für unbeschreiblich halte, und begnüge Dich deshalb bloß mit einigen, leicht hingeworfenen Zügen. Er ist nicht schön, ob gleich ich glaube, daß er bis zur Anbetung gefallen kann; er ist jugendlich, ohne noch Jüngling zu sein; heiter, ohne Flachheit; sinnig, ohne Trübsinn; witzig, ohne Bitterkeit; gefühlvoll, ohne Affektation. Seine Fehler, — denn Du wirst mir wohl zu trauen, daß ich ihn davon nicht frei spreche — sind nicht gemein, nicht unerträglich, sondern sie tragen das Gepräge eines genialischen Geistes, unverkennbar an sich.
   Heute fand ich auf meinem Schreibtisch einige Strophen, welche ich Dir hier mittheile. Ich irre mich gewiß nicht, wenn ich glaube, daß Antonio der Verfasser derselben ist; — ganz sicher sind sie von ihm, aber welche Glut des Gefühls auch aus ihnen athmet, so glaube ich doch, Antonios Sinn zu gut zu verstehen, als daß ich nicht zugleich das leichte Spiel der Phantasie darinnen wahrnehmen sollte:

Eine Seele möcht' ich kennen
eine treue Seele nur!
wollte stets in Liebe brennen,
glühender als Kuß und Schwur.

Eine Seele, treu ergeben
mir mit Wahrheit zugethan,
treu im Lieben, und im Leben
sonder falschen, eitlen Wahn.

O! wie wollt' ich mich ihr weihen,
froh mit innigem Gemüth!
Liebe sollte sie erfreuen
Liebe, wie sie nie geglüht!

Alles wollt' ich, Alles wagen,
immer freudig, gleich gesinnt,
wollte nie die Schmerzen klagen,
die der Liebe Nahrung sind.

Geh' ich durch das Frühlingsblühen,
athme Blumendüfte schwer,
wähn' ich in der Lüfte Glühen,
wandle Liebe zu mir her.

Ist vergebens all' mein Wähnen?
Fällt die Blüthe fruchtlos ab,

[II, 9. Brief, 82–84]

zieht mein liebevolles Sehnen
nie die Treue, mir herab?

    Soll ich nie die Seele kennen,
eine treue Seele nur?
soll ich nie in Lieb' entbrennen,
glühender als Kuß und Schwur?

Zehnter Brief.

EDUARD AN BARTON.

Ich weiß es selbst nicht, Barton, warum mich der Inhalt Deines letzten Briefs so ungewöhnlich bewegt, ja befremdet hat. Du schreibst mir, daß Du Dich mit Nanetten verheirathen wirst; daß Ihr beschlossen habt, ihr bei ** gelegenes Gut zu bewohnen, und dort abwechselnd dem Ländlichen und der Geselligkeit zu leben. Du schreibst mir das, mich dünkt, mit einem gewissen Stolz; Du freust Dich Deines Looses mit so ruhiger Freude, als wenn das alles sich so hätte begeben *müssen*, ¦ weil Du es *gewollt* hast. — Beinah' glaube ich, daß es eine Art von Neid ist, was sich dabei so seltsam in mir regt. Auch mein Schicksal ist jetzt auf gewisse Weise entschieden. Ich sehe mit Zufriedenheit fast alle meine jugendlichen Wünsche erfüllt, meine Pläne der Reife, und meinen Ehrgeiz seiner Befriedigung nah'n, und doch — doch sehne ich mich oft ganz unaussprechlich in jene Zeiten der Wünsche, des Unvollendeten zurück, wo mir, verhüllt in das schöne Geheimniß der Liebe, der Genuß der schönsten Poesie meines Lebens, die Gewißheit der in mir wohnenden Gottheit vergönnt ward. Und dann fühle ich in tiefer Seele, daß eigentlich ein Loos den Deinen ähnlich, das Ideal meiner Wünsche war. — Doch wie es auch sei, ich gönne Dir Dein Glück. — Schon mehrmals habe ich meine Ansicht von Dir geändert, aber der wahre Gehalt Deines Wesens, und das, was ich Dir verdanke, blieb mir zuletzt ganz unveränderlich. In frühern Jahren sah' ich Dich nur mit einer gewissen Glorie umgeben, Du schienst mir unerreichbar, und ich verehrte Dich wie einen der Ueberirdischen.

Dann aber kam eine Zeit, die Zeit wo alles vor mir schwankte, ich an allem zweifelte, und da verschwand auch der Nimbus, der Dich verherrlichte, und Dein ganzes Wesen kam mir sogar zweideutig vor. Hat er sein Spiel mit mir getrieben? dachte ich oft. Was sollen mir diese hohen Ideen, diese Ansprüche, die nie befriedigt werden, die mich mit der Welt *unzufrieden* und mich für *sie untauglich* machen? — Warum gab er, der die Menschen kannte, mir nicht lieber Wahrheit, wenn sie auch bitter war, für dieses zauberhafte Licht, bei dessen Verschwinden mich nur ein tiefes Dunkel umfängt? — Aber bald ward es mir heller; ich erkannte die höhere Wahrheit, in dem, was ich für Täuschung hielt, ich erkannte Dich als einen Menschen, den das Leben gebildet hat, und der nun wiederum das Leben bildet, der die Welt versteht, und seine eignen Erfahrungen auch für andre aufs beste zu benutzen strebt. So blieb Dein eigenthümlicher Werth nun klar vor mir stehen und auch Dein Verhältniß gegen mich. — Ich fühle, daß Du mich erzogen hast, denn Erziehung, wie ich dies Wort nehme, heißt nicht den Menschen bestimmen, sondern ihm Gelegenheit geben, seine angebohrnen Fähigkeiten zu üben und ¦ zu entwickeln; ihm Gelegenheit geben sich selbst zu bestimmen. Jeder, der nicht seinen Anlagen gemäß leben kann, fühlt sich unglücklich und unbestimmt. Der weisere Mensch, merkt diese Anlagen frühzeitig bei der Entwickelung des Kindes, und thut dann das Seine, es in eine ihm angemessene Lage zu bringen, denn erst dann, wann der Mensch seiner Eigenthümlichkeit gemäß leben kann, vermag er auch für andre viel zu sein. — Das Leben ist nichtig und ein jeder hat Momente, wo er es fühlt, wo er fragen muß: aller Zweck, alles Streben, wozu führt es? — Aber dann treibt die Lust zu wirken, zu schaffen, wieder in den Schauplatz, der uns allein zur Uebung unserer Kräfte gegeben ist, und wir fragen nicht mehr, was soll es? sondern wir mischen uns mit Eifer unter die ¦ Menge, wo wir nicht die Ungeschicktesten sein wollen, und wenn wir auch heimlich das Ganze als Spiel betrachten, so dünkt es uns doch würdig, das Spiel mit allem Ernst durch zu führen. — Nur soll ein jeder seine Individualität kennen lernen, hat er dann ein richtiges Bild von sich selbst gefaßt; so kann er mit diesem Bilde in die Welt eintreten und ruhig und sicher handeln. — Denn was man auch sagen mag; so ist es doch gewiß, daß sich die äußern Umstände öfterer nach dem Menschen formen, als er sich nach ihnen. Seine Art zu denken, zu empfinden, sein Geschmack, seine Irrthümer ziehn die Verhältnisse um ihn herum, und der Wunsch sie verändert zu sehen, ist vergebens, wenn er sich nicht selbst ändern will und kann. — War bei allen bittern Klagen, | die Rousseau über die Menschen ausstieß, er es nicht immer selbst, der zu dieser Behandlung Veranlassung gab? — Er, der sich gegen alle so sonderbar und ungewöhnlich betrug, mußte auch ein ungewöhnliches Betragen von andern erfahren, und wär' er aufrichtig gewesen, so hätte er doch wahrscheinlich gestehen müssen, daß er nirgends so glücklich hätte sein können, kein Zustand für ihn so passend war, wie gerade seine Verbannung, wo er von allen Verhältnissen frei, seinen Träumereien ganz ungestöhrt leben konnte.

Aus dem, was ich Dir hier geschrieben habe, wirst Du vermuthen, daß gerade jetzt ein Zeitpunkt meines Lebens ist, wo ich über meine Verhältnisse zu der

Welt, mehr als gewöhnlich nachgedacht habe; und Du hast recht. — Ein jeder, glaube ich, hat Momente, wo er das Bestreben fühlt, aus seinem Leben, ein Ganzes, eine Geschichte zu bilden, und wenn er dies nicht kann, wenn er den Faden, der seine kleinen und großen, innern und äußern Begebenheiten zusammenhält, gänzlich verliert, oder wenn er ihm zerrissen wird, so ist er unglücklich und zerstückt. — Bisher habe ich dies Bedürfniß nie lebhaft gefühlt; denn, weil ich so verschiedene Ansichten hatte, und mit ihnen wechselte; so fand ich scheinbar, oft wenig Zusammenhang mit den Vorhergehenden. — Doch jetzt, da ich auf einer Art von Ruhepunkt stehe, und mein Leben wie einen bunt gewirkten Teppich vor mir liegen sehe, und *übersehe*, merke ich einen leisen Zusammenhang, und einen Faden, der aus mir selbst herausgesponnen, das Einzelne verbindet. — Ich bin nicht unzufrieden mit mir und der Welt, nur das Einzige schmerzt mich, und wird mich ewig schmerzen, daß das Höchste meines Lebens, die Zeit, wo sich die Blüthe meines Lebens entfaltete, wo alles auf etwas Einfaches, Großes hinzudeuten schien, doch am Ende in Unverständlichkeit vergieng. O Barton! ich wiederhole es, nur der kleinste Umstand meines Lebens durfte anders sein, und Vernunft und Glück mußten unvermeidlich der Quaal dieses Gedankens erliegen!

Ich weiß nicht, ob ich Dir es schon geschrieben habe, daß ich ohngeachtet meiner Jugend nun als ** hier angestellt bin. Dies ist eine Stelle, die sich mein *jugendlicher* Ehrgeitz oft als das schönste Ziel dachte. Theils in Geschäften meines Vaters, theils um noch manche, mir nöthige Kenntnisse und Geschicklichkeiten zu erwerben, werde ich, eh' ich die Stelle antrete, noch ein Jahr lang reisen. Komme ich dann zurück, so wird es nur von mir abhängen, mich mit Cölestinen, — so heißt das reizende Geschöpf, die Du aus meinem Briefe kennst, — auf immer zu verbinden. — Auf dieser Reise werde ich auch zu Dir kommen, verlaß Dich darauf! Wahrscheinlich wirst Du dann schon Dein Landgut bewohnen. — Ich muß Dich, ich muß Amanda wiedersehen! Wie sollte ich mir diesen wunderbaren Moment, der schon jetzt mein Herz erbeben läßt, nicht in mein Leben herein bannen? — Wie wird sie mir, wie wird mir alles um sie her erscheinen?

Du wirst glücklich sein, Barton! — Ich muß immer wieder hierauf zurückkommen. Du wirst das heiterste, lebendigste Leben führen, und von Nanettens stets gegenwärtigem Gemüth, Deinen weiter strebenden Sinn, stets freundlich an dem Augenblick gefesselt fühlen! Eben weil ihr wenig Aehnlichkeit habt, werdet ihr so sehr für einander passen, denn die Liebe wird oft durch das Verlangen genährt, das, was uns fehlet, durch den geliebten Gegenstand ersetzt zu finden, und bei vollkommener Gleichheit des Gemüths mangelt ihr größter Reiz.

———

Der Morgen meiner Abreise ist gekommen, und in wenig Augenblicken sitze ich im Wagen. Ich habe lange keine Frühstunden genossen, und überhaupt alle Naturerscheinungen, unempfindlich vor mir ¦ vorüber gehen lassen, weil ich mich nicht den Eindrükken hingab, sondern sie beherrschte. — Nie dünkt es mich, habe der Hahn so melodisch sein Morgenlied gesungen; nie die Vögel so laut und kühn dem Tag entgegen gejauchzt; die Landschaft habe nie so frisch aus den nächtlichen Regenschauer hervor geschaut; die Sonne nie so freudig über die dunkeln Wolken gesiegt, als heute. Ich ahnde es, — auch meinem Leben ist noch ein Morgen aufgegangen — noch Ein Morgen, und wüßte ich auch, daß mit diesem Tage ich selbst mich leise neigen würde, so könnte es mich doch nicht stöhren in meiner freudigen Hoffnung.

Elfter Brief.

AMANDA AN JULIEN.

Dein letzter Brief hat mir sehr viel Freudiges gesagt. In Deinen Urtheilen über mich und mein Leben, finde ich eben so viel Klugheit als Zartheit, und Du versicherst mir es so ehrlich, daß ich es glauben muß, wie meine Briefe immer sehnlich von Dir erwartet würden, wie sie für Dich weit mehr Leben und Interesse, als das schönste Buch hätten, ja, wie sie das einzige Poetische in Deinem Leben wären. — Dies alles ist mir nun sehr willkommen, denn mir ist es nun einmal Bedürfniß geworden, Dir meine Klagen, meine Erinnerungen und meine Freuden, ohne Zwang und Rücksicht zu vertrauen, und Du bist auch die Einzige, gegen die ich es kann. — Ja, Julie, was auch die Zeit an den glänzenden Farben jener Vergangenheit verwischen mag, so glücklich ich mich jetzt durch Antonios Gegenwart fühle, so viele schöne Beziehungen ich um mich vereine; so kann sich mein Herz doch nie ganz von jenem Zauberlande losreissen, und selbst jedes fröhlichere Gefühl, das mein Herz bewegt, scheint mir nur ein Bote von dort zu sein, der mich wieder lebhaft in die alten Fesseln zieht. — Oft fühle ich es so unruhig und so gewiß, daß ich ihn wiedersehn werde — aber bald spricht eine feindliche Stimme dazwischen: er hat Dich vergessen — und alles ist verändert. Die säuselnden Lüfte, ¦ die Berge mit ihren waldigen Scheiteln, der Fluß mit seinen rauschenden Wellen, alle sagen es nach: er hat Dich vergessen! die Sehnsucht seiner Liebe umschwebt uns nicht mehr! — Oft wenn ich hinblicke unter die Schatten der Bäume, und aus ihrer freundlichen Dämmerung, viele halbvergeßne Jugendbilder hervortreten, und von ihren flüsternden Zweigen seelige Träume auf mein Herz einsinken; dann schwebt die entflohene Liebe, wie ein verlohrnes Paradies vor meiner Seele, und eine Thräne des Schmerzes verdunkelt mein Auge. — Aber dann reisse ich meine Blicke gewaltsam von jenen Bildern los, und schaue mit verschloßnem Weh in die lichte, offne Ebene hin, und weite, fröhliche Entwürfe, heiter wie die Ferne, dämmern vor mir auf; dann umweht mich neue Lebens¦lust, und ich freue mich meines Muths, daß ich, nach dem Verlust desjenigen, was mir Alles war, noch zu leben wage. — Und Julie, so schwankt mein Gemüth noch oft zwischen den Eindrücken, einer allzu schönen Vergangenheit, und einer heitern Gegenwart.

Du kennst aus meinen Briefen die Menschen, die ich täglich sehe, es ist Antonio, der Graf, Charlotte, ihr Mann und Wilhelm; mein Leben verfließt jetzt gleichförmig und anmuthsvoll, und nur kleine Begebenheiten, nichts Großes, Erschütterndes, bezeichnet die Spur der fliehenden Tage. Unter diese gehört auch folgendes, was unserm Kreis, zu Bemerkungen und Gesprächen viel Veranlassung gab. Wilhelm hatte eine kleine Reise, in eine nahgelegene, wild-schöne Gegend gethan, und als er zurückgekommen war, spielte uns der Zufall ein Lied in die Hände, das er dort gedichtet hatte. Hier ist es:

> Es seufzen bedeutend
> die Winde und stumm,
> die Wolken ziehn leidend,
> am Himmel herum.

> Sie quellen, sie fliehen
> die Thäler entlang,
> und Träume durchziehen
> den Busen so bang.

> Der Tag ist verschwunden
> tief schweiget die Nacht,

im Dunkel dort unten
der Hammer nur wacht.

Da klagt eine Flöte
ihr Leid durch die Nacht,
das stets mit der Röthe
des Abends erwacht.

Es stürzet der Reuter
den Waldsturz hinab,
und weiter und weiter
erreicht ihn sein Grab.

O! Mutter nun weine
die Thrän' über ihn,
dann glänzet im Scheine
dir froher das Grün.

Wenn Frühling besäumet
den Hügel mit Flor,
in Blumen dann keimet
sein Geist dir empor.

Sie blicken wie Augen
sie suchen dich doch;
sie winken und hauchen
und lieben dich noch.

Was mich bei diesen Strophen am meisten rührte, war die Stimmung, die ich darinnen durchschimmern sah. Ich fand eine Schwermuth, die ich ungern in diesem jungen Gemüthe bemerkte. Aber auf der andern Seite mußte ich auch das Talent anerkennen, das ohngeachtet der Verworrenheit und den Mängeln die in dem Liede herrschen, doch unleugbar sich zeigt, und deutlich das Bestreben wahrnehmen läßt, die Eindrücke, die Bilder, die um ihn sind zu einem Ganzen zu gestalten und einen Sinn in sie zu legen. — Diese Strophen gaben zu einem Gespräch über Poesie ¦ im Allgemeinen Anlaß, welches ich aufgezeichnet habe, weil es meine Freunde sehr genau charakterisirt und reich an auffallenden Bemerkungen ist, aber da ich nicht weiß, ob Dir der Gegenstand wichtig genug ist, ein langes Gespräch darüber nicht ungelesen bei Seite zu legen: so will ich erst Deine Entscheidung darüber abwarten, bevor ich Dir es schicke.

Zwölfter Brief.

AMANDA AN JULIEN.

Ich weiß nicht, ob ich Dir schon in einem meiner Briefe geschrieben habe, daß ich einer baldigen Trennung von Antonio entgegen sähe. Seine Verhältnisse machen ihm eine Reise nothwendig, und diese bevorstehende *Entfernung* läßt es mich erst fühlen, wie *nahe* er mir ist. Ja, Julie, mein Leben, das so lange dunkel war, erhellt sich wieder, und ich fühle meine Jugend schöner zurückkehren. Oft schien es mir, als sei ich von aller Liebe frei, und nun liebe ich mehr als jemals. ¦ Und wie sollt' ich anders? Des Weibes Natur ist Liebe; die Liebe befreit sie von allen quälenden, unedlen Neigungen, und sie lernt das Göttliche verehren, weil sie in dem Geliebten das Bild der Gottheit anbetet. — Die Stimmung, welche mein Gemüth durch Antonios Umgang, durch seine schönen, freien Ansichten vom Leben erhalten hat, dünkt mich reizender und freudiger, als die schönste, jugendliche Begeisterung. — Mit jedem Tage erscheint mir Antonio schöner, liebenswürdiger, und ein milder Zauber schmilzt sein Bild mit Eduards Andenken zusammen. Es ist nicht Bewunderung, nicht Achtung, Freundschaft mehr, was mich zu ihm zieht; es ist die süße Gewalt der Neigung, die mich an ihn bindet. — Und so, Julie, seh' ich freudig seiner Zurückkunft entgegen. Zwar ist mir noch manches in seinen Verhältnissen dunkel geblieben, aber ich habe ein so entschiedenes Vertrauen zu ihm, daß es mir durchaus keine Unruhe macht. Ich hingegen habe schon längst keine Geheimnisse mehr für ihn, und Eduard war oft der Gegenstand unserer innigsten Gespräche. O! Julie! wie glücklich werde ich sein, wenn ich auf immer mit Antonio verbunden bin; denn die Ehe ist für gebildete Menschen, die sich lieben, gewiß der freieste und glücklichste Zustand! — Spottend wies ich lange alle Hoffnung auf Glück von mir, und nun winkt es mir so nahe, so freundlich; nun sehe ich mich geliebt, wie ich stets geliebt zu sein mich sehne! — Ich kann Dir heute nichts mehr schreiben; meine Seele ist allzu verwirrt, betäubt von angenehmen, wunderbaren Bildern, aber ich lege Dir hier ein Liedchen bei, das Dir die Stimmung meiner Seele vielleicht deutlicher auszusprechen vermag.

Es flieht das süße Leben
vom himmlischen umgeben,
es hemmt kein träger Zwang
des Geistes frohen Drang,
und wehret den Gefühlen
in Tönen sich zu kühlen
in holder Verwirrung mich Stunden umspielen,
wie Weste, im Frühling die Blüthen durchwühlen.

Schon floh'n des Lebens Sterne,
die Heimath schien so ferne,
in banger Sorge Grab
zog's grausend mich hinab.
Nun ist die Welt erheitert,
des Lebens Bahn erweitert,
und frei wie die Bienen im Blumenthal schweben,
fliegt heiter mein Sinn durch das blumige Leben.

Nur du hast mich gerettet,
auf Rosen mich gebettet,
der Liebe heil'ge Glut!
du gabst der SeelIe Muth,
die Hoffnung die nie altet,
die Freude schön gestaltet,
und alle die Himmlischen sangen mir wieder,
seit du mir erschienen, die goldenen Lieder.

Geweiht zu hohem Leben,
sie mich nun stets umgeben,
gescheucht von ihrem Licht,
nah't mir die Sorge nicht.
Nur du, mit leisem Schauer
der Sehnsucht heil'ge Trauer,
du nah'st, und entzündest, zu höheren Leben
die liebende Seele mit himmlischen Streben.

Dreizehnter Brief.

Eduard an Barton.

Hier an den Ufern des Arno, nicht weit von dem blühenden Florenz, schreibe ich Dir, nach langem Schweigen wieder. Welch' eine reizende Umgebung verbreitet sich um mich her! Unter dem sanften Himmelsstrich prangt hier die Erde in der Fülle der reichsten Vegetation; dicht belaubte Büsche, schimmernd grüne Rasenplätze, schlängelnde Pfade, wechseln in der anmuthigsten Mischung mit einander ab. Eine große Volksmenge versammelt sich jetzt im Freien, um die schönen Herbsttage zu genießen, die in ¦ diesem Lande unaussprechlich schön sind. Gruppen einzelner Menschen und ganze Familien, umschwärmt von ihren Kleinen, lagern sich im Schatten, auf den glänzend grünen Rasen, und dieser Anblick gewährt ein liebliches Bild von Ruhe und heiterm schönen Genuß der Gegenwart. O! wie beneide ich dies Volk, das unter dem Einfluß eines milden Himmels gebohren, sein Dasein in jedem Moment auf das lebendigste genießt, und nichts als Lebenslust, Ruhe, und frohen Genuß der fliehenden Tage athmet, indeß wir Armen, im nordischen Klima Erzeugten, ewig mit Kälte und Melancholie kämpfen, und statt, den Genuß des Lebens zu *fühlen*, den Genuß *verstehen* wollen! Alle die Schrecknisse der Phantasie, welche den ungebildeten Theil der Nordländer, und auch den | Gebildeten, so häufig das Leben verbittern, sind diesen Bewohnern südlicher Gegenden gänzlich unbekannt; nicht wie bei jenen durch die Ungemächlichkeiten des Klima, aus den Regionen des Lebens hinweg gedrängt, kann ihre Phantasie ruhig auf den Gegenständen der wirklichen Welt verweilen, und findet hier den reichsten Stoff sich zu beschäftigen. Auch die Ideen des Aufhörens, der Verwesung suchten diese Glücklicheren stets so leise als möglich zu berühren, und wenn es scheint als habe das rauhe, nordische Klima seine Bewohner schon im Leben mit ihren Gedanken zum Grabe hingedrängt, und sie mit den furchtbarsten Gegenständen, die man sonst kaum zu denken wagte, ganz vertraut gemacht, so suchten jene die Gestalt des Todes, mit einem mildernden Schleier zu verdecken, | oder diese Idee durch weiche, liebliche Bilder minder furchtbar zu machen. Ja, auch jetzt, so verschieden auch die neuen Göttergestalten, von den ältern Göttern sein mögen; so sichtbar sind auch jetzt noch die Spuren des Geistes, der in jener poetischen, aus Griechenland hieher verpflanzten Religion athmete, welche wie die Dichtungen Homers, ihres Sängers, erhaben, schön und beglückend war. — Nie vermag ich, ohne die innigste Rührung den Abendgesang der heiligen Jungfrau zu hören, welcher hier den müden Arbeiter zum ersehnten Feierabend ruft. In ihm ertönt das Lob der Maria, «die mit den Sternen gekrönt ist und den Mond zu ihren Füssen hat; die ohne Mackel und ohne Flecken, mit der Klarheit der Sonne umkleidet ist; die große Ausspenderin von den Schätzen des Himmels; golden, heißt es, ist das Haar der Himmelskönigin, und Licht ist ihr Gewand! Maria, du schön Gebildete, ich wünsche im Paradiese zu deinem Anschauen zu kommen!» — Und hört man in dieser Zusammensetzung, das sanfte Madre d'amore! so wähnt man auf Augenblicke, ganz in das schöne Alterthum versetzt zu sein.

Doch so sehr ich mich auch bestrebe, der Stimmung dieses Volks gemäß, alle Erscheinungen vor mir übergehn zu lassen, ohne Reflexionen darüber anzustellen; mich immer mehr auf den Moment zu beschränken, und mir nicht, mehr die vergebliche Mühe zu geben, die labyrinthischen Verwickelungen des Lebens enträthseln zu wol|len, so will es mir doch nicht immer gelingen. Eine unbeschreibliche Sehnsucht ergreift mich hier, wo alles, Genuß und Befriedigung athmet. — Der angenehme Müßiggang der Reise, die Entfernung von bindenden Geschäften, von der prosaischen Zerstreuung des gesellschaftlichen Lebens, diese haben mich ganz wieder in das Land der Jugend und der Wünsche zurückgeführt. Alles Streben, alles Treiben der Menschen — wie unnütz erscheint es mir — und nur die Liebe allein dünkt mich der Sehnsucht werth! — Ja, sie war es, sie allein, die einst einen südlichen Himmel in meine Seele zauberte, die mich die Sprache der Natur verstehen lehrte, und mir das Gefühl einer heiligen überirrdischen Begeisterung gab, die mir das Unsterbliche ahnden ließ und mein Gemüth ¦ mit frommen Glauben entzündete! — O! wie verschwanden und entblätterten sich alle Resultate des Verstandes, alles Kalte, Gesuchte, was von vielen Moral genannt wird, wie verschwanden sie bei dieser warmen gläubigen Religion der Liebe, durch die ich mich unsterblich und göttlich fühlte! — Könnt' ich Amanda an meine Brust drücken, könnt' ich hier mit ihr leben, wo mir nun oft ein schneller Gedanke an sie, die Freude selbst verbittert, weil sie Amanda nicht mit mir theilt, und weil ich nun einmal glaube, daß sie ohne mich nicht glücklich sein kann! — Daß Amanda in dieser Gegend, wo ich jetzt lebe, auch eine geraume Zeit zugebracht hat, vergegenwärtigt mir ihr Andenken noch mehr. Ich habe schon Mehrere gesprochen, die sie gekannt haben, die sich ihrer noch sehr lebhaft erinnerten, und ihrer Schönheit, ihrem Edelsinn und ihrer Anmuth einige Lobreden hielten. — O! Barton, Du wirst sie sehen! Schreibe mir von ihr, so bald Du sie gesehen hast. Auch ich will sie sehen; ich bin es Cölestinen, ich bin es meinem künftigen Leben schuldig. Ich muß es wissen, ob das, was ich jetzt für sie fühle, nur ein leichter, wesenloser Traum ist, vom Zauber der Entfernung, vom Einfluß dieses Himmels und trügerischem Spiel der Phantasie erzeugt, oder ob ein wahres, tief in mein ganzes Wesen eingewebtes Gefühl zum Grunde liegt. — Bald eile ich über die Alpen, dann in jene Gegend, wo auch milde Lüfte schmeicheln, auch Mandelbäume blühen, und Rebenhügel winken, und wo mehr ist als italiänischer Himmel, weil Amanda dort lebt!

Dem ausdrücklichen Verlangen meines Vaters Genüge zu leisten, mußte ich hier auch Biondina di Monforte sehen, eine Bekanntschaft, die ich sonst gern vermieden haben würde. Ich wurde von ihr mit ausgezeichneter Güte aufgenommen, und ohngeachtet meines Widerwillens gegen sie, konnte ich mich nicht enthalten, die Reize zu bewundern, die, trotz des herangenahten Alters, noch jetzt an ihr sichtbar sind, und die, was auch die Kunst für Theil daran haben mag, von einer seltnen Begünstigung der Natur zeugen. Jedoch fand ich auch dagegen, einen Ausdruck in ihrem Gesicht und in ihrem ganzen Wesen, der mich unwiderstehlich von ihr zurückzog, und der, wie ich fest überzeugt bin, auch bei der schönsten Blüthe feuriger Jugend eben dasselbe Gefühl in mir hervorgebracht ¦ haben würde. Mit inniger Befremdung, erinnerte ich mich daher in diesen Augenblicken so mancher Scene, wo mein Vater, nach einer mehr als zehnjährigen Entfernung seines Umgangs mit ihr, als der schönsten Zeit seines Daseins mit einem Enthusiasmus, einer Rührung gedacht hatte, der an diesem sonst so sanften und gleichgestimmten Manne doppelt auffallend war. Bedenke ich aber, wie er hier, in diesem Paradiese, noch vom Abendroth der Jugend beglänzt, von Liebe und Stolz zu süßem Genuß eingeladen, sich einem seeligen Rausche hingab, der ihm die magische Binde so fest um die Augen legte, daß er die unweibliche Anmaaßung und Herrschsucht dieser Frau nicht sah, und alle ihre Fehler den Umständen und der Umgebung aufbürdete; so wird es mir wiederum sehr begreif¦lich, daß ihm die hier verlebte Zeit stets für die Blüthe seines Lebens galt. Diese Frau war es, welche meinem Vater vor Albret den entschiedensten Vorzug gab, und durch diese Kränkung in das stolze und heftige Gemüth dieses Mannes einen unauslöschlichen Haß gegen den Begünstigten pflanzte. Dieser Haß ward durch mich, in dessen Anblick er die Züge seines Feindes wieder fand, aufs neue belebt, und die Begierde, sich durch den Sohn, an dem Vater gerächt zu sehen, ließ ihn mancherlei Pläne entwerfen, deren Ausführung ihm um so mehr am Herzen lag, da Amanda, deren seltnen Werth er unwillkührlich anerkennen mußte, ihn durch ihr Betragen gegen mich, immer mehr mit Haß und Rache entflammte. O! wie willkommen, wird ihm in mancher Rücksicht der Befehl ¦ meines Vaters gewesen sein, wodurch er auf meine schnelle Abreise drang, ohne damals mir selbst die Gründe dieses Verlangens anzugeben! — Und dem Haß dieses Mannes konnte Amanda ihre Liebe aufopfern? Auf seine Bitten, welche die Furcht, sie früh oder spät mit dem Sohn seines Todfeindes verbunden zu sehen, ihm eingab, konnte sie durch ein feierlich gegebenes Wort mir auf immer entsagen? — Sieh' Barton, wenn ich mir denke, wie Albret selbst das Gelingen seines Plans triumphirend verbreitete, wie Amanda es Nanetten bestätigte, wie ich auf meinem letzten, dringend an sie geschriebenen Brief, voll feuriger Liebe, keine Antwort erhielt, dann glüh' ich von neuem, wie in den ersten Zeiten jener unseeligen Auflösung; selbst der Anblick des südlichen Himmels, ¦ und der milden, lachenden Natur, die mich hier umgiebt, vermehrt nur die Bitterkeit, womit ich jener nordischen Kälte und Unnatur gedenke, die mich, ach! all zu früh! aus dem schönsten Wahn meines Lebens weckte, und ich eile, mich zwischen engen, düstern Wänden einzuschließen, weil ich den Contrast der heitern, mich umgebenden Welt, mit der zerstöhrten, die ich im Busen trage, da minder lebhaft zu fühlen glaube!

Vierzehnter Brief.

AMANDA AN JULIEN.

Ich schreibe Dir in der seltsamsten Mischung von Wehmuth, Ueberraschung, Schmerzen und Freuden. Ein Augenblick, ein Zufall hat mir so viel Aufschluß über Zweifel gegeben, die lange mein Leben verbitterten; hat so viele Bilder der Vergangenheit lebhaft vor meinem Geist geführt, daß ich vor Unruhe und Träumen kaum zu mir selbst kommen kann. Und warum jetzt diese Entwickelung, diese oft mit heisser Sehnsucht gewünschte Befriedigung? Warum jetzt erst? Warum sehen wir das, ¦ was wir so sehnlich wünschten, meist erst dann geschehen, wann unsre Freude darüber nicht mehr ganz rein sein kann? Doch dürfen Klagen nur das herrliche Gefühl, den süßesten Genuß des Herzens verbittern, der in dem Gedanken der Ueberzeugung liegt, uns von einem Wesen geliebt zu sehen, welches uns selbst das Geliebteste war? —

Nein! ohne Rücksicht auf Vergangenheit und Gegenwart, ohne ängstliches Untersuchen, dessen was ist, und was hätte sein können, will ich mich, dankbar und frei, jetzt ganz diesem schönen Gefühl hingeben, eines der seeligsten, welches das Menschenherz zu empfinden vermag! —

Vor einigen Tagen, erhielt ich von Nanetten, die mehrere Jahre lang für mich so gut, wie aus der Welt verschwunden war, einen Brief, in welchem sie mir, ohne sich über ihr langes Schweigen zu rechtfertigen, oder unsre vorigen Verhältnisse zu berühren, eine leichte Skitze ihres bisherigen Lebens gab, und mir dann auf eine lustige Art ankündigte, wie sie in kurzer Zeit, von ihrem Mann begleitet, den sie mir aber nicht nannte, auf ihr so lang verlassenes Gut reisen wollte, wo sie mich ganz gewiß zu sehen hoffe.

Meine Freude, diese fröhliche, liebe Gestalt aus einer schönen, längst entflohenen Zeit mir auf einmal wieder erscheinen zu sehen, war äußerst lebhaft, und ich entwarf sogleich einen Plan, wie ich sie auf eine ihr angenehme Art empfangen und überraschen wollte. Um meine Ideen auszuführen, mußte ich auf das Gut reisen, um dort vor ihrer Ankunft die nöthigen Anstalten zu treffen. Die Zubereitungen zur Reise, gaben mir Veranlassung, noch einige von Albrets Papieren zu ordnen, welche ich noch undurchgesehen, aufbewahrt hatte. Ich that es, und ein Brief von Eduards Hand fiel mir in die Augen. Mit lautpochendem Herzen, las ich die an mich gerichtete Ueberschrift — ein schlimmes Verhältniß hatte ihn in Albrets Hände gegeben. — O! Julie, was fand ich! — Wahrheit, Irrthum, Sehnsucht, Liebe, — o! unendliche Liebe! — Ich kann Dir nichts weiter sagen, ich bin verwirrt, beklommen! — Wie Unrecht habe ich ihm, habe ich mir gethan! Lies hier einige Strophen, die ich in Eduards Briefe gefunden habe. Diese Blüthen seiner lieberfüllten Phantasie, werden Dir am lebhaftesten schildern können, was ich jetzt empfinde:

An Amanda.

1.

Oefters wünscht' ich mir schon in seeligen
    Stunden der Liebe,
— an ihr bebendes Herz, leise das Haupt hin-
    gesenkt, —
öfters wünscht' ich mir dann des Todes freund-
    liche Nähe,
räthselhaft fühlet das Herz welches die Liebe
    erfüllt!
wünscht' ich feig, und voll Furcht, an ihrer
    Seite zu sterben,

daß ich der Schmerzen vergeß', über den Him-
    mel um mich?
Oder erzeugten den Wunsch des Dankes zarte
    Gefühle,
gern zu vergehen auch da, wo ich zu leben be-
    gann?
oder erlieget der Geist dem süßen Taumel der
    Liebe
wähnet im seeligsten Wahn, länger ertrage ichs
    nicht?

2.

Immer sind wir vereinigt, so fern das Schicksal
    uns trennte,
Liebste! ich komme zu dir, oder ich rufe dich
    her.
Ist mir's im Herzen so weh, und füllen mir
    Thränen das Auge
eil' ich geistig zu dir – lieblicher Tröstung ge-
    wiß.
Schlägt mir voll Freude das Herz, und lieb' ich
    das freundliche Dasein,
ruf' ich, Amanda! dich her, – höherer Freude
    gewiß!

3.
Einst, o! zürntest du mir, daß einer Andern ich kos'te,
aber es waren doch stets, Auge und Seele bei dir.
Mit verstohlenem Blick, hieng ich am zürnenden Auge,
schuf mir durch liebende Qual, grausam der Liebe Genuß.

4.
Oft erscheinest du mir, ein überirrdisches Wesen,
das nur Seegnungen hier, spendet in Menschengestalt.
Aber gedenk ich des Bundes, der uns're Herzen verbindet,
wähn' ich, stolzer, daß hier, dich nur die Liebe verweilt. ¦

5.
«Wende, so bat ich dich einst, nie wieder dein Auge voll Seele
nach dem Himmel hinauf, ach! ich erliege dem Blick!
Leben und Liebe, und Hoffnung, ach! Alles wohnt dir im Auge,

was nur belebet und stärkt, alles was freut und
                erquickt.
Ungenügliche! willst du die Geister, die Engel,
                den Himmel,
was kein Auge noch sah', auch noch vermäh-
                len dem Aug?
Wend', ich bitte nicht wieder, zur Heimath
                dein himmlisches Auge,
ich ertrage das nicht, willst du denn sterben
                mich seh'n?»

6.
Herzlich haß ich der Menschen Gewühl, seit
                ich, Liebste dich kenne, ¦
meinem Herzen so nah, bist du dort immer so
                fremd.
Einsam war es um uns, da lernt' ich dich, Ein-
                zige kennen,
Einsamkeit! mache aufs neu, uns mit einander
                bekannt!

Funfzehnter Brief.

AMANDA AN JULIEN.

Heute erhielt ich diesen Brief von Eduard selbst. — Wie sonderbar, ist in meinem Leben, das Licht vertheilt! Welche lange, tiefe Schatten, und welche zauberisch glänzende Beleuchtung! — Und so ist es; wir harren Jahre lang auf einem einzigen Moment, und dann überrascht er uns doch unerwartet, und im Gedränge von Andern nicht minder wichtigen. Ich bin in Verwirrung, und doch bin ich ganz frei von jeder Schuld. Ich liebe Antonio; mein Herz, von seiner Liebenswürdigkeit, seinem ¦ Werth durchdrungen, hat sich der süßen Neigung hingegeben. Für ihn belebt mich wahres inniges, gegenwärtiges Gefühl, für Eduard vielleicht nur der Nachklang eines ehemaligen, ein Spiel der Phantasie. Und doch, wie schlug mein Herz, als ich die Züge seiner Hand erkannte, wie ergriff, durchglühte mich, der Inhalt seines Briefs! —

O! warum bist du selbst mir jetzt fremd, mein einziger beßter Freund! — Komm, eile zu mir, du, dem ich mehr, als mir selbst vertraue, der mir Jugend und Liebe wiedergab, komm, Antonio, löse alle Zweifel, mit deinem reinen, umfassenden, menschlich fühlenden Gemüth!

Laß mich ruhig sein, Julie, laß mich hoffen, daß die Stille meiner Seele zurückkehrt, und glauben, daß sich alles lösen wird.

Was ich so tief empfand und als richtig erkannte: daß Wahrheit jedes Verhältniß rein erhält, und auch das Verworrenste leicht und natürlich löset, das will ich nun auch üben und durch die That beweisen. Alle meine Verhältnisse sind rein, und sie sollen es bleiben.

Bald schreibe ich Dir wieder.

Sechszehnter Brief.

EDUARD AN AMANDA.

Die Auferstehung der Todten ist mir seit diesen Tagen gewiß geworden! — Oder, ist das nicht eine Auferstehung zu nennen, wenn der Geist und die Liebe, welche eh'mals den Gegenstand unsrer zärtlichsten Neigung zu beseelen schienen, nach einer langen Verborgenheit, wo sie sich in undurchdringliche Schleier hüllten, wieder lebendig werden in der lieblichsten Verklärung, der vollen Glorie des Wahren und Schönen? — O! es liegt eine Seeligkeit darinnen, sich getäuscht zu haben, wenn uns die Wahrheit in solchen reinen Formen erscheint!

Sie erstaunen, Amanda! und wissen nicht, ob ich in frommer Begeisterung oder in verworrenen Träumen spreche, aber ich bin noch nicht am Ende.

Denken Sie sich das Bild der Geliebten, in der Seele eines innigen, unverdorbenen Jünglings; denken Sie es sich in aller Bezauberung einer ungetrübten Phantasie, in der Unschuld und Liebe des ersten, aufkeimenden Seelengefühls — denken Sie sich dann dies Bild durch Mißverständnisse, durch den Nebel unglücklicher Verhältnisse, getrübt und entstellt; lassen Sie es so, als eine Schreckensgestalt, eine Zeitlang die edelsten Ahndungen und Kräfte des Jünglings zerstöhren — und auch, durch Zeit und Anstrengung von diesem Zustande ¦ geheilt, ihm immerfort wie eine dunkle Wolke, seine heitersten Pläne und Empfindungen trüben — — und nun zerreissen Sie auf einmal den Nebel, durchblitzen Sie die Finsterniß, daß er die holde Gestalt in ihrer vorigen Klarheit und Schöne wieder erkennt; — so haben Sie mein Gefühl der Auferstehung, meine Seeligkeit im Wiederfinden der Wahrheit, Sie haben den Schlüssel zu diesem Allen, in — meiner Bekanntschaft mit Antonio!

Ja! Amanda! er ist es, der Dich mir wieder gegeben hat, und mit Dir, Jugend, Glauben und Liebe! — Ja, als er mir alles, was er von Dir wußte, einfach und ehrlich gesagt hatte, und nun Dein Bild, rein wie die Gestalt der Madonna vor Raphäls Geist, wieder vor mir stand, da ward es mir so heilig in der Seele, und das ¦ leise Ahnden einer unsichtbaren Macht erfüllte mich mit Schauer. Wieder, wie eh'mals belebt mich jenes Vertrauen, jene Liebe, die uns über die Erde erheben. So folgte ich mechanisch einer Menge Menschen, die sich in einer Kirche versammelten, wo das Fest eines Heiligen gefeiert ward. Des Tempels majestätischer Bau, die Musik, das große Schauspiel eines zahlreichen, in Andacht versunknen Volks, alles dies mußte mich nur noch mehr beflügeln; mein Herz vereinigte sich mit der Rührung der Andern, ich fühlte die Gegenwart himmlischer Mächte, und die Liebe machte mich zum innigsten, glaubensvollsten Beter, unter der ganzen hier versammelten Menge.

O! Amanda! ich eile, ich fliege zu Dir! Fühlst Du noch Liebe für mich, so laß uns vereint in dies Land zurückkehren, ¦ hier wollen wir leben, und eine glühende Gegenwart soll das Andenken einer kalten Vergangenheit auf ewig aus unsrer Seele vertilgen!

Siebzehnter Brief.

EDUARD AN BARTON.

Nein! sie ist mit Nichts zu vergleichen, die Gewalt der Liebe! — Wohl ist das eine Gottheit zu nennen, was alles um und in uns in einem Augenblick verändern, dem wüsten, kalten Leben einen heitern, glühenden Sinn geben kann! — Und nun will ich ihr auch ewig ergeben bleiben, ewig ihr ehrfurchtsvoll huldigen, der Göttlichen, der Herzerhebenden!

Was geschehen ist, fragst Du erstaunt? — Nichts! — Nichts und doch Alles; denn fühl' ich nicht, wie Alles um | mich her verändert ist, wie die Bäume und die Blumen wieder, wie ehedem vor meinem Blick in freudigen Tänzen sich bewegen, wie ich in dem Leben der Menschen, Geschichte und Zusammenhang sehe, und überall mir wieder Licht und Ordnung erscheint! —

Ach! diese schöne Begeisterung war so fern, so fern von mir versunken, und es schien mir ganz unmöglich, jemahls wieder diese Höhe des Gefühls zu erreichen! So vieles Irrdische, Todte, hielt mich lange, dicht umfangen; ich war oft ganz darinnen vergraben, und sahe nun überall keinen Ausweg, keinen Zweck, keinen Geist! — Schon hatte ich alles aufgegeben, und nun! — steh' ich nicht mit einemmal wieder auf jenen heitern Höhen der Begeisterung, und betrachte von da die Welt, die mir nun ¦ lauter liebliche oder rührende Bilder zeigt, und woraus alles Harte, Verworrene, Gemeine verschwunden ist? Fühl' ich mich nicht empor gehoben wie eh'mals, über die Menge, die sich da unten um taube Nüsse zerquält; und haßt, und liebt nicht mein frömmer gewordnes Herz die Menschen inniger, je mehr ich sie übersehe? — Und wenn ich Dir alles erzähle, so wirst Du vielleicht lächeln, und wohl viele würden es. Auch kann ich mich recht gut in Deine Ansicht versetzen, aber dann bitte ich Dich, das einzige zu bedenken, was Dir alles ehrwürdig machen wird, nehmlich, daß alles, was ich empfinde, unwillkührliche, tief aus dem Herzen hervorquellende Wahrheit ist. ¦

Seit einiger Zeit, hatte ich die Bekanntschaft eines Fremden gemacht, der, gleich mir, auch erst seit Kurzem aus Deutschland, ob gleich aus einer ganz andern Gegend hier angekommen war. Wir waren bei Betrachtung der Kunstwerke in den Pallästen des Großherzogs öfterer zusammengetroffen, und hier, wo unser Sinn von den Eindrücken des Schönen eröffnet war, hatte sich eine schnelle Bekanntschaft zwischen uns entsponnen, die mit jedem Tage inniger wird. Wenigstens fühlte ich mich, durch den Geist und die Anmuth meines neuen Bekannten, so sehr angezogen und gefesselt, daß ich es kaum wahrnahm, wie ich ihm unvermerkt das Merkwürdigste meines vergangenen Lebens mitgetheilt hatte, ohne dafür von seinen Verhältnissen etwas mehr erfahren zu haben, ¦ als daß ich ihn oft mit feuriger Beredsamkeit, aber im-mer nur im Allgemeinen von seinem Aufenthalt in Deutschland hatte sprechen hören. — Er hatte meine Klagen und meine Unzufriedenheit, mit dem Leben und den Menschen oft angehört, ohne viel darauf zu erwidern, aber als ich gestern von einem solchen Moment ergriffen, wiederum ausrief: «O! schöner Himmel und lachende Erde! O Leben und Liebe! warum seid ihr mir so fremd geworden? Mein Herz ist todt und vernimmt eure schöne Sprache nicht mehr!» da sagte er mit einer seltsamen Zuversicht: ich will Sie dem Leben zurückgeben; Morgen sollen Sie geheilt sein.

Heute kam er zu mir und sagte, daß er mich in eine sehr angenehme Gegend führen wolle. Wir kamen an eine Stelle, ¦ die romantisch schön war. Eine Grotte, aus deren Tiefe ein Quell mit kühlendem, klaren Wasser hervor sprudelte. Der grüne, unbeschreiblich frische Rand des Ufers, und die röthliche Felswand der Grotte, welche mit überhangendem, grünen Gesträuch bewachsen war, spiegelten sich in der klaren Fluth, und bildeten einen reizenden malerischen Anblick. Hohe Pinien, die mit ihren schlanken, königlichen Wuchs und dunkelgrünen, schön geründeten Kronen, jedem Ort, wo sie stehen, ein romantisches, feierliches Ansehen geben, verschlossen die Aussicht, bis auf eine kleine Oeffnung, durch welche der Blick auf weite, helle Gegenden fiel, wo dichte Wälder von Fruchtbäumen, mit Saatfeldern vermischt, sich zeigten, wo das hohe Korn im Schatten der Bäume schwankte, und die Weinranken wie Kränze, ¦ von einem Baum zum andern voll Trauben hiengen, und eine immer fortgehende Laube bildeten. — Hier verweilten wir, und nach einem kurzen Schweigen sagte Antonio: «Ich habe ihnen ein Gemälde mitgebracht, und wenn es diesem nicht gelingt, ihr Gemüth zu erheitern, und sie wieder mit sich selbst zu vereinigen, so giebt es keinen Rath mehr für sie.» — Hier zog er eine Rolle hervor, die er sorgfältig auseinander wickelte, und dann an eine lichte Stelle der Grotte hielt, wo das Licht von oben herab, darauf fiel, und es mit einer unbeschreiblichen Glorie umgab. — Ich sah, und — erwarte nicht, Barton, daß ich Dir schildern soll, was in mir vorgieng! — es war Amanda! es war ihr Bild! — ihr Auge, in dessen wunderbare, süße Nacht ich mich einst so gern verlohren hatte, blickte ¦ mich mit heiliger Liebe und Sehnsucht an, und wiederum ganz wie vormals, hatte ich alles andre vergessen, sah' und fühlte in der ganzen Welt nichts mehr, als diesen Blick, der mich zu ihren Füssen warf. Als ich nach einiger Zeit wieder zu mir selbst gekommen war, erhielt ich von Antonio alle Aufschlüsse, die ich nur wünschen konnte. Er erzählte mir, wie er Amanda's Bekanntschaft gemacht, wie er ihr Freund geworden sei, dem sie mit schöner Offenherzigkeit, die Geschichte ihres Lebens und ihrer Empfindung vertraut habe. Er wußte mir ihre Handlungsweise, wodurch ich mich für so tief und bitter gekränkt hielt, in ein so helles, richtiges Licht zu stellen, daß alle Wolken, die mir ihr Bild so lange verdunkelt hatten, auf einmal zerrissen, und mir ihr Wesen, wieder so rein, so wahr, ¦ so menschlich erschien, wie in den glücklichsten Stunden meines Lebens. — Mein letzter Brief an sie, worinnen ich sie so herzlich um Aufschluß gebeten, muß durch Zufall, Gott weiß, in welche Hände gerathen sein, denn sie hat nie einen solchen Brief erhalten, und so fanden wir uns beide durch ein unwürdiges, wesenloses Mißverständniß gekränkt und getrennt, das nur durch die Entfernung, Wesen und Gestalt erhalten konnte. — Doch warum noch länger an dieser quälenden Vergangenheit denken, da nun alles so neu, so schön und glücklich ist? —

Herrlich erscheint mir nun das Leben, jede Freude, jeder Eindruck findet mein Herz offen und fühlbar, seitdem ich es weiß, daß die alte Liebe in ihrem Herzen immer neu geblieben ist! ¦

———

Antonio ist mein Nebenbuhler und ich würde ihn fürchten, wenn ich mich jetzt nicht allzu glücklich fühlte; aber dem Glücklichen, wohnt Stolz und Kühnheit in der Brust. — Vor einigen Tagen sagte er mir mit einem scherzhaften Ernst, der ihm sehr wohl stand: «Mit der Vergangenheit sind sie nun abgefunden, aber nicht mit der Gegenwart. Denn sie wissen, oder könnten es doch leicht gemerkt haben, daß mir selbst das Herz für Amanda geglüht. Es dulden, daß Amanda in einem schiefen, ungünstigen und unwahren Licht vor Ihnen erschiene, dies konnte und wollte ich nicht. Auch wünschte ich sie von einem Irrthum zu heilen, der noch immer wie eine dunkle Wolke über Ihrem Leben hieng, aber weiter wollte ich nichts. Von diesem Augenblick ¦ an, wollen wir nichts mehr von einander wissen, denn zwei Nebenbuhler können nie Freunde bleiben. Ein jeder versuche nun, sich der Neigung der Geliebten zu versichern, und wir sind einander wieder eben so fremd wie vorher.» — Mit diesen Worten verließ er mich, und ich habe ihn seitdem nicht wieder gesehn.

Achtzehnter Brief.

AMANDA AN JULIEN.

Mein ganzes Wesen wird jetzt von einer unbeschreiblichen, nie gefühlten Reizbarkeit beherrscht, die, wenn sie Krankheit ist, wie Manche behaupten, mich glücklicher, als die vollkommenste Gesundheit macht. Ich denke fast gar nicht an meine Verhältnisse und an die Zukunft; meine ganze Seele fühlt nur das schöne Bild von Antonios Werth und seiner Liebe, fühlt nur das Glück zu wissen, daß Eduard lebt, und daß er nicht der Liebe unwerth war. Empfänglich giebt mein Gemüth sich jedem | Eindruck, jeder Erinnerung hin, wie das leichte Gesträuch der Birke, zärtlich bei jedem Lüftchen flüstert. — Ich bin hier auf Nanettens Gut; in wenig Tagen wird sie mit ihrem Gemahl hier ankommen; und ich will sie hier mit einem ländlichen Fest empfangen. Wie wird sie meine Gegenwart, meine Erklärung überraschen! Wie ist nun alles zwischen uns wieder so neu, so jugendlich geworden! Eine Menge Freuden sind wie junge Blumen, um mich aufgesproßt! Gönne mir das Vergnügen, Dir mit froher Umständlichkeit, meine kleine Reise zu schildern.

Ich reis'te gestern Morgen von *** ab; der muntre Ton des Posthorns bewegte wieder mein Herz wie sonst; ich sah das Leben wieder in dem schönen Gewand der Jugend, der Ahndung, der Liebe, und meine Sinne konnten die Sprache der Natur verstehen. — Nach einer langen, verheerenden Trockenheit, war jetzt gerade der erste Regen gefallen, und ein unnennbar frisches Grün labte mein Auge. Die klaren Regentropfen hiengen an den Bäumen, wie Freudenthränen. Wir kamen durch Buchenwälder, die mich in großer, schauerlicher Majestät umwölbten. In den Thälern zogen Wolken, weiß und dicht, wie Schnee; oft sahen hoch oben, noch Bäume hindurch, und der Himmel schien herabgefallen, die Erde hinangestiegen zu sein.

Aber von dem sehr heftigen Regen war der Fluß schnell angeschwollen, und wir waren genöthigt, einen weiten Umweg zu machen, der uns sehr verspätete, und wo wir uns von einer ganz andern Seite dem Ziel meiner Reise näherten. Schauerlich krümmte sich der Weg durch einen unendlichen Wald. Hoch stiegen düstre Tannen an der einen Seite gen Himmel;

unabsehbar auf der andern in die Tiefe. Endlich ward es lichter; die Straße senkte sich, und wir hielten vor einem kleinen Wirthshause still. — Ich sah mich um, und es war als rauschten Schleier hinweg. Auf der einen Seite kühne, große Bergmassen; auf der andern ein seeliges Thal, von Bächen umarmt, aus dessen Mitte ein Eichenwald würdevoll empor stieg. — O, Julie! was fühlte ich, als ich es nun gewiß wußte, daß ich in *** war, dem Ort, wo ich mich einst so seelig fühlte! Ein wunderbarer Wahnsinn befiel mich; alle Büsche, alle Felsen verklärten sich; aus den Wolken, aus den Blumen sah' die Liebe mich mit trunknen Augen an, in mir tönten freundliche Melodien, ¦ und ich konnte nicht mehr anders als in Rhythmus denken. Die Wirthin erinnerte sich, mich gesehen zu haben; ich erkannte sie wohl, sie war mir sehr lieb! — Ich setzte mich in dem dunkeln Buchengang, nicht weit vom Hause, der zu zärtlichen Gesprächen einzuladen schien. Der Mond warf aus seiner Wolke einen Silberblick auf den Berg, daß der weiße Fels am Gipfel desselben, wo ich einst Eduard gesehen, mir wie ein weißes Blüthenblatt der Vergangenheit in die Seele schien; Alles erhöhete meine Stimmung. Und als nun später der Wirthin Mann zurückkam, und ein liebliches Kind ihm entgegen lief, er es liebevoll im Arm nahm, und die beiden in schöner Freundlichkeit vor der kleinen Thür des Hauses saßen, da schien es mir, als blickten selbst die Sterne zärtlich über ¦ diese Gebürge, und es war wohl kein Wunder, daß ich die ganze Nacht von Wiedersehn und Freude träumte? — Welch ein seeliger Morgen war der folgende! — Ich setzte mich unter eine hohe Linde, in deren weiten, grünen Welt ein fröhliches Summen lebte. Die heitre Herbstluft strich durch die Thäler, und strahlte in der Ferne, wie Silber. Es war Sonntag; die rührende Stimme der ländlichen Glocke tönte durch die stillen Ebnen und rief die Bewohner der niedern Dörfer herauf. — Der Wald lockte mich unwiderstehlich mit seiner Kühlung, und ich gieng hinein. Ueber mir blickte die Sonne nur verstohlen, wie durch grüne Wolken hindurch, aber mein Herz war mit so freudigen Bildern erfüllt, daß ich die tiefe Einsamkeit und das wunderliche Rufen der Waldvögel nicht achtete, ¦ und ohne Furcht den Weg verfolgte. Und bald, bald stand ich wieder da, unter den Klippen wie einst, und unter mir der herrliche Grund in einem Meer von Sonnenstrahlen schwimmend. Dicht neben den Klippen, plauderte ein Maienwäldchen, mit dessen kindischen Zweigen und Blättern ein leichter Morgenwind sein Spiel trieb. Ich blickte auf sie hinüber, wie in das Land der Kindheit; die Klippen, die undeutlich und wild sich um mich drängten, wurden mir zur Allegorie der späteren Zeit, und ich flüchtete mich schnell in die leichten Schatten des Wäldchens, wo ich mit dem lebendigsten Bewußtsein, alle holden Träume des Kinderlebens mir zurückrief.

Ich gieng weiter. Am Fluß stand ich lange still, von dem Geräusch der Wellen angenehm betäubt. Träumend sah ich an den hohen Bäumen des Ufers hinab, und ihr kräftiges Ansehen, das Leichte, Gefällige ihrer Blätter, bewegte mich mit freudiger Rührung. Die festen, starken Stämme, standen ruhig in der sichern Erde, indeß die hohen, leicht bewegten Gipfel in reinerm Aether und Sonnenschein sich wiegten. So, dachte ich, ist der vollendetere Mensch; mit seinem Willen fest auf sich selbst gestützt, steht er im Leben da, indeß die feinsten Getriebe der Seele, die holden Kinder der Phantasie und des Geschmacks, leicht, wie die Blätter und Blüthen in höhern Regionen säuseln und leben dürfen!

Ich kam nach Hause, und mein freundliches Stübchen umfieng mich. Mir war sehr wohl! Es war in mir das Gefühl des freudigsten Wiedersehens. Ich hatte meine liebsten Wünsche, meine glücklichsten Träume, meine schönsten Bilder, ich hatte mich selbst wieder gefunden. —

«Wieder mich wähnend,
  droben in Jugend,
  in der vertaumelten lieblichen Zeit,
  in den umduftenden

himmlischen Blüthen,
in den Gerüchen, seeliger Wonne
die der Entzückten, der Schmachtenden ward!»

Diese Worte kamen mir so lebhaft und unwillkührlich in den Sinn, daß ich sie laut sagen mußte. Sie begeisterten mich; es war, als flögen die Wände des Stübchens auf, und es ward zum Tempel. Zauberische Irrgänge, Myrthenhaine und ein griechischer Himmel umgaben mich von allen Seiten; in der Mitte des Tempels erschien der Genius der Liebe mit flammen der Fackel; schön bekränzte Jünglinge und Mädchen tanzten im frohen Gewühl durch einander. — Und sieh'! das ist die Gewalt des Dichters, daß er durch Eine wahre Empfindung, die er in das Zauberkleid der Dichtung hüllt, und an ein fremdes Schicksal knüpft, in dem ähnlich empfindenden Gemüthe, eine schöne Kette von Bildern, ein magisches Gemisch von Wahn und Wirklichkeit hervorrufen kann! —

Ich dachte nun mit Ernst an die Anordnung der Feierlichkeiten. Die Erfindung einiger Inschriften, die Vertheilung einzelner Gruppen, die Wahl der Plätze und der Vergnügungen kostete mir wirklich des Nachdenkens genug, denn ich wollte nicht allein Nanettens Geschmack huldigen, sondern sie sollte auch meinen eigenen, in diesen Anstalten finden; und beides war nicht ¦ eben leicht zu vereinigen. Indessen hoff' ich doch, daß es mir ziemlich geglückt ist. Die reizende Gegend hat mir herrliche Dienste gethan; manche Stellen scheinen ganz eigen für *meine* Ideen geschaffen zu sein, und auf der andern Seite lebt hier so ein muntres, lustiges Volk, das sich mit ganzem Herzen, einem frohen Tage hingeben kann, so daß Nanette ohne Zweifel nach Wunsch an die Wirklichkeit erinnert werden soll. — Bis sie kommen, will ich mich noch ganz an den Reizen dieser Gegend sättigen; denn nach meinem Sinn, kann ich eine schöne Natur weniger genießen, wenn ich sie in geliebter Begleitung sehe. Der reine Genuß der Natur, ist für Einsamkeit, für Erinnerung und Hoffnung, und da wird selbst die Sehnsucht zur Wollust. ¦

———

Sie sind nun da, und uns vergehen die schönsten Tage. Ich genoß die Genugthuung, Nanetten sogar einige Augenblicke lang gerührt zu sehen. Aber bald erlangte sie ihre alte Dreistigkeit wieder, mit der sie über Alles scherzen kann. Ihre Ansichten sind, wie ihr Ansehen, unverändert geblieben, alles Lebendige, Geschmackvolle, Scherzhafte reizt sie, gefällt ihr, ja sie behauptet sich in ihren Ideen fast mit größerer Heftigkeit, aber mit noch eben so viel Anmuth, wie vor dem. — Sie liebt Umgang, und kann nicht ohne ihn leben; doch treibt sie ihre Laune oft an, über Andre zu spotten; aber sie thut dies mit so viel Witz und Gutmüthigkeit, daß diese Neigung an ihr ein neuer Reiz wird, so sehr auch andre oft durch sie verunstaltet werden. — Denn öfters habe ich Menschen, die stets von fremden Fehlern sprachen, geistreich nennen hören, die mir immer äußerst geistarm vorkamen. Denn wie viel leichter ist es, die Unterhaltung mit dem Tadel andrer, zu würzen, da dadurch der geheimen Schadenfreude andrer, und dem süßen Wahn der Ueberlegenheit geschmeichelt wird — als Gespräche zu führen wissen, die ohne diesen Kunstgriff reizen und unterhalten. Nein, nur wer mit so viel Laune, Geist und Virtuosität wie Nanette zu spotten weiß, nur der sollte es sich erlauben!

Recht sehr überrascht fand ich mich, als ich in Nanettens mir noch unbekannten Gatten, eine wohlbekannte Gestalt wiederfand. Barton war es, er, den ich von allen Männern am wenigsten an Nanettens Seite zu sehen erwartet hätte! Wie sehr sich Nanette an meiner Befremdung ergötzte, kannst Du Dir denken. Sie scheinen sehr glücklich zu sein; Barton ist ein feiner Mann, der mir jetzt weit besser gefällt, sei's, weil unsre Verhältnisse oder meine Forderungen an die Menschen sich geändert haben. Es ist nun alles zwischen uns zur Sprache gekommen. Und Eduard! — O

Julie! wie wahr, wie innig hat er mich geliebt! — Auch alles, wie er sich nachher benommen hat, da er von meiner Unzuverläßigkeit überzeugt war, ist ganz so wie es mir gefällt. — Er ist ganz, das geworden, wie ich mir ihn stets gewünscht, stets gedacht habe. — O! beschützt ihn, gute Geister der Ferne! beschützt meinen Freund! daß ich ihn nur einmal sehen, einmal noch in seiner Nähe athmen kann! —

Und nun Julie! siehst Du, wie alles ¦ aus jener Zeit der Verwirrung so licht, so geordnet geworden ist? O! laß immer das Gefühl walten, es erwählt stets das Wahre, das Sichre! — Laß uns diese Sphäre lieben, und lächeln, wenn ein Theil der Männer mit stolzem Mitleid, uns darauf beschränkt glauben. — Mann und Weib erscheint mir oft, wie Musik und Mahlerei. Der Mann muß alles aufzuhellen streben, und sein Wesen deutlich und schön darstellen, indeß das Weib ihr Gefühl in heiliges Dunkel hüllt, und mit kindlichem Vertrauen, ihrem Schicksal entgegen geht!

———

Heute erhielt ich diesen sonderbaren Brief von Wilhelm, der, wie ich Dir vielleicht schon geschrieben habe, seit einiger Zeit mich verlassen hat, um sich in einer ¦ andern Stadt auf eine zweckmäßigere Weise, auszubilden:

Liebe Mutter!

«Ich bin nun von Dir getrennt, weil Du es wolltest, und wenn dies nicht wäre, und ich mir nicht so oft sagte, daß es Dein Wille ist, so wäre ich schon längst zurückgekehrt. — Ich fühle es täglich, daß ich in der Welt keinen Menschen, als Dich habe, für den ich lebe, daß ich nichts, gar nichts in der Welt habe, als meine Liebe zu Dir, in der ich aber so reich bin. — O! ich hoffe, ich darf Dir alles schreiben, was ich fühle, denn ich habe ja Niemanden, dem ich mich mittheilen möchte; nicht aus Demuth, sondern aus Stolz. Es ist mir oft, wenn ich Andern meine Empfindungen sagen will, als wollt' ich Bettlern oder Unwissenden, Banknoten hingeben, und sie müßten mich auslachen, weil sie glaubten, ich wollte ihrer, mit dem Papier, wofür sie sich kein Brod kaufen können, spotten. — Sieh' so steh't es mit mir; Du, liebe Mutter, bist das einzige Wesen, dem ich angehören kann. Laß mich Dir ewig dienen in dem schönen Gewande, das Du mir um die Schultern gelegt hast, und das mit vollen malerischen Falten über ein Herz herunter wallt, worein Dein Bild so lieblich und treu gezeichnet ist, und das so gut ist, als Du Dir nur denken magst. —Ja mein Herz, ist mein einziger Stolz, mein einziger Trost, es müßte dann Deine Liebe verlieren, dann — ja, dann wäre ohnedies alles verloren. Aber Du wirst

Dein Geschöpf ¦ nie aufgeben, und ich darf also sagen, daß mein Herz, in welchem Du lebst, mein einziger Trost, so wie mein Kopf, meine einzige Stütze werden soll. — Mutter! ich werde Dir dann ähnlicher sein — welch' eine Wollust ist mir der Gedanke, Dir ähnlicher! — Auch Dir ist Dein Herz, einziger Trost gewesen, und Dein Kopf mit der freundlichen Stirn, mit der hohen, feinen Miene, und der Schwermuth in den schwarzen Augen, und der Liebe, der süßen und ernsten Liebe auf den Lippen. — Zwar habe ich Deine Leiden nie einsehen können, denn Du wurdest ja immer von allen geliebt, was Dich umgab, und durftest wählen, und konntest doch alle entbehren, weil Du in Dir selbst so reich warst, aber doch habe ich gefühlt, daß Du littest, und wie groß ¦ muß Dein Herz sein, daß Du bei Deinen eignen, vielleicht sehr verwickelten Verhältnissen, allen Deinen Freunden mit Deinem Rath und Deiner Liebe dienen konntest, als wär'st Du selbst von allen Sorgen gänzlich frei! — Auch ich hatte an dieser Vorsorge Antheil, und o! ich bitte Dich nochmals dringend! laß sie nie enden, laß mich nie frei sein! Diese Freiheit ist mir schrecklich, frei wie ein Einsiedler! — O! Mutter! Es wird Dir gewiß einst wohlthun, einen Menschen, dem Du so viel gegeben hast, durch Dich und um Dich groß und gut werden zu sehen! — O könnte ich die Seeligkeit des Gefühls mit Dir theilen, das sich jetzt in meinem Herzen voll und wohlthätig ausbreitet! In diesem Moment fühl' ich innig, wie viel besser, wie sehr gut ich schon durch Dich geworden bin. Dank, ewigen Dank! — Das Band, welches mich an Dich bindet, kann nicht mehr zertrümmern, denn Du hast so unendlich viel in mir erschaffen, was nicht aufhören, sondern immer wachsen muß. Du hast durch Deine Vortrefflichkeit, jede Art von Liebe in mir erregt. Ich ehre und liebe die Natur, die ein Geschöpf, wie Dich hervorbringen, die eine solche Schöpferin schaffen konnte. — O! daß Du einst mit Freuden auf mich, als Dein Werk sehen mögtest! Schreibe mir nur wenige Worte, ob es Dir wohlgeht, denn sonst muß ich gleich zu Dir hin, weil mich die Angst der Ungewißheit tödten würde! — Und, dann schreib mir auch, ob Dir mein Brief gefällt, und was Du nicht gerne von mir hörst, damit ich Dir mit freiem und ungedrücktem Herzen wieder schreiben kann, denn ich würde gewiß ewig jede Zeile beweinen, mit der ich Dir Verdruß gemacht hätte!»

Wilhelm.

Ich gestehe Dir Julie, daß ich diesen Brief nicht ohne Thränen habe lesen können. — Es ist eine Innigkeit darinnen, die unverkennbar aus dem Herzen kömmt, aber, was mich so unendlich schmerzt, — aus einem beklommenen Herzen. — So werth mir Wilhelm immer war; so wenig hab' ich doch, wie mir nun klar wird, auf das, was in ihm vorgieng, geachtet. — Seine innige Anhänglichkeit, nahm ich für die natürliche Ergebenheit eines dankbaren Kindes, sein Schweigen, seine stille Trauer in der spätern Zeit, für Ruhe oder Ge̦ fühllosigkeit. — So enthüllt doch meist erst die Entfernung, was in der Gegenwart verborgen blieb, und der Buchstabe kann oft leichter verkünden, was der Mund sich zu bekennen weigert! Indessen seh' ich keine nachtheiligen Folgen für den Jüngling voraus — Ich stand ja vor ihm in allen den Beziehungen da, die nur die schönsten Gefühle des Herzens erwecken können, so daß das seinige wohl natürlich sich so an mich gebunden fühlen mußte; und diese frühe Neigung, glücklich geleitet, vermag über sein ganzes Leben den schönsten zauberischen Duft zu hauchen, der alle Blüthen desselben mit höhern Reizen beleben, und vieles Schädliche von ihm entfernt halten wird. Und zuletzt — wird irgend ein äußrer oder innrer Umstand diese Ewigkeit zertrümmern, wohl ihm, wenn ¦ ihm dann die Innigkeit der Empfindung bleibt, ob gleich er mit dem Gegenstand wechselt!

Ich scheide mit heiterm Herzen von Dir! — alle unangenehmen Eindrücke sind weit von mir entrückt, die Natur umfaßt mich, enthüllt, und verhüllt die Welt vor meinem Blick! Ich fühle es innig, das ist die süße, reine Gegenwart, das wahre Leben, das nichts will, und alles in sich faßt, und das ich nicht beschreiben mag, denn wer es je besaß, der kennt es, und würde es vielleicht nicht wieder erkennen, wenn er es beschrieben fände.

Neunzehnter Brief.

AMANDA AN JULIEN.

Ich bin, seit ich Dir nicht geschrieben habe, sehr ernstlich krank gewesen, und der Arzt hat mir als Mittel zur Wiederherstellung meiner Gesundheit, eine Reise verordnet, die ich in wenig Tagen, anzutreten gedenke. Es war wohl kein Wunder, daß die Erschütterungen meines Gemüths, auch auf den Körper Einfluß hatten, aber was man mir auch von dem Bedenklichen meines Zustandes sagen mag, so fühle ich doch meinen Geist unbeschreiblich heiter und frei, und meine ganze Stimmung ungewöhnlich erhöht und freudig. — Ich werde nach Lausanne reisen, weil ich mir von den Reizen des dortigen Klimas und der Gegend den angenehmsten Genuß versprechen darf, und eine geheime Sehnsucht mich wieder nach diesem Ort, den ich schon kenne, hinzieht.

Ich endige diesen angefangenen Brief an Dich, erst auf der Reise. Ich bin in *** und habe heute gewiß einen der merkwürdigsten Tage meines Lebens verlebt. Meine Reise bis hieher war glücklich, zwar hatte die Trennung von jener Gegend und meinen Freunden mich tief gerührt; auch die andern überließen sich der heftigsten Trauer, und Nanette war in einer Bewegung, wie ich sie nie gesehen habe. Doch hat mir der wohlthätige Einfluß der Reise, meine vorige Heiterkeit zurückgegeben, und ich hoffe, daß auch meine Freunde nun wieder freudig an mich denken werden. Doch nun zur Schilderung des heutigen Tages, dessen Eindrücke noch meine ganze Seele beschäftigen.

Ich wollte diesen Ort nicht verlassen, ohne die Einsiedelei besucht zu haben, die vor mehr als hundert Jahren von einem Eremiten in einer kleinen Entfernung von der Stadt angelegt worden ist, und noch jetzt von einem Kapuciner bewohnt und unterhalten wird. Romantischer als die Gegend, worin diese Einsiedelei liegt, vermag die fruchtbarste Einbildungskraft sich nichts zu denken. Hohe, steile Felsenwände, die von der Allmacht eines Gottes aus einander zerrissen zu sein scheinen, umschließen ein enges, tiefes Thal, das aber nichts Furchtbares, nichts Beängstigendes hat, weil es, nach beiden Seiten hin, freundlich geöffnet, sich in einem fernen, lachenden Grund zu endigen scheint. Ueber das tiefe Bett eines reissenden Bachs, führte von einem Felsen zum andern, eine Brücke zu der Wohnung des frommen Einsiedlers. In der kleinen niedlichen Hütte athmete alles Ruhe, Andacht und Genügsamkeit; nutzbare Pflanzen und Kräuter blühten in dem Gärtchen vor der Wohnung, und einige sorgfältig gepflanzte Blumen, besonders Rosen, gaben dieser Wildniß einen unbeschreiblich rührenden Reiz. Ich fühlte meine Seele von dem heiligen Einfluß dieser Stelle durchdrungen, der noch mächtiger wurde, als ich die ehrwürdige Gestalt des Einsiedlers erblickte, der ¦ mich mit stiller Freundlichkeit begrüßte. Die Ruhe in seinen Zügen, die hohe Freudigkeit in seinem reinen, himmelblauen Auge, war nicht Stumpfheit oder Zerstöhrung aller menschlichen Gefühle und Wünsche, nicht wesenlose, kranke Schwärmerei — nein! es war die glückliche Auflösung aller Zweifel des Lebens, die Sicherheit vor jedem innern Kampf, die freudige Entscheidung der den Menschen wichtigsten Fragen, die Ahndung einer schönen Zukunft. — Meine Begleiter waren am Fuß des Felsens zurückgeblieben, und ich setzte mich mit dem Einsiedler auf die Rasenbank vor der kleinen Hütte, wo unschuldige Blumen uns umrankten, und die heiterste Bergluft uns umsäuselte. — Hier fanden wir uns bald in Gesprächen vertieft, wie sie nur von Menschen geführt ¦ werden können, deren Inneres ohne Falsch ist, und die sich durchaus in keinen Verhältnissen des Lebens berühren, als in solchen, welche den Menschen allgemein und heilig sind. — Ich konnte ihm alle meine Ideen, meine Zweifel und Hoffnungen über Leben und Tod, alle meine Wünsche und Neigungen frei entdecken, und fand in seinen einfachen Gegenreden, Beruhigung, Sicherheit und Freude. Dir alle unsre Gespräche, der Folge nach, mitzutheilen, ist mir unmöglich, obgleich meine ganze Seele, noch mit ihnen erfüllt ist, aber ich will hier einige Fragmente seiner Gespräche hinschreiben, in welchen Du seinen Sinn aufs getreueste übergetragen findest, wenn es auch seine Worte nicht immer sein sollten. ⁞

Es giebt Eine Religion, sagte der fromme Einsiedler, welche allen andern Religionen vorhergieng und zum Grunde liegt, und wer sie erkennt, dem geht eine Klarheit auf, in welcher er den Zusammenhang Aller einsieht, und welche Licht über alle Verhältnisse sterblicher Wesen verbreitet. — Die Gottheit hat ihren Dienst selbst geoffenbaret; es war eine Zeit, wo Götter mit den Menschen umgiengen, wo wirkliche Göttergestalten lebten. Daher die Heiligkeit des fernen Alterthums; je höher hinauf, je mehr Größe, Einfachheit, Göttlichkeit; alles deutet darauf hin. Das, was wir Mythe nennen, ist nur der ferne vielmal gebrochne Widerhall einer ehemaligen Wahrheit, nicht die Menschen *erfanden* es, sondern es *war*, und ich hoffe, dies wird einst bewiesen werden; diese Wahrheit, welche die fromme Vorwelt *glaubte*, und die Mitwelt vergißt, wird einst das sichre, klare Resultat der Nachforschung, der Wissenschaft, der Weisheit sein! — Erstaunt werden die Menschen dann mit Ueberzeugung anerkennen müssen, daß das Morgenland die Wiege der Menschen, der Aufenthalt der Götter war, welche die Menschen einst ihre unmittelbaren Offenbarungen würdigten, und daß alle Religionen dieses Ursprungs des einzig Wahren, sind!

Und warum sollten Offenbarungen nicht möglich, nicht wirklich sein? — Ich selbst habe die Stimme Gottes, öfters laut in meiner Seele vernommen, ein unwiderstehlicher, seeliger Drang, hat mich hinaufgezogen in den blauen, endlosen Aether, wo eine Stimme mir zurief: «Hier bin ich! ¦ hier ist Wahrheit!» — Ich weiß es gewiß, daß ich ein Theil seines Wesens bin. So wie der Aether durch die Feinheit seiner Theile überall eindringt, ohne verletzt zu werden; so bleibt der allenthalben gegenwärtige Geist in Allen, ohne verändert zu werden; und wie eine einzige Sonne die ganze Welt erleuchtet, so erhellt der Weltgeist alle Körper. Diejenigen, welche mit den Augen ruhiger Weisheit wahrnehmen, daß Körper und Geist also unterschieden sind, und daß es für den Menschen eine endliche Trennung von der animalischen Natur giebt, die gehen in das höchste Wesen über. Auch die werden mit ihm vereinigt, deren Werke nur ihn zum Gegenstand haben, die ihn als das höchste Wesen betrachten, ihm einzig dienen, allem persönlichen Vortheil entsagen, und ohne Haß unter den Menschen leben.

Doch soll der Mensch nicht unthätig, ohne Antheil, und als wäre er ohne Sinne, seine Tage auf der Erde verleben. Der Mensch soll handeln; er darf seinen natürlichen Neigungen folgen, seine Wünsche zu erfüllen streben, und die Freuden der Erde unschuldig genießen. Und nur dann wird er schuldig, wann er sein Gemüth ganz dem Irrdischen und Vergänglichen hingiebt, das ihn immer mehr mit Unruhe und niedrigen, dunkeln Leidenschaften erfüllt, und ihn, des in ihm wohnenden Gottes, und seiner eigentlichen Heimath ganz vergessen läßt. Der Mensch hingegen, welcher bei Erfüllung seiner Lebenspflichten, fern von eigennützigen Bewegungsgründen, ohne ängstliche Unruhe wegen des Erfolgs seiner Handlungen, nur das höchste Wesen vor Augen hat, der bleibt, mitten im Geräusch der Welt, rein, wie die Alpenrose von Klippen und Verheerung umgeben, unberührt ihre reinen und süßen Düfte aushaucht. Ein solcher praktischer Mensch, welcher die Pflichten seines Lebens, blos durch seinen Verstand, sein Gemüth und seine Sinne vollzieht, ohne daß dadurch die Ruhe seiner Seele gestöhrt wird, der, um seiner innern Reinheit willen, allen persönlichen Vortheil entsagt, und den Erfolg der Handlung nicht achtet, der gelangt zu einer unendlichen Glückseeligkeit, während der Unbeschäftigte, welcher dabei irdische Wünsche in seinem Herzen trägt, in den Banden der Sklaverei bleibt.

O! es wird eine Zeit kommen, wo alle Menschen wiederum niederfallen, vor ¦ dem ewigen Wesen, das alle Religionen versteht! und ich ahnde, hoffend, daß sie nicht fern ist!

Genieße die kurze Zeit, die dir noch vergönnt ist, sagte er, — indem er mir mit einem wunderbaren Ausdruck von Rührung und Mitleid ins Auge sah, — der Erde und der Gegenwart. Folge deinen Neigungen, wenn sie wahr und natürlich sind, aber verehre in deiner Seele, unermüdet, das Göttliche, was du in dir fühlst, und laß dein Gemüth, nicht von den irrdischen Sorgen und Freuden mit Unruh erfüllt, und herniedergezogen werden.

———

Es war spät geworden, als ich den heiligen Bewohner der Einsiedelei verließ. Die Sonne gieng mit namenloser Herrlich¦keit unter, und strahlte einen überirdischen, goldnen Schimmer an die Häupter der fernen Schneegebürge! «Sonne! — sagte der fromme

Bruder, mit sanft erhöhter Stimme, aber immer gleicher, ruhiger Miene, — Du bist mir das Bild der Gottheit! und du reiner Aether, der, allgegenwärtig Alles durchdringt! und wie der Liebende das Bild seiner Geliebten verehrt, also ich euch!»

Ich bat meine Begleiter unter dem Vorwand einer kleinen Unpäßlichkeit — und wirklich fühlte ich mich körperlich nicht ganz wohl — mir meinen Beitrag zur Unterhaltung für heute zu erlassen, und kam schweigend, aber voll ernster, wunderbarer Eindrükke nach Hause.

Zwanzigster Brief.

AMANDA AN JULIEN.

Ich bin nun in Lausanne am Ziel meiner Reise angelangt, wo ich mehrere Monate zubringen werde. Der Himmel ist mir so freundlich, daß er die schönsten Herbsttage herabsendet, die nur je die Erde mit ihren blühenden Kindern, für den nahen Abschied der geliebten Sonnenwärme, schadlos gehalten haben. — Ich fühle mich unbeschreiblich wohl, ob gleich ich es, der Behauptung meiner Begleiterin nach, nicht sein soll. — Gestern fuhr ich auf dem Spiegel des Sees, und genoß eines wunderbar schönen Abends. Das leuchtende Auge des Tages blickte, nach einem, für diese Jahrszeit ganz ungewöhnlich heißen Tage, noch einmal durch dunkle Wolken über die glühende Erde, und verbarg sich hinter die Gebirge; nur an den hohen Berghäuptern schimmerte der feurige Schein. Drohende Gewitterwolken zogen wie ein furchtbares

Kriegsheer vorüber, und schauten übermüthig herab, auf die reifen, schwellenden Früchte, und die bunten, lächelnden Blumen, die sie in einem Augenblick zertrümmern konnten. Schwer athmeten die Geister der Lüfte, die Vögel waren verstummt. Da nahte der freundliche Abend, und schlang um die glühende Erde seine leichten Schattenarme. Die Natur schöpfte wieder Athem und verhüllte sich in den zarten Schleier der Dämmerung. Der See ¦ schien zu verweilen; Phöbe blickte im Glanz ihrer Gottheit in die Wellen und nur leise Schatten und ein dreimal süßeres Düften der Pflanzen und Bäume, bezeichneten den ambrosischen Hauch der Nacht. Ganz den Eindrücken der Natur hingegeben, erfüllte sich mein Herz mit heiliger Sehnsucht. Ihr goldnen Stralen, dachte ich, ihr Stimmen der Lüfte, ihr aus den Wäldern hervorquellenden Ahndungen, ihr seid Bilder einer andern Welt! ihr lockt das Gemüth von der Erde hinweg — und du, schöne Liebe! was bist du anders, als ein Wiederschein aus jener schönern Welt! — O! zu sterben im seeligen Gefühl der glücklichen Liebe, welcher Tod könnte schöner sein? — Dann schwänge sich die Seele auf feurigen Wolken gen Himmel, wie ¦ einst Auserwählte, Lieblinge der Gottheit, und empfände den Tod nicht!

———

Ich habe seit Kurzem mehrere Briefe von Antonio erhalten, die so schön sind, daß ich sie Dir gern mittheilen würde, wenn ich mich von ihnen trennen könnte, und zum Abschreiben jetzt nicht zu träge wäre. Alles, was er mir schreibt, athmet die innigste Liebe, hohe Geistesfreiheit, reine natürliche Ansicht unsers Verhältnisses. Ich fühle, daß ich diesen Mann anbeten und lieben muß, und warum sollte ich nicht? — Die Behauptung, daß wir nur Einmal, nur Einen einzigen Gegenstand lieben können, ist ein phantastischer, ja schädlicher Irrthum. Wir ¦ begegnen im Leben mehrern Wesen, zu denen uns die Neigung hinzieht, und die wir lieben *könnten*, wenn die Mächte des Schicksals die zarte Blume zur Reife brächten, denn diese Neigung allein ist *nicht* Liebe zu nennen. Freilich wird derjenige *seltner* gerührt, dessen eignes Wesen *seltner* ist, freilich rührt uns ein Gegenstand schneller, ein andrer langsamer, und wir werden desto stärker angezogen, je mehr wir in dem fremden Wesen, Eigenschaften finden, die uns die liebsten sind, und *dann* ist die Liebe am schönsten und vollkommensten, wo das Schönste, Edelste im Menschen bewegt und befriedigt wird. Aber Fehler selbst können Liebe erregen, und fester verbinden. ¦

———

O Julie! wie soll ich Dir sagen, was geschehen ist! — Er ist hier, Eduard ist hier! Er athmet wieder in meiner Nähe! — Er war auf der Reise nach ***; unterweges erfährt er, daß ich hier in Lausanne bin; er eilt hierher; unvermuthet treffen wir uns — o! wie sollte ich es wagen, Dir diesen Augenblick schildern zu wollen? — Alles, Alles ist vergessen, und ich sehe ihn liebenswürdiger, liebender und geliebter als je! Wir leben wieder, und glücklicher, in *jener* glücklichen Zeit; die Jahre, die dazwischen liegen, sind eingesunken, über ihre Trümmer drängen sich die Blumenranken jener Zeit frisch und unversehrt hervor, und alle Knospen entfalten sich, zu den vollsten, herrlichsten Blumen. — Welch eine Gegenwart! — Laß mich schweigen; ¦ denn die Sprache kann zwar das Glück der Vergangenheit und Zukunft schildern, aber die Seeligkeit des Augenblicks entzieht sich ihrem Ausdruck, gleich einem heiligen Geheimniß, das nicht ausgesprochen werden darf.

―――

Ich muß Dir schreiben, Julie, — die Tage entfliehen — aber erwarte nur Fragmente von mir. Ich bin verwirrt, seelig berauscht! — Oft fühl' ich mich den Himmlischen nahe, und vernehme die Sprache freundlicher, unsichtbarer Mächte, leise, aber zuversichtlich in meiner Seele! Ganz in Liebe und Harmonie aufgelös't, tönet die erhabene Musik der Sterne und Welten, in mein Gemüth, die leichte Scheidewand verweht, und entkörpert tauche ich mich in das unendliche Meer der Liebe, worinnen die Wesen unsterblich sind! —

Gestern — Dir das zu erzählen ist heute der Zweck meines Schreibens — gestern fuhren wir nach Hindelbank, um das berühmte Grabmal von Nahl zu sehen. — Auf der Reise machte Eduard unsre Verbindung zum Gegenstand aller unsrer Gespräche. Stolz, feurig und leidenschaftlich, wie er ist, war ich schon die ganze vorhergehende Zeit mit Bitten, bald, ohne Verzug darein zu willigen, von ihm bestürmt worden; aber, immer stellte sich Antonios Bild, seinen Wünschen entgegen; ich mußte diesem schreiben; wollte einen Brief von ihm erwarten, und so hatte ich muthig widerstanden. — Wir kamen an das Grabmal, und da man die Vorsicht gebraucht hatte, schon vorher die nöthigen Läden zu öffnen — was sonst oft den vollen Eindruck stöhrt — so sahen wir es gleich bei'm Eintritt gehörig beleuchtet, und empfanden den ganzen Eindruck dieses Kunstwerks. — Ich hatte es vorher noch nie gesehen, und würde Dir es zu schildern versuchen, wenn es nicht schon so oft beschrieben worden wäre. Wehmüthig gerührt stand ich vor dieser himmlischen Gestalt, die im Leben für eine der schönsten ihres Landes galt. Die Nähe des geliebten

Mannes, der im blühenden Leben vor mir stand, erfüllte mich in diesen Augenblicken, mit schmerzlicher Freude; ich fühlte mich glühender, als je zu ihm hingezogen, und wunderbare Bilder und Ahndungen von Leben, Tod ¦ und Unsterblichkeit, zogen mich in eine tiefe, namenlose Betäubung hin, in der ich lange schweigend dastand. Die geliebte Stimme weckte mich endlich wie der Ruf der Engel die Todten. «Theure Amanda,» sagte diese Stimme, die mir in's Herz drang, sieh' das Leben ist flüchtig, und das Schönste vergänglich, kannst du noch zögern wollen? — Ich konnte nichts antworten, die Welt verschwand mir, und ich sank an seine Brust.

———

Wir sind verbunden. Hier, ganz so wie es Eduard wünschte, war unsre Trauung; hier ward auch für Andre der Bund bestätigt, den Neigung, Vertrauen, Phantasie und Wahrheit, nur selten so schön ¦ schlingen, der Bund, der — ich glaube es fest — nur selten in seiner wahren Bedeutung und Reinheit, zwei so glückliche Seelen verband. — O! Julie, so war es keine Täuschung? kein vergänglicher Wahn der Jugend? — Nein! es giebt Ahndungen, die durch das Leben gehen! — Sie sind die Stimmen eines höhern Geistes, der in uns wohnt, und das ergebne Gemüth vernimmt sie, und folgt ihnen! — Ich muß weinen, Julie, denn ich bin zu glücklich.

———

Welche Tage hab' ich verlebt, welche erschütternde Scenen! — Ich will Dir es schildern, so lange es mir die heftige Bewegung, in der ich noch bin, verstattet.

Ich halte mich für krank, so lang ich allein bin, aber kaum seh ich Eduard, so fühl' ich keine Schmerzen mehr.

Wir hatten beschlossen, in Gesellschaft einiger Freunde, eines der merkwürdigsten Gebürge dieser Gegend zu besteigen. Zwar fühlte ich vorher, einige Anwandlung von Krankheit, doch verbarg ich sie vor den andern und vergaß sie über den Freuden und der wohlthätigen Anspannung der Reise bald selbst. Wir hatten uns mit allem versehen, was uns die Beschwerlichkeiten des Wegs versüßen konnte; unsre Begleitung war munter und jovialisch und die mannichfaltigen Genüsse und Freuden unsrer Unternehmung ließen uns die Mühseligkeiten derselben, gänzlich vergessen, obgleich diese, ich gestehe Dir's gern, nicht unbedeutend waren. Oft mußte ich mich sorgfältig hüten, irgend einen neugierigen oder ängstlichen Blick in die schaudervolle Tiefe an meiner Seite hinunter zu thun, weil ich dann schwindelnd, leicht dem Blick selbst, hätte folgen können, und beinah schien es mir unmöglich, die letzten steilen Pfade, die zum Gipfel führten, hinauf zu klimmen. Doch that ich es mit Anstrengung aller Kräfte. Und als ich nun oben stand, und alle Berge entschleiert, alle Thäler entnebelt, und die zahllos um mich verbreiteten Wunder sah, da fand ich mehr, als die reichste Entschädigung. Keine Sprache vermag die Empfindungen des Erstaunens, des Entzückens und des Entsetzens auszusprechen, die durch diese Aussicht erregt wurden, und keine Kunst das unermeßliche Naturgemälde zu fassen, das ¦ hier nach allen Seiten hin, sich ausbreitet. — Eduard und ich erinnerten uns jetzt lebhafter als je, aller Scenen unsers ehemaligen Umgangs, jedes gemeinschaftlichen Genusses der Natur, jeder einsamen und gesellen Freude, und sahen nun mit inniger Begeisterung, wie das Schicksal uns jede vormalige Freude, nun freier, romantischer, feuriger und begeisternder wiedergab.

Als wir zurückgiengen — o Julie! wie werde ich Dir das schildern können, da ich schon bei der Erinnerung, mein Blut in den Adern erstarren fühle? — Wir hatten einen andern Weg zurück genommen, der aber bald zu unserm Entsetzen, grausenvolle Abgründe zur Seite hatte, und bei jedem Schritt uns mit Lebensgefahr drohte. Auf ¦ einmal sah' ich Eduard, der vor mir hergieng, ausgleiten, und in die fürchterliche Tiefe verschwinden. — Besinnung und Leben entwich mir in diesem gräßlichen Augenblick, und ich kam nicht eher wieder zu mir selbst, als am Fuß des Berges, wo ich mich auf dem Rasen sitzend, und den Geliebten lebend an meiner Seite wieder fand. Er hatte im Fallen, noch glücklicher Weise ein Felsstück ergriffen, das fest genug lag, um nicht mit ihm hinabzustürzen, und war so mit einigen, nicht gefährlichen Verletzungen, der schrecklichen Lebensgefahr entkommen. Mich hatte mein Führer bei'm Hinsinken noch schnell genug ergriffen, und mich so bewußtlos, mit vieler Mühe den Berg hinunter getragen. — Doch ich fühle, wie ich bei dieser Erinnerung von neuem, in eine kranke, heftige Erschütterung gerathen bin, und ich muß eilen durch die Gegenwart des Freundes wieder zu genesen.

———

Dies waren die letzten Briefe, welche Amanda an ihre Freundin schrieb. Das heftige Schrecken bei der Gefahr ihres Freundes, zog ihr ein Fieber zu, das bei ihrer schon vorher wankenden Gesundheit, gefährlich, und in wenig Tagen tödtlich ward. Sie starb in den Armen ihres Geliebten, in dem seeligen Gefühl des höchsten Glücks, der vollsten Blüthe ihres Lebens, und fühlte den Tod nicht. Wenige Stunden vorher schrieb sie an Eduard noch diese Strophen nieder:

Ich lasse Dich — doch bald siehst Du
mich wieder,
Die trennt kein Tod, die wahres Leben
band,
im Irisbogen, steig ich zu Dir nieder
in Frühlingssprossen biet' ich Dir die
Hand,
und rühren Dich der Saiten goldne Lieder,
es ist mein Geist, der Dir dies Spiel erfand.
So wird Dein Schutzgeist nie von Dir
sich trennen,
und wenn Du stirbst, wirst Du mich
froh erkennen.

Diese Briefe kamen in meine Hände, und ich hielt sie für interessant genug, sie, ¦ nach einigen vorhergegangenen, nöthigen Abänderungen, der lesenden Welt mitzutheilen; sie mag verzeihen, wenn ich in meinem Urtheile zu voreilig gewesen bin. Eduards Gemüth, war tief zerrüttet; denn er hatte, mit der ganzen Innigkeit seines Wesens geliebt; doch vom Untergang rettete ihn die Gesundheit seiner Seele. Allgemeine, große Ansichten des Lebens breiteten um ihn die mächtigen Schwingen, und linderten seinen brennenden Schmerz; aber das Glück war für ihn verlohren; er begehrte es auch nicht mehr, und eine tiefe Sehnsucht, eine schöne Trauer, wohnte von dieser Zeit an, in seiner sonst so heitern Seele.

Von Antonios Leben, ist mir nichts weiter bekannt geworden; aber Wilhelm ist ¦ zu einem sehr vorzüglichen Menschen herangewachsen. Der Tod seiner von ihm angebeteten Mutter, brachte ihn am Rand des Wahnsinns; aber ihr Andenken, ist der Genius seines Lebens geblieben.

Editorische Anmerkungen

———

Textgrundlage dieser Edition ist Sophie Mereau: *Amanda und Eduard, ein Roman in Briefen, Erster und Zweiter Theil,* Frankfurt a.M. 1803, bei Friedrich Wilmans. Der erste Teil umfaßt 272 Seiten, der zweite Teil 205 Seiten Fraktur im Oktavformat. Für den Druck wurde das Exemplar der Universitätsbibliothek Heidelberg (Signatur: G 6235-22) verwendet. (Dieses Exemplar ist zweibändig; es enthält eine Fehlbindung: der 1. Bd. endet fälschlicherweise mit dem 20. Brief, im 2. Bd. folgen nach dem Ende des zweiten Teils noch die Briefe 21–27 des ersten Teils. Bei unserer Ausgabe wurde dies korrigiert und die zwei Bände in einen zusammengefaßt.)

Laut Verlagsanzeige (*Taschenbuch für das Jahr 1805. Der Liebe und Freundschaft gewidmet.* Frankfurt a.M.: Wilmans 1804) erschienen drei Ausgaben des Romans, die sich aber nur in der Ausstattung und im Preis unterscheiden, nicht im Druck: eine Ausgabe in zwei Bänden mit Kupfern, eine Luxusausgabe in einem Band, geheftet mit Kupfern auf geglättetem Velinpapier und eine wohlfeile Ausgabe auf Druckpapier ohne Kupfer. Die erhaltenen Bibliotheks-Exemplare unterscheiden sich nur in der Auswahl und Anzahl der Kupfer und in der Gestaltung des Titelblattes. (Das zweibändige Exemplar der Herzog August Bibliothek Wolfenbüttel enthält nur ein Kupfer; das Exemplar der Universitätsbibliothek Frankfurt enthält ein vom Heidelberger Exemplar abweichendes Kupfer.)

Das Manuskript des Romans ist verschollen. 1797 erschien im 3. Jg. von Schillers *Die Horen* der Anfang eines Briefromans (acht Briefe) mit dem Titel: *Briefe von Amanda und Eduard* (im 10. Bd., 6. St., S. 49-68 und als Fortsetzung im 11. Bd., 7. St., S. 38-59 und 12. Bd., 10. St., S. 41-55). Diese frühe Fassung des Romans wurde von Mereau vollständig unter einer neuen Konzeption umgearbeitet; sie wurde bereits in dem von Paul Raabe herausgegebenen Reprint der *Horen* (Darmstadt 1959) wieder abgedruckt. Es folgten weder weitere Auflagen des Romans zu Lebzeiten noch spätere Ausgaben – nur ein verstümmelnder Teilabdruck im 320. Bd. von Meyer's Groschen-Bibliothek der Deutschen Classiker für alle Stände, Hildburghausen u. New York [um 1854] (13 willkürlich ausgewählte, gekürzte und neu zusammengestellte Briefe von 47 Briefen des Originals. Er kann eingesehen werden in der Staatsbibliothek zu Berlin / Preußischer Kulturbesitz, Haus 1, Signatur: Yc 7543. 8°).

In der vorliegenden Ausgabe ist der Text in Antiqua neu gesetzt. Die fremdsprachliche Wendung «Madre d'amore» (S. 245) war auf Grund der Regeln des Fraktursatzes bereits im Original in Antiqua gesetzt. Gesperrt Gedrucktes ist kursiv gesetzt. Die Seitenzählung der Originalausgabe ist jeweils in der Fußzeile vermerkt, im Text ist der Seitenwechsel des Originals durch ¦ angezeigt. Der Text folgt in Orthographie und Zeichensetzung dem Original. Alle Eingriffe durch die Herausgeberinnen werden unten angeführt.

In einem Brief Mereaus an ihren (für schludrigen Druck bekannten, vgl. Raabe, S.139) Verleger vom 20.8.1802 schickt sie ihm eine Liste mit Berichtigungen, von der fraglich ist, ob sie eingearbeitet wurde; die Liste ist heute verschollen. In Einzelfällen war es daher schwierig zu entscheiden, ob es sich um Druckfehler, eigenwilligen Sprachgebrauch der Autorin oder Eigenarten der nicht normierten Sprache des 18. Jahrhunderts handelt. Einige wenige Fälle konnten in Briefen Mereaus belegt werden (z.B. S.17,25: «Carakter»), wobei jedoch die Durchsicht sämtlicher Handschriften und Drucke Mereaus bei weitem unsere Möglichkeiten überstieg. Zahlreiche Schreibungen, Formen und Wendungen konnten durch die Wörterbücher von Adelung, Campe und Grimm belegt werden (z.B. S.10,16: «neblich», S.190,19: «Anhängigkeit», S.153,12: «... der Himmel sah schwarz umzogen, ...»). Auch wenn wir keine direkten Belege finden konnten, haben wir im Text alles unverändert stehenlassen, was als Sprachgebrauch (Orthographie, Zeichensetzung, Grammatik) des 18. Jahrhunderts angesehen werden kann. Darunter fallen z.B. die unterschiedliche Schreibung eines Wortes, wobei häufig die moderne und altertümliche Schreibweisen nebeneinanderstehen, die willkürliche Groß- und Kleinschreibung bzw. Schreibung von Fremdwörtern und Eigennamen, heute regelwidrige Dehnungen, Vokal- und Konsonantverdopplungen und Schreibungen des Lautes «s». In der Grammatik fallen Präpositionen- und Kasusverwechslungen auf, der Wegfall des Artikels in präpositionalen Fügungen (z.B. S.101,16: «in Westen»), sowie schwache statt starke Beugung bei Adjektiven (z.B. S.84,21: «mit innigen Vergnügen») und Verben (z.B. S.78,12: «einladet»). Die Schreibung «troz-/ zen» (Original: II,196,7), vermutlich durch die Anwendung einer heute nicht mehr gebräuchlichen Trennregel entstanden ist, wurde von uns in «trotzen» aufgelöst.

Zweifelsfälle sowie Druckfehler, die nicht eindeutig korrigiert werden können, bleiben im Text stehen. Sie werden nur dann vermerkt und kommentiert, wenn auf Sinnunterschiede aufmerksam gemacht werden soll.

Bei Druckfehlern steht links von der Lemma-Klammer der korrigierte Ausdruck, rechts der des Originals. Bei Zweifelsfällen steht links vom Doppelpunkt der fragliche Ausdruck, rechts davon der Kommentar.

Teil I

S.10,23: drohte.] drohte
S.10,23: vergangenen] ergangenen
S.10,25: Briefe] Biefe
S.43,2: veredeln: Wort fehlt / veredelt?
S.52,6: lenken] denken
S.54,2: vorschob] verschob
S.54,18: Geheimniß] Gemeimniß
S.54,20: ahnungsvoll] ahnunsvoll
S.57,21: Fühllosigkeit] Fühlsichkeit
S.60,2: und] nnd
S.65,24: er, und] er, «und
S.68,10: strebe] sterbe
S.70,9: Nützliche: Nützliches?
S.71,17: wäre] wären
S.71,17: ließ: ließe?
S.77,18: von] vor

S. 81,8: diesem: diesen?
S. 83,1: Morgens] Morges
S. 89,15: lehren.!: Satzzeichen zuviel
S. 89,27: Weiblichkeit: Wirklichkeit?
S. 96,1: in sie setzte: Sinn des Satzes läßt sich nicht entscheiden, da Subjekt und Objekt unklar
S. 96,20: Blüthe] Blüthe, die
S. 97,10: und Tugenden: Wort fehlt
S. 97,12: Freunde: Freude?
S. 98,24: Gewißheit,: Wort fehlt
S. 100,5: erweckt,: Wort fehlt
S. 101,15: flammende] flammernde
S. 106,9: die] in der
S. 107,11: träumend] bräumend
S. 119,17: hälst: hältst? Uns nur als Eigenart von K. v. Günderrode bekannt
S. 122,1: Wir] Wie
S. 122,1: einem] eiuem
S. 123,22: Gottheit] Gottheit.
S. 123,25: kam] kamen
S. 124,7: Wunde] Worte
S. 124,19: gereißt] gereiß
S. 125,26: stürzen: stürzten?
S. 126,17: schienen: scheinen? / S. 126,16: drückte?
S. 128,10: sie] sein
S. 138,14: Aller] Aber
S. 149,8: schaudert] schauderte
S. 150,25: Tränen] Träume
S. 163,8: euren Sinn] euren Sein
S. 165,5: Verhandlung: Behandlung?
S. 166,11: Ueberzeugung] Ueberzeuguug
S. 170,24: banden: binden?

EDITORISCHE ANMERKUNGEN

Teil II

S. 191,22: doch] auch
S. 195,2: unschicklich] unschichlich
S. 195,24: geschäftigen] geschäftigem
S. 197,20: Nachtfrost] Nachfrost
S. 201,5: dem einen] den einem
S. 207,3: einzeln: Einzelne?
S. 208,5: gestalten] gestatten
S. 210,10: Eine, der ... spielende Person: Eine ... spielende Person / Eine, der ... spielenden Personen
S. 216,2: bloß: blaß?
S. 217,2: abgelauscht] abgetauscht
S. 217,10: Phantasie] Phautasie
S. 217,10: dieselbe] dieselben
S. 218,20: in: an?
S. 225,22: Blumendüfte schwer,] Blumen, düfte schwer
S. 226,6: entbrennen,] entbrennen.
S. 230,5: richtiges] wichtiges
S. 237,22: sein] dein
S. 244,12: jenen] jener
S. 244,12: des Klima: des Klimas?
S. 244,252: minder] wieder
S. 246,24: an sie] an Sie
S. 248,11: Augenblicken] Augengenblicken
S. 250,2: vermehrt] vermehrte
S. 267,18: stand:] stand.
S. 270,19: hinangestiegen] hinabgestiegen
S. 274,3: ward!»] ward!

ERLÄUTERUNGEN

―

Teil I

S. 49,25 f.: «Rouseau's Briefe zweier Liebenden», «von Juliens Briefen»: Jean-Jacques Rousseau, *Lettres de deux amants habitants d'une petite ville au pied des alpes*, Amsterdam 1761 (dt.: *Julie oder Die neue Héloïse. Briefe zweier Liebenden aus einer kleinen Stadt am Fuße der Alpen*). Julie und St. Preux sind die Protagonisten dieses Briefromans. Er wurde bereits im Erscheinungsjahr ins Deutsche übersetzt. Von Sophie Mereau existiert eine Übersetzung der ersten 12 Briefe. Sie befindet sich heute in ihrem unedierten Nachlaß in der Sammlung Varnhagen in der Biblioteka Jagiellońska/Kraków.

S. 56,25: «Silphide»: Sylphide ist ein weiblicher Luftgeist; in übertragenem Sinne ein schmetterlingshaftes, graziöses weibliches Wesen.

S. 79,3: «Genien»: Schutzgeister

S. 83,19: «Memnons Bildsäule»: die berühmte Statue des Pharaos Amenophis in der Nähe des ägyptischen Theben, die bei Sonnenaufgang unerklärliche Geräusche von sich gab, wurde von den Griechen als Koloß des Memnon bezeichnet. Memnon ist ein sagenhafter Äthiopierkönig, Sohn des Tithonos und der Eos, der Göttin der Morgenröte. Er wurde im 10. Jahr des Trojanischen Krieges von Archilleus getötet, aber auf Bitten seiner Mutter von Zeus mit Unsterblichkeit begabt. Die Sage erzählt, durch den Klang der Bildsäule begrüße Memnon seine Mutter, deren Tränen dann als Morgentau auf die Erde fallen.

S. 92,3: «Zephirs»: warme, feuchte Westwinde. Zephir ist der Gott des Westwindes.

S. 100,1: «hesperischem»: westlichem. Hespereia war der poetische Name der Griechen für Italien.

S. 108,5: «Horen»: 3 Töchter des Zeus und der Themis, Göttinnen der Jahreszeiten und Himmelswächterinnen, die, wenn die Götter in ihren Wagen ausfuhren, die Wolken vom Olymp-Tor beiseiterollten.

S. 111,14: «Unruhen des Kriegs»: durch die zeitgenössischen Literaturzitate im Roman läßt sich erschließen, daß die Kriegswirren infolge der Französischen Revolution gemeint sind.

S. 135,15ff.: «Stelle aus Carlos»: Friedrich von Schiller, *Don Carlos, Infant von Spanien. Ein dramatisches Gedicht*, Leipzig 1787, 4. Akt, 21. Auftritt, Zeile 4358-4367 (Marquis von Posa).

S. 141,5: «ambrosische»: himmlische, göttliche

S. 156,7f.: «wie Clärchen, als sie Egmont im Kerker weiß»: Johann Wolfgang von Goethe, *Egmont. Ein Trauerspiel in fünf Aufzügen*, Leipzig 1788, 5. Aufzug (in Klärchens Haus): «Du hülflos, und ich frei! (...) O bindet mich, damit ich nicht verzweifle; und werft mich in den tiefsten Kerker, daß ich das Haupt an feuchte Mauern schlage, nach Freiheit winsle, träume, wie ich ihm helfen wollte, wenn Fesseln mich nicht lähmten, wie ich ihm helfen würde! – Nun bin ich frei, und in der Freiheit liegt die Angst der Ohnmacht.» Klärchen ist die Geliebte von Graf Egmont, Prinz von Gaure.

Teil II

S. 195,8: «Werthers Amtmanns Tochter»: Anspielung auf Johann Wolfgang von Goethe, *Die Leiden des jungen Werther*, Leipzig 1774. Lotte, Werthers unglückliche Liebe, ist die Tochter eines Amtmanns.

S. 230,15 f.: «Rousseau ... Verbannung ... Träumereien»: Jean-Jacques Rousseau, geb. 1712 in Genf/Schweiz, gest. 1778 in Eremenoville/Frankreich, Philosoph der französischen Aufklärung, Schriftsteller, Pädagoge, Musiker und Musikschriftsteller. Fast alle seine Veröffentlichungen erregten Aufsehen und wurden von der Kirche und Teilen der gelehrten Öffentlichkeit abgelehnt. Rousseau fühlte sich (auch von ehemaligen Freunden) bedroht, glaubte an eine Verschwörung gegen ihn und beklagte sich z. B. in seinen *Les Confessions* (*Bekenntnisse*), Genf 1782/89, heftig über die Behandlung durch seine Mitmenschen. 1765 verbannte ihn die Berner Regierung von der Insel St. Peter im Bieler See, auf die Rousseau geflohen war, weil er in Frankreich wegen zweier Schriften – *Contrat social* (*Vom Gesellschaftsvertrag*), Amsterdam 1762, und *Emile ou de l'éducation* (*Emile oder Von der Erziehung*), Amsterdam und Paris 1762 – mit Haftbefehl gesucht wurde. Gegen Ende seines Lebens kehrte Rousseau nach Frankreich zurück, wo er u.a. noch die *Rêveries du promeneur solitaire* (*Träumereien des einsamen Spaziergängers*), 1782, schrieb.

S. 245,6f.: «Abendgesang der heiligen Jungfrau»: bezieht sich wahrscheinlich auf die in Oberitalien gegen Ende des 13. Jhds. bzw. Anfang des 14. Jhds. entstandene «Lauda». Das sind volkssprachliche paraliturgische Gedichte, die während des Alleluia der Messe oder als Abschluß der Stundenliturgie gesungen wurden. Es existierten mehr als zweieinhalbtausend Lauden, die sich z.T. bis heute erhalten haben. Diese Lobgesänge sind im Stil der zeitgenössischen Liebeslyrik ähnlich, ihre literarischen Wurzeln sind umstritten. Ob der im Roman zitierte Gesang eine konkrete Vorlage hat, konnte nicht festgestellt werden.

S. 260,22: «wie die Gestalt der Madonna vor Raphäls Geist»: gemeint ist die «Sixtinische Madonna» von Raphael in der Dresdner Galerie. Über dieses Gemälde schrieb Sophie Mereau ein Gedicht:

Maria.
Von Rafael.
Sie steigt empor! die Himmelskönigin,
Aus blauen Wolken Engelshäupter quellen,
Der Himmel selbst will sich vor ihr erhellen,
Vor ihres Auges hohem, mildem Sinn!
 Fest blickt das Kind in jene Strahlen hin,
Die aus dem Himmel ihm entgegen schwellen,
Den Vater sucht es in des Glanzes Wellen,
— Dem Höchsten ist das Höchste nur Gewinn.
 O Mutter! die geliebt mit festem Glauben,
O göttlich Kind! das bei dem tiefsten Schmerz,
Wie bei der größten Hoheit kindlich bliebe,

Das willig trug den tiefsten Schmerz aus Liebe,
  Mit eurem Bilde füllet ganz mein Herz,
  Dann kann mir nichts der Seele Himmel rauben!
(in: S. M., *Bunte Reihe kleiner Schriften,* Frankfurt
a.M. 1805, S. 50.)

S. 264,3: «Palläste des Großherzogs»: gemeint ist wohl der Palazzo Vecchio (der ab 1540 bis zur Mitte des 19. Jhds. Palazzo Ducale genannt wurde) und der Palazzo degli Uffizi, der die berühmte florentinische Kunstsammlung beherbergt.

S. 292,10: «Phoebe»:Göttin des Mondes

S. 295,8 und S. 295,26: «Hindelbank ... Grabmal von Nahl», «diese himmlische Gestalt»: Nahl, Johann August I. (1710–1781), Bildhauer aus Berlin, lebte seit 1746 in der Schweiz. Schuf ein im 18. Jhd. viel bewundertes und zu einem beliebten Reiseziel erkorenes Grabmal in der Kirche von Hindelbank im Schweizer Kanton Bern für die 1751 im Alter von 28 Jahren bei der Geburt ihres ersten Kindes verstorbene Maria Magdalena Langhans, geb. Wäber. Die Pfarrfrau ist im Hinblick auf ihren Todestag am Abend vor Ostern als Auferstehende dargestellt, die mit ihrem Kind die berstende Grabplatte durchbricht. Grabspruch von Albrecht von Haller: «Horch die Trompete ruft, sie schallet durch das Grab / Wach auf mein Schmerzenskind, leg deine Hülse ab / Eil deinem Heiland zu, vor Ihm flieht Tod und Zeit / Und in ein Ewigs Heil verschwindet alles Leid.» Sophie Mereau war nie in der Schweiz, sie kannte das Grabmal nur durch Reisebeschreibungen, auf die sie S. 295,23 anspielt.

S. 300,5: «Irisbogen»: Regenbogen. Iris ist die Göttin des Regenbogens.

Aus Amanda und Eduard, von Sophie Mereau.

Wünsche und Verhältnisse

ein Nachwort

I. Amanda und Eduard
oder der Wunsch, «tausendfach zu leben»
– eine Interpretation

«Uebrigens weis ich von dem Buche nichts zu sagen, mir ist der Hochmuth dieser höchst subjektiven Darstellung fatal und kömt mir sündlich und frevelhaft vor.»[1] Dorothea Mendelssohn-Veit-Schlegels vernichtende Kritik an *Amanda und Eduard* zeigt die Abwehrhaltung gegenüber einem Tabubruch, vor dem auch die rebellischen Romantikerinnen haltmachen: Sophie Mereau wagt es, das eigene Glücksverlangen, die eigenen aufmüpfigen Lebenswünsche literarisch umzusetzen, in den Rang von Kunst zu erheben und einen Roman zu schreiben, der die Forderung nach weiblicher Selbstentfaltung erhebt. Ihr literarischer Einspruch gegen die sich zunehmend verfestigenden, zur gesell-

---

[1] Dorothea Schlegel an Karoline Paulus, Köln, 20. September 1804, zit. nach UNGER 1913, S.27.

schaftlichen Dominanz aufsteigenden Auffassungen vom Subjektsein des Mannes und der Selbst-Losigkeit der Frau, von «Männlichkeit» und «Weiblichkeit», ist nicht nur außerordentlich mutig. Er ist auch ungewöhnlich radikal. Denn mit *Amanda und Eduard* stellt Sophie Mereau den literarischen Selbstdarstellungen männlicher Subjektivität nicht einfach ein weibliches Pendant an die Seite, sondern sie treibt die Frage nach der Möglichkeit weiblicher Selbstentfaltung so weit, daß die Weiblichkeit und das Selbst zur Disposition gestellt werden. *Amanda und Eduard* ist so ein erstaunlich früher, in sich widersprüchlicher Versuch, ein weibliches Selbstverständnis jenseits von Gleichheit und Differenz, von bürgerlicher Subjektivität und Weiblichkeit zu finden.

Sophie Mereau gehört zu den Autorinnen, die versuchen, Einfluß zu nehmen und ihrer Marginalisierung zu entgehen. Sie schreibt unter erschwerten Bedingungen. Denn der Aufbruch bürgerlicher Frauen in die Literatur, der mit der Entwicklung des literarischen Marktes im 18. Jahrhundert einsetzt, ist zwar unaufhaltsam, aber den Männern gelingt es weitgehend, die Folgen zumindest vorläufig einzudämmen. Als Kunstrichter und Sittenwächter bestehen sie auf weiblicher Bescheidenheit und Selbstzensur und, was noch schwerwiegender ist, als Autoren, Literaturtheoretiker und Kritiker legen sie den literarischen Diskurs fest und sichern sich damit die Kontrolle über *das* Medium bürgerlicher Selbstverständigung und Bewußtseinsbildung. Sophie Mereaus Schreiben ist so immer auch zwangsläufig ein Versuch, sich die männlichen Vorgaben anzuverwandeln. Es ist ein doppelbödiges Schreiben: eingebunden in den männlichen Diskurs formuliert sie gegen ihn eigene Anliegen. Sie schreibt in einem bewußten Spannungsverhältnis zu den dominierenden literarischen Strömungen von Spätaufklärung, Klassik und Frühromantik. Dadurch gelingt ihr ein mehrschichtiger Roman, der im Vokabular ihrer literarischen Vorbilder nicht aufgeht, sondern ihm andere, abweichende Bedeutungsdimensionen gibt und so, die dominierende Rede unterminierend, nach einer eigenen Sprache sucht. Sophie Mereau ist eine der wenigen Autorinnen des ausgehenden 18. Jahrhunderts, die es wagten, nicht nur in männliches Terrain einzudringen, sondern dort eine widerständige Position zu beziehen.

* * *

«Warum soll das Weib nicht *Ich* aussprechen können?»[2] Mit dieser Frage trifft Theodor Gottlieb von Hippel 1793 *das* Skandalon bürgerlicher Selbstverständigung. Ob Rousseau, Kant oder Fichte, alle Vordenker des autonomen Subjekts verwickeln sich in die Schwierigkeit, ihre auf den Menschen ausgerichteten Entwürfe für Frauen einschränken zu wollen, ohne ihnen das Menschsein generell abzusprechen. Sophie Mereaus Beschäftigung mit diesen Philosophen ist intensiv und eigenwillig. In ihrem zweiten Roman *Amanda und Eduard* stellt sie die heikle Frage nach dem weiblichen Ich in den Mittelpunkt. In der zentralen Szene zwischen Amanda und ihrem Ehemann Albret (I, 8. Brief) rückt der Roman die ideologischen Wendungen, mit denen Frauen die Selbstbestimmung verweigert wird, in ein scharfes Licht und zeigt eine zentrale Widersprüchlich-

---

[2] Theodor Gottlieb VON HIPPEL: *Über die bürgerliche Verbesserung der Weiber*, Frankfurt a.M. 1977 (Neudruck der Ausgabe: *Sämtliche Werke*, Berlin 1828), S. 120.

keit aufklärerischer Positionen. Amanda wird klar, daß sie in ihrer Ehe als bloßes Objekt mißbraucht wird. Dagegen begehrt sie auf: «War es recht, ein dir gleiches Wesen bloß Mittel sein zu lassen, zu Zwecken, welche du ihm nie bekannt zu machen gedachtest?» (S. 66) Albret reagiert auf diese kantisch formulierte Gleichheitsforderung mit dem philosophischen Ausweg seiner Zeit, nämlich mit normativen Setzungen und dem Verweis auf Geschlechtscharaktere: «Wer nicht selbst Zwecke haben soll und kann, wird immer nur Mittel sein ...» (S. 66). Frauen, das gefühlsorientierte, spontane und unberechenbare Geschlecht, handeln nach Laune und Männer nach Vernunft (vgl. S. 66). Und es ist schließlich die Vernunft, die die Autonomie des Menschen begründet. In dieser Szene wird deutlich: der Subjektbegriff und die Weiblichkeitsdefinition schließen einander aus. – Zwischen diesen beiden Polen vollzieht sich Amandas Selbstverständigung in ihren Briefen.

Die Ehe mit Albret hat Amanda zutiefst verunsichert und ihrer selbst entfremdet, und so versucht sie, sich neu zu orientieren. Sie untersucht in ihrer Umgebung die Verhaltensweisen der Männer, die den Subjektbegriff für sich beanspruchen, und der Frauen, die sich mit den Bestimmungen der Weiblichkeit identifizieren und sich in die Frauenrolle fügen. Rückblickend rechtfertigt sie vor sich und ihrer Briefpartnerin, ihrer Jugendfreundin Julie, warum sie nicht wie diese dem vorgezeichneten Lebensweg von Töchtern aus mittleren Verhältnissen gefolgt ist und sich in die kleinbürgerliche Rolle der Hausfrau, Gattin und Mutter gefügt hat. Julie hat zwar durchaus ein gewisses Maß an Autonomie und Selbstverwirklichung erreicht, doch ihre Selbständigkeit, ihr «Subjektsein» basiert auf Genußverzicht, Selbstkontrolle und der Selbstbeschränkung auf eine «folgsame Phantasie» (S. 32), die über das Erlaubte nicht hinausgeht. Amanda lehnt es ab, ihre Träume auf ein Leben zu beschränken, «wo man schon beim Eintritt das Ende übersehen kann» (S. 35) und wo man «den Lebensgenuß weise vertheilt, um damit bis ans Ende auszureichen» (S. 143). Statt einer Neigungsehe mit Brenda und eines stillen Landlebens wählt Amanda die Konvenienzehe mit Albret, der ihr durch seinen Reichtum wenigstens das Abenteuer des Reisens und eine luxuriöse Umgebung bieten kann, die ihre Sinne anspricht. Ihre Heirat mit Albret ist ein Ausbruchsversuch aus der Einförmigkeit des bürgerlichen Frauenlebens. Damit ist das im spätaufklärerischen Familienroman gängige Motiv der Konvenienzehe auf den Kopf gestellt: aus einer Bewährungsprobe für die Fähigkeit der Heldin, die Frauenrolle zu erfüllen (exemplarisch in [Caroline von Wobesers] *Elisa oder das Weib wie es seyn soll*, 1795), wird ein Fluchtweg unangepaßter weiblicher Entfaltungswünsche. Die Ideale der Spätaufklärung, die Frauen nur «vernünftige Liebe», «vernünftige Glückseligkeit», das Wirken im kleinen Kreis der Familie und die Anerkennung als Gehilfin des Mannes zu bieten haben, haben in *Amanda und Eduard* ausgedient.

Durch die Geldheirat kommt Amanda in einen scheinbaren Freiraum. Da sie nur den Reichtum ihres Mannes zu repräsentieren braucht, kann und soll sie sich vergnügen. In Nanette, einer reichen und jungen Witwe, begegnet ihr eine Frau, die sich in einer ähnlichen Rolle wohlfühlt. Sie verlacht die ernsten Angelegenheiten der Männer und akzeptiert, daß es zwischen Männern und Frauen kein tieferes Verständnis geben kann. Ihre Lebensweise ist das Gegenteil von Juliens, ihr Charakter jedoch nicht: auch sie ist eine Frau, die wie Julie «die Befriedigung des, allen Menschen eignen Triebes nach Glück, mehr von dem Verstand als dem Gefühl erwartet.» (S. 143) Auch ihre Selbständigkeit beruht auf Selbstbeschränkung und einer gewissen Diszipliniertheit: Nanette liefert sich dem Vergnügen nie aus, sondern kontrolliert es durch eine bewußt kultivierte Oberflächlichkeit, die Phantasie und tiefe Gefühle als störend beiseite schiebt. Nanettes Spottlust ist harmlos und gehört zur Rolle der heiteren amüsanten Frau. Sie wird zur idealen Partnerin für Barton, den vernunftorientierten, welterfahrenen, ernsthaften und tätigen Mann schlechthin. Fortan wird sie für ihn das Naiv-Heitere, Natürlich-Unentfremdete verkörpern, ihn ergänzen und stabilisieren – eine deutliche kritische Anspielung auf die Rousseausche Eheauffassung. Nanette paßt sich nicht ohne Lebensklugheit dem komplementären Weiblichkeitsmodell an. Amanda aber rebelliert dagegen, daß dieses Modell für ihre Entfaltungswünsche nur bloßes Amüsement zu bieten hat: «... zu lange habe ich unter den Freuden des Lebens mit kalter Ueberlegung gewählt, ich möchte nicht mehr wählen, ich möchte hingerissen sein.» (S. 33 f.) Der Freiraum, der durch die Ausgrenzung der Frauen aus der Welt der Männer scheinbar errichtet wird, ist in Wahrheit funktionalisiert und, wie Amanda erfährt, noch dazu ein Ort der Unterdrückung und Verachtung. In *Amanda und Eduard* werden beide Bestimmungen der bürgerlichen Frauenrolle, die unterstützende und die ausgleichende, abgelehnt und die entsprechenden Weiblichkeitsentwürfe der Aufklärung, der egalitäre und der komplementäre, nicht akzeptiert. Diesen Lebensvorschriften und Identifikationsangeboten setzt Amanda den ungezähmten Wunsch entgegen, «tausendfach zu leben» (S. 146). Ihr geht es um die unbedingte Entfaltung ihrer selbst, um Freiheit von Zwängen und Selbstzwängen, um ein wahrhaft selbstbestimmtes Leben außerhalb von vorgezeichneten Bahnen (vgl. S. 35 f.). Doch: «Höre – und sag selbst, wie ist es möglich, meine Wünsche mit meinen Verhältnissen in Uebereinstimmung zu bringen?» (S. 65)

* * *

Die Kritik an den Weiblichkeitsmodellen und die Forderung nach Selbstentfaltung führen im Roman – anders als im frühen Feminismus (z. B. Theodor Gottlieb von Hippel, Amalie Holst) – nicht dazu, den bürgerlich-männlichen Subjektbegriff auch für Frauen einzuklagen, sondern ihn in Frage zu stellen. Denn was im Leben und in der Charakterstruktur ihrer Freundinnen für Amanda nicht akzeptabel ist, ist eine Folge davon, daß sie ihren Platz in der Gesellschaft einnehmen und die grundlegenden Verhaltensnormen verinnerlichen. Für Männer und Frauen gilt gleichermaßen, sich an den «Sachzwängen» einer vom Nützlichkeitsprinzip beherrschten Gesellschaft auszurichten. Auch die Vernunft, von der das bürgerlich-männliche Subjekt seine Überlegenheit ableitet, ist letztlich nur die Zweckrationalität, der es sich unterwerfen muß.

«Furchtbares hat die Menschheit sich antun müssen, bis das Selbst, der identische, zweckgerichtete, männliche Charakter des Menschen geschaffen war ...»[3] – Albret wird als Inbegriff eines solchen Charakters und seiner Leiden vorgeführt. Er ist eine Art machiavellischer Verstandesmensch, der seine überlegenen Geisteskräfte und seine Weltgewandtheit nutzt, um andere zu manipulieren und für seine egoisti-

---

[3] Max HORKHEIMER und Theodor W. ADORNO: *Dialektik der Aufklärung*, Frankfurt a. M. 1981, S. 33.

schen Zwecke zu mißbrauchen. Aber diese Zwecke (hauptsächlich der sinnlose Racheplan gegen Biondina) beherrschen ihn längst selbst. Die Zweckrationalität, der er sich unterwirft, läßt für Gefühle keinen Raum und zerstört so seine Persönlichkeit; sein Mißtrauen und sein Egoismus treiben ihn in die Isolation (vgl. S. 179). Der Preis für seine Macht ist die Selbstzerstörung – er stirbt, ohne etwas erreicht zu haben. Albret ist kein Dämon, sondern ein Extremfall (vgl. S. 181). Der Gegensatz von Gefühl und Verstand, mit dem im Roman alle die Figuren charakterisiert werden, die ihr Leben nach bürgerlichen Maßstäben im Griff haben (Albret, Barton / Julie, Nanette), steht für die Bedrohung des bürgerlichen Individuums, das seine Autonomie mit innerer Zerrissenheit, Selbstdisziplin und Isolation erkauft.

Sophie Mereau nimmt hier das große Thema der Männerliteratur ihrer Zeit auf, die sich immer wieder mit der Problematik des «autonomen Ich» auseinandersetzt, aber sie macht deren Rettungsversuche nicht mit. Während sich die Fragment gebliebene Erstfassung des Romanstoffs, die Schiller 1797 in seine programmatische Zeitschrift *Die Horen* aufnahm, noch deutlich an den Konzeptionen der Klassik orientierte, hat sich Sophie Mereau mit *Amanda und Eduard* von diesem Einfluß und von ihrem Mentor Schiller gelöst. Zwar zeigt der Roman noch Spuren dieses Einflusses, aber er beschränkt sich auf einzelne Motive und sprachliche Wendungen, deren Bedeutung durch eine geänderte Gesamtkonzeption unterhöhlt wird (so weisen auch die ersten acht Briefe des Romans, die dem *Horen*-Fragment entsprechen, grundlegende Änderungen auf). Die Abwendung von den Wertvorstellungen ihrer einstigen männlichen Vorbilder führt Sophie Mereau im Roman selbst vor – in der

Geschichte Eduards. Daß diese Abkehr so breiten Raum einnimmt und nicht als explizite Auseinandersetzung, sondern als kritisches Unterlaufen erscheint, macht indirekt die geistige Herrschaft spürbar, die die Weimarer Literaturpäpste über ihre weiblichen Schützlinge ausübten. Aber sie zeigt auch das gewachsene Selbstbewußtsein der Autorin, die den Führungsanspruch der Klassiker nicht mehr anerkennt. In *Amanda und Eduard* werden grundlegende Annahmen des Bildungsromans in Frage gestellt – eine ganz besondere Leistung des Romans. Diese ganz auf die Selbstdarstellung des bürgerlichen Mannes zugeschnittene Literaturform wird samt ihrer Weltanschauung bereits zu der Zeit abgelehnt, in der sie zur Norm aufsteigt. Während sich Caroline von Wolzogen in *Agnes von Lilien* (1797) vergeblich bemüht, dem männlichen Vorbild zu genügen, befreit sich Sophie Mereau davon.

Eduards Geschichte ist ein Bildungsroman, der nicht aufgeht. Nach einer Erziehung, die sich wie ein Abriß der pädagogischen Ideale der Klassik liest (vgl. S. 23 ff.), soll Eduard seine stufenweise Heranbildung zur harmonischen Persönlichkeit fortsetzen, die Position seines Vaters übernehmen und in der Erfüllung seiner gesellschaftlichen Aufgabe Befriedigung finden. Auch die Liebe gehört in dieses Programm, da sie die Persönlichkeit reifen läßt (vgl. S. 81). Aber anstatt Eduards Bildungsprozeß zu fördern, wirft ihn das Liebeserlebnis mit Amanda aus der Bahn. Denn hier kann er all das ausleben, was seiner zielstrebigen Entwicklung entgegensteht: seine Fähigkeit zur Hingabe an den Augenblick, die Harmonie der Musik und die Schönheit der Natur. Sein Vermögen zur Selbstentgrenzung und Verschmelzung mit seiner Umgebung übersteigt das Maß an Sinnlichkeit und Gefühl, das mit seinem Funktionieren als bürgerlichen Subjekt noch verträglich wäre. Die vom Vater bewirkte Trennung der Liebenden soll Eduard nicht nur aus vermeintlicher Lebensgefahr retten, sondern wohl auch den Sohn wieder auf den rechten Weg zurückführen. Er greift zu den bewährten Mitteln, ruft seinen Sohn nach Hause und verordnet ihm gegen den verzweifelten Liebeskummer eine Arbeitstherapie. Eduard beruhigt sich wieder, bereitet sich weiter auf seine Laufbahn vor und findet schließlich mit Cölestine eine neue Geliebte und potentielle Ehefrau. Doch auch wenn Eduard ganz zufrieden sein Leben als eine sinnvolle Geschichte beschreibt, als einen Teppich sieht, den er aus sich selbst herausgewirkt hat (vgl. S. 231), so ist darin die Liebeserfahrung mit Amanda ein Faden, der dem Muster entgegenläuft. Die Erinnerung an Amanda bleibt schmerzhaft, unerklärlich, nicht zu bewältigen. Nur indem er sie verdrängt, kann Eduard den sinnvollen Zusammenhang seines Lebens, seinen Bildungsroman, überhaupt herstellen. Das Ziel läßt sich nur mit Verlusten erreichen, die harmonische Persönlichkeit beruht auf Verdrängung, der Ausgleich von Individuum und Gesellschaft hat seinen Preis (vgl. S. 144 f.).

Das ist nicht so neu, bereits in *Wilhelm Meisters Lehrjahren* müssen Mignon und der Harfner – die spontane Poesie – sterben, weil für sie in der Turmgesellschaft als Trägerin des gesellschaflichen Fortschritts kein Platz ist. Entscheidend ist vielmehr, daß in *Amanda und Eduard* das Ziel selbst, das die Verluste rechtfertigen soll, in Frage gestellt wird. Für Eduard verliert die gesellschaftliche Aufgabe, auf die er sich hinbilden soll, ihren Sinn. Er zweifelt sowohl am Ideal der Entwicklung und Vervollkommnung der Persönlichkeit (und sei es auch durch schmerzliche Erfahrungen) wie auch am geschichtlichen Fortschritt, den er mit vorantreiben soll. In einem pathetischen Bild sieht er die Menschheit an ein Feuerrad gefesselt, das durch die Nacht rollt (vgl. S. 169). Mit diesem Zweifel an einem zentralen Moment bürgerlichen Selbstverständnisses – der Überzeugung, Subjekt in einer zum Besseren fortschreitenden Geschichte zu sein – gibt es für das gegenwärtige Unglück des Einzelnen keine Entschädigung mehr. Und so endet der Roman auch nicht mit dem positiven Ausblick auf ein Leben als Familienvater und produktiver Bürger. Zwar bricht Eduard nicht aus, sondern übernimmt seinen Platz in der Gesellschaft, und auch die Liebesbeziehung zwischen Amanda und Eduard kommt mit der Heirat in ordentliche Bahnen. Aber Amanda stirbt und ist für Eduard auf ewig verloren. Die «Gesundheit seiner Seele» (S. 300), seine Heranbildung zum bürgerlichen Subjekt, läßt ihn überleben, doch ohne Hoffnung, in Melancholie.

* * *

Amanda ist die eigentliche Heldin des Romans. Ihr radikaler Anspruch, ihre «Jugendphantasie» (S. 10) ohne Abstriche verwirklichen zu wollen, und ihre beharrliche Weigerung, sich mit den bürgerlichen Verhältnissen abzufinden, ist der Maßstab, den der Roman an die Lebensentwürfe aller anderen Personen anlegt und der das Ausmaß ihrer Selbstentfremdung anzeigt. Amanda unterscheidet sich von den Personen ihrer Umgebung durch ihre Phantasie, ihren Hang zu «Schwärmereien» (S. 33), ihre Emotionalität und Sinnlichkeit. Anders als Eduard, bei dem diese Fähigkeiten im Erziehungs- und Bildungsprozeß beschnitten und eingedämmt zu werden drohen, hat Amanda keine solche Erziehung hinter sich. Ihre Kindheit wird als Freiraum geschildert, in dem ihr die Formung ihres Charakters nach den gesellschaftlichen Erfordernissen erspart bleibt. Daher bleibt sie nicht nur frei von der inneren Zerrissenheit zwischen Gefühl und Verstand, sondern sie orientiert sich auch bewußt am Gefühl und setzt es gegen die Herrschaft des Zweckrationalen: «Glücklich ist der Mensch nur in seinem Gefühl.» (S. 33)

Dieser Gegenentwurf zum bürgerlichen Subjekt scheint typischen Antworten auf dessen immanente Problematik zu entsprechen, die das Gefühl dem Weiblichen zuordnen und diese Kombination verklären. Aber bei näherem Hinsehen zeigt sich, daß in *Amanda und Eduard* der Begriff des Gefühls eine andere Bedeutung erhält, die diesen ideologischen Formulierungen genau entgegenläuft. Er entzieht sich eindeutigen Definitionen. Gefühl meint nicht nur Emotionalität, und schon gar nicht nur weibliche Emotionalität, sondern die Fülle aller menschlicher Erlebnismöglichkeiten. Über die affektive und die sinnliche Seite der Persönlichkeit hinaus, die es beide miteinschließt, steht das Gefühl für die Ganzheit des je Individuellen, das sich nicht in die Schablone des bürgerlichen Charakters fügt. Das Gefühl wird so zur Repräsentation des Individuellen, das gegen die gesellschaftlichen Zwänge durchgesetzt werden soll.

Damit wird die Polarisierung von Gefühl und Verstand durchbrochen. So sind Gefühl und Verstand im Roman nicht eigentlich als widerstreitende anthropologische Wesensmerkmale aufgefaßt; es finden sich nur noch Überreste der an Schiller angelehnten Argumentation, die Sophie Mereau noch in der Horenfassung vertritt. Die Trennung von Gefühl und Verstand erscheint in der Anlage des Romans nicht als leidvolle aber notwendige menschheitsgeschichtliche Entwicklung, sondern als Kennzeichen angepaßter Individuen, denen Amanda und z.T. auch Eduard gegenübergestellt werden, die sich im weder vom Verstand noch von der Sinnlichkeit abgegrenzten Gefühl ganz gegenwärtig und unmittelbar als Einheit erfahren. Diese Einheit ist jedoch kein Naturzustand, sondern muß gegen die Verhältnisse immer wieder hergestellt werden. Das gilt auch für Amanda; ihre Sehnsucht nach Harmonie entspringt einem Leiden an den gesellschaftlichen Verhältnissen, nicht einer natürlichen Anlage. So unterscheidet sie sich grundsätzlich von den Frauenbildern männlicher Literatur (und ähnelt eher dem typischen männlichen Held der Romantik), wo die naturhafte Andersartigkeit der Frau im Gegensatz zum kulturgeschädigten Mann die Harmonie verkörpert, die er sich ersehnt.

Das Gefühl hat in *Amanda und Eduard* auch keine moralische Konnotation, meint keine Beschwörung weiblicher Werte. Der Roman ist weit entfernt von der folgenreichen Bestimmung der Frauen als «moralisches Geschlecht»[4], nach der sie auch im eigenen Selbstverständnis «von Natur aus», gefühlsmäßig-zwanglos altruistisch handeln und so den männlichen Egoismus (und letzlich die Widersprüche des Kapitalismus) überwinden. Dies bedeutet konkret, sich mit einer Verzichtmoral zu identifizieren und aus der Selbstverleugnung Selbstwertgefühl zu beziehen. Die Romanliteratur von Frauen ist voll von solchen tugendhaften, moralischen Heldinnen – aber Amanda ist erfrischenderweise keine von ihnen. Sophie Mereau folgt in *Amanda und Eduard* nicht dem Diskurs, der die Geschlechter entlang der Gegen-

---

[4] STEINBRÜGGE, Lieselotte: *Das moralische Geschlecht. Theorien und literarische Entwürfe über die Natur der Frau in der französischen Aufklärung*, Weinheim/Basel 1987.

sätze von realen Zwängen und Sehnsuchtsbild, Egoismus und Moral, Zerrissenheit und Harmonie, schlechter Welt und gutem Heim polarisiert. Ihre Ablehnung der bürgerlichen Gesellschaft und ihre Kritik des bürgerlichen Subjekts führen nicht unmittelbar zur Verklärung unentfremdeter Weiblichkeit – und das macht den Roman auch heute noch spannend.

Amanda ist weder eine «schöne Seele» noch eine ideale Tugenheldin, die sich im Zwiespalt von Neigung und Pflicht bewährt. Im *Horen*-Fragment ist Amanda noch die typische gehorsame, pflichtbewußte Tochter, die von Vernunftgründen geleitet ihre soziale Rolle übernimmt und der vom Vater arrangierten Ehe zustimmt: «Mein Vater frohlockte über diese Handlung und war über die Früchte seiner Erziehung entzückt ...»[5] Diese Vernunftgründe («Es liegt nicht in dem Geist des Zeitalters, sagte ich zu mir selbst ... das Liebe eine eheliche Verbindung schließt.»[6]) werden im Roman nicht mehr von Amanda selbst vorgetragen, sondern nun unmittelbar von ihrem Vater. Amanda hat die Stimme des Vaters nicht mehr verinnerlicht. Der Vater ist schwach und hilflos gegenüber dem ökonomischen Zusammenbruch, die Heirat ist Ausweg aus der Notlage, nicht mehr krönender Abschluß einer weiblichen Erziehung.

Von keinem autoritären Vater erzogen, ist Amanda dem Prozeß der Normverinnerlichung weitgehend entgangen. Als sie sich in Eduard verliebt, löst dies nicht den geringsten inneren Konflikt in ihr aus. Sie verteidigt sich souverän gegen Julies Ermahnungen (vgl. I, 15. Brief). Amanda hat

---

[5] «Briefe von Amanda und Eduard», in: *Die Horen*, 1797, 11. Bd, 7. St., S. 38–59, S. 55.
[6] «Briefe von Amanda und Eduard», s. o., S. 54.

nicht das mindeste schlechte Gewissen, und sie denkt auch nicht an Entsagung, womit normalerweise der Konflikt zwischen Liebe und Gattinnenpflicht endet (paradigmatisch in Charlotte von Ahlefelds *Liebe und Trennung*, 1797/98). Amanda läßt sich nicht von den Geboten bürgerlicher Moral leiten, sondern allein vom Recht ihres Gefühls. Gefühl ist hier gleichbedeutend mit den eigenen Wünschen – und damit der moralischen Bestimmung des weiblichen Gefühls diametral entgegengesetzt.[7] Bei aller Sinnlichkeit Amandas geht es ihr um mehr als um die bloße Forderung nach erotischer Emanzipation der Frau – wie es Mereaus männliche Schriftstellerkollegen aus dem Romantikerkreis gerne gesehen hätten: «Lasciv ist die Amanda zwar nicht und das ist noch ihre beste Eigenschaft, aber ich wollte sie wäre liederlich u. unterhaltend.»[8] Mit Amanda hat Sophie Mereau eine Frauengestalt entworfen, die, anstatt sich mit der weiblichen Aufgabe, andere glücklich zu machen, zu identifizieren, das Streben nach Glück für sich selbst in Anspruch nimmt – ein autonomes weibliches Subjekt jenseits der Normen bürgerlicher Subjektivität und der Ideologie der Weiblichkeit. Das Verlangen nach weiblicher Selbstentfaltung mündet so in den Entwurf einer anderen Subjektivität.

Dennoch ist Amanda keine unproblematische Figur. Anders als Julie und Nanette kommt Amanda mit dem Leben nicht zurecht. Das liegt an ihrer Weigerung, sich anzupassen, hat aber noch einen tiefergehenden Grund. Denn ihre Andersartigkeit setzt sie in ein problematisches Ver-

---

[7] Bei dem konservativen Rezensenten der *Neuen Leipziger Literatur-Zeitung* stößt die Darstellung Amandas prompt auf scharfe Kritik und Unverständnis; vgl. Sept. 1803, 32. St, Sp. 503–506, Sp. 505.

[8] Brief von Stephan August Winkelmann an die Marburger Freunde, Göttingen, Ende Februar 1803, zit. nach SCHNACK, S. 156 u. 383.

hältnis sowohl zu ihrer Umwelt als auch zu sich selbst. Für Amanda ist ihre Umwelt ein feindliches Außen, das ihre Individualität zu vergewaltigen droht. Selbstfindung kann sie so nur über den Weg nach innen denken, durch die Besinnung auf das Gefühl. Doch ohne den Bezug zur Außenwelt bleibt dieses Innen vage, ein Raum, in dem unbestimmte Sehnsüchte und dunkle Ahnungen hausen (vgl. S. 62). Sie kann keine Klarheit über sich gewinnen, kann sich ihrer selbst nicht versichern, da sie sich nur negativ von anderen abgrenzen kann. Ihr fehlt die Möglichkeit, sich mit jemand anderem oder etwas anderem zu identifizieren. Ohne eine Bestätigung von außen aber kann Amanda aus ihrer Andersartigkeit keine Position der Stärke machen und der feindlichen Außenwelt nichts entgegensetzen, keinen aktiven Widerstand leisten – sie bleibt letztlich handlungsunfähig. Für Amanda wird es immer dringender, sich irgendwo außen wiederzufinden, was sie gleichzeitig immer stärker ablehnt. Sie ist so von permanenter innerer Unruhe getrieben, dabei aber äußerlich passiv. (Amanda phantasiert, dem Geliebten nachzureisen, vgl. S. 118 oder S. 129, bleibt jedoch zu Hause, wartet und hofft auf das Schicksal, vgl. S. 145). Diese ausweglose Situation ruft in ihr die drängende Sehnsucht nach einer Gegenwelt hervor, in der sie sich wiedererkennen kann – nach einer sozialen Beziehung, die sich von allen vorgefundenen, vom Zweckdenken beherrschten sozialen Beziehungen radikal unterscheidet. Es ist eine Beziehung, die mit extremen Hoffnungen aufgeladen wird: die Liebe.

* * *

Die Liebe zwischen Mann und Frau als der Ort, an dem die eigene Individualität ausgelebt werden kann, ist eine der zentralen Formulierungen der Literatur des 18. Jahrhunderts (nicht zufällig liest Amanda den Erfolgsroman Rousseaus, *Julie oder Die neue Héloise* und findet darin neue Nahrung für ihre Liebeswünsche). Auch Frauen sehen darin ein großes Versprechen. In einem Tagebucheintrag schreibt Sophie Mereau:

> «Nur selten gelangt das Weib zu einem freien lebendigen Bewußtsein Genuße ihrer Existenz. Verwiesen in die enge Gränze des *Gefallens,* verliert es beinah allen Reiz des Vergnügens, denn das ist das Wesentliche des Vergnügens, das es frei ist, keinen bestimmten nothwendigen Zweck, blos um sein selbst willen da ist. Nur Liebe bringt Selbsttähigkeit (sic!), u. Leben in den dumpfen Kreis ihrer Ideen. Hier u. hier allein ist es ihr vergönnt, ein freieres Dasein zu genießen u. mit dem Mann die Rechte des Lebens zu theilen: wie erweiten sich jezt alle ihre Begrife! wie blüht die Phantasie!»[9]

Sophie Mereau folgt der Aufwertung der Liebe in der zweiten Hälfte des 18. Jahrhunderts und ihrer Definition zu einer freien zwischenmenschlichen Beziehung, in der sich nicht Funktions- und Rollenträger, sondern freie und gleiche Individuen begegnen. Bekanntlich wird die Liebe aber als Basis der bürgerlichen Ehe und Familie gleich wieder in die Pflicht genommen: anstatt die Hierarchie der Geschlechter aufzuheben, wird sie zum Schauplatz männlichen Größenwahns und weiblicher Unterwerfung. Entgegen der allgemeinen Tendenz beschreibt Sophie Mereau Liebe nicht als weibliche Selbstaufgabe, sondern im Gegenteil als

---

[9] Tagebücher, o.D., zit. nach FLEISCHMANN, S. 103.

Durchbrechung der «enge(n) Gränze des Gefallens», die Rousseau und seine Nachfolger den Frauen setzen: Liebe soll die rollenkonforme männerzentrierte Existenzweise der Frauen überwinden. In der Liebe – so hofft Sophie Mereau – können sich Frauen von ihrer Definition als Geschlechtswesen befreien und sich als eigenständige Menschen entfalten. (Damit widerspricht Sophie Mereau indirekt ihrem Lehrer Fichte, der Liebe als weiblichen Naturtrieb zur Unterordnung unter einen Mann definiert.) In *Amanda und Eduard* ist die Liebe kein Reproduktionsmittel des bürgerlichen Individuums, sondern völlig zweckfrei. Sie erscheint als Medium einer universellen Harmonieerfahrung, die keine Grenzen kennt und das absolute Glück, den reinen «Genuß der Gegenwart» (S. 130) verspricht. Liebe ist mit den bürgerlichen Wertvorstellungen und Verhältnissen nicht zu vereinbaren, sondern sprengt die Ordnung, nach der sich die Einzelnen formen müssen.

Mit dieser Liebesauffassung steht *Amanda und Eduard* der Frühromantik nahe. Wesentliche Teile des Romans entstehen im geistigen Klima dieser von den meisten Zeitgenossen als provokativ empfundenen literarischen Strömung, mit der Sophie Mereau in Jena in Kontakt kommt (insbesondere mit Friedrich Schlegel). Sophie Mereau eignet sich die frühromantische Liebesauffassung als eine Möglichkeit an, unangepaßte weibliche Entfaltungswünsche zur Sprache zu bringen. Die Änderungen, die sie dabei am romantischen Modell vornimmt, lassen erkennen, daß es die antibürgerlichen Tendenzen der Frühromantik sind, die deren Attraktivität ausmachen; nicht akzeptiert aber wird das in der romantischen Liebe immanente Frauenbild der «Priesterin und Lichtbringerin»[10]. Die Aneignung der frühromantischen Entwürfe für weibliche Bedürfnisse führt vielmehr zu ihrer vollständigen Umwandlung. Die romantische Liebe folgt einer komplementären Struktur, die nur scheinbar die Gleichheit der Geschlechter impliziert: der selbstbewußte, aber zerrissene Mann erweckt die harmonische, aber ihrer selbst unbewußte Frau, auf daß sie ihn von seiner Zerrissenheit erlöse. In *Amanda und Eduard* aber hat die Liebe eine gänzlich andere psychische Funktion: Liebe soll nicht ein zerrissenes männliches Subjekt heilen, sondern einem unsicheren weiblichen Ich helfen, zu sich selbst zu finden. Hier vollzieht sich in der Liebe nicht die Aneignung des Anderen, sondern die Identifikation mit dem Gleichen. Sophie Mereau baut eine Struktur der Analogie auf, die nicht von wesensmäßigen Unterschieden, sondern von der Ähnlichkeit der Geschlechter ausgeht. Die Liebe zwischen Amanda und Eduard beruht auf Seelenverwandtschaft (Mereau greift hier auf einen Begriff der Empfindsamkeit zurück), auf der Gleichheit ihrer Wünsche. Amanda liebt an Eduard gerade die Momente, die über seine klassisch gebildete Persönlichkeit hinausgehen und ihren eigenen Sehnsüchten entsprechen. Wie Eduard in ihr, sieht auch sie in ihm Harmonie verkörpert (vgl. S. 99). Harmonie meint die Aufhebung der Trennung von Ich und Welt: die Beziehung zu dem anderen, der ihr gleicht, soll das Fundament einer Gegenwelt bilden, in der sich das weibliche Ich zu verwirklichen hofft. Amanda stützt ihre verunsicherte Identität nicht dadurch ab, daß sie sich an Eduard anlehnt – bei der ersten Begegnung vergißt sie ihn sogar über den Glücksvisionen, die er hervorruft (vgl. S. 76). Sie tritt ihre Persön-

---

[10] BECKER-CANTARINO, Bärbel: «Priesterin und Lichtbringerin. Zur Ideologie des weiblichen Charakters in der Frühromantik», in: *Die Frau als Heldin und Autorin. Neun kritische Aufsätze zur deutschen Literatur*, hrsg. von Wolfgang PAULSEN, Bern 1979, S. 111–124.

lichkeit nicht an ihn ab, geht nicht in ihm auf. Besitzansprüche in der Liebe, die nicht notwendig monogam sein muß (vgl. S. 293), werden abgelehnt – Eduard, der zu Eifersucht neigt, wird von Amanda eines besseren belehrt (vgl. S. 137f.).

Mit diesem Versuch, die Liebe zum Medium weiblicher Selbstentfaltung auszubauen, fällt *Amanda und Eduard* aus dem Rahmen dessen, was um 1800 an Liebesromanen produziert wird. Aber dieser Versuch ist extrem problematisch. Die Rollenverteilung der Geschlechter in der bürgerlichen Gesellschaft wird zwar eigentlich abgelehnt, dann aber doch stillschweigend übernommen: Amanda orientiert sich ausschließlich an der Liebe, Eduard noch dazu an seiner Arbeit. Denn der Roman kann die Gleichheit der Geschlechter nur als Seelenverwandtschaft entwerfen, nicht jedoch in der Lebenssituation. Bei aller Liebe weicht Eduard keineswegs von seiner beruflichen Lebensplanung ab. Auch wenn er sich in seiner Arbeit nicht voll entfalten kann, so kann er doch eine gewisse Bestätigung aus ihr ziehen, die es ihm ermöglicht, Amandas Verlust zu überleben. Er ist also nur in eingeschränktem Sinne das Spiegelbild Amandas, denn er ist selbständiger und für seine Identitätsfindung weniger auf sie angewiesen als sie auf ihn. So kommt es dazu, daß Amanda in ihrem Selbstverständnis als Liebende dann doch die Liebe als spezifisch weibliche Fähigkeit sieht und sie sogar noch zum Wesensmerkmal der Frau stilisiert in einem Satz, der fatal dem Frauenbild der Romantiker nahekommt: «Des Weibes Natur ist Liebe ...» (S. 239). Und so steht die Seelenverwandtschaft von Mann und Frau ebenso unvermittelt der Formulierung von Geschlechtscharakteren gegenüber, wie das Gefühl von einer allgemeinmenschlichen zu einer spezifisch weiblichen Eigenschaft wird (vgl. S. 277).

Die Macht der Liebe ist beschränkt, denn die Liebe bleibt letztlich abstrakt (ein boshafter Rezensent bemerkte, daß über die Liebe mehr geredet als gefühlt wird[11]), existiert nur als Beziehung «freischwebender» Individuen jenseits alles Gesellschaftlichen. Amanda und Eduard können in der Liebe die Verhältnisse nur vergessen, nicht verändern (vgl. S. 112). Aber sobald die Liebe nicht mehr nur ersehnt, sondern gelebt wird, setzen sich die Verhältnisse hinterrücks durch: die alle psychischen und moralischen Normen sprengende Liebesbeziehung zwischen Amanda und Eduard wird in eine Ehe überführt, und die rebellische Amanda gerät in die Gefahr, als liebende Gattin Eduards in der bürgerlichen Kleinfamilie zu enden – genau dort, wo sie nicht hinwollte. Auch wenn hier Eduard die treibende Kraft ist und sich Amanda eine zeitlang gegen die Heirat wehrt, ist sie nicht sein Opfer. Ihre Einfügung ist vielmehr eine widerständige Anpassung[12], das unfreiwillige Ergebnis einer sich im Liebestraum verfangenden Rebellion. Auch die Liebe kann Amandas Handlungsunfähigkeit nicht überwinden, im Gegenteil, sie kann nun erst recht nicht über ihr Leben bestimmen. Amanda sinkt an Eduards Brust, und ihr versinkt die Welt (vgl. S. 296).

Allerdings endet der Roman nicht mit der Schweizer Idylle und dem privaten Familienglück. Während in Friedrich Schlegels Roman *Lucinde* (1799) ein Leben in der Kleinfamilienidylle weder im Widerspruch zur Liebeskon-

---

[11] Vgl. *Neue Leipziger Literaturzeitung*, s.o., Sp. 505f.
[12] Vgl. HAUG, Frigga u. HAUSER, Kornelia: «Probleme mit weiblicher Identität», in: *Subjekt Frau,* hrsg. von dens., Berlin u. Hamburg 1985.

zeption noch zur Auflehnung gegen die Bürgerlichkeit zu stehen scheint, bleibt Sophie Mereau konsequent. Es gibt aber nur noch einen Weg, die Liebe vor der Einbindung ins bürgerliche Leben zu retten – die Verjenseitigung:

> «Ach, Julie! was war es, was mich, verloren in diesen Anblick, ganz von der Erde hinwegzog, in ein unbekanntes Land, von fremden seligen Gefühlen, und mein Auge mit unnennbaren Thränen erfüllte? – Nur dunkel, dachte ich: O! dort in dem strahlenden Wolkenland, von Menschen entfernt, und von der Unendlichkeit umgeben, mit dem Geliebten zu sein in ewiger Jugend und Liebe!» (S. 101f.)

Mit dieser Schilderung ist kein religiöses Jenseits, nicht das Leben nach dem Tod gemeint, sondern ein Utopia, «Kein Ort. Nirgends». Die Gegenwelt hat keinen Boden unter den Füßen. Statt zur Basis eines langen, abwechslungsreichen Lebens zu werden, schrumpft die Liebe auf den einen höchsten Moment, zum erfüllten Augenblick zusammen. Dem Aufstieg zum Gipfel kann nur noch der Absturz folgen. Selbstentfaltung schlägt in Selbstauflösung um:

> «Ich bin verwirrt, seelig berauscht! (...) Ganz in Liebe und Harmonie aufgelös't, tönet die erhabene Musik der Sterne und Welten, in mein Gemüth, die leichte Scheidewand verweht, und entkörpert tauche ich mich in das unendliche Meer der Liebe, worinnen die Wesen unsterblich sind!» (S. 294f.)

Hier wird Entgrenzung nicht mehr mit Natur-, sondern mit Todesmetaphern beschrieben. Amanda kann die Glückserfüllung im Hier und Jetzt nur noch im rauschhaft erfahrenen Liebestod finden – ein Glück, dessen «Dauer» nur noch dadurch zu sichern ist, daß hinterher nichts mehr kommt. Der Roman endet widersprüchlich: Amandas Wunsch, «tausendfach zu leben», erfüllt sich im Tod. Dieser Tod ist keine Entsagung, kein Opfer. Der überlebende Eduard hat das schlechtere Los. Dieser Tod ist auch nicht die Glorifizierung einer absoluten Liebe wie der romantische Liebestod. Er ist vielmehr von innerer Konsequenz in einer Konstellation, in der die Liebe als einzig gangbarer Weg erscheint und in eine Sackgasse führt: wo jede Möglichkeit eigenständigen Lebens und Handelns fehlt, bleibt nur der Tod, um die eigenen rebellischen Wünsche zu behaupten. Am Ende des Romans steht so nicht die Resignation, sondern die Aufrechterhaltung des Anspruchs auf weibliche Selbstentfaltung. Das weibliche Ich aber bleibt prekär.

* * *

Es ist überraschend, daß in *Amanda und Eduard* die Forderung nach weiblicher Selbstentfaltung ohne eine politische Dimension bleibt. Denn in Sophie Mereaus früherem Werk steht das Thema der individuellen Entfaltung noch in einem unmittelbaren politischen Kontext. Es geht ganz explizit um Freiheit. Sophie Mereaus Debut als Autorin ist ein Gedicht über die erste Jahresfeier der französischen Revolution:

> Genius der Freiheit! Du, der glühend
> Sich ins Herz der Nationen taucht,
> Wo ein Strahl von Menschenwürde schimmert,
> Schnell den Strahl in lohe Flammen haucht, (...)[13]

Ihr erster Roman, *Das Blüthenalter der Empfindung* (Gotha 1794), handelt von einem Liebespaar, das aus den Zwängen der rückständigen alten Ordnung ausbricht und

---
13 *Thalia*, Bd. 3, Heft 11, 1791, S. 141 f.

sich auf die Suche nach einem Ort begibt, an dem die politische Ordnung die Freiheit des Individuums garantiert.[14] Der Roman endet optimistisch mit der Auswanderung nach Amerika. Bereits in diesem Roman wird deutlich, daß Mereaus politisches Interesse durch ihr Interesse an der Emanzipation der Frau motiviert ist. Der die Handlung bestimmende Konflikt wird durch die juristische Unmündigkeit der Frau ausgelöst, und so klagt Mereau das Selbstbestimmungsrecht der Frau und ihre Anerkennung als Bürgerin ein. Im *Blüthenalter der Empfindung* sieht Sophie Mereau in der Durchsetzung der bürgerlichen Gesellschaft noch eine Chance für die Befreiung der Frau.

Amanda und Eduard aber ist vom Scheitern dieser Hoffnung geprägt. Die Widersprüche, in die sich Sophie Mereau in diesem Roman verwickelt, sind letztlich Ausdruck des historischen Dilemmas, in dem sich die rebellierenden Frauen am Übergang zum 19. Jahrhundert vorfinden. Innerhalb von weniger als zehn Jahren haben sich Mereaus politische Freiheitsperspektiven in Luft aufgelöst. Den zu Beginn der Arbeit am Roman gefaßten Plan, die Helden nach Frankreich auswandern zu lassen,[15] gibt sie später auf. Die in den Jahren der französischen Revolution beschleunigte Entwicklung der bürgerlichen Gesellschaft läßt die Fragwürdigkeit ihrer Errungenschaften, besonders im Hinblick darauf, was sie den Frauen zu bieten hatte, umso deutlicher werden. Aber zur sich durchsetzenden bürgerlichen Gesellschaft, die gegen das noch mächtige Feudalsystem als Inbegriff des Fortschritts erscheint, gibt es für Sophie Mereau wie für die meisten anderen offenbar keine Al-

---

[14] Vgl. BRANDSTETTER, S. 288 ff.
[15] Sophie Mereau an Kipp, 20.4.1796 (Datierung nach FLEISCHMANN).

ternativen. (Die Rezeption frühsozialistischen Ideenguts ist erst für die Zeit um 1830 zu belegen, z.B. bei Bettine v. Arnim und Rahel Varnhagen.) Sophie Mereau gerät in *Amanda und Eduard* die bürgerliche Gesellschaft zur einzig möglichen Wirklichkeit. Weibliche Selbstentfaltung scheint so aber nicht nur allein außerhalb der bürgerlichen Gesellschaft, sondern nur außerhalb von Gesellschaft überhaupt möglich. Der Roman baut einen unüberbrückbaren Gegensatz von Individuum und Gesellschaft auf. Diese ist das «öde Gebiet des Irrdischen» (S. 182), das Reich der Notwendigkeit und der Zwecke – unkonkret, übermächtig und unangreifbar. Eine gezielte politische Auseinandersetzung ist so nicht mehr möglich, sondern nur noch die Radikalität des Alles oder Nichts. Der Roman kann daher nur tragisch enden, das kompromißlose Glücksverlangen der Heldin kann nur noch in den Tod führen.

Einzig in der Charlotte-Episode scheint vorübergehend eine Utopie auf: Charlottes Garten ist der Ort, wo eine unentfremdete Arbeitsweise, ein herrschaftsfreies Verhältnis der Geschlechter und harmonische Geselligkeit möglich sind. Charlottes Arbeit dient unmittelbar der Verwirklichung ihrer Wünsche, dem Zusammenleben mit dem geliebten Mann, mit dem sie eine konfliktfreie Rollenumkehrung praktiziert (es ist bezeichnend, daß dies nur gelingt, weil der Mann blind ist ...). Der Roman zeigt diese positive Lebensform als das Werk einer Frau. Er kann diese Utopie jedoch nicht ausbauen, sie ist keine zentrale Aussage des Romans.

Je unüberwindlicher die Umstände erscheinen, desto mehr beharrt Sophie Mereau auf der Unabhängigkeit des Menschen von seinen Lebensumständen, auf der Vorstellung eines freischwebenden, ungesellschaftlichen Individuums. Daraus leitet sie entschieden das Recht einer Frau auf Selbstentfaltung und Subjektwerdung ab. Aber gleichzeitig stößt hier ihr Entwurf einer neuen weiblichen Subjektivität an eine Grenze. Das weibliche Ich kann sich nur negativ, durch Ablehnung, Verweigerung und Flucht bestätigen und bleibt dadurch schwach.

Diese Schwäche wird durch das Fehlen weiblicher Vorbilder noch verschärft. In *Amanda und Eduard* gibt es keine prägenden weiblichen Identifikationsfiguren für die Heldin – weder Amanda noch Eduard haben eine Mutter. Der Roman legt zwar nahe, daß auch eine Frauenfreundschaft statt der (heterosexuellen) Liebe die Absicherung der weiblichen Identität leisten könnte (vgl. S. 56), zeigt aber zugleich, daß die auf Männer hin orientierte Lebensweise der Frauen dies letztlich verhindert (vgl. S. 34). Hier spiegelt sich im Roman die Vereinzelung der Frauen, das Fehlen eines Rückhalts durch die Individualisierungsprozesse und den Siegeszug der privaten, auf den Mann zentrierten Kernfamilie, die mit der traditionellen Lebensweise auch die weibliche Kultur früherer Jahrhunderte auflösen. Es fehlt an Gegenerfahrungen, an einer möglichen weiblichen Gegenkultur zur bürgerlich-patriarchalischen Gesellschaft, auf die sich die Frauen stützen könnten. Sophie Mereau sucht in ihrer intensiven Beschäftigung mit Ninon de Lenclos (sie veröffentlicht einen Essay und übersetzt ihre Briefe) nach einer weiblichen Identifikationsfigur, die sie nur in der längst vergangenen Epoche des 17. Jahrhunderts und in der absterbenden aristokratischen Kultur finden kann. Eine Frau, die sich über die Beziehung zu anderen Frauen definiert, kann sie nicht gestalten.

* * *

Dennoch ist die Liebe im Roman nicht der einzige Bereich, in dem nach Möglichkeiten weiblicher Selbstentfaltung gesucht wird. Im zweiten Teil zeigt sich eine andere, potentiell eigenständigere Lebensperspektive: Amanda unternimmt den Versuch, sich als Künstlerin zu entwerfen. Nach der Trennung von Eduard und dem Tod Albrets beginnt sie zunächst, sich mit einem Leben in «stille(r) Wirksamkeit» (S. 208) abzufinden und sich im Kreis um Charlotte eine Nische einzurichten. Aber durch den Umgang mit dem Künstler Antonio wird Amanda sich ihrer rebellischen Wünsche wieder bewußt. Was in der bürgerlichen Welt als Schwärmerei gilt, findet sie in der Kunst verherrlicht (vgl. S. 223). Amanda beginnt zu dichten. In ihrer Liebeslyrik transformiert sie die mit Eduard gemachten Erfahrungen in Poesie. Kunst wird für sie zu einer Möglichkeit der Selbsterfahrung und -vergewisserung. Wenn Amanda nach Eduards Rückkehr zwischen ihm und Antonio wählen muß, so ist das nicht nur eine Wahl zwischen zwei Männern, sondern eine Wahl zwischen zwei Beziehungsformen, in denen zwei verschiedene Selbstentwürfe realisiert werden könnten. Die Identität als Dichterin gerät zu der als Liebender in Konflikt. Dies ist symptomatisch für die relativ spärliche Literatur von Frauen um 1800, die den Versuch unternehmen, eine weibliche Künstleridentität zu entwerfen. Während in der Literatur von Männern das Liebeserlebnis den Helden zum Künstler reifen läßt, der damit die höchste Stufe seiner Entwicklung erreicht hat (exemplarisch in Friedrich Schlegels Roman *Lucinde*), findet in von Frauen verfaßten Romanen die künstlerisch tätige Heldin zumeist ein tragisches Ende: zerrissen zwischen Kunst und Liebe, verstummt sie und stirbt (z.B. in Germaine de Staels Erfolgsroman *Corinne*, 1807). In *Amanda und Eduard* wird eine widersprüchliche «Lösung» gefunden, die vom Wunsch getragen ist, an beidem festzuhalten. Zwar wird auch Amanda durch den Konflikt von Kunst und Liebe krank, doch diese Krankheit wird nicht als Rückzug beschrieben, sondern als Zeit erhöhter Wahrnehmung und eines besonders intensiven Lebensgefühls. Amandas Krankheit resultiert aus ihrer Weigerung, sich zu entscheiden, aus ihrem Anspruch, sich alle Möglichkeiten offenzuhalten – ein Anspruch, den sie nur noch in der Krankheit aufrechterhalten kann. Auch wenn es letztlich zu einer Entscheidung für Eduard und für die Liebe kommt (die Amanda mehr widerfährt als daß sie sie aktiv trifft), wird die Kunst nicht völlig aufgegeben. Sie erhält jedoch eine andere Funktion. Kunst ist für Amanda nun nicht mehr eine eigenständige Möglichkeit der Selbstverwirklichung, sondern wird zunächst zur Bereicherung der Liebesbeziehung zu Eduard (beide dichten) und schließlich, in ihrem letzten Gedicht, zu ihrem «Schwanengesang», in dem sie sich zu Eduards Muse stilisiert. Mit diesem Schritt vollzieht Amanda nach, was Antonio vorwegnimmt, indem er sie malt: sie wird vom Subjekt der Kunst, von der Dichterin, zum Objekt der Kunst, zum Bild und zur Inspiration. Damit übernimmt Amanda den Ort, der Frauen in der Kunst zugewiesen wird. Gleichzeitig aber bleibt Amanda Subjekt, es ist ja ihr Gedicht.

Die Heldin als Dichterin: das ist ein früher Versuch einer Frau, die eigene Identität als Schriftstellerin zu thematisieren, der deutlich die Mühen und Schwierigkeiten widerspiegelt, unter denen ein solches Selbstverständnis gewonnen wird. Es ist bezeichnend, wie Amanda im 11. Brief des zweiten Bandes mit umständlichen Entschuldigungen Julie (und den Leser/innen) die Aufzeichnung eines Gesprächs «über Poesie im Allgemeinen» (S. 238) anbietet, die dann nirgends erscheint. Zu einer Zeit, in der die Romane von Männern voll sind von poetologischen Reflexionen, wirkt das Theorieverbot für Frauen so mächtig, daß Mereau anscheinend nicht wagt, ihre eigenen Gedanken im Zusammenhang, quasi als Poetik, zu veröffentlichen. Nur vereinzelte Bemerkungen zu diesem Thema sind im Roman verstreut (vgl. S. 274); Äußerungen über weibliches Schreiben müssen gar durch einen Mann formuliert werden (vgl. S. 105). Die im Roman geäußerte Kunstauffassung zeigt die Wirksamkeit männlicher Denkvorschriften – Sophie Mereau schließt sich den Vorstellungen der klassischen Kunstautonomie an. Deren pädagogisch-utopische Momente übernimmt sie allerdings nicht, und so wird ihr eigenes Interesse an einer autonomen, zweckfreien Kunst erkennbar: die Befreiung der Phantasie aus der Festlegung weiblichen Schreibens auf nützliche, d. h. moralische Literatur, Schreiben als Freiraum.

* * *

Weibliche Selbstentfaltung zum Thema eines Romans zu machen, kollidiert um 1800 mit den Normen der Gattung. Der Bildungs- und Entwicklungsroman, der zu dieser Zeit als höchste Romanform etabliert wird, ist auf die Selbstdarstellung des männlichen bürgerlichen Subjekts zugeschnitten; Frauen spielen meist eine auf den männlichen Helden zentrierte Nebenrolle und sind häufig nicht mehr als ein Bild. Aus dieser Romanform werden von Rezensenten, Schriftstellerkollegen (und z. T. bis heute in der Forschung) ästhetische Normen abgeleitet und zum Maßstab der Beurteilung erhoben – eine androzentrische Literaturkritik, die die Werke von Frauen faktisch ausgrenzt und vor der auch

Amanda und Eduard durchfällt. Sophie Mereau wird die mangelhafte Beherrschung der Romanform vorgeworfen, insbesondere hinsichtlich Charakterzeichnung und Handlungsführung.[16] Doch die Kriterien, die an Romanen gewonnen werden, die die Individualität von Männern voraussetzen und sie gleichzeitig Frauen verweigern, lassen sich nicht auf einen Roman anwenden, in dem es um die Problematik weiblicher Individualität geht. Gerade in den von den Rezensenten angeführten «Mängeln» wird Mereaus größte Annäherung an ihr Thema sichtbar: Was als unscharfer Charakter kritisiert wird, ist der Versuch des Entwurfs einer nicht normierten Subjektivität, was als matte Liebesgeschichte ohne stringente Handlung und ohne psychologische Entwicklung abgelehnt wird, ist die Suche eines weiblichen Ichs nach sich selbst, gezeichnet als Stationen einer Liebe (Sehnsucht, Sich-Finden, Trennung und Sich-Wiederfinden). Es gibt in der Literatur der Zeit keine Form, in der ein weibliches Subjekt darstellbar wäre; Sophie Mereau versucht letztlich, etwas Unsagbares zu sagen, und stößt damit an die Grenzen der vorgegebenen Romanform.

Den Weg der männlichen Romantiker geht sie nicht: Es kommt nicht zu einem völligen Aufbrechen der Romanform des 18. Jahrhunderts analog der Zersplitterung des Subjekts wie in Brentanos *Godwi oder das steinerne Bild der Mutter, ein verwildeter Roman von Maria* (1800/01) – nicht der Zerfall des Subjekts, sondern der Versuch der Subjektwerdung ist das Thema von Mereaus Roman. Sophie Mereau wählt vielmehr mit dem Briefroman eine für Schriftstellerinnen traditionelle, von der männlichen Litera-

---

[16] Vgl. vor allem die Rezensionen in der *ALZ* und der *Neuen Leipziger Literatur-Zeitung*.

tur zunehmend marginalisierte Form, die aber zur Formulierung ihres Anliegens noch am ehesten geeignet ist. Die relative Unabgeschlossenheit, der momenthaft-spontane Charakter, die Offenheit für Reflexionen und die generelle Subjektivität der Briefform bieten eine besonders gute Möglichkeit zur Darstellung einer weiblichen Identitätssuche. Sophie Mereau geht dabei aber so weit, daß sie die Form des Briefromans stark verändert. So gibt es z.B. statt einem Briefwechsel mehrerer Personen nur noch zwei Schreibende, deren Perspektiven nicht streng voneinander abgegrenzt sind (Eduard ist teilweise als eigenständige Figur, teilweise als Spiegelbild Amandas gestaltet). Die Polyperspektivität des Briefromans wird so weitgehend zugunsten einer weiblichen Zentralperspektive aufgegeben: Amanda ist über weite Strecken des Romans nicht Gegenstand des Textes, sondern das Subjekt, das sich darin unkommentiert ausspricht. Sophie Mereau hat in *Amanda und Eduard* den Briefroman tendenziell ins Lyrische aufgelöst.[17] Daneben finden sich noch unvermittelt traditionelle Elemente des Briefromans, wie der angehängte Herausgeberkommentar – formale Brüche, die von der Fragilität des weiblichen Subjekts um 1800 zeugen und nicht einfach als künstlerisches Unvermögen zu werten sind. Schiller, der Mereau «eine gewiße Innigkeit», «Würde des Empfindens» und «Tiefe» bescheinigt und gleichzeitig urteilt, daß «die Mereau das Poetische immer der Form nach ... verfehlen» müsse[18], verfehlt den Kern des Problems.

---

[17] Vgl. DANGEL.
[18] Brief von Schiller an Goethe, Jena, 17.8.1797, Schiller Nationalausgabe, Bd. 29, S. 119.

II. «Sie hat sich bloss in einer einsamen Existenz und in einem Widerspruch mit der Welt gebildet»[19]
– zur Biographie

> «Ich habe jetzt wochenlang einer freien, poetischen Stimmung genossen; mancher Reim ist aus meiner Feder geflossen, und manchen glücklichen Nachmittag habe ich in meiner Einsamkeit verlebt, bis bei dem kalten Hauch der Notwendigkeit alle die süßen Blumen meines Herzens erstarrt sind. – Ich kämpfe im Leben einen sonderbaren Kampf. Eine unwiderstehliche Neigung drängt mich, mich ganz der Phantasie hinzugeben, das gestaltlose Dasein mit der Dichtung Farben zu umspielen und unbekümmert um das Nötige nur dem Schönen zu leben. Aber ach! Der Nachen meines Schicksals schwimmt auf keiner spiegelhellen Fläche, wo ich, unbekümmert, mit Mondschein und Sternen spielend, das Ruder hinlegen könnte, indes ein schmeichelndes Lüftchen den Nachen leicht durch die kräuselnden Wellen treibt – durch Klippen und Wirbel, von Stürmen erschüttert schifft er umher, und ich muß das Ruder ergreifen oder untergehen.»[20]

Sophie Mereau unternimmt als eine der ersten Frauen den wagemutigen Versuch, Autorin zu werden. Selbstbewußt faßt sie ihr Schreiben als poetische Kreativität, die aus ihrem eigenen Inneren kommt, und nimmt damit als Frau ein dichterisches Selbstverständnis in Anspruch, das die Männer für sich reservieren. Ihr Kampf darum, im Schreiben

---

[19] Schiller an Goethe, Jena, 17.8.1797, s.o.
[20] Brief an Clemens Brentano, Jena, Ende November 1799; alle Zitate aus dem Briefwechsel Mereau/Brentano werden nach der Ausgabe Gersdorff 1981 zitiert.

eine eigenständige Existenzweise zu finden, bestimmt ihr ganzes Leben – ein Leben im permanenten Widerspruch mit den Verhältnissen.

Sophie Mereau stammt, wie die meisten Schriftsteller/innen dieser Zeit, aus dem Bildungsbürgertum. Sie wird am 28. März 1770 in Altenburg, einer kleinen Residenzstadt im Herzogtum Sachsen-Gotha-Altenburg, geboren.[21] Die Mutter ist Tochter eines Rechtsanwalts in herzöglichen Diensten, der Vater ist ebenfalls ein höherer Beamter am Hof. Sophie Schubart erhält die in diesen Kreisen für Töchter übliche Bildung: Musizieren, Zeichnen, schöne Literatur und moderne Fremdsprachen. Diese Erziehung war für ihre Entwicklung zur Schriftstellerin günstig, obwohl dies für ein Mädchen aus gutem Hause keineswegs vorgesehen war. Zwar war es üblich, daß Mädchen im Rahmen des bürgerlichen Bildungsprogramms zum Verfassen kleinerer Aufsätze und Gedichte und auch zum Verfertigen von Übersetzungen angehalten wurden, die gelegentlich in Zeitschriften veröffentlicht wurden. Aber dies galt mehr dem Prestige der Familie, die die Bildung ihrer Töchter zur Steigerung der Heiratschancen vorführte, denn für Frauen war nur eine Lebensmöglichkeit vorgesehen: die Ehe. Doch Sophie Schubart will nicht nur kultiviert plaudern und Kinder erziehen, sie will schreiben. Für sie muß der Widerspruch, als junges Mädchen in eine sich als freiheitlich und fortschrittlich verstehende Kultur eingeführt zu werden, im heiratsfähigen Alter aber sich in die Frauenrolle fügen und auf die Entfaltung der erworbenen Fähigkeiten verzichten zu müssen, besonders unerträglich gewesen sein. Sie rebelliert und wehrt

---

[21] Zu Kindheit und Jugend siehe FLEISCHMANN, Kap. 1.

sich lange gegen eine Heirat. Mit 21 veröffentlicht sie ihr erstes Gedicht.

Aber ihre Lage ist schwierig: nach dem frühen Tod der Eltern steht sie unter der Vormundschaft des Stiefbruders, sie hat kein Vermögen, und die Familie muß außer ihr noch die unverheiratete Schwester versorgen und das Studium des jüngeren Bruders finanzieren. Der Druck ist so groß, daß sich Sophie Schubart zu einer Vernunftehe mit dem Studienfreund ihres Stiefbruders und aussichtsreichen Juristen Friedrich Ernst Karl Mereau entschließt, nachdem sie vier Jahre lang seine Anträge abgelehnt hatte. Durch diese Heirat kann sie sich nicht nur aus der Abhängigkeit von der Familie lösen, sondern auch der Enge der Provinz entkommen. Sie zieht nach Jena.

Eine ihrer Aufgaben als Ehefrau besteht fortan darin, die Universitätskarriere ihres Mannes dadurch zu unterstützen, daß sie repräsentiert und bei geselligen Zusammenkünften die charmante Gastgeberin spielt. Schriftstellerische Tätigkeiten stehen nicht im Widerspruch zu der Rolle als Professorengattin, sie sind als Statussymbol und auch als zusätzliche Einnahmequelle sogar erwünscht. Sophie Mereau gelingt es, diesen relativen Freiraum für sich zu nutzen. Sie macht auf sich als Schriftstellerin aufmerksam, kommt in Kontakt mit den literarischen Kreisen Jenas und findet wohlwollende Rezensenten in den wichtigsten Literaturzeitschriften. Ohne die Vermittlung von Männern war es Frauen kaum möglich, in der Literaturszene Beachtung zu finden – eine Beachtung aus ambivalenten Motiven, da es auch um die Kontrolle weiblicher Kreativität ging. Schiller, ihr einflußreichster Förderer, bietet Sophie Mereau nicht nur Veröffentlichungsmöglichkeiten und die Chance, ihre Arbeiten zu diskutieren, sondern versucht auch, sie in sein literaturpädagogisches Programm einzuspannen (nach dem sich Frauen als Lieferantinnen gehobener Unterhaltungsliteratur besonders dazu eignen, Inhalte und Zielvorstellungen der Klassik zu popularisieren und in breitere Kreise zu tragen[22]). Die Art und Weise, in der Schiller mit Goethe die ersten Briefe der *Horen*-Fassung von *Amanda und Eduard* bespricht, zeigt die Mischung von Wohlwollen, Abwertung und schulmeisterlichem Verhalten, die für den Umgang männlicher Schriftsteller mit ihren Kolleginnen wohl typisch war:

> «Für die Horen hat mir unsere Dichterin Mereau jetzt ein sehr angenehmes Geschenk gemacht, und das mich wirklich überraschte. Es ist der Anfang eines Romans in Briefen, die mit weit mehr Klarheit, Leichtigkeit und Simplicität geschrieben sind, als ich je von ihr erwartet hätte. Sie fängt darinn an, sich von Fehlern frey zu machen, die ich an ihr für ganz unheilbar hielt, und wenn sie auf diesem guten Wege weiter fortgeht, so erleben wir noch was an ihr. Ich muß mich doch wirklich drüber wundern, wie unsere Weiber jetzt, auf bloß dilettantischem Wege, eine gewiße Schreibgeschicklichkeit sich zu verschaffen wißen, die der Kunst nahe kommt.»[23]

Sophie Merau veröffentlicht in der Jenaer Zeit ihren ersten Roman sowie zahlreiche Gedichte, Erzählungen und Übersetzungen. Gleichzeitig besucht sie als einzige weibliche Hörerin Vorlesungen bei Fichte und sie ist wohl auch die einzige Frau, die es wagt, ausgerechnet Kant um einen Beitrag für ein von ihr geplantes, aber so nicht zustande gekommenes Journal zu bitten. Sie nimmt zudem an den in ihrem

---

[22] Vgl. BÜRGER 1990, Kap. 2.
[23] Schiller an Goethe, Jena, 30.6.1797, s.o., S.93.

Haus stattfindenden Lese- und Diskussionsabenden teil, an denen die neueste romantische Literatur vorgestellt wird. Die Verbindung mit einem Gelehrten bietet zu ihrer Zeit eine der wenigen Möglichkeiten zur intellektuellen Weiterbildung für Frauen. Mereau nützt diese Chance in einem ungewöhnlichen Maß bis an die Grenzen des Frauen zugestandenen Handlungsspielraums:

> «Eine von unsern Professorinnen, die Hofrätin S.[Schütz], fegt selbst die Straße; eine andere, die Madame Mereau, macht Gedichte für den Schiller'schen Musen-Almanach und studiert Kant und Fichte!»[24]

Aber Sophie Mereau leidet unter den Eheverhältnissen, unter der Härte und dem Unverständnis ihres Mannes. Sie geht eine intensive Liebesbeziehung mit dem Studenten Johann Heinrich Kipp ein, von dem sie sich auch als Künstlerin verstanden fühlt. Das Verhältnis der beiden ist deutlich vom gemeinsamen Interesse an Literatur bestimmt; ihre Briefe sind stark poetisch gefärbt. Mit ihm träumt sie auszubrechen, nach Frankreich zu flüchten. In dieser Situation entdeckt sie ihr Schreiben als eine Möglichkeit, sich finanziell unabhängig zu machen, was ihr aber in dieser Zeit noch nicht gelingt. Kipp muß aus Geldmangel sein Studium abbrechen und Jena verlassen. Die Hoffnung auf eine gemeinsame Existenz scheitert, und Sophie Mereau muß weiter in ihrer Ehe ausharren. Ihre Situation aber hat sich verschärft: Sie hat die moralischen Normen der guten Gesellschaft, die ihr in der Rolle der reizvollen Frau nur harmlose Flirts gestattet, überschritten und ihren Ruf ruiniert; in der Ehe häufen sich die Streitigkeiten. Fünf Jahre hält Sophie Mereau diesen Zustand aus, eine Zeit, in der sie trotz zu-

---

[24] HERBART, 1796, zit. nach GERSDORFF 1984, S. 61.

nehmender häuslicher Belastungen nicht aufhört zu schreiben. Sie beginnt ein größeres Projekt, aus dem dann später *Amanda und Eduard* wird, wofür sie teilweise den Briefwechsel mit Kipp als Textmaterial verwendet[25] – sie hält an ihrer Identität als Schriftstellerin fest. Mit der zunehmenden Anerkennung des Publikums wird Schreiben zu einer realistischen Lebensperspektive. 1800 trennt sich Sophie Mereau von ihrem Mann, zieht nach Camburg und setzt ein Jahr später die Scheidung durch.

Die Ehescheidung (die mit einer Sondergenehmigung des Herzogs Karl Augusts von einer Kommission unter dem Vorsitz von Herder ausgesprochen wird) ist die erste in Jena. Sie erfolgt unter relativ liberalen Bedingungen: in gegenseitigem Einvernehmen, ohne Prozeß, ohne Schuldzuweisung und mit einem von beiden ausgehandelten Vertrag. Sophie Mereau erhält Unterhalt (200 Reichstaler, was zum Leben nicht ausreicht) und darf, solange es ihr geschiedener Mann gestattet, die vierjährige Tochter Hulda behalten (der Sohn Gustav war ein Jahr zuvor im Alter von sechs Jahren gestorben). Sie verzichtet dafür auf die Herausgabe ihrer Mitgift und verpflichtet sich, nicht in derselben Stadt zu leben wie ihr Ex-Mann.[26] Sophie Mereau verdankt es nur der Gutmütigkeit (oder dem Desinteresse) ihres Mannes, daß ihre Tochter weiter bei ihr leben darf. Nach der Rechtslage hatte allein der Vater die Erziehungsberechtigung für die Kinder (ab 4 Jahren), die ihm nur bei sehr groben Verstößen entzogen werden konnte. Neben der finanziellen Verschlechterung war dies für viele Frauen der Hauptgrund,

---

[25] Auf diesen Montagecharakter der Briefe 18–22 von *Amanda und Eduard* hat TREDER 1983, S. 104ff. u. 1990, S. 178–80 hingewiesen.
[26] Vgl. den bei HANG, S. 29–31 abgedruckten Vertrag.

vor einer Scheidung zurückzuschrecken. Für Sophie Mereau muß die Ehe so unerträglich gewesen sein, daß sie dieses Risiko auf sich nahm.

Die Zeit nach der Scheidung empfindet Sophie Mereau als schwer erkämpften, mühsamen Neubeginn und als notwendige Phase ihrer Persönlichkeitsentwicklung:

«In jenem Zustand fühlte ich mich wie die Puppe eines Schmetterlings. Jede Veränderung jede ... Berührung war mir schmerzlich, u. ich fürchtete als Larve zu sterben. Mein Raupenleben war geendigt; der Uebergang war angefangen, aber ich bedurfte Ruhe zu neuen neuen (sic!) Dasein ...»[27]

Zum ersten Mal hat Sophie Mereau die Möglichkeit, selbständig zu leben; sie fühlt sich endlich «auf ewig Eins mit sich selbst».[28] Schon Kipp schreibt sie, daß sie sich wünscht, ein neues Leben zu beginnen, «doch müßte ich dabei frei sein. Ich fühl es, wie dieses Bedürfnis sich immer fester in mein Wesen schlingt.»[29] So läßt sie sich auch nicht mit der Perspektive auf eine neue Beziehung oder Ehe scheiden, sondern lebt alleine mit ihrer Tochter und finanziert sich hauptsächlich durch ihr Schreiben. Sophie Mereau wird selbständige freie Schriftstellerin. Vermutlich im Frühjahr 1802 zieht sie nach Weimar und damit in ein wichtiges kulturelles Zentrum.

Sophie Mereau zählt zu den ganz wenigen Frauen des ausgehenden 18. Jahrhunderts, denen es gelang, Literatur zu ihrem Lebensinhalt und Beruf zu machen. Immer wieder verzeichnet ihr notizenartiges Tagebuch das Stichwort «Ar-

---

[27] Tagebücher, zit. nach FLEISCHMANN, S. 135.
[28] Brief an Clemens Brentano, Camburg vom Dezember 1801.
[29] Brief an Kipp vom 21. Juli 1796, zit. nach GERSDORFF 1984, S. 73.

beit», das für schriftstellerische Produktion steht.[30] Und auch ihre Briefe dienen u.a. der Skizzierung ihrer jeweiligen Projekte und der Darlegung ihrer künstlerischen Absichten. Sophie Mereau entwickelt eine breit gefächerte Aktivität, die in für damalige Autorinnen ungewöhnliche Gattungen vorstößt. Neben Lyrik, Erzählungen, zwei Romanen, Übersetzungen und Bearbeitungen verfaßt sie u.a. einen Essay, eine Rezension zu *Wilhelm Meisters Lehrjahren*, ist als Herausgeberin verschiedener Almanache und Kalender tätig, gestaltet eine eigene literarische Zeitschrift und versucht sich auch im dramatischen Fach, wo sie ein von ihr übersetztes Drama auf die Bühne bringen möchte. Nach ihren ersten Erfolgen tritt Mereau recht selbstsicher auf. Sie veröffentlicht nun meist unter ihrem Namen, führt die Verhandlungen mit Verlegern und Herausgebern selbst und äußert genaue Vorstellungen über die Gestaltung ihrer Werke, über den Zeitpunkt ihres Erscheinens und auch über die Höhe des Honorars.[31]

Sophie Mereau erobert sich einen Platz auf dem literarischen Markt und macht sich als Schriftstellerin einen Namen. Dennoch kann sie sich keinen festen Verleger sichern, der ihr die Abnahme ihrer Schriften garantiert. Sie fordert und erhält Bogenpreise zwischen 18 und 22 Talern, für Übersetzungen wie üblich wesentlich weniger (4–5 Taler). Als Durchschnittspreis gilt 5–7 Taler pro Bogen,[32] selten erzielte Spitzenpreise können zwischen 25 und 35 Talern lie-

---

[30] Vgl. die bei GERSDORFF abgedruckten Auszüge aus dem Tagebuch. Eine Kopie des Tagebuchs ist im Freien Deutschen Hochstift, Frankfurt, einsehbar.
[31] Vgl. G. SCHWARZ. Kap. 5.5.
[32] Vgl. KIESEL, Helmut u. MÜNCH, Paul: *Gesellschaft und Literatur im 18. Jahrhundert*, München 1977.

gen. Damit kommt Mereau zu Jahresverdiensten von schätzungsweise 700 bis 800 Talern und darüber, wobei ihre Einnahmen wahrscheinlich stark schwanken. (Zum Vergleich: Jean Paul Richter, der in der Forschung als der erste freie Schriftsteller in Deutschland gilt, verdient ca. 1000 Taler im Jahr.) Davon kann sie leben, aber sie muß ständig produzieren und bei größeren Ausgaben Schulden machen. Langfristige finanzielle Sicherheit kann sie so nicht erreichen; ein Schicksal, das sie mit allen freien Schriftstellern teilt, da der literarische Markt in Deutschland im 18. Jahrhundert noch unentwickelt ist. Schriftstellerinnen trifft diese Situation noch härter als ihre männlichen Kollegen, da sie sich anders als diese nicht durch ein Amt absichern können und offensichtlich auch keine Mäzene finden.

Obwohl Sophie Mereau auf die Einkünfte aus ihrem Schreiben angewiesen ist, paßt sie sich nicht völlig an die Bedürfnisse des literarischen Marktes an: sie schreibt weder Unterhaltungsromane noch Erziehungsratgeber oder Kochbücher. Ebensowenig läßt sie sich vom Publikumsgeschmack beherrschen und riskiert mit ihrer Hinwendung zur Romantik, das Wohlwollen ihrer Rezensenten zu verlieren (was auch geschieht). Trotz ihres literarischen Anspruchs wird Sophie Mereau immer wieder als «Damenschriftstellerin» eingeordnet, was die Grenze der den Frauen zugestandenen Literaturproduktion markiert – von «hoher Kunst» sind Frauen ausgeschlossen. Anders als Karoline von Günderrode, die unter dieser Grenze extrem leidet, stellt Sophie Mereau sie zwar nicht offensiv in Frage, aber sie lehnt es auch ab, sich z.B. wie Sophie von LaRoche in die den Frauen zugestandene Nische der pädagogisch-moralischen Schriftstellerin zurückzuziehen. Doch die meisten Rezensenten übersehen geflissentlich die kritischen Momente in ihrem Werk und bemühen sich, es in ein weiblichkeitskonformes umzudeuten. So wird Mereau vor allem mit ihren Naturgedichten bekannt und dafür gelobt, daß sie mit der Wahl dieser den Frauen zugestandenen Gattung die Grenzen ihres Geschlechts nicht übertrete[33] – der Inhalt aber, nämlich der Freiheitsanspruch, den Mereau auch in ihrer Naturlyrik immer wieder zum Thema macht, wird ignoriert. Als Autorin wird Sophie Mereau von ihren Rezensenten nicht ernstgenommen.

Auch ihre Schriftstellerkollegen erkennen (anders als ihre Kolleginnen) Sophie Mereau nicht als gleichberechtigte Autorin an. Sie gerät in die verschiedenen Rollen, die Frauen im Umgang mit Dichtern zugewiesen werden. Als Schülerin von Schiller wird sie gefördert und bevormundet. Als Verehrerin von Goethe reiht sie sich ein in die Reihe der literarisch interessierten Frauen, die mit ihm einen Geniekult betreiben. Jean Paul Richter nennt sie «eine niedliche Miniatür-Grazie»[34] und gilt als in sie verliebt, und Friedrich Schlegel behandelt sie als Lustobjekt.

Die Abwehr schreibender Männer gegen schreibende Frauen wird für Sophie Mereau aber erst dann zu einem ihr Selbstverständnis bedrohenden Problem, als sie mit einem Schriftsteller eine Liebesbeziehung eingeht, und zwar ausgerechnet mit Clemens Brentano. Als sie ihn 1798 in Jena kennenlernt, tritt sie dem literarisch ambitionierten Studenten als erfahrene Schriftstellerin gegenüber. Sie fördert ihn und bietet ihm Veröffentlichungsmöglichkeiten, nimmt sich aber auch ganz selbstverständlich das Recht, seine Werke

---

[33] Vgl. HERDERS Rezension zu *Gedichte*, Bd. 1, in den *Erfurter Nachrichten*, abgedruckt in: *Sämmtliche Werke*, hg. von Bernhard SUPHAN, Bd. 20, Berlin 1880, S. 362–367, S. 363.

[34] Brief an Christian Otto, zit. nach GERSDORFF 1984, S. 147.

abzulehnen oder zu korrigieren. Doch schon bald muß sie um ihre Position kämpfen, denn Clemens Brentano fühlt sich in seinem Versuch, sich als Schriftsteller zu entwerfen, von der schreibenden Frau bedroht. Sophie Mereau läßt sich zunächst seine Probleme nicht aufzwingen und bricht die Beziehung ab. Erst im Mai 1803 gelingt es Brentano, sie zu einem Wiedersehen zu überreden. Es beginnt eine intensive und psychologisch äußerst komplizierte Liebesbeziehung: Während Sophie Mereau in dem exzentrischen, rebellischen, antibürgerlichen Brentano ihre eigenen Wünsche wiederzufinden glaubt und auf eine gemeinsame Schriftstellerexistenz hofft, versucht Brentano sie rücksichtslos zu vereinnahmen und sie mit «ästhetischer Gewaltthätigkeit» zum Material für sein als Kunstwerk verstandenes Leben zu machen.[35] Brentano, dem es um seine psychische Stabilisierung geht, drängt auf die Heirat: «... o Sophie, führe mich ins Leben, führe mich in die Ordnung, gib mir ein Haus, ein Weib, ein Kind, einen Gott ...».[36] Mereau aber will die Liebesbeziehung nicht institutionalisieren, sondern lieber in «wilder Ehe» leben. Erst als sie schwanger ist, stimmt sie der Heirat zu. Dies ist keine rein rationale Entscheidung (es gab durchaus Möglichkeiten, ein uneheliches Kind zu verbergen), sondern ihr Entschluß fällt spontan und wider besseres Wissen:

> «Ich habe Deinetwegen schon wieder Streit gehabt. Es ist sonderbar, daß auch nicht Ein Mensch ist, der nicht Deine Talente bewundert und Deinen Karakter fürchtet – Nur ich, ich fürchte ihn nicht; es macht mich ganz frölich, mich einmal so ganz allein, keck der ganzen

---

[35] Vgl. H. SCHWARZ, S. 37 ff.
[36] Brentano an Mereau, Marburg vom 4.9.1803.

Welt entgegen zu stellen. Ich werde mit Dir glücklich *sein*, das weiß ich; ob ich es *bleiben* werde, das weiß ich nicht, aber was geht mich die Zukunft an? – Kann ich nicht sterben, eh' ich unglücklich werde?»[37]

Sie heiratet am 29. November 1803 und zieht zu ihrem Mann nach Marburg. Mit ihren Befürchtungen aber hatte sie nur allzu recht; die Ehe mit Clemens Brentano wird für sie zu einer enormen Belastung. Sophie Brentano muß die gesamte Organisation des Alltags bewältigen, da Clemens Brentano trotz seines Bedürfnisses nach bürgerlicher Sicherheit die Rolle des Hausvaters nicht übernehmen will. So muß sie verschiedene Umzüge nach und innerhalb von Heidelberg organisieren, während er auf Reisen geht und dichterische Anregungen sammelt. Sophie Brentano muß auf den verschiedensten Ebenen um ihre literarische Produktion kämpfen: gegen den Zeitmangel und die Alltagssorgen, gegen die Ansprüche ihres Mannes auf ungeteilte Aufmerksamkeit und gegen die eigene Verunsicherung. Brentano versucht, seine Frau in die Rolle der Muse zu drängen und erträgt es nicht, neben einer eigenständigen Schriftstellerin zu leben; gemeinschaftliches Produzieren ist für ihn nur mit seinem Dichterfreund Achim von Arnim vorstellbar. Ihre Werke wertet er systematisch ab und stellt sie unter die seinigen. Sich Clemens Brentano gegenüber zu behaupten, ist für Sophie Brentano wohl auch deswegen so schwierig, weil sie ihn als Genie anerkennt. Wenn sie sich auch nicht auf bloße Zuarbeit festlegen läßt, so zeigt sich eine gewisse Verunsicherung beispielsweise darin, daß sie sich auf die Diskussion einläßt, eigene Arbeiten unter dem Namen von Achim von Arnim erscheinen zu lassen. Sophie

---

[37] Brief an Clemens Brentano, Weimar vom 28. Oktober 1803.

Brentano publiziert während ihrer dreijährigen Ehe zwar zahlreiche eigene Arbeiten, jedoch meist Übersetzungen, Bearbeitungen und kleinere Erzählungen, ein größeres Werk beginnt sie in der Kürze der Zeit nicht. Ihren selbstbewußten Anspruch, in der Kunst etwas leisten zu wollen («eine Erndte will ich haben»[38]), gibt sie nicht auf. Aber sie wird auch von Selbstzweifeln gequält und hat zunehmend Momente, in denen sie sich als gescheitert sieht. Dafür macht sie vor allem den Konflikt von Kunst und Liebe verantwortlich:

> «Jede Frau, die sich zu einer Kunst oder Wißenschaft berufen fühlt u. sich ihr widmet, soll es auf eine ernste feste u. besonnene Weise thun – nicht etwa wie ich, die sich dabei einer Menge von Schicksalen und Neigungen preisgab.»[39]

Den Geschlechterverhältnissen, gegen die Sophie Mereau-Brentano ihr Leben lang mit ihrem Schreiben und weitgehend auch in ihren Werken ankämpfte, konnte sie nicht entgehen. Gerade in der Beziehung zu Clemens Brentano, in die sie so viele Hoffnungen setzte, wurden sie ihr zum Verhängnis – und zwar nicht nur als Autorin. In drei Ehejahren bekommt sie drei Kinder, die alle nach kurzer Zeit sterben. Nach dem zweiten Kind mit Brentano (ihrem vierten) will sie kein weiteres mehr. Doch Clemens Brentano, für den eigene Kinder von enormer psychischer Bedeutung sind, setzt sie unter Druck. Nach ihrer Biographin Gersdorff hat sie Ende 1805 eine Fehlgeburt, nach der sie schwer erkrankt.[40]

---

[38] Brief an Clemens Brentano, Marburg vom 21. Januar 1804.
[39] Brief an Bettine Brentano, 1805, zit. nach HANG, S. 51.
[40] GERSDORFF 1984, S. 363.

Am 31. Oktober 1806 stirbt sie bei der Geburt eines toten Kindes. Sie wurde 36 Jahre alt.

* * *

Der Versuch, Autorin zu werden, stellt die Geschlechterordnung in Frage und bedroht den männlichen Autor. In den Nachrufen wird Sophie Mereau-Brentano zwar noch als Schriftstellerin wahrgenommen, aber nur als Musterbeispiel dessen, was als weibliches Schreiben gilt. Fast das ganze 19. Jahrhundert hindurch – während der Zeit, in der sich die Germanistik begründet – ist sie vergessen. Erst im letzten Drittel wird sie mit dem Aufkommen der Romantikforschung wieder beachtet und nun endgültig in die Position verwiesen, die Frauen in der Literatur «zusteht»: als Gattin des Dichters, als Freundin großer Männer und als Anknüpfungspunkt aller möglichen Phantasien über Weiblichkeit. Ihr Werk wird ignoriert, Beachtung finden nur die Briefe – allerdings nur als Teil der Briefwechsel großer Männer. Mereaus literarisches Werk wird bis auf ganz wenige, entlegene Neuausgaben erst im 20. Jahrhundert – und da auch nur teilweise, in größeren Abständen und sehr verstreut – ediert und rezipiert (vor allem einzelne Gedichte). Dabei wird ihr Werk, im Versuch, den Literaturkanon intakt zu halten, marginalisiert und entschärft. Was dabei herauskommen kann, zeigt ein früher Teilabdruck von *Amanda und Eduard*, der willkürlich Textstellen herausgreift und sie so zusammenstellt, daß der Roman als Ansammlung der Weisheiten der Klassik erscheint. Eine intensive Beschäftigung mit der Autorin findet in der Regel bis zum Einsetzen der feministischen Frauenforschung nicht statt. Erst Ende der 70er Jahre hat die Würdigung der Autorin und die Auseinandersetzung mit ihrem Werk allmählich begonnen, die wir mit der Neuherausgabe ihres Prosa-Hauptwerks *Amanda und Eduard* fortsetzen und vertiefen wollen.

Entstehung des Romans

―

Der erste Hinweis darauf, daß Sophie Mereau an dem Roman *Amanda und Eduard* arbeitet, findet sich in einem Brief an ihren Geliebten Johann Heinrich Kipp vom 8.7.1795[1]. Sie sieht ihn als Quelle der Inspiration und schreibt, daß sie die männliche Hauptfigur des neuen Romans nach seinem Vorbild gestalten wolle. Wichtig ist Mereau aber, bei der weiblichen Protagonistin derart enge Bezüge zu sich selbst auszuschließen, keine biographische Deutung zuzulassen.

> «Auch was ich jezt schreibe, kömmt meist auf Deine Rechnung ... Auch gestehe ich Dir daß, ich bei der Schilderung des jungen Mannes oft an Dich gedacht habe. Nur bitte ich Dich, wenn Du es lesen wirst, nicht zu glauben, daß ich unter Amanda *mein* Bild habe schildern wollen. Diese Idee würde meine freie Darstellung binden, u den lieblichen Carakter den ich im Sinn habe, verunstalten.»[2]

---

[1] Datierung nach FLEISCHMANN.

Am 20.4.1796[3] schreibt Mereau an Kipp, daß sie nach einer längeren Unterbrechung durch «Zerstreuung, häusliche Geschäfte, Mangel an Muße u eine andre kleine Arbeit[4]» wieder am Roman arbeite.

> «Jezt trug ich mich wieder damit. Ich sann auf mancherlei Wendungen u lies die Schicksale in meiner Phantasie nach Gefallen entstehen u verschwinden, u das lezte blieb mir daß ich meine Helden nach Frankreich gehen lies.»

(Im selben Brief schreibt Mereau von ihrer Freiheitssehnsucht, die sie in jenen Jahren oft mit Frankreich verbindet. Auch in ihrem Roman *Blüthenalter der Empfindung* von 1794 steht Frankreich neben Amerika für einen möglichen Ort der Freiheit.) Dieser geplante Schluß sollte in der späteren Romanfassung gänzlich verändert werden.

Zunächst entscheidet sich Mereau, den Roman in Fortsetzungen in Schillers *Horen* zu veröffentlichen. Laut Gersdorff[5] erhielt Schiller den Anfang des Manuskripts im Juni 1797. Eine Eintragung in Mereaus Tagebuch vom 29. Juni 1797 macht ihre zu diesem Zeitpunkt noch relativ große Abhängigkeit von Schiller deutlich, mit dem sie sich häufig trifft, um ihre Projekte zu besprechen: «Ungewißheit, ob Schiller meine Arbeiten gefallen ... Brief von Schiller. Größte Aufmunterung. Lebhaftes Lob. Vergnügen.»[6]

---

[2] Der Briefwechsel zwischen Sophie Mereau und Heinrich Kipp ist mit dem Großteil ihres Nachlasses einschließlich des Tagebuches in der Biblioteka Jagiellońska in Kraków in der Slg. Varnhagen archiviert. Zum unedierten Nachlaß siehe das Verzeichnis in G. Schwarz, Kap. 9.2.

[3] Datierung nach Fleischmann.

[4] Es ist unklar, welche Arbeit gemeint ist; 1796 erscheinen verschiedene Gedichte in Schillers *Musen-Almanach* und die Boccaccio-Übersetzung «Nathan» in den *Horen*.

[5] Gersdorff 1984, S. 123.

Schiller bedankt sich bei Mereau in einem Brief vom
29.6.1797.[7] Er findet die Briefe «recht interessant zu lesen
und mit vielem poetischen Feuer geschrieben.»[8] Er sei begierig, das Ganze zu lesen und zweifle nicht am Erfolg beim
Publikum.[9] Er rät ihr allerdings, einzelne kurze Stellen, die
er nicht genauer benennt, abzumildern. Am 30.6.1797
schreibt Schiller, der sich ganz als Mereaus Lehrer versteht,
über den Anfang des Briefromans wohlwollend lobend an
Goethe. Auch ein Brief vom 4. Juli 1797 zeigt das von Schiller intendierte Lehrer-Schülerin-Verhältnis und seine Einschätzung ihres neuen Projektes:

> «Sie haben mich mit den ersten Briefen ihres Romans
> gestern und heute recht angenehm überrascht, ich finde
> darin einen so schnellen und großen Fortschritt, den Ihr
> Darstellungstalent zu einer höhern Vollkommenheit getan hat ... Diese Briefe sind mit einer sehr angenehmen
> Leichtigkeit und schönen Simplizität geschrieben, es ist
> sichtbar, wie sehr Sie Ihres Stoffes mächtig geworden
> und wie Sie Sich (sic!) durch eine glückliche Kultur vor
> manchen Fehlern, mit denen das noch nicht ausgebilde-

---

[6] Zit. nach GERSDORFF, ebd.
[7] Paul RAABE (*Die Horen. Einführung und Kommentar*, Darmstadt 1959) datiert, vermutlich BOXBERGER folgend, der seinen Vorschlag mit einem Fragezeichen versieht, den Dankesbrief Schillers «zwischen dem 22. und 26.6.1797». Die Datierung von GERSDORFF scheint besser, weil sie sich auf den Tagebucheintrag Mereaus vom 29.6.1797 stützt.
[8] Der Briefwechsel Mereau/Schiller wurde als erster Briefwechsel der Autorin bereits 1889 von BOXBERGER ediert. Er wurde u.a. auch in die Biographie von Dagmar von GERSDORFF aufgenommen; hier S. 125.
[9] Schillers Interesse am Manuskript erklärt sich u.a. aus den Absatzschwierigkeiten der *Horen,* die als zu trocken galten. Gegen seine ursprüngliche Intention entschließt er sich, in die späteren Jahrgänge der *Horen* Romane aufzunehmen, so daß nun auch Frauen eine Chance haben (vgl. SCHIETH, S. 71 ff.).

te Talent gewöhnlich anfängt ... zu befreien gewußt haben.»[10]

Er fordert Mereau auf, «auf diesem Wege fortzufahren» und hofft auf weitere Briefe für seine *Horen*. Schiller schickt das Manuskript am 30.6.1797 an Cotta, eine zweite Lieferung folgt am 5.7.1797, die zweite Fortsetzung am 8.12.1797.[11] Im 3. Jg. der *Horen* erscheint dann in Fortsetzungen «Briefe von Amanda und Eduard» (nur acht Briefe, da die *Horen* bald eingestellt wurden).[12]

Der Hauptteil des Romans entsteht aber erst nach 1797 – irgendwann zwischen 1798 und 1802. Mereaus Tagebuch verzeichnet lediglich, daß sie arbeitet, aber nicht woran (in diesen Zeitraum fallen zahlreiche Veröffentlichungen). Ein Brief an ihren Stiefbruder Friedrich Pierer von vermutlich 1801 legt nahe, daß sie nur mit Unterbrechungen am Roman arbeiten kann, da sie in der Zeit ihrer Scheidung auf schnelle Einnahmen durch literarische Brotarbeiten angewiesen ist:

«Daß ich jezt von meiner Schriftstellerei allen möglich (sic!) Erwerb zu ziehen suchen werde, kannst Du Dir wohl vorstellen. Es ist mir für einen Roman, den ich schon vor einigen Jahren angefangen habe, bereits ein ansehliches Honorar geboten worden. Aber Du weißt, daß man für die Art Arbeiten nicht immer aufgelegt sein kann; daher wünschte ich sehr eine Arbeit zu haben, die ich immer machen könnte, wo mir der Stof schon gegeben wäre, sei es nun Übersetzung oder Bearbeitung.»[13]

---

[10] Schiller an Mereau, Jena, den 4. Juli 1797, zit. nach GERSDORFF 1984, S.126.
[11] Laut Schillers Kalender, vgl. RAABE, s.o.
[12] *Die Horen*, 1797, 6. St., S.49–69; 7. St., S.39–60; 10. St., S.41–56.

Das Konzept des Romans, der ursprünglich wohl als Bildungsroman angelegt war, wird von Grund auf verändert. Auch die ersten acht Briefe werden sowohl inhaltlich umfassend geändert[14] als auch in ihrer Abfolge neu geordnet. Mereau montiert vor allem die ersten Briefe ihres Briefwechsels mit Kipp, der vom 16.6.1795 (1. Brief von Kipp) bis 1796 geführt wurde, in die Briefe 18–22 des Romans ein.[15] Diese Briefe, die die Trennung der Liebenden schildern, sind in der *Horen*-Fassung noch nicht enthalten; diese bricht nach der Begegnung ab. Es bleibt zwar offen, ob sie bereits geschrieben waren, als die *Horen*-Fassung gedruckt wurde, oder erst später entstanden. Die gravierenden Umarbeitungen in der Konzeption des Romans aber, die die Liebesthematik in den Mittelpunkt rücken, legen es nahe, einen späteren Zeitpunkt anzunehmen.

Erst in einem Brief vom 20.1.1802 aus Weimar schreibt Sophie Mereau an den in Frankfurt lebenden Buchhändler und Verleger Friedrich Wilmans[16], der sie zur Mitarbeit an seinem Taschenbuch aufgefordert hatte[17], daß sie bis

---

[13] Sophie Mereau an Friedrich Pierer, o.O., vermutl. Mitte 1801 (Datierung nach G. SCHWARZ), abgedruckt bei G. SCHWARZ, S.200f.

[14] Die Änderungen betreffen Motive, Episoden, Reflexionen, Charaktere, Naturschilderungen, Begriffe und Satzkonstruktionen, gehen also (entgegen der älteren Forschungsmeinung; vgl. TOUAILLON, S.545) weit über ästhetische Glättungen hinaus und zielen gerade auf die Abkehr von «klassizistischen Grundsätzen».

[15] Vgl. TREDER 1983 u. 1990, S.178.

[16] Da der (wahrscheinlich nicht vollständig erhaltene) Briefwechsel zwischen Sophie Mereau und Friedrich Wilmans bisher nicht ediert wurde, verzeichnen wir im folgenden jeweils, in welchem Archiv sich die zitierte Handschrift befindet. G. Schwarz druckt im Anhang II und IV einige Briefe ab. Der größte Teil des Briefwechsels liegt in der Biblioteka Jagiellońska in Kraków in der Slg. Varnhagen und der Autographen-Slg. zu Friedrich Wilmans vgl. Raabe.

ENTSTEHUNG

«Ostern einen, schon lang angefangenen Roman in Briefen, vollenden» werde. Frühere Verhandlungen mit Unger waren gescheitert:

> «Mit Unger bin ich nun in Richtigkeit. Es sollte erst mein Roman bei ihm herauskommen, da er ihn aber in seinen Romanjournal setzen wollte und ich das *nicht* wollte, so hab ich mir einen anderen Verleger gewählt.»[18]

Mit Wilmans wendet sich Mereau an einen Verleger, der sich für die noch relativ unbekannten Romantiker (z.B. Hölderlin, Brentano, Tieck, Fr. Schlegel), aber auch für Schriftstellerinnen (z.B. Imhoff, Günderrode, Ahlefeld, D. Schlegel, Bernhardi) interessiert und ein breites Programm an Frauen gerichteter Literatur anbietet.[19] Mereau wählt diesen Verleger sehr bewußt aus, da er für die gute Ausstattung seiner Bücher bekannt war. Inhalt und Ton des gesamten Briefes zeugen von Mereaus eigenständigem und selbstbewußtem Umgang mit dem Verleger. Sie knüpft Bedingungen an ihr Manuskript-Angebot, hat genaue Honorarvorstellungen und drängt auf eine baldige Entscheidung:

> «Diesen [Roman, Anm. d. Verf.] würde ich sehr gern in *Ihren* Händen sehen, weil ich dann überzeugt sein würde, daß sein Aeußres ganz meinen Wünschen entspräche. Wenn Ihnen also ein Bogenpreis von 4 Friedrichs-

---

[17] Vgl. den Brief von Mereau an Wilmans vom 30. Dez. 1801, Biblioteka Jagiellońska, Kraków Autographen-Slg. Mereau veröffentlicht in den folgenden Jahren mehrfach in Wilmans *Taschenbuch, der Liebe und Freundschaft gewidmet*.

[18] Sophie Mereau an Friedrich Pierer, Anfang 1802; briefliche Mitteilung von Frau Dr. Gisela Schwarz.

[19] Vgl. die von RAABE zusammengestellte Liste der bei Wilmans erschienenen Bücher.

dor nicht zu kostbar ist, u ihnen mein Vorschlag annehmungswürdig dünckt, so erbitte ich mir von Ihrer Gefälligkeit, zweierlei. Zuerst: daß Sie mir mit *nächster* Post, Ihre Meinung bestimmt mittheilen; an der Erfüllung dieser Bitte ist mir unendlich viel gelegen. – Zweitens daß ich jezt 30 Friedrichsdor von Ihnen erhalte; das übrige dann mit Vollendung des Drucks.»[20]

Wilmans muß schnell sein Interesse an dem Roman bekundet, aber eher zurückhaltend auf Mereaus finanzielle Forderungen reagiert haben (der Brief liegt nicht vor), denn Mereau antwortet bereits am 8.2.1802. Auch hier wird wieder deutlich, daß sie großen Wert auf die Ausstattung des Buches legt, so daß sie sogar eine geringere Bezahlung akzeptiert.

«Es sei! – die gute Meinung, welche ich von Ihnen habe, u die Hofnung, daß Sie für die äußere Zierlichkeit des Buchs alles thun werden was ich mir wünschen kann, bestimmen mich, Ihre Vorschläge anzunehmen, u von meiner Foderung nachzulaßen.»[21]

Der von ihr aufgesetzte Vertrag, den sie Wilmans im Brief mitschickt, ist leider nicht mehr vorhanden.

Ohne im Besitz des Manuskripts zu sein, entschließt sich Wilmans (wohl unter Zeitdruck)[22], das Buch im *Meßkatalog der Leipziger Ostermesse von 1802* anzuzeigen. In der Rubrik «Fertig gewordene Schriften in teutscher und lateinischer Sprache» erscheint die folgende Anzeige: «Briefe

---

[20] Freies Deutsches Hochstift, Frankfurt, Negativ: 52161-62, Nr. 10265.
[21] Biblioteka Jagiellońska, Kraków, Autographen-Slg. 143.
[22] In den Katalog für die Ostermesse wurden – laut der Nachricht des *Meßkatalogs für die Michaelismesse von 1798* – nur Titel aufgenommen, die den Weidmannschen Verlag «zu Anfang der Woche vor Lätare» (3. Sonntag vor Ostern) erreichten.

von Amanda und Eduard. Herausgegeben von Sophie Mereau. Mit Kpf. 8. Frankf. a. Mayn, Wilmans».[23] Außerdem nimmt Wilmans eine eineinhalbseitige Vorankündigung des Romans in sein *Taschenbuch für das Jahr 1803* auf, in dem auch zwei Gedichte Mereaus enthalten sind.

Doch der Roman erscheint nicht zur Ostermesse, sondern ist im April 1802 allenfalls als Manuskript fertiggestellt. Dies geht aus einem Brief vom 5.5.1802 aus Weimar hervor, den Mereau an Wilmans nach Leipzig adressiert. Die Ausstattung des Buches überläßt Mereau keineswegs Wilmans allein. Sie wählt aus, welche Szenen des Romans sich zur Illustration eignen würden, und läßt sich die Entwürfe für die Titelkupfer vorlegen. Außerdem gelten ihre Überlegungen auch dem besseren Absatz des Buches.

«Die Eine, welche ich Ihnen hier beilege, finde ich schön, zierlich u wohlgerathen, besonders ist das Zimmer und die ganze Umgebung äußerst lieblich u geschmackvoll. Die andere hingegen, ist, hauptsächlich durch meine eigne Schuld, nicht paßend, und ich will Ihnen hier meine Ideen kurzlich mittheilen. – Da nun das ganze M.spt. ... bis auf das Abschreiben, vollendet ist, so sehe ich, daß es sich füglich in *zwei* Bändchen theilen läßt, welches dann zierlicher aussieht, sich beßer leßen läßt u auch für den Verkauf, wie ich glaube, vortheilhafter ist. – In diesem Fall also müßte die 2te Zeichnung, die Größe der ersten haben, u dem 2ten Bändchen als Frontispiz dienen. – Ich will Ihnen nun die ganze Stelle des Briefs, nach welcher die Zeichnung verfertigt werden soll wörtlich abschreiben, u beilegen, damit der

---

[23] S.33.

Künstler sein Zeichnung vollkommen in dem Sinn derselben entwerfen kann.»[24]

Diese Beilage befindet sich heute nicht mehr bei dem Brief.[25] Bei der bezeichneten Textstelle handelt es sich vermutlich um den 17. Brief des zweiten Bandes, in dem Eduard Barton erklärt, wie er durch Antonios Portrait von Amanda über diese Aufschluß erhalten habe.

Am 14.8.1802 schreibt Wilmans mahnend aus Frankfurt:

«Mit Ungeduld sehe ich des Mspt des zweiten Bandes der Amanda entgegen. H Vieweg in Braunschweig der den Roman druckt hat mir 17 Bogen gesandt, und verlangt umgehend mehr Mspt.»[26]

Um Umwege und wohl auch Zeit zu sparen, solle Mereau das Manuskript direkt an Vieweg senden.[27] Doch zur Mi-

---

[24] Stadtarchiv Hannover, K.M. S.C., 1324. Mit dem Künstler ist vermutlich Ramberg gemeint (Johann Heinrich, 1763–1840 Hannover; «Seit Chodowieckis Tod ist er der gesuchteste Illustrator in Deutschland ... Alle Stecher von Namen arbeiten für ihn.» Aus: *Allgemeines Lexikon der bildenden Künstler von der Antike bis zur Gegenwart*, begründet von Ulrich THIEME u. Felix BECKER, 1926), von dem die Zeichnung zu dem ersten Titelkupfer stammt.

[25] Auch eine Manuskript-Abschrift des gesamten Romans, die Mereau ihrem Bekannten Maier (vermutlich Friedrich Majer, 1772–1818, Privatdozent in Jena) auf dessen Reise nach Leipzig für Wilmans mitgeben will, wie sie im Brief ankündigt, konnte bisher nicht aufgefunden werden, da die Wilmanschen Verlagsunterlagen bis auf einige wenige Geschäftsrundschreiben und Eingaben an Behörden nicht archiviert wurden.

[26] Biblioteka Jagiellońska, Kraków, Varnhagen-Slg. 279.

[27] Auch im Archiv des Verlages Vieweg befinden sich weder Manuskriptteile noch den Roman betreffende Korrespondenz, da – nach Auskunft des Verlages – bei Druckaufträgen vermutlich nichts archiviert wurde.

chaelismesse von 1802 erscheint trotz Wilmans Eile keine erneute Ankündigung des Romans.

Erstaunt antwortet Mereau in einem Brief aus Camburg vom 20.8.1802, sie habe das Manuskript bereits abgeschickt. Trotz aller damit verbundenen Zeitverzögerungen besteht Mereau darauf, daß Druckkorrekturen vorgenommen werden. Welche Wichtigkeit sie dem beilegt, läßt sich auch daran ermessen, daß sie von Wilmans, der wegen seiner Nachlässigkeit beim Druck auch Beschwerden von anderen Autoren (z.B. von Friedrich Schlegel und Hölderlin) erhielt, die Korrekturbögen verlangt:

> «Von Ihrer Gefälligkeit darf ich es wohl mit Zuversicht erwarten, daß Sie, die beiliegende Berichtigung einiger übersehner Nachläßigkeiten beim Druck des Mspts zuverläßig besorgen laßen! – es liegt mir viel daran – Auch erwarte ich, wie ich Ihnen vielleicht schon geschrieben habe, die Aushängebogen von Ihnen zugeschickt zu erhalten.»[28]

Leider ist die beiliegende Berichtigung nicht mehr vorhanden, so daß Mereaus Korrekturen nicht nachvollzogen und auch nicht mit den im Buch dann doch vorhandenen Fehlern verglichen werden können; ebenso fehlen heute die Korrekturbögen. Es bleibt also unklar, ob Wilmans der Aufforderung nachkam oder dies beispielsweise aus Zeitgründen unterließ oder ob Mereau womöglich nicht sorgfältig korrigierte.

Am 29.9.1802 meldet Wilmans brieflich nach Camburg, daß Vieweg das Manuskript des 2. Teils erhalten habe und im Dezember den Druck fertigstellen werde. In den er-

---

[28] Biblioteka Jagiellońska, Kraków, Autographen-Slg. 144.

sten Tagen des Januars solle der Roman dann ausgeliefert werden.²⁹

Im *Taschenbuch für das Jahr 1803* erscheint eine von Wilmans unterzeichnete Ankündigung des Romans:

«Einige dieser Briefe standen schon im letzten Jahrgange der Horen, und sind gewiß jedem Leser reinen Sinnes und Herzens noch unvergessen. Die zarteste Sehnsucht, die reine geistige Liebe, die innigste Empfänglichkeit des Gefühls für die Schönheiten der Natur, sind von der lieblichsten Phantasie in heitere dem innersten Heiligthum des Herzens abgelauschte ewige Formen gekleidet, deren sanfte Gluth freundlich erwärmt und entzückt. Die schnell verblühenden Blumenthäler des Jugendlebens, wo, um mit den Worten der lieblichen Dichterin selbst zu sprechen: «die Zukunft noch wie ein Feenland vor uns liegt, und ein ewiges Morgenroth der Hoffnung unsere Aussicht bekränzt» – sind wohl nie in so süßen, nie verhallenden Tönen, in so zarten Bildern fest gehalten und in der sanftleuchtenden Glorie einer so schönen Unvergänglichkeit dargestellt worden, als in diesen lieblichen Compositionen. Doch es wäre Unbescheidenheit gegen die liebenswürdige Herausgeberin, wenn ich mir anmaßen wollte, vorlaut auszusprechen, was das Publikum in der vollständigen Sammlung dieser Briefe zu erwarten hat. Erinnerung und Hoffnung mögen es jedem, den die erstern der selben zu entzücken ahnen lassen. Auf ein schönes Velin- und ein gutes Schreibpapier wird dieses schätzbare Werk gedruckt und mit einigen interessanten Kupferstichen geziert.

---

29   Biblioteka Jagiellońska, Kraków, Varnhagen-Slg. 279.

Alle soliden Buchhandlungen nehmen auf beide Editionen Bestellungen an.»[30]

Doch am 30.11.1802 schreibt Wilmans, daß sich die Auslieferung des Werks um Monate verschieben werde, weil ihm der Kupferstecher Rosmaesler[31] am 20. des Monats mitgeteilt habe, daß er eine Zeichnung (wahrscheinlich die Vorlage zum zweiten Titelkupfer) noch nicht zurückerhalten habe. Außerdem kündigt er Mereau an, daß er zwei Sujets aus dem Roman für sein künftiges Taschenbuch – wohl zu Werbezwecken – stechen lassen wolle[32]:

«– die Szene wo Eduard sich zu Pferde im Fluß stürzen will um den vergeßenen Brief auf die Post zu bringen, und er von einem Schäffer zurückgehalten wird. — zu der zweiten habe ich einige gewält, ich weiß nicht welche Jury nehmen wird.»[33]

Mereau antwortet am 20.12.1802 aus Weimar, daß sie auf mehrere Anfragen nach der verlorengegangenen Zeichnung nur erfahren habe, daß ihr Brief an einen anderen Ort ge-

---

[30] *Taschenbuch für das Jahr 1803. Der Liebe und Freundschaft gewidmet,* Frankfurt, letzte Seite, unpaginiert.

[31] Rosmaesler (entweder Johann Adolf, 1770–1821 Leipzig, oder dessen Bruder Johann Friedrich, um 1775–1858 Leipzig) stach zwei Titelkupfer und zwei Vignetten zum Roman. Ein drittes Titelkupfer, das in einigen Roman-Exemplaren statt der Rosmaeslerschen erscheint (siehe Abbildung S.428), wurde von Blaschke (János, 1770 Preßburg – 1833 Wien) nach einer Vorlage von Kininger (Vinzenz Georg, 1767 Regensburg – 1851 Wien) gestochen. Es lag vermutlich kein Auftrag vor, da es kein Motiv aus *Amanda und Eduard* darstellt.

[32] Das *Taschenbuch für das Jahr 1804. Der Liebe und Freundschaft gewidmet,* Frankfurt a.M. enthält zwei Kupfer von Jury (Johann Friedrich Wilhelm, 1763–1829 Berlin; laut THIEME-BECKER, s.o., einer der ersten Modekünstler in Bücherkupfern, besonders zu Romanen) mit Szenen des Romans.(Siehe die Abbildungen S.316 u.379)

[33] Biblioteka Jagiellońska, Kraków, Varnhagen-Slg. 279.

sendet worden sei. Zu diesem Zeitpunkt scheint sie bereits auf das Erscheinen des Buches zu warten, denn sie schlägt Wilmans vor, den Roman auch ohne das zweite Kupfer auf den Markt zu bringen. Vermutlich war ausgemacht, daß Mereau das Honorar (abzüglich eines Vorschusses) mit der Fertigstellung des Drucks erhalten werde.[34]

> «... so bitte ich Sie recht sehr, lieber Herr Wilmans, die Versendung des Buchs deshalb nicht länger aufzuschieben. Sie können ja wohl leicht eine kleine gedruckte Anmerkung beifügen, u da besonders Ihr nächster Almanach Sujets aus dem Roman enthält, so wird der Mangel dieser Zeichnung desto leichter übersehen werden können.»[35]

Außerdem legt sie Wilmans ans Herz, ihr die Autoren-Exemplare so bald als möglich zu senden.

Am 23.12.1802 kündigt Wilmans an, daß der Roman Mitte Januar 1803 ausgeliefert werde, da Rosmaesler eine neue Zeichnung gemacht, gestochen und an Vieweg geschickt habe. Wilmans – besorgt um den Absatz – drängt darauf, alle Werbemöglichkeiten auszuschöpfen. Mereau solle zu diesem Zweck an die Herausgeber des *Journals des Luxus und der Moden* und der *Zeitung für die elegante Welt* sowie an Kotzebue und Merkel herantreten.

> «Diese Blätter werde (sic!) unstreitig am mehrsten gelesen, und durch Empfehlung dieser Blätter würde vorzuglich das Publickum aufmerksam darauf. Wenn Sie allso mit diesen Herren bekannt sind, so würden Sie mich unendlich verpflichten, wenn Sie jeden ein Ex. zu-

---

[34] Vgl. den weiter oben zitierten Brief von Mereau an Wilmans vom 20.1.1802.
[35] Freies Deutsches Hochstift, Frankfurt, Negativ: 52157-58, Nr. 13899.

sendeten, mit dem Wunsche, daß sie den Roman baldigst anzeigen möchten. Gewiß schlagen sie es Ihnen nicht ab. Offenherzig gestehe ich Ihnen, daß ich alles aufbiethen muß, den Debit zu befördern, sonst komme ich zu meinen horrenden Kosten nicht, viel weniger darf ich auf Vortheil rechnen.»[36]

Diese Aufforderung ihres Verlegers, die Werbung selbst in die Hand zu nehmen, zeigt, daß es Mereau gelungen ist, ihr Selbstbewußtsein als bekannte Autorin überzeugend zu vermitteln. (Zur gleichen Zeit wagen viele schreibende Frauen den Schritt in die Öffentlichkeit nur mit männlicher Unterstützung und haben große Schwierigkeiten, sich als Schriftstellerinnen zu präsentieren.) Mereau scheint dieser Aufforderung nicht sofort nachgekommen zu sein, denn in einem Brief vom 25.1.1803 wiederholt Wilmans seine Vorschläge. Neben Kotzbues *Freimüthigen* nennt er noch besonders Merkels *Briefe an ein Frauenzimmer über die neuesten Produkte der schönen Literatur in Deutschland*. Damit wendet sich Wilmans an die lesende Damenwelt, wo er vielleicht am sichersten Abnehmerinnen für den Roman erwartet. Ob er *Amanda und Eduard* speziell an dieses Publikum adressiert sieht, ist dem Briefwechsel nicht zu entnehmen.

«Auch glaube ich, wäre es vorzüglich gut, wenn Sie den pikanten, bösen Merkel ein Ex. sendeten, und ihn um einen Anzeige in seinen famösen Briefe an Frauenzimmer ersuchten. Dieser Lilliput hat freilig viele Feinde, aber seine Briefe werden gerne gelesen, und die liebe DamenWelt, haben ihn nun doch einmal zu dem Wähler der Lektüre gemacht.»[37]

---

[36] Biblioteka Jagiellońska, Kraków, Varnhagen-Slg. 279.
[37] Ebd.

Die Wahl der übrigen Rezensionsorgane überläßt Wilmans Mereau, er selbst wolle die Verbreitung in Hamburg übernehmen.[38] Da nun nur noch der Druck der Kupfer von Vieweg besorgt werden müsse, erhalte Mereau binnen 8 bis 10 Tagen die ersten Exemplare des Romans. Wilmans zahlt Mereau das Honorar in Raten (am 9. 12. 1802, den Rest wahrscheinlich erst nach der Leipziger Ostermesse 1803)[39], da er wegen seines Umzugs von Bremen nach Frankfurt in einer finanziell angespannten Lage sei.

Im *Allgemeinen Verzeichnis der Bücher für die Leipziger Ostermesse von 1803* findet sich dann in der Rubrik «Fertig gewordene Schriften, Romane» die folgende Anzeige: «Amanda und Eduard. Ein Roman in Briefen. Herausg. v. Sophia Mereau. 2 Bde. Auf geglätt. Velinpap. u. auf Schreibpap. 8. Frankf. a. Mayn, Wilmans.»[40] Die Titeländerung des Romans bei dieser zweiten Ankündigung für die Buchmesse kann deswegen vorgenommen worden sein, weil die Buchhändler immer wieder darauf aufmerksam gemacht worden waren, daß Werke nur einmal anzukündigen

---

[38] Ankündigungen oder Rezensionen erscheinen in der *Zeitung für die elegante Welt,* Nr. 50 vom 26. April 1803, Sp. 397f.; im *Freimüthigen,* Nr. 77 vom 16. Mai 1803, S. 307; nicht aber im *Journal des Luxus und der Moden* und in *Briefe an ein Frauenzimmer.* Von den Hamburger Zeitschriften wollte Wilmans den *Reichsanzeiger,* den *Correspondenten* und einige gelehrte Zeitschriften ansprechen. Weitere Rezensionen zum Roman sind der Literaturliste zu entnehmen. Einschränkend muß aber hinzugefügt werden, daß Mereaus Briefwechsel mit Wilmans nicht vollständig erhalten ist und für das Jahr 1803 keine weiteren Briefe Mereaus an Wilmans bekannt sind.

[39] Vgl. die Briefe von Wilmans an Mereau vom 9.12.1802 und vom 25.1.1803, Biblioteka Jagiellońska, Kraków, Varnhagen-Slg. 279.

[40] S. 235.

seien. Ein Auftrag Sophie Mereaus zur Änderung konnte jedenfalls nicht gefunden werden.

Am 15.9.1804 schreibt Wilmans an Sophie Mereau-Brentano:

«Als ehrlicher Mann versichre ich Ihnen, bin auch erböthig es zu beweisen, daß ich noch nicht meine Kosten bei der Amanda u. Eduard heraus habe. Es ist wohl wahr daß mich der Druck sehr viel gekostet hat, allein den Preiß habe ich nicht geringe bestimmt. Daraus meine geehrteste Frau, können Sie sehen, daß selbst die besten Romane nicht so ansehnlich honoriert werden dürfen, als ich es bei der Amanda gerne that.»[41]

Im *Taschenbuch für das Jahr 1805* werden in den Verlagsanzeigen drei verschiedene Ausgaben[42] verzeichnet und auch im *Taschenbuch für das Jahr 1806* wird nochmals auf einer ganzen Seite für den Roman geworben, aus Rezensionen zitiert und der bisherige starke Absatz behauptet. Ein buchhändlerischer Erfolg war *Amanda und Eduard* wohl aber nicht. Es gab keine weiteren Auflagen.

---

[41] Biblioteka Jagiellońska, Kraków, Varnhagen-Slg. 279.
[42] Siehe Editorische Anmerkungen.

Aus Amanda und Eduard, von Sophie Mereau.

ZEITTAFEL

1770: 27. oder 28.3. Geburt von Sophie Friederika Schubart in Altenburg (Herzogtum Sachsen-Gotha-Altenburg)

Mutter: Johanna Sophie Friederike, geb. 1741 als Tochter des Hofadvokaten Gabler, in erster Ehe mit Johann Friedrich Pierer dem Älteren verheiratet

Vater: Gotthelf Heinrich Schubart, geb. 1722, herzogl.-sächsischer Sekretär und Obersteuerbuchhalter

Geschwister:

Stiefbruder Friedrich Pierer, 1767–1832, Mediziner, Begründer der Piererschen Hofbuchdruckerei und Verlagsbuchhandlung in Altenburg, heiratet 1792 Sophies Freundin, die Bankierstochter Henriette Reichenbach

Schwester Henriette, 5.1.1769–1832, Übersetzerin (vorwiegend aus dem Engl.) und Lyrikerin

Bruder Karl, geb. 1785

1786: Tod der Mutter
1787: Bekanntschaft mit Friedrich Ernst Karl Mereau, geb. 11.4.1765 in Gotha, Studium in Jena, Magister der Philosophie, Doktor der Rechte und Advokat beim Gesamthofgericht, 1793 Universitäts-Bibliothekar, 1795 außerordentliche Professor der Rechte, ab 1800 ordentlicher Lehrstuhl der juristischen Fakultät Jena
1788: Verlobung von kurzer Dauer mit David Georg Kurtzwig aus Livland, studierte seit 1784 in Jena, promovierte dort 1788 in Medizin und Chirurgie und verließ Jena anschließend
Beginn des Briefwechsels mit Karl Mereau
1791: Tod des Vaters, der Stiefbruder wird zum Vormund bestimmt
10.9.: vermutlich Verlobung mit Karl Mereau
Dezember: erste Einladung von Schiller
Veröffentlichungen:[1]
«Bei Frankreichs Feier. Den 14en Junius 1790» (erste Gedichtveröffentlichung, anonym), in: *Thalia*, Hg. SCHILLER, Leipzig: Göschen, Bd. 3, 11. H.; auch in: *Poetische Sammlungen zur Erweckung des Gefühls für Menschenwürde. Im 4. Jahr der Frankenrepublik, 1795.*
Es folgen in den nächsten Jahren zahlreiche weitere Veröffentlichungen von einzelnen Gedichten, die hier nicht einzeln aufgezählt werden, in (Auswahl):

---

[1] Da Sophie Mereau – typisch für Schriftstellerinnen ihrer Zeit – mitunter anonym und häufig verstreut in diversen Almanachen, Zeitschriften u. dergl. veröffentlichte, ist ein Verzeichnis ihrer Werke enorm schwierig. Wir erheben daher keinen Anspruch auf Vollständigkeit.

Journal des Luxus und der Moden, Hg. BERTUCH u. KRAUS, Weimar: Landes-Industrie-Comptoir;
Neue Thalia, Hg. SCHILLER, Leipzig: Göschen;
Deutschland, Hg. REICHARDT, Berlin: Unger;
Die Horen, Hg. SCHILLER, Tübingen: Cotta;
Musen-Almanach, Hg. SCHILLER, Tübingen: Cotta;
Taschenkalender für Damen auf das Jahr 1798, Hg. Therese HUBER, LAFONTAINE, PFEFFEL u.a., Tübingen: Cotta;
Musen-Almanach, Hg. VERMEHREN, Leipzig/Jena: Sommer/Akad. Buchhandlung;
Taschenbuch, der Liebe und Freundschaft gewidmet, Frankfurt: Wilmans;
Taschenbuch zum geselligen Vergnügen, Hg. BECKER, Leipzig;
Journal für deutsche Frauen, von deutschen Frauen geschrieben, Hg. WIELAND, SCHILLER, ROCHLITZ, SEUME, Leipzig: Göschen;
Taschenbuch für Freunde und Freundinnen des Schönen und Nützlichen: besonders für edle Gattinnen u. Mütter u. solche die es werden wollen, Hg. HERRMANN, Leipzig;
sowie in den von Sophie Mereau selbst herausgegebenen:
Göttinger Musen-Almanach für das Jahr 1803, Göttingen: Dieterich;
Berlinischer Damenkalender, Berlin: Unger (hg. mit WOLTMANN);
Kalathiskos
und in der *Bunten Reihe kleiner Schriften.*
Außerdem wurden einige Gedichte vertont und mit der Musikbeilage veröffentlicht in:

Hartungs Liedersammlung (1794);
Musen-Almanach für das Jahr 1796, Hg. SCHILLER, Neustrelitz: Michaelis;
Deutschland, Hg. REICHARDT, Berlin: Unger;
Lieder geselliger Freude, Hg. REICHARDT, Leipzig: Fleischer 1796;
Lieder geselliger Freude, ders., Leipzig 1804;
Lieder der Liebe und Einsamkeit zur Harfe und zum Clavier, ders., Leipzig: Fleischer 1798;
Acht Lieder mit Begleitung des Claviers, gesetzt von L. van Beethoven, op 52, Wien: Kunst und Industrie Comptoir 1805;
Musikalisches Taschenbuch auf das Jahr 1805, Hg. Fr. Theod. MANN, 2. Jg. (mit Kompositionen von J. G. Wilhelm Schneider).

1792: Korrespondierendes Mitglied des «Tugendbundes»
1793: 4.4.: Heirat mit Karl Mereau und Umzug nach Jena
1794: 23. oder 27.1.: Geburt des Sohnes Gustav
Liebesbeziehung mit Johann Heinrich Kipp, geb. in Lübeck, seit 1792 Student der Rechte in Jena
<u>Veröffentlichungen:</u>
Blüthenalter der Empfindung (Roman, anonym), Gotha: Perthes.
1795: Beginn des Briefwechsels mit Kipp nach dessen Abreise (bis Winter 1796; letzter Brief mit Kipps Heiratsantrag 1803)
Beginn der schriftlichen Korrespondenz mit Schiller (regelmäßig bis 1802, 2 Briefe von 1804/05 sind noch nicht wieder aufgetaucht)
1796: Bekanntschaft mit Georg Philipp Schmidt, geb. 1766 in Lübeck, Student in Jena; gemeinsame Reise nach Berlin, Potsdam und Leipzig: 22.9.–6.10., da-

bei ein heimliches Treffen mit Kipp in Berlin: 26.9.–3.10.

Veröffentlichungen:

«Nathan. Aus dem Decam. des Boccaz» (Erzählung, übersetzt aus dem Ital.), in: *Die Horen,* 7. Bd, 9. St.

1797: 4.9.: Geburt der Tochter Hulda Emina Gisela, wurde nach dem Tod ihrer Mutter von Clemens Brentano adoptiert, heiratete 1824 den Heidelberger Theologieprofessor Karl Ullmann, am 21.11.1824 Geburt des Sohnes Carl (gest. 25.2.1901), starb 1832 oder 1833 in Halle

Veröffentlichungen:

«Briefe von Amanda und Eduard», in: *Die Horen,* 10. Bd., 6. St., 11. Bd., 7. St., 12. Bd., 10. St.;

«Briefe der Ninon von Lenclos» (Auswahl, übersetzt aus dem Franz.), in: W. G. BECKERS *Erholungen,* 3. Bd.;

«Carl von Anjou, König von Neapel. Nach dem Boccaz» (Erzählung, übersetzt aus dem Ital.), in: *Die Horen,* 9. Bd., 2. St.

1798: Bekanntschaft und Beginn des Briefwechsels mit Clemens Maria Wenzeslaus Brentano (geb. 9.9.1778 im Hause seiner Großmutter Sophie von La Roche), der 1798 in Jena das Medizinstudium beginnen wollte

Veröffentlichungen:

«Marie» (Erzählung), in: *Flora. Deutschlands Töchtern geweiht,* 3. Bd., 7. u. 8. H.

Mitherausgeberin der *Kleinen Romanbibliothek* oder *Göttinger Roman-Calenders für das Jahr 1799.* Darin:

«Die Prinzessin von Cleves. Frei nach dem Franz. bearbeitet» (Roman von Madame de La Fayette).

1799: 23. Juli: Reise mit Clemens Brentano auf Wielands Gut Oßmannstedt bei Weimar, um Sophie von La Roche und Sophie Brentano, Clemens' Schwester, zu treffen
Veröffentlichungen:
Herausgabe des *Berlinischen Damen-Calenders auf das Jahr 1800*. Darin:
«Elise» (Erzählung);
«Der Prinz von Condé. Nach dem Franz., als ein Beitrag zur Sittengeschichte der damaligen Zeit».
Mitherausgeberin der *Kleinen Romanbibliothek* oder *Göttinger Roman-Calender für das Jahr 1800*. Darin:
«Luise von Richt» (Erzählung);
«Die beiden Freunde».

1800: 28.1.: Tod des Sohnes Gustav
Trennung von Mereau und Umzug nach Camburg zur Stiefschwester Amalie Brawe
Abbruch der Beziehung zu Brentano
Engere Freundschaft und Briefwechsel mit Friedrich Schlegel
Veröffentlichungen:
Gedichte, Bd. 1, Berlin: Unger.

1801: 21.7.: Scheidung von Mereau
Winter: Umzug nach Weimar
Veröffentlichungen:
Kalathiskos, Bd. 1 (Zeitschrift), Berlin: Frölich. Darin:
«Einige kleine Gemälde»;
«Jugend und Liebe»;

«Fragment eines Briefes über Wilhelm Meisters Lehrjahre»;
«Persische Briefe» (übersetzt und bearbeitet nach dem Franz., von Montesquieu).

1802: Juli: Reise mit Henriette von Egloffstein nach Lauchstädt
Veröffentlichungen:
Kalathiskos, Bd. 2 (Zeitschrift), Berlin: Frölich. Darin:
«Ninon de Lenclos» (Essay);
«Geschichte Apheridons und Astartens. Nach dem Franz.» (aus Montesquieu: *Persische Briefe*).
Gedichte, Bd. 2: *Serafine*, Berlin: Unger.
Herausgabe des *Göttinger Musen-Almanach für das Jahr 1803*.

1803: 14.5.: Wiedersehen mit Brentano
22.8.: Reise mit Charlotte von Ahlefeld nach Dresden
November: Umzug nach Marburg
29.11.: Heirat mit Clemens Brentano
Veröffentlichungen:
Amanda und Eduard. Ein Roman in Briefen, 1. u. 2. Teil, Frankfurt a. M.: Wilmans.
Die St. Margarethenhöhle oder die Nonnenerzählung. Eine alte Legende, hrsg. von S. Mereau, Sammlung neuer Romane aus dem Engl., Bd. 1, Berlin: Unger (Übersetzung vermutl. mit ihrer Schwester Henriette).

1804: 11.5.: Geburt des Sohnes Achim Ariel
Juni: Tod von Achim Ariel (Beerdigung am 21. Juni)

Längerer Aufenthalt in Clemens Brentanos Frankfurter Elternhaus, während er bereits in Heidelberg ist

Ende August: Umzug nach Heidelberg

Veröffentlichungen:

Spanische und Italienische Novellen. Die lehrreichen Erzählungen und Liebesgeschichten der Donna Maria de Zayas und Sotomayor, Bd. 1 (Übersetzungen, Autorenschaft in der Forschung umstritten, meist Clemens Brentano zugerechnet), Penig: Dienemann und Comp.

«Rückkehr des Don Fernand de Lara in sein Vaterland. Eine spanische Erzählung», in: *Taschenbuch für das Jahr 1805, der Liebe und Freundschaft gewidmet.*

1805: 13.5.: Geburt der Tochter Joachime Elisabetha Claudia Caroline Johanna

17.6.: stirbt Joachime an Scharlach

10.–25.9.: gemeinsame Rheinreise mit Clemens Brentano und Achim von Arnim

(evtl. erneute Schwangerschaft und Fehlgeburt)

Veröffentlichungen:[2]

Bunte Reihe kleiner Schriften (Sammlung von Erzählungen, Übersetzungen und Gedichten), Frankfurt a. M.: Wilmans. Darin:

«Johannes mit dem güldenen Mund. Eine Legende»;

---

[2] Laut G. Schwarz, S. 131 ist *Gustav und Valerie. Scenen, veranlaßt durch den Roman der Frau von Krüdener* (anonym), in: *Journal für deutsche Frauen, von deutschen Frauen geschrieben,* 7. H., 1805 kein Werk von Sophie Mereau (so fälschlich Gersdorff 1984).

«Der Mann von vier Weibern. Eine Erzählung» (übersetzt aus dem Engl.);
«Szenen aus einem Trauerspiele.» (Bearbeitung des Dramas *Cardenio und Celinde* von Gryphius).
«Bruchstücke aus den Briefen und dem Leben von Ninon de Lenclos» (anonym), in: *Journal für deutsche Frauen, von deutschen Frauen geschrieben*, 1., 2., 5., 9., 10. u. 12. H.
«Die Flucht nach der Hauptstadt» (Erzählung), in: *Taschenbuch für das Jahr 1806, der Liebe und Freundschaft gewidmet.*
«Julie von Arwian. Eine Erzählung» (anonym), in: *Taschenbuch der Grazien für 1806.*
Der Sophie Mereau Gedichte (Neuauflage der beiden Gedichtbände in einem Band), Wien und Prag: Franz Haas.

1806: Juni: Wallfahrt nach Walldürn mit Clemens Brentano und Hulda
Veröffentlichungen:[3]
Spanische und Italienische Novellen, Bd. 2 (s.o.), Penig: Dienemann und Comp.
Fiametta (Roman von Boccaccio, übersetzt aus dem Ital.), Berlin: Realschulbuchhandlung.

Am 31.10. stirbt Sophie Mereau-Brentano in Heidelberg bei der Geburt eines toten Kindes.

3 Der 1806 anonym erschienene Roman *Sapho und Phaon oder der Sturz von Leukate*, Würzburg: Etlinger, der in der älteren Forschung Sophie Mereau-Brentano zugeordnet wurde, ist, wie aus einem Brief Sophie Brentanos an den Verleger Friedrich Wilmans (o.O., o.D., zwischen dem 27.2. und dem 4.3.1805, Biblioteka Jagiellońska, Kraków, Varnhagen-Sammlung 279) hervorgeht, keine Übersetzung von ihr, sondern mit hoher Wahrscheinlichkeit von ihrer Schwester Henriette Schubart. Auch die von Gersdorff 1984 als Werk Mereaus aufgeführte Erzählung: *Maria. Eine Novelle* (anonym), in: *Taschenbuch für das Jahr 1806, der Liebe und Freundschaft gewidmet,* ist mit hoher Wahrscheinlichkeit nicht von ihr. Im Briefwechsel mit Wilmans ist für das *Taschenbuch für 1806* immer nur von *einer* Erzählung die Rede, die eindeutig als *Die Flucht nach der Hauptstadt* identifiziert werden kann: vgl. Wilmans Nachfrage und Mereau-Brentanos Zustimmung, die Erzählung namentlich zu veröffentlichen (Wilmans an S. Brentano, Frankfurt a.M., 6.1.1805; Biblioteka Jagiellońska, s.o., und S. Brentano an Wilmans, Heidelberg, 11.1.(?)1805; Herzog August Bibliothek, Wolfenbüttel, Sammlung Vieweg Nr. 210) und die Honorarabrechnung von Wilmans im Brief an S. Brentano, Frankfurt a.M., 5.12.1805; Biblioteka Jagiellońska, s.o.

Bibliographie

Es wurden nur Untersuchungen und Darstellungen aufgenommen, die sich ausschließlich mit Sophie Mereau beschäftigen oder sie in Zusammenhänge einordnen. Forschungsliteratur zu Clemens Brentano und Darstellungen in seinen Werkausgaben wurden nicht berücksichtigt, auch wenn dort Sophie Mereau oder Werke von ihr, die lange Zeit Clemens Brentano zugesprochen wurden, behandelt werden – eine Ausnahme bilden hier nur die Aufsätze, die sich überwiegend mit Sophie Mereau oder mit der Zuordnung der strittigen Werke beschäftigen. Überblickshafte Literatur- und Gattungsgeschichten oder Epochendarstellungen erscheinen nur in Auswahl, ebenso Lexika und Nachschlagewerke. Aufgenommen wurden aber – ohne Anspruch auf Vollständigkeit – zeitgenössische Äußerungen über Sophie Mereau (mit Ausnahme der Briefe von und an Clemens Brentano) und Rezensionen zu ihren Werken.

NEUEDITIONEN UND ANTHOLOGIEN
(NACH WERKEN UND CHRONOLOGISCH GEORDNET)

Romane, Erzählungen und Fragmente

Amanda und Eduard, ein Roman in Briefen. Teilabdruck in Meyer's Groschen-Bibliothek der Deutschen Classiker für alle Stände, 320. Bd., Hildburghausen u. New York [um 1854].

Amanda und Eduard, ein Roman in Briefen. Von Reiner SCHLICHTING u. Gisela SCHWARZ geplante aber nicht zustandegekommene Neuausgabe mit Einleitung und Kommentierung, Rütten & Loening (Berlin/Ost) 1989 [unveröffentlichtes Manuskript].

«Briefe von Amanda und Eduard», in: *Die Horen. Eine Monatsschrift,* fotomechanisch hergestellte Neuausgabe, hrsg. von Paul RAABE, sechs Doppelbände, Darmstadt 1959.

Das Blüthenalter der Empfindung, hrsg. von Walther VON HOLLANDER, München 1920 [Einleitung S. 1–8]. Dazu Rez.: SCHELLENBERG, Ernst Ludwig: «Romantische Bücher», in: *Der Türmer,* Bd. 23, H. 2, 1920/21, bes. S. 145f. und HESSE, Hermann in: *Vivos voco,* 2. Jg., 1921, H. 3, S. 157.

Das Blüthenalter der Empfindung, hrsg. von Hermann MOENS, Stuttgart 1982 [Nachwort S. 1–37]. Dazu Rez.: DAWSON, Ruth in: *German Studies Review,* 6, 1983, S. 596–98.

«Die Flucht nach der Hauptstadt, Erzählung». Übersetzung ins Englische von Jacqueline VANSANT, in: BLACKWELL, Jeannine/ZANTOP, Susanne: *Bitter Healing: German*

Women Writers, From 1700 to 1830. An Anthology.
Univ. of Nebraska Press 1990, S. 369–99.

Sammlung der Erzählungen und ggf. Tagebücher/Betrachtungen, hrsg. von Katharina VON HAMMERSTEIN [in Vorbereitung].

Gedichte

Religion in den besten Liedern deutscher Dichter. Ein Hülfsbuch bey dem Religionsunterrichte der gebildeteren Jugend, zweite verbesserte u. vermehrte Ausg., hrsg. von Johann Wilhelm Heinrich ZIEGENBEIN, Göttingen 1810 [S. 330f.: «Mitgefühl» – hier aber ohne Titel verzeichnet].

Gedichte von Sophie Mereau, neueste Auflage, Wien bey B. Ph. Bauer 1818 (Deutscher Parnaß. Die vollständigste, correcteste und wohlfeilste Ausgabe Deutscher Dichter des goldenen Zeitalters. In 90 Theilen).

Deutschlands Dichterinnen, hrsg. von Abraham VOSS, Düsseldorf 1847 [S. 207–12: «Mitgefühl», «Der Frühling», «Leichter Sinn», «Licht und Schatten», «Andenken», Einfälle: «Die Nachtigall», «Die Wolke», «Die Figuranten»].

Meyer's Groschen-Bibliothek der Deutschen Classiker für alle Stände, 320. Bd., New York [um 1854] [S. 7–53: 24 Gedichte].

Deutschlands Dichterinnen, 4. verm. Aufl., hrsg. von Hermann KLETKE, Berlin o.J. [nach 1857] [S. 33–9: «Feuerfarb», «Klage», «Der Hirtin Nachtlied», «Der Zufriedene», «Die Morgenstunde»].

Deutsche Dichterinen und Schriftstellerinen in Wort und Bild, hrsg. von Heinrich GROSS, Berlin 1885, 3 Bde., 1. Bd. [S. 101 f.: «Mitgefühl», «Leichter Sinn», «Licht und Schatten», Einfälle: «Die Nachtigall», «Die Figuranten»].

Die Blaue Blume. Eine Anthologie romantischer Lyrik, hrsg. von Friedrich v. OPPELN-BRONIKOWSKI u. Ludwig JACOBOWSKI, Leipzig 1900 [S. 201–04: «Schwermut», «Vergangenheit», «An ein Abendlüftchen»].

Deutschlands Lyrik. Das Zeitalter der Romantik (1800– 1820). Eine Sammlung, hrsg. von Hans BENZMANN, München u. Leipzig 1908 [S. 320–27: «Frühling», «Die Morgenstunde», «Andenken», «An ein Abendlüftchen» und «Schwarzburg»].

Irdene Schale. Frauenlyrik seit der Antike, hrsg. von Mechthild BARTHEL-KRANZBÜHLER, Heidelberg 1960 [S. 87– 91: «An ein Abendlüftchen», «Frühling», «Das Kind», «Die Nachtigall» und «Der Beständige»].

Gedichte und Lieder deutscher Jakobiner, hrsg. von Hans Werner ENGELS, Stuttgart 1971 (Deutsche revolutionäre Demokraten I, hrsg. von Walter GRAB) [«Bei Frankreichs Feier. Den 14ten Juli 1790», die Autorin wird als unbekannt ausgegeben].

Arsenal. Poesie deutscher Minderdichter vom 16. bis zum 20. Jahrhundert, mit Dichterbiographien, hrsg. von Gustav NOLL u. Bernd THUM, Berlin 1973 [S. 59 f., 121 f., 474 f., u. 553 f.: «Erinnerung und Phantasie», «Schwermut», «Zukunft», «Frühling» und «Die Herbstgegend»].

Deutsche Dichterinnen vom 16. Jahrhundert bis zur Gegenwart. Gedichte und Lebensläufe, hrsg. von Gisela

BRINKER-GABLER, Frankfurt 1978 [S. 148–51: «Feuerfarb», «An einen Baum am Spalier»].

Liebe. Liebesgedichte deutscher, österreichischer und schweizer Autoren vom 16. Jahrhundert bis zur Gegenwart, hrsg. von Nina KINDLER, München 1980 [S. 103: «Der Liebende»].

Novalis és a német romantika höltöi von Géza FODOR, Budapest 1985 [Übersetzungen von einigen Gedichten Sophie Mereaus ins Ungarische von Lajos Aprily].

Deutsche Gedichte. Von Hildegard von Bingen bis Ingeborg Bachmann, hrsg. von Elisabeth BORCHERS, Frankfurt 1987 [S. 70–9: «Licht und Schatten», «Schwärmerey», «Feuerfarb», «Psyche an Amor», «Das Kind», «Die Nachtigall» und «Der Beständige»].

Erklär mir, Liebe. Liebeslyrik deutscher Dichterinnen, hrsg. von Kurt Marian WUNDER, München u. Zürich 1988 [S. 26f.: *Der Liebende*].

Sophie Mereau. Erinnerung und Fantasie. Gesammelte Gedichte. Kritische Ausgabe auf Grund des Erstdrucks, hrsg. von Burkhart WEECKE, 2 Bde., Horn-Bad Meinberg [in Vorbereitung].

Zeitschrift

— *Kalathiskos,* hrsg. von Peter SCHMIDT, 2 Bde., Heidelberg 1968 [Nachwort S. 1–41]. Dazu Rez.: FRÜHWALD, Wolfgang in: *Germanistik,* 10. Jg., 1969, S. 619.

Übersetzungen

Fiammetta, von G. di BOCCACCIO, Leipzig 1906.
Fiammetta, von G. di BOCCACCIO, Frankfurt a.M. o.J. [1964].
Fiammetta, von Giovanni BOCCACCIO, übertragen aus dem Italienischen von Sophie BRENTANO, Zürich 1991.
Die Prinzessin von Clèves von Mad. DE LA FAYETTE, Wien 1821.
Spanische und Italienische Novellen. Die lehrreichen Erzählungen der Donna María de Zayas und Sotomayor, Leipzig 1900.
Spanische und Italienische Novellen ..., s.o., Leipzig 1910.
Spanische und Italienische Novellen ..., s.o., Wien 1910.
Spanische und Italienische Novellen ..., s.o., Karlsruhe 1910.
Spanische und Italienische Novellen (Neudrucke in verschiedenen Werkausgaben Brentanos).

Briefe

«Schillers Briefwechsel mit der Dichterin Sophie Mereau», hrsg. von Robert BOXBERGER, in: *Die Frau im gemeinnützigen Leben,* hrsg. von Amelie SOHR u. Marie LOEPER, 4. Jg, Gera 1889, S.123–31.
Briefwechsel zwischen Clemens Brentano und Sophie Mereau, hrsg. von Heinz AMELUNG, 2 Bde., Leipzig, 1908 (2. vermehrte Ausg., Potsdam 1939). Dazu Rez.: JONAS, J.B.E. in: *Journal of English and Germanic Philology,* vol. 8, 1909, S.423–27.

Briefe deutscher Frauen, hrsg. von Fedor von Zobeltitz, Berlin u. Wien 1910 [einige meist gekürzte Briefe von Mereau an Brentano].

«Briefe Friedrich Schlegels an Clemens Brentano und Sophie Mereau», hrsg. von Heinz Amelung, in: *Zeitschrift für Bücherfreunde,* N.F., 5.Jg., Bd.1, Leipzig 1913, H. 5/6, S.183–92.

Das unsterbliche Leben. Unbekannte Briefe von Clemens Brentano, hrsg. von Wilhelm Schellberg u. Friedrich Fuchs, Jena 1939 [Brief von Sophie Mereau an Gunda Brentano, Camburg, Juli 1801; an Friedrich Karl von Savigny, Weimar, etwa 24. Juni 1803 und Heidelberg, Anfang 1806; Blättchen aus Sophie Mereaus Reisetagebuch, einem Brief von Clemens Brentano an Friedrich Karl von Savigny beigelegt, Heidelberg, 22. Mai 1808].

Frauen der Goethezeit. Handschriften-Ausstellung des Freien Deutschen Hochstifts, Frankfurt 1958 [S.68–70: Auszüge aus zwei Briefen an Verleger].

«Briefwechsel zwischen Achim von Arnim und Sophie Mereau. Ein Beitrag zur Charakteristik Clemens Brentanos», hrsg. von Walther Migge, in: *Festgabe für Eduard Berend,* hrsg. von Hans Werner Seiffert u. Bernhard Zeller, Weimar 1958, S.384–407.

Das Volk braucht Licht. Frauen zur Zeit des Aufbruchs 1790–1848 in ihren Briefen, hrsg. von Günter Jäckel u. Manfred Schlösser, Berlin-Ost 1966, Darmstadt 1970 [Brief an Friedrich Schiller vom 11. Juli 1795 und eine Auswahl von Briefen an Clemens Brentano].

Lebe der Liebe und liebe das Leben. Der Briefwechsel von Clemens Brentano und Sophie Mereau, hrsg. von Dagmar v. Gersdorff, Frankfurt 1981, 2/1983. Dazu Rez.: Feilchenfeldt, Konrad in: *Zeitschrift für deut-*

sche Philologie, Bd. 101, 1982, S. 596–603; GAJEK, Bernhard in: *Germanistik,* 22. Jg., 1981, S. 741; KLESSMANN, Eckart: «Die Klippe, an der die Sanftmut scheitert», in: *FAZ,* Nr. 31 vom 6. Feb. 1982, Bilder und Zeiten; SCHULTZ, Hartwig in: *Aurora,* Bd. 43, 1983, S. 259–61.

Deutsche Briefe. Von Liselotte von der Pfalz bis Rosa Luxemburg, hrsg. von Claudia SCHMÖLDERS, Frankfurt 1987 [S. 281f.: Briefe von Sophie Mereau an Friedrich Schiller vom 18. Nov. 1795 und vom 19. Jan. 1796].

«Briefe Clemens Brentanos», hrsg. von Heinz HÄRTL, in: *Im Vorfeld der Literatur: vom Wert archivalischer Überlieferung für das Verständnis von Literatur und ihrer Geschichte,* hrsg. von Karl-Heinz HAHN, Weimar 1991, S. 159–85 [Darin: Erstveröffentlichung eines Briefes an Sophie Mereau vom 21. Nov. 1804].

LEXIKA UND NACHSCHLAGEWERKE

BAUR, S.: *Neues Historisch-Biographisches Literarisches Handwörterbuch von der Schöpfung der Welt bis zum Schlusse des Jahres 1810,* Bd 6, Ulm 1816 [S. 158f.].

BRINKER-GABLER, Gisela; LUDWIG, Karola u. WÖFFEN, Angela (Hrsg.): *Lexikon deutschsprachiger Schriftstellerinnen 1800–1945,* München 1986 [S. 216–8].

FRIEDRICHS, Elisabeth: *Die deutschsprachigen Schriftstellerinnen des 18. und 19. Jahrhunderts. Ein Lexikon,* Stuttgart 1981 [S. 203; dort ausführliche weitere Angaben].

GALLAS, Helga u. RUNGE, Anita: *Romane und Erzählungen deutscher Schriftstellerinnen um 1800. Eine Bibliographie*, Stuttgart, Weimar 1993 [S. 114 f.]

GOEDEKE, Karl: *Grundriß der deutschen Dichtung*, Bd. 5 u. 6, 1893/1898 [S. 429/S. 63 f. u. 800].

HETTNER: «Brentano, Sophie», in: *Allgemeine Deutsche Biographie*, Bd. 3, 1876 [S. 313].

JACOBY, Daniel: «Mereau, Sophie», in: *Allgemeine Deutsche Biographie*, Bd. 21, 1885 [S. 420 f.].

SCHINDEL, Carl von: *Die deutschen Schriftstellerinnen des 19. Jahrhunderts*, 3 Bde., Leipzig 1823-25 (Reprint. Drei Teile in einem Bd., Hildesheim, New York 1978), 1. Bd.: A–N [S. 58–61].

UNTERSUCHUNGEN UND DARSTELLUNGEN

AMELUNG, Heinz: «Die Geschichte einer Cid-Übersetzung», in: *Preußische Jahrbücher*, Bd. 180, 1920, S. 119–123.

BADT, Berta: «Die romantische Liebe», in: *Westermanns illustrierte deutsche Monatshefte* 1910, S. 301–04.

BAILEY, Jutta M.: *A study of women characters in selected novels of women writers of the romantic period*, Diss. Univ. of Arkansas 1985.

BARTELS, Adolf: *Geschichte der thüringischen Literatur*, Bd. 1: *Von den Anfängen bis zum Tode Goethes*, Jena 1938 [S. 333–35].

BENZMANN, Hans: «Clemens Brentanos erste Ehe. Zur Erinnerung an Sophie Mereau (gest. am 31. Oktober 1806)», in: *Vossischen Zeitung*, Nr. 506, Sonntagsbeilage Nr. 43, Berlin, 28. Oktober 1906, S. 340–43.

- «Zur Erinnerung an Sophie Mereau», in: *Zeitschrift für Bücherfreunde,* 10, 1906/07, Bd. 2, S. 457–61.
- «Clemens Brentano und Sophie Mereau», in: *Zeitung für Literatur, Kunst und Wissenschaft.* Beilage des Hamburgischen Correspondenten vom 20. Nov. 1910.

BOHRER, Karl Heinz: *Der romantische Brief. Die Entstehung ästhetischer Subjektivität,* München u. Wien 1987.

BRANDES, Ute: «Utopie, Fortschrittsdenken und Retrogression im Amerikamotiv deutscher Schriftstellerinnen um 1800», in: *Begegnung mit dem «Fremden». Grenzen-Traditionen-Vergleiche. Akten des VIII. Intern. Germanistenkongresses Tokio 1990,* hrsg. von Eijiro IWASAKI, Bd. 10, München 1991, S. 230–36.
- «Escape to America: Social Reality and Utopian Schemes in German Women's Novels around 1800», in: *In the Shadow of Olympus. German Women Writers around 1800,* ed. GOODMAN, Katherine R./ WALDSTEIN, Edith, Albany, Univ. of New York Press 1992, S. 157–71.

BRANDSTETTER, Gabriele: «‹Die Welt mit lachendem Mut umwälzen› – Frauen im Umkreis der Heidelberger Romantik», in: *Heidelberg im säkularen Umbruch. Traditionsbewußtsein und Kulturpolitik um 1800,* hrsg. von Friedrich STRACK, Stuttgart 1987, S. 282–300.

BRINKER-GABLER, Gisela (Hrsg.): *Deutsche Literatur von Frauen,* Bd. 1: *Vom Mittelalter bis zum Ende des 18. Jahrhunderts,* München 1988.

BÜRGER, Christa: «Schüchterner Versuch, einige Zweifel an der Brauchbarkeit der Kategorie Anschauung für eine gegenwärtige Ästhetik durch einen Blick in die Geschichte zu erregen», in: *Ästhetische Erfahrung,* hrsg.

von Willi OELMÜLLER, Bd. 1, Paderborn, München u. a.
1981, S. 29–40.

— «‹Die mittlere Sphäre›. Sophie Mereau – Schriftstellerin im klassischen Weimar», in: *Deutsche Literatur von Frauen,* Bd. 1, hrsg. von Gisela BRINKER-GABLER, s. o., S. 366–88.

— *Leben Schreiben. Die Klassik, die Romantik und der Ort der Frauen,* Stuttgart 1990 [bes. S. 33–52 u. 168–171]. Dazu Rez.: EDER, Anna Maria in: *Germanistik,* 32. Jg. 1991, Bd. 1, S. 151.

DANGEL, Elsbeth: «Lyrische und dramatische Auflösungen in den Briefromanen ‹Amanda und Eduard› von Sophie Mereau und ‹Die Honigmonathe› von Caroline Auguste Fischer», in: *Aurora, Jahrbuch der Eichendorff Gesellschaft,* 51, 1991, S. 63–80.

EVERS, Barbara: *Frauenlyrik um 1800. Studien zu Gedichtbeiträgen in Almanachen und Taschenbüchern der Romantik und der Biedermeierzeit,* Diss. Bochum 1991 [bes. S. 133–41].

FAUCHÉRY, S. Pierre: *La Destinée Féminine dans le Roman Européen du 18. siècle,* Paris 1972.

FETTING, Friederike: *«Ich fand in mir eine Welt». Eine sozial- und literaturgeschichtliche Untersuchung zur deutschen Romanschriftstellerin um 1800: Charlotte von Kalb, Caroline von Wolzogen, Sophie Mereau-Brentano, Johanna Schopenhauer,* München 1992 [S. 66–75 u. 118–27].

FLEISCHMANN, Uta: *Zwischen Aufbruch und Anpassung. Untersuchungen zu Werk und Leben der Sophie Mereau,* (Diss. Paderborn) Frankfurt, Bern, New York 1989.

FRENCH, Lorely: *Bettine von Arnim: Toward a women's epistolary aesthetics and poetics,* (Diss. Univ. of California) Los Angeles 1986.

— «‹Meine beiden Ichs›: Confrontations with Language and Self in Letters by Early Nineteenth-Century Women», in: *Woman in German Yearbook* 5, Lanham, New York, London 1989, S. 73–89.

GEIGER, Ruth-Esther u. WEIGEL, Sigrid (Hrsg.): *Sind das noch Damen? Vom gelehrten Frauenzimmer-Journal zum feministischen Journalismus,* München 1981 [bes. S. 18 f. u. 29–32].

GERSDORFF, Dagmar v.: *Dich zu lieben kann ich nicht verlernen. Das Leben der Sophie Mereau,* Frankfurt 1984 (TB: 1990). Dazu Rez.: VAERENBERGH, Leona van in: *Deutsche Bücher,* Bd. 16, Amsterdam 1986, S. 95–97; POLSAKIEWICZ, Roman in: *Germanica Wratislaviensia* 1988, H. 67, S. 141 f.; GAJEK, Bernhard (zur TB-Ausg.) in: *Germanistik,* 32. Jg., 1991, Bd. 1, S. 174 f.

GRANTZOW, Hans: «Geschichte des Göttinger und des Vossischen Musenalmanachs», in: *Berliner Beiträge zur germanischen und romanischen Philologie,* Germanische Abt., Nr. 22, S. 1–204 [bes. S. 178–83].

GROSS, Heinrich: *Deutschlands Dichterinen und Schriftstellerinen. Eine literarhistorische Skizze,* Wien 1882 [S. 68].

HACKENBERG, Johannes: *Georg Philipp Schmidt von Lübeck,* (Diss. Münster) Hildesheim 1911 [S. 22–25].

HALPERIN, Natalie: *Die Deutschen Schriftstellerinnen in der zweiten Hälfte des 18. Jahrhunderts. Versuch einer soziologischen Analyse,* (Diss. Frankfurt 1934) Quakenbrück 1935 [bes. S. 51–61].

HAMMERSTEIN, Katharina von: *Freiheit-Liebe-Weiblichkeit. Trikolore sozialer und individueller Selbstbestimmung in Werken von Sophie Mereau-Brentano,* Diss. Univ. of California 1991, Heidelberg [in Vorbereitung].

HANG, Adelheid: *Sophie Mereau in ihren Beziehungen zur Romantik,* Diss. Frankfurt 1934.

HOFE, Harold von: «Sophie Mereau-Brentano and America», in: *Modern Language Notes,* 75, 1960, S.427–30.

HOFMANN, A.: «Friedrich Schiller und Sophie Mereau (ein unbekannter Prager Brief Schillers)», in: *Casopis pro moderni filologii,* Praha 1957.

HOOCK-DEMARLE, Marie Claire: *Die Frauen der Goethezeit,* München 1990.

IHRINGER, Bernhard: «Clemens Brentano und Sophie Mereau», in: *Sätze und Aufsätze,* hrsg. von B.I., Karlsruhe 1911, S.65–75.

KASTINGER-RILEY, Helene M.: «Saat und Ernte. Sophie Mereaus Forderung geschlechtlicher Gleichberechtigung», in: *Die weibliche Muse. Sechs Essays über künstlerisch schaffende Frauen der Goethezeit,* hrsg. von H.M. K.-R., Columbia 1986, S.54–88. Dazu Rez.: HEUSER, Magdalena in: *Germanistik,* 28. Jg., 1987, S.864f. u. BECKER-CANTARINO, Barbara in: *Journal of English and Germanic Philology,* vol. 88, Nr. 1, 1989, S.71–4.

KERN, Hans: *Vom Genius der Liebe. Frauenschicksale der Romantik,* Leipzig 1939 [Kap.: Sophie Mereau-Brentano].

KIENZLE, Michael u. MENDE, Dirk: «Literatur in Grenzen – Dichter in Baden und Württemberg», in: *Baden und Württemberg im Zeitalter Napoleons: Ausstellung des Landes Baden-Württemberg, Katalog,* Bd.1.2, Stuttgart 1987, S.782–855 [bes. S.845–848].

KLUCKHOHN, Paul: *Die Auffassung der Liebe in der Literatur des 18. Jahrhunderts und in der deutschen Romantik,* Tübingen 1922 [bes. S.286, 583–589].

KÖPKE, Wulf: «Die emanzipierte Frau in der Goethezeit und ihre Darstellung in der Literatur», in: *Die Frau als Heldin und Autorin. Neue kritische Ansätze zur deutschen Literatur,* hrsg. von Wolfgang PAULSEN, Bern 1979, S.96–110.

KOHUT, Adolph: «Ein weiblicher Charakterkopf aus Weimars classischer Zeit», in: *Die Gegenwart,* Bd. 70, Nr. 44, 1906, S.278–81.

KRANZ, Gisbert: *Meisterwerke in Bildgedichten. Rezeption von Kunst in Poesie,* Frankfurt, Bern, New York 1986 [S.231 f.].

LACHMANSKI, Hugo: *Beiträge zu einer Entwicklungsgeschichte deutscher Frauenlitteratur,* Diss., Berlin 1900.

— *Die deutschen Frauenzeitschriften des 18. Jahrhunderts,* Teile der Diss., Berlin 1900 [Thesenblatt].

LANCKORONSKA, Maria Gräfin u. RÜMANN, Arthur: *Geschichte der Deutschen Taschenbücher und Almanache aus der klassisch-romantischen Zeit,* München 1954.

LEVIN, Herbert: *Die Heidelberger Romantik,* München 1922 [bes. S.36 u. 44].

LOBER, Vilma: *Die Frauen der Romantik im Urteil ihrer Zeit,* Diss. Erlangen 1948 [Kap. 4].

LORENZ, Josef: *Geschichte von Schillers «Horen»,* Diss. Berlin o.J. [S.111].

MAHONNY, Dennis: *Der Roman der Goethezeit (1774–1829),* Stuttgart 1988 [Kap.: Der Frauenroman im Umfeld der Klassik und der Frühromantik, bes. S.94–6].

METZ-BECKER, Marita: *Schreibende Frauen: Marburger Schriftstellerinnen des 19. Jahrhunderts,* hrsg. vom

Magistrat der Stadt Marburg, Presseamt, Marburg 1990, S. 107–15; (Marburger Stadtschriften zur Geschichte und Kultur, Bd. 31.)

PEITSCH, Helmut: «Schillers ‹Horen› und der Roman. ‹Agnes von Lilien› und ‹Amanda und Eduard›», in: *Friedrich Schiller im Kontext,* Jena 1987, S. 73–91 (Wissenschaftliche Beiträge der Friedrich-Schiller-Universität in Jena).

POPPENBERG, Gerhard (Hrsg.): Nachwort zu: *Maria de Zayas y Sotomayor. Erotische Novellen. Aus dem Spanischen von Clemens Brentano,* Frankfurt a.M. u. Leipzig 1991.

RAABE, Paul: «Der Verleger Friedrich Wilmans. Ein Beitrag zur Literatur- und Verlagsgeschichte der Goethezeit», in: *Bremisches Jahrbuch,* 45. Bd., 1957, S. 79–162 [bes. S. 115–20].

RAMSHORN, Carl: *Geschichte der merkwürdigsten deutschen Frauen,* 2 Bde., Leipzig 1842/43 [S. 325–27].

SCHIETH, Lydia: *Die Entwicklung des deutschen Frauenromans im ausgehenden 18. Jahrhundert. Ein Beitrag zur Gattungsgeschichte.* Frankfurt a.M. u.a. 1987. Dazu Rez.: HEUSER, Magdalena in: *Germanistik,* 28. Jg., 1987, S. 865.

SCHLAFFER, Hannelore: «Weibliche Geschichtsschreibung – ein Dilemma», in: *Merkur,* 40. Jg., 1986, H. 443–54, S. 256–60.

SCHNACK, Ingeborg (Hrsg.): *Der Briefwechsel zwischen Friedrich Carl von Savigny und Stephan August Winkelmann (1800–1804) mit Dokumenten und Briefen aus dem Freundeskreis,* Marburg 1984 [besonders Einleitung und S. 266–72: Winkelmanns Briefe an Sophie Mereau].

SCHNEIDER, Karl: «Ein Blick in das Gesellschafts- und Geistesleben Altenburgs am Beginn des 19. Jahrhunderts», in: *Festschrift zum 100jährigen Bestehen der Geschichts- und Altertumsforschenden Gesellschaft des Osterlandes*, Altenburg 1938, S. 146–62.

SCHORN, Adelheid v.: «Sophie Mereau und die Weimarer Klassiker. Mit einem ungedruckten Brief Herders», in: *Tägliche Rundschau*, Unterhaltungsbeilage Nr. 295, Berlin 1903, S. 1179.

SCHULTZ, Franz: «Zu Clemens Brentano», in: *Euphorion*, Bd. 8, 1901, S. 330–37.

— *Joseph Görres als Herausgeber, Litterarhistoriker, Kritiker im Zusammenhange mit der jüngeren Romantik. Mit einem Briefanhang*, Berlin 1902 [S. 36f.].

SCHULZ, Günter: *Schillers Horen. Politik und Erziehung. Analyse einer deutschen Zeitschrift*, Heidelberg 1960 [bes. S. 186–91].

SCHWARZ, Gisela: *Literarisches Leben und Sozialstrukturen um 1800. Zur Situation von Schriftstellerinnen am Beispiel von Sophie Brentano-Mereau, geb. Schubart*, (Diss. Jena) Frankfurt, Bern, New York 1991 [Darin umfangreichstes Verzeichnis ungedruckter Quellen].

SCHWARZ, Herta: «Poesie und Poesiekritik im Briefwechsel zwischen Clemens Brentano und Sophie Mereau», in: *Die Frau im Dialog. Studien zur Theorie und Geschichte des Briefes*, hrsg. von Anita RUNGE und Liselotte STEINBRÜGGE, Stuttgart 1991, S. 33–50.

SCHWERDTFEGER, Walter: *Die litterarhistorische Bedeutung der Schillerschen Musenalmanache (1796–1800)*, Diss. Leipzig 1899 [bes. S. 61, 107f. u. 110].

SEYFFERT, Wolfgang: *Schillers Musenalmanache*, Berlin 1913 [bes. S. 106f.].

SIMONIS, Annette: *Kindheit in Romanen um 1800,* (Diss. Köln 1992) Bielefeld 1993 [S. 181–96].

STEIG, Reinhold: *Achim von Arnim und die ihm nahestanden,* Bd. 1, Stuttgart 1894 [Kap. 7].

— «Sophie Mereau's Bild in Clemens Brentano's Dichtung», in: *Münchner Allgemeine Zeitung,* Nr. 178, Beilage Nr. 148, 30.6.1894, S. 4.

— «Ueber den Göttingischen Musen-Almanach für das Jahr 1803», in: *Euphorion,* Bd. 2, 1895, S. 312–23.

STERN, Selma: «Sophie Mereau», in: *Die Frau,* 33. Jg., H. 4, 1926, S. 225–35.

SUDHOF, Siegfried: «Brentano in Weimar (1803)», in: *Zeitschrift für deutsche Philologie,* Bd. 87, 1968, S. 196–218.

TAXIS-BORDOGNA, Olga: «Sophie Mereau», in: *Die Frau,* 48. Jg, 1940/41, S. 327–30.

TOUAILLON, Christine: *Der deutsche Frauenroman des 18. Jahrhunderts,* Wien u. Leipzig 1919 [Kap. 10]. Dazu Rez.: MAYNC, Harry in: *Literarisches Echo,* 22, 1919/20, Sp. 1172.

TREDER, Uta: «Sophie Mereau: la figurazione femminile del femminile», in: *Studi dell'Istituto linguistico,* 6. Jg., Florenz 1983, S. 83–115.

— Sophie Mereau: «Montage und Demontage einer Liebe», in: *Untersuchungen zum Roman von Frauen um 1800,* hrsg. von Helga GALLAS und Magdalene HEUSER, Tübingen 1990, S. 172–83.

VANSANT, Jaqueline: «Liebe und Patriarchat in der Romantik: Sophie Mereaus ‹Amanda und Eduard›», in: *Der Widerspenstigen Zähmung. Studien zur bezwungenen Weiblichkeit in der Literatur vom Mittelalter bis zur*

Gegenwart, hrsg. von Sylvia WALLINGER u. Monika JONAS, Innsbruck 1986, S. 183–200.

WALTER, Eva: «*Schrieb oft, von Mägde Arbeit müde*». *Lebenszusammenhänge deutscher Schriftstellerinnen um 1800 – Schritte zur bürgerlichen Weiblichkeit,* Düsseldorf 1985 [bes. S. 33–35 u. 46 f.].

WALZEL, Oskar: «Clemens Brentano und Sophie Mereau», zuerst in: *Litterarisches Echo,* 1. Aug. 1909; dann in: *Vom Geistesleben des 18. und 19. Jahrhunderts. Aufsätze,* hrsg. von O.W., Leipzig 1911, S. 166–78.

WEIGEL, Sigrid: «Sophie Mereau», in: *Frauen. Porträts aus zwei Jahrhunderten,* hrsg. von Hans Jürgen SCHULTZ, Stuttgart 1981, S. 20–34 [Diesem Buch liegt eine Sendereihe d. Süddt. Rundfunks zugrunde].

— «Der schielende Blick. Thesen zur Geschichte weiblicher Schreibpraxis», in: *Die verborgene Frau. Sechs Beiträge zu einer feministischen Literaturwissenschaft,* hrsg. von Inge STEPHAN u. S.W., Berlin 1983, S. 83–137 [bes. S. 93–95].

WESTPHAL, Gudrun: «‹In Marburg wollen wir hausen›. Sophie Mereau und Clemens Brentano», in: *Alma Mater Philippina,* W.S. 1986/87, S. 13–16.

WÖLKE, Doris: *Der männliche Blick in der Literaturwissenschaft. Rolle und Bedeutung der männlichen Perspektive für literaturwissenschaftliche Arbeiten,* Essen 1990 [bes. Kap. II,1: Literaturgeschichten zur Romantik].

ZIMMERMANN, Karl: «Brentano und Sophie Mereau. Ein Schicksal», in: *Frankfurter Zeitung,* Jg. 69, Nr. 84, 1. Morgenblatt, Sonntag, 1. Feb. 1925, S. 1–3.

Zeitgenössische Äusserungen und Rezensionen
(mit kurzen Inhaltsangaben)

Allgemeine Literatur-Zeitung, Bd. 3, Nr. 180 vom 1. Juli 1795, Sp. 1–4 [Rez. von Karl Ludwig WOLTMANN: Das Blüthenalter der Empfindung]; Bd. 4, Nr. 348, Okt. 1799, S. 285–88 [Rez.: Roman-Calender von 1799]; Bd. 1, Nr. 5, S. 33, 1801 [Rez.: Gedichte, Bd. 1]; Bd. 4, Nr. 298 vom 21. Okt. 1801, Sp. 140–4 [Rez.: Kalathiskos]; Bd. 3, Nr. 255 vom 7. Sept. 1803, S. 542 f. [Rez.: Amanda und Eduard]; Nr. 194 vom 14. Aug. 1804, Sp. 300 ff. [Rez.: Spanische und Italienische Novellen]; Bd. 4, 1810, Ergänzungsblätter, Sp. 111 f. [Rez.: Bunte Reihe kleiner Schriften].

ARNIM, Achim von: Brief an Bettine Brentano vom 22.5.1805 [Durchsicht des Nachlasses], an Friedrich Carl von Savigny vom 20.4.1819 [Durchsicht der Briefsammlung].

BERLOCKEN an den Schillerschen Musenalmanach auf das Jahr 1797, Jena und Weimar [Xenie: «Madam M-u.»].

BOIE, Heinrich Christian: Brief an Schiller vom 12. Dez. 1796 [Nathan-Übersetzung].

BRENTANO, Sophie Marie Therese: Brief an Henriette von Arnstein vom 27. Feb. 1799, in: *Meine Seele ist bey euch geblieben. Briefe Sophie Brentanos an Henriette von Arnstein,* hrsg. von Karen SCHENCK ZU SCHWEINSBERG, Weinheim 1985, S. 77 [Geliebte von Clemens].

CHÉZY, Helmina von: *Unvergessenes. Denkwürdigkeiten aus ihrem Leben, von ihr selbst erzählt,* Bd. 2, Leipzig 1858, S. 164 f. [Person].

Cotta, Johann Friedrich: Brief an Schiller vom 24. Nov. 1797 [Ablehnung von Mereaus Wunsch, den Damen-Kalender herauszugeben].

Creuzer, Friedrich: Briefe an Karoline von Günderrode vom 18. Okt. 1804 [Mereaus Urteil über Günderrode], vom 21. Okt. 1804 [sein Verhältnis zu Mereau], vom 7. Nov. 1804 [Vergleich der beiden Schriftstellerinnen], vom 21. Nov. 1804 [Mereaus Berichte über Clemens], vom 7. Feb. 1805 [Beziehung zw. Clemens und Sophie], vom 30. März 1805 [Sophie Bernhardis Urteil über Mereau], vom 18. Juni 1805 [Tod des Kindes], vom Nov. 1805 [Mereaus Urteil über Seckendorff], vom 30. Jan. 1806 [Fiametta, Verhältnis zu Clemens]; an Leonhard Creuzer vom 31. Okt. 1806 [Tod], in: *Die Liebe der Günderode. Friedrich Creuzers Briefe an Caroline von Günderode,* hrsg. von Karl Preisendanz, München 1912; an Friedrich Carl von Savigny vom 19. März 1804 [Krankheit], vom 26. März 1804 [Gesundung], vom 21. Febr. 1805 [fleißige Schriftstellerin], vom 4. März 1805 [Ehepaar], vom 17. Mai 1805 [Geburt der Tochter Joachime] und vom 9. Jan. 1807 [Tod], in: *Briefe Friedrich Creuzers an Savigny [1799–1850],* hrsg. von Hellfried Dahlmann unter Mitarbeit von Ingeborg Schnack, Berlin 1972.

Der Freimüthige, Nr. 77 vom 16. Mai 1803, S. 307 [Rez.: Amanda und Eduard]; Nr. 118 vom 14. Juni 1804, S. 469f. [Rez.: Spanische und Italienische Novellen], Nr. 133, S. 11f. [Rez.: «Berichtigung einer Donquixotiade: Spanische und Italienische Novellen»]; Nr. 195 vom 30. Sept. 1805, S. 261 [Rez.: Bunte Reihe kleiner Schriften]; Nr. 213 vom 25. Okt. 1805, S. 333f. [Rez.: Taschenbuch für das Jahr 1806: Die Flucht nach der Hauptstadt].

Deutschland, 1796, 3. St., S. 404 [Rez.: Schillers Musenalmanach für das Jahr 1796, auch zu darin enthaltenen Gedichten von Sophie Mereau].

Erfurter gelehrte Zeitung, 1799, S. 635 f. [Rez. von BORHECK: Berlinischer Damen-Calender für 1800]; 1799, S. 175 [Rez. von JUSTI: Göttinger Romanen-Calender für 1799]; 1800, S. 60 f. [Rez. von JUSTI: Göttinger Romanen-Calender für 1800].

Erlanger Literatur-Zeitung, 1800, Bd. 1, S. 260 f. [Berlinischer Damen-Calender]; Bd. 2, S. 1361–4 [Rez.: Gedichte, Bd. 1].

FICHTE, Johann Gottlieb: Brief an seine Frau Johanna vom 14.–17. Juni 1794, in: Akademie-Ausgabe, Abt. III, Bd. 2, S. 135 f. u. Anm. 8 [Fichte-Schülerin].

FORBERG, Friedrich Karl: *Fragmente aus meinen Papieren*, Jena 1796, S. 83 f. [Das Blüthenalter der Empfindung].

GÖRRES, Joseph von, in: *Aurora*, 1. Jg., Nr. 94, 1804 [Amanda und Eduard; Spanische und Italienische Novellen]; Nr. 34, 1805 [Taschenbuch für das Jahr 1805, darin: Die Rückkehr des Don Fernand de Lara in sein Vaterland]; auch in: *Charakteristiken und Kritiken aus den Jahren 1804 und 1805*, hrsg. von Franz SCHULTZ, Köln 1900, S. 27.

GOETHE, Johann Wolfgang von: Brief an Schiller vom 13. Aug. 1796 [Gedichte: Andenken; Die Landschaft].

Göttingische gelehrte Anzeigen, 1798, Bd. 3, S. 1815 [Rez.: Göttinger Romanen-Calender für 1799]; 1800, Bd. 1, S. 250 [Rez.: Göttinger Romanen-Calender für 1800].

GONTARD, Susette: Brief an Friedrich Hölderlin vom 18.8.1799 [Besuch bei Mereau, um Schiller kennenzulernen].

Gothaische gelehrte Zeitung, 1799, Bd. 1, S. 31 [Rez.: Göttinger Romanen-Calender für 1799]; 1800, Bd. 2, S. 56 [Rez.: Göttinger Romanen-Calender für 1800]; S. 281–5 [Rez.: Gedichte, Bd. 1].

HERDER, Johann Gottfried: Brief an Schiller vom 10. Okt. 1795 [Gedicht: Schwarzburg]; ders., in: *Erfurter Nachrichten von gelehrten Sachen,* 46. St., 29. Sept. 1800; auch in: *Sämtliche Werke,* hrsg. von Bernhard SUPHAN, Berlin 1880ff., Bd. 20, S. 362–7 [Rez.: Gedichte, Bd. 1].

HORSTIG: Nachruf, in: *Journal des Luxus und der Moden,* Jan. 1807, S. 68.

HUMBOLDT, Wilhelm von: Brief an Schiller vom 17. Juli 1795 [Woltmanns Rez. zu: Blüthenalter der Empfindung], vom 18. Aug. 1795 [Korrekturvorschlag zum Gedicht: Das Lieblingsörtchen], vom 8. Sept. 1795 [Nachfrage zur vorgeschlagenen Korrektur], vom 28. Sept. 1795 [Gedicht: Erinnerung und Phantasie] und vom 30. Okt. 1795 [Gedicht: Schwarzburg].

KAYSER, Karl Philipp: Brief vom 9. Sept. 1804, mitgeteilt von Max Koch in Kürschners National-Literatur, Bd. 146 [Botanikerin]; ders.: «Aus gärender Zeit. Tagebuchblätter des Heidelberger Professors aus den Jahren 1793–1827 (hier: 1804–06), hrsg. von Franz Schneider», in: *Heimatblätter. «Vom Bodensee zum Main»,* Nr. 24, Karlsruhe 1923, bes. S. 52, 56 u. 57 [Botanikerin, Fam. Brentano, Übersetzerin, Herausgeberin].

KNEBEL, Karl Ludwig: Brief an Caroline Herder vom 19. Mai 1801, in: *K. L. von Knebel's literarischer Nachlaß und Briefwechsel,* Bd. 2, hrsg. von K. A. von VARNHA-

GEN VON ENSE, Leipzig 1835 [Scheidung / «poetische Weiber»].

KÖRNER, Christian Gottfried: Brief an Schiller vom 11. bis 14. [?] Okt. 1796 [Gedichte: Andenken und Die Landschaft], vom 19. Jan. 1798 [Gedicht: Lindor und Mirtha], vom 26. Feb. 1798 [Gedicht: Der Garten zu Wörlitz] und vom 26. März 1798 [Gedicht: Licht und Schatten].

KRÖBER, Karoline Luisa Wilhelmine von: Brief an Goethe vom 27. Mai 1804, Niederurff [Empfehlung durch S. Brentano].

LEVIN-VARNHAGEN, Rahel: Brief an Karl August Varnhagen vom 8. Nov. 1808 [Spanische und Italienische Novellen].

Neue Allgemeine Deutsche Bibliothek, Nr. 20, 1. St., H. 2, 1795, S. 75 f. [Rez.: Das Blüthenalter der Empfindung]; Bd. 59, 1. St., S. 53 f. [Rez.: Göttinger Romanen-Calender für 1799 und 1800]; Bd. 60, 1. St., H. 2, 1801, S. 89–93 [Rez.: Gedichte, Bd. 1]; Bd. 69, 2. St., H. 6, 1802, S. 354–6 [Rez.: Kalathiskos, Bd. 1]; Bd. 86, 1. St., H. 4, 1804, S. 222–5 [Rez.: Gedichte, Bd. 2]; Bd. 86, 2. St., H. 6, 1804, S. 359 [Rez.: Amanda und Eduard].

Neue Bibliothek der schönen Wissenschaften und der freyen Künste, Bd. 63, 1. St., 1800, S. 270–4 [Rez.: Berlinischer Damen-Kalender für 1800]; Bd. 70, 2. St., 1805, S. 335–8 [Rez.: Taschenbuch für das Jahr 1805: Rückkehr des Don Ferdinand de Lara in sein Vaterland]; Bd. 72, 1. St., 1806, S. 136–8 [Rez.: Bunte Reihe kleiner Schriften].

Neue Leipziger Literatur-Zeitung, Sept. 1803, Sp. 503–506 [Rez.: Amanda und Eduard]; 85. St., 2. Juli 1804, Sp. 1357 [Rez.: Spanische und Italienische Novellen].

Nürnberger gelehrte Zeitung, 1800, S. 548–51 [Gedichte, Bd. 1].

Oberdeutsche allgemeine Literaturzeitung, 1795, Bd. 2, S. 172 [Rez.: Das Blüthenalter der Empfindung]; 1800, Bd. 1, S. 68 f. [Rez.: Berlinischer Damen-Kalender für 1800].

PAUL, JEAN: Brief an Christian Otto vom 30. Nov. 1798 [«Miniatür-Grazie»], vom 15. Juli. 1802 [«unmoralische Dichterin»].

REICHARDT, Johann Friedrich: Brief an Schiller vom 26. Aug. 1795 [Lyrikvertonung: Frühling, Dichterin].

RIST, Johann Georg: *Lebenserinnerungen,* hrsg. von G. POEL, Gotha 2/1880, Bd. 1, S. 67 f. [Gesellschaftsdame].

SAVIGNY, Friedrich Karl von: Brief an Clemens Brentano vom 30. Juli / 2. Aug. 1792 [äußere Erscheinung], vom 8. Dez. 1802 [zensierende Redakteurin] und vom 19. Juni 1803 [gegen Heirat], in: *Der junge Savigny,* hrsg. von Adolf STOLL, Berlin 1927.

SCHILLER, Friedrich: Brief an Cotta vom 14. Nov. 1797 [Damenkalender-Herausgeberin]; an Goethe vom 18. oder 19. Okt. 1796 [Reise mit Schmidt], vom 30. Juni 1797 [Briefe von Amanda und Eduard], vom 17. Aug. 1797 [Dichterin] und vom 20. März 1802 [Cid-Bearbeitung]; an J.F. Reichardt vom 3. Aug. 1795 [Lyrikvertonung: Frühling]; an Unger vom 26. Jan. 1798 [Damenkalender-Herausgeberin].

SCHLEGEL, August Wilhelm: «Sonett ‹An Madame S.M.›», in: *Beckers Taschenbuch zum geselligen Vergnügen,* 1798 [Grazie]; auch in: *Sämtliche Werke,* hrsg. von E. BÖCKING, Bd. 2, S. 358.

SCHLEGEL, Dorothea: Brief an August Wilhelm Schlegel vom 25. Aug. 1800, in: *Dorothea von Schlegel und de-*

ren Söhne Johannes und Philipp Veit, Briefwechsel, hrsg. von J.M. RAICH, Mainz 1881 [Geliebte Clemens']; DIES. u. Friedrich SCHLEGEL: «an Clemens Brentano von 1800», in: *Caroline und Dorothea Schlegel in Briefen,* hrsg. von Ernst WIENEKE, Weimar 1914 [Scheidung und freundliche Feindin]; an Karoline Paulus vom 20. Sep. 1804 [Ehe und Amanda und Eduard], vom 13. Jan. 1805 [Lyrik], vom 11. Dez. 1805 [Konvertitin] und von Weihnachten 1805 [Konvertitin], in: *Briefe von Dorothea und Friedrich Schlegel an die Familie Paulus,* hrsg. von Rudolf UNGER, Berlin 1913; an Friedrich Schlegel vom 4. Jan. 1807 [Tod und Freundin von Friedrich Schlegel], in: *Briefwechsel,* hrsg. von RAICH.

SCHLEGEL, Friedrich in: *Deutschland,* Bd. 2, 6. St., Nr. 3, Berlin 1796, S. 348–60; auch in: *Kritische Ausgabe,* Bd. 2, S. 3–9 [Rez.: Schillers Musenalmanach für das Jahr 1796, auch zu darin enthaltenen Gedichten von Mereau]; Brief an A.W. Schlegel vom 27. Mai 1796 [«reizende Kanaille» /Das Blüthenalter der Empfindung].

SCHLEGEL-SCHELLING, Caroline: Brief an August Wilhelm Schlegel vom 5. Mai 1801 [Kalathiskos], vom 11. Mai 1801 [Scheidung], vom 18. Mai 1801 [Scheidung], vom Sept. 1802 [Scheidung], in: *Caroline. Briefe aus der Frühromantik,* hrsg. von Erich SCHMIDT, vermehrt durch Georg WAITZ, Leipzig 1913.

SCHMIDT, Georg Philipp: An S.M., in: *Beckers Taschenbuch zum geselligen Vergnügen,* 1804 [Gedicht an Geliebte].

SCHMIDT, Heinrich: *Erinnerungen eines weimarischen Veteranen aus dem geselligen, literarischen und Theater-*

Leben, Leipzig 1856, S. 13 u. 103 [Dichterin, Lese- und Diskussionsabende].

SCHREIBER, Aloys: «Nekrolog auf Sophie [Mereau] Brentano», in: *Wochenschrift für die Badischen Lande,* Heidelberg, Nr. 19 vom 7. Nov. 1806, Sp. 297 f.

TIECK, Ludwig: Brief an seine Schwester von 1793, in: «Tiecks Reise von Berlin nach Erlangen 1793 von ihm selbst berichtet», hrsg. von G. KLEE, in: *Forschungen zur deutschen Philologie,* Leipzig 1894, S. 183 [Einschätzung als Frau].

Tübinger gelehrte Anzeigen, 1799, S. 390 f. [Rez.: Göttinger Romanen-Calender für 1799].

VARNHAGEN VON ENSE, Karl August: *Tagebücher,* Bd. 11. *Aus dem Nachlaß,* Hamburg 1869, S. 140: 11. Juli 1854 [Verehrte Dichterin]; Bd. 13. *Aus dem Nachlaß,* Hamburg 1870, S. 147: 7. Sept. 1856 [Briefnachlaß]; *Biographische Portraits. Aus dem Nachlaß,* Leipzig 1871, S. 64 [unwürdige Behandlung durch Clemens].

VOIGT, Christian Gottlob: Brief an Goethe vom 13. Sept. 1802 [Scheidungsakten].

VULPIUS, August: «An Sophie Mereau. Als ich ihr Gedicht: Der Frühling, in Schillers Musenalmanach gelesen hatte», Weimar, den 17. 1. 1796; im Nachlaß [Huldigungsgedicht] und Brief an Goethe vom 2. Dez. 1803 [Umzug nach Marburg/ Heirat mit Brentano].

WILKE, Friedrich: Brief an seine Braut Caroline Tischbein, zw. 1803–06 [Person/gegen Clemens].

WINKELMANN, Stephan August: Briefe an Friedrich Carl von Savigny vom 22. Aug. 1800 [Reise von Sophie Mereau], vom 19. Sept. 1800 [Reise von S. M.], Mitte Dez. 1800 [Beziehung zu S. M.], zweite Dezemberhälfte 1800 [Befinden von S. M.], Febr./März 1801 [Frage nach Beziehung Brentano/Mereau], Ende Okt. 1801 [Brentano/Mereau], Ende Jan. 1802 [Beziehung zu S.M.], Ende Febr. 1802 [Beziehung zu S.M.], Ende Mai 1802 [Werke für den Göttinger Musenalmanach], vom 27. Juni o. 4. Juli 1802 [Göttinger Musenalmanach], Juli 1802 [Werke für Göttinger Musenalmanach], vom 19. Sept. 1802 [Beziehung zu S.M.], vom 29. Juni 1803 [Frage nach Beziehung Brentano/Mereau], Ende Sept. 1803 [Frage nach Mereau], Anfang Jan. 1804 [Forderung nach Rückgabe seiner Werke], vor dem 22. Jan. 1804 [Forderung nach Rückgabe seiner Werke]; an Bang vom 12. Nov. 1802 [Ärger über Göttinger Musenalmanach]; an die Marburger Freunde Ende Febr. 1803 [Amanda und Eduard], in: *Der Briefwechsel zwischen Friedrich Carl von Savigny und Stephan August Winkelmann (1800–1804),* hrsg. von Ingeborg SCHNACK, Marburg 1984; Gedicht: «S.M.», in: ebd., S.224.

ZEITUNG FÜR DIE ELEGANTE WELT, Nr. 50 vom 26. April 1803, Sp. 397f. [Rez.: Amanda und Eduard]; Nr. 96 vom 11. August 1803, Sp. 764 [Rez.: Die Margarethenhöle oder die Nonnenerzählung]; Nr. 76 vom 26. Juni 1804, Sp 606–8 [Rez. von Friedrich BÖRSCH: Spanische und Italienische Novellen]; Nr. 82 vom 10. Juli 1804, Sp. 652–55 [Rez. von Clemens BRENTANO: Spanische und Italienische Novellen].

Rezensionen

Neue Leipziger Literatur-Zeitung,
Sept. 1803, 32. St., Sp. 503–506:

Mit aller Schonung, die Rec. sowohl dem Geschlecht als den früher erprobten Talenten der Verfasserin schuldig zu seyn glaubt, muss er bekennen, die Erwartungen, zu denen ihn die letzteren berechtigten, hier sehr getäuscht gefunden zu haben, und bedauert diesen Roman nur in so weit hier anführen zu können, als er beynahe ein Muster abgibt, wie ein Roman – nicht verfertigt werden soll. Was man auch von allen Ingredienzien, die einen Roman bilden, zur vorzüglichen Rücksicht erwähle, in keiner hält er Probe, in keiner vermag er eine interessante, nicht einmal eine angenehme Lektüre zu gewähren. Vielleicht sollte er nach dem Willen der Verfasserin ein Codex der Empfindungen der Liebe werden, aber die Liebe gefällt sich nicht in diesem ewigen Einerley, in diesem immer wiederkehrenden Spiel überspannter Empfindungen, die in dem widrig prunkenden Ton nur noch mehr an Wahrheit verlieren. Die beyden Liebenden, Amande und Eduard, die in diesem Roman ohne alle Handlung sich ihrer gegenseitigen Liebesklagen entledigen, sind beyde wegen der wenigen Wahrheit ihrer Empfindungen unendlich flach, und ihr prunkender Ton zeigt nur um so mehr von der Armuth ihres Gefühls. Dazu kommt die Inconsequenz ihrer Denk- und Empfindungsweise im Ganzen, da es ihnen, troz ihrer unendlichen Liebe doch nebenher so leicht wird, sich auch in andre zu verlieben, wiewohl sie diess freylich hinterher, wie billig, in Staub und Asche abbüssen. Insonderheit ist der Charakter Amandens durchaus fehlerhaft gezeichnet. Diese Heldin in Empfindungen, die jedes ihrer Gefühle auf die Spitze stellt, vermag, während der fortdauernden Ehe mit ihrem Mann, dem sie ihr ganzes Glück dankt, einem andern eine förmliche Liebeserklärung zu thun, und ihm auf du und du zu versichern, dass sie ohne ihn nicht leben könne. Bey einem minder zartfühlenden Geschöpf würde dies nicht auffallen: aber wenn die Dichterin Amanden als das Ideal einer zart und fein Fühlenden darstellen will, so mussten doch wohl damit feinere Empfindungen gegen ihre früheren Verhältnisse verschwistert seyn. Matt wie die Charaktere ist die Handlung. Amande, *Albrets* Gemahlin, verliebt sich trotz dem in Eduarden. Albret, der diess Verständniss merkt und noch ausserdem Grund hat, Eduard zu hassen, bringt Missverständniss unter beyde. Sie trennen sich. Indessen stirbt Albret, ein Zufall lösst ihr Missverständniss, und sie verbinden sich auf immer. Aber auf einer Schweizerreise kurz nach ihrer Verbindung stürzt Eduard von einem Felsen herab, er bleibt unversehrt, aber Amanden hat dieser Vorfall heftig ergriffen, und sie stirbt darauf an den Folgen des Schreckens. Diess ist die ganze Handlung dieser zwey Bände, und so unbedeutend sie an sich ist, so wenig kann man insonderheit den tragischen Ausgang billigen. Wir rechten nicht darüber, dass dieses Tragische durch einen blossen Zufall bewirkt wird, aber wohl, dass das Tragische nicht im geringsten durch Plan und Zuschnitt des Ganzen vorbereitet wird, und dass das Gedicht sich bis auf die letzte Seite eben so gut glücklich als tragisch endigen konnte. Auch contrastirt, nachdem durch zwey Theile nichts als geschwatzt worden ist, um so mehr die hastige Eile des letzten Bogens; erst auf diesem finden die langen durch Missverständniss getrennten Geliebten sich wieder zusammen, verheyrathen sich, machen die Schweizerreise und sterben. Da die Verfasserin bey dieser Dichtung so wenig fühlte, da sie ihre Charaktere so kärglich ausgestattet hatte, so musste der Styl nothwenig blos prunkhaft und schwülstig ausfallen. Nirgends Wahrheit, überall Stelzen! nirgends der wahre unwillkührliche Ausdruck der Liebe, überall die Fanfare, dass sie sich lieben. Dieses Geschraubte des Styls ist denn auch auf die hin und wieder eingewebten Reflexionen übergegangen: die meisten sind in ein Pathos gehüllt, von dem man sie entkleiden muss, um sie zu verstehen, und wenn man sie entkleidet, hat man meistens etwas sehr Gemeines gefunden. Eine Probe statt aller. Giebt es wohl etwas schwülstigeres und schieferes als folgendes Bild: «Rollt die Menschheit mit allen ihren innern und äussern Revolutionen ewig wie ein ungeheures Rad mit Nacht und Traum bedeckt, in den Strom der Zeit dahin? Das Rad rollt unablässig durch die Feuersäule hindurch, und was beschienen wird, erwacht auf einen Augenblick zum Leben, zum Bewusstseyn. Aber alles andere eilt hindurch und schwindet in Nacht, bis es einst vielleicht wiederum unter einer andern Gestalt den Feuerstrahl durchrollt. O dann wünscht' ich trostlos von diesem unendlichen einförmigen zwecklosen Reif abspringen zu können, wäre es auch, um in das ewige Nichts zu versinken!» Welch ein Pathos für den sehr gemeinen Gedanken, dass alles Irdische ohne Bestimmung sey, und welch ein Bild, sich die Menschheit an ein Rad angeheftet zu denken, welches eine Feuersäule durchrollt! Wir bedauern diess und nichts besseres von dem Werke einer Dichterin sagen zu müssen, deren Talente im Lyrischen wir aufrichtig ehren, aber nicht jedes Talent wagt sich mit Glück in eine neue Sphäre, und der angenehme Landschaftszeichner ist darum noch immer kein Historienmaler.

Der Freimüthige,
16. Mai 1803, Nr. 77, S. 307:

Ein warmer und zarter Sinn hat sich lebendig durch dieses Werk ergossen, an welchem, für die Wirkung, vielleicht nur das Kolorit zu einförmig, hell und glänzend gehalten ist. *Amanden* hätte ich, bis zu ihrer Bekanntschaft mit *Eduard*, gern ein weniger bestimmtes und ununterbrochnes Bewußtseyn der Bedürfnisse ihres Herzens gewünscht. Sie hat Recht, wenn sie S. 97 sagt, daß *alle ihre Briefe* die weiche Stimmung, worinn sie ist, *allzu deutlich aussprechen*. In diesem Theile des Werkes ist einiges, was vor der Weiblichkeit verantwortet zu werden brauchte; auch weiterhin tritt zuweilen der nämliche Fall ein, aber die Weiblichkeit selbst fordert für die seltenen Talente der Verfasserin eine Achtung, die der Kritiker zu verletzen fürchten würde, wenn er mehr thäte, als seine Meinung leise andeuten. Und oft liegt die Schuld mehr an der Form und Anlage, vermöge deren *Amanda* gegen eine Freundin Empfindungen und Situationen entwickelt, zu deren Kenntniß man gern auf eine andre Weise kommen möchte.

Dem Verleger, Herrn Fr. *Willmans* zu Frankfurth a.M., gebührt ein eigenes Lob für die zierliche Außenseite; um so mehr aber hätte für korrekteren Druck gesorgt werden sollen.

Eine freundlich einladende Vorkost für die Leser, die der *Freimüthige* etwa diesem Roman erst verschaffen möchte, wird folgende Stelle aus dem zweiten Bändchen seyn. *Amanda*, die ihren Gatten verloren hat, einen Mann, mit welchem sie nie harmoniren konnte, schreibt ihrer Freundin:

«Ich weiß es, Julie, daß er selten wahrhaft gegen mich war, daß ihm mein ganzes Daseyn bloß für ein Opfer seiner Absichten galt, daß bei ihm auf jede wahre Aeußerung seines Gefühls nur Reue folgte; aber ich fühle in diesen Augenblicken nichts, als daß er *unglücklich* war. Ach, ist dieser Kampf, diese Mischung von Wahrheit und Lüge, von Hölle und Himmel, nicht in jedem Menschen, wie in ihm, nur mit etwas milderen Farben? – Laß mein Urtheil über ihn immer so weich als möglich seyn; es ist gewiß ein gutes menschliches Gefühl, was uns so mild gegen die Todten macht, die sich nun nicht mehr vertheidigen, nicht mehr sagen können, wie oft sie mißverstanden worden, und wie schmerzlich ihnen vielleicht oft eben dann zu Muthe war, wenn sie Anderen hart und gefühllos erschienen!»

– b –

Allgemeine Literatur-Zeitung,
7. Sept. 1803, Bd. 3, Nr. 255, S. 542f.:

Wahrscheinlich hat die geistvolle Verfasserin schon selbst gefühlt, daß hier von keinem vollendeten Meisterstück die Rede seyn kann; dennoch wird man diesem Romane mit Vergnügen eine ehrenvolle Auszeichnung zugestehn. Es ist wahr, man möchte dem Sujet mehr Neuheit, den Charakteren schärfere Umrisse, der Handlung im Ganzen mehr Lebendigkeit wünschen; man bemerkt ungern, daß der Stil an einigen Stellen z.B. Th. I. S. 6. 15. 24. 47. 97. 129. 152. Th. II. S. 6. 35. 136. 157. 167. 170. 188. 192. etwas zu pretiös, oder zu spielend; der Ausdruck der Empfindungen bisweilen zu metaphysisch oder zu monoton; der Vortrag, besonders im Anfange und besonders in Eduards Briefen, dann und wann ein wenig zu weitschweifig ist; man kann nicht umhin, die vielen Landschaftsgemälde bisweilen zu kleinlich, oder zu ermüdend, und die sonst sehr wahren Reflexionen dann und wann am unrechten Orte zu finden; aber man vergißt auch alle diese Fehler über der feinen psychologischen Entwicklung, die diesem Romane eigenthümlich ist, und über dem Geiste der Poesie, der Innigkeit, und der Erhabenheit, der einen auf jedem Blatte anspricht. Diese liebliche Schwärmerey, diese schöne Weiblichkeit, diese hohe heilige Ansicht des Lebens, sie fesselt und hält den Leser bis zum Ende fest. Groß ist die Anzahl der trefflichen Stellen, die einer Auszeichnung würdig wären, wir wollen uns indessen bloß auf die schöne Schlußstanze beschränken, die die sterbende Amanda für ihren Gatten niederschrieb:

Ich lasse dich – doch bald siehst du mich wieder,
Die trennt kein Tod, die wahres Leben band;
In Irisbogen steig ich zu dir nieder,
In Frühlingssprossen biet ich dir die Hand;
Und rühren dich der Saiten goldne Lieder,
Es ist mein *Geist*, der dir *dieß Spiel erfand*.
So wird dein *Schutzgeist* nie von Dir sich trennen,
Und wenn Du stirbst, wirst du mich froh erkennen.

Zeitung für die elegante Welt,
26. April 1803, Nr. 50, S. 397f.:

Dieser Roman schließt sich an die besten Schriften deutscher Frauen, und zwar noch mehr in den Vorzügen, als in den Unvollkommenheiten derselben. Das Ganze, bemerkt man leicht, ist aus einem wahrhaft poetischen Sinn entsprungen, und im Einzelnen zeigt sich eine Beobachtung des innern Menschen, eine blühende (zuweilen wohl auch aufgeschmückte) Phantasie und ein lebendiges Gefühl. Man findet hier dieselbe Anhänglichkeit an die Natur und dieselbe bedeutungsvolle Schilderung mannigfaltiger Szenen derselben, durch welche mehrere, besonders der frühern Gedichte dieser Verfasserin Vielen so lieb geworden sind. In der Darstellung der Weiber und mannigfaltiger weiblicher Verhältnisse ist die Verf. in diesem Buch vorzüglich glücklich. In der Darstellung der Männer, ihres Wesens und Wirkens, weniger glücklich zu seyn, theilt sie fast mit allen ihren Schwestern: und wenn auch das innere Wesen ihrer Helden männlich seyn sollte, so sind es doch die Aeußerungen desselben nicht. Dagegen theilt sie die Unvollkommenheiten weiblicher Schreibart nicht: ihr Styl ist ausgearbeitet, gleich, auch rein. Um den Lesern dieser Zeitung mehr als diese trockene Anzeige von dem Buche zu geben, zeichne ich einige Stellen aus, die sich auch abgerissen genießen lassen.

«Glücklich ist der Mensch nur in seinem Gefühl. Er kann zufrieden seyn, mit sich, mit der Welt, durch Vernunft, durch reine Würdigung der Dinge: aber jene göttlichen Momente, wo der schöne Eindruck nur Bilder und keine Begriffe in uns erweckt, jene Augenblicke voll Unendlichkeit, die wir undeutlich nennen, weil die Sprache für sie zu arm ist – diese liegen nur in unserm Gefühl» –

«Was kann wohl schöner seyn, als in dem vorüberrauschenden Strom des Lebens, wo so Viele nur ein wildes Spiel der Wogen sehen, eine hohe Harmonie zu vernehmen, und mit geläuterten Sinnen die schönen Töne des Gefühls zu unterscheiden, die aus dem todten Stoff der Umstände lebendig hervorquellen? Wer dies vermag, dem kann es auch gelingen, die bunten Gaukeleien des Zufalls nach seinem Gefallen zu ordnen, und dem verworrenen Stoff eine bestimmte Form zu geben. Mit schöpferischer Hand drückt er selbst der todten Natur Spuren eines freien, denkenden Wesens ein, und in Stunden ernster Begeisterung gehen die ewigen Zwecke des Lebens faßlich und rein seiner Seele vorüber.»

«Nichts hindert die Bildung besserer Menschen mehr, als Liebeleien. Leidenschaften können zerrütten und erheben; die Seele, die sich ganz der Liebe hingeben kann, ist zu jeder Größe fähig: aber sie werden nur selten empfunden, und kleinlich ist es, ihren Schein zu erkünsteln.»

> «Weib und Mann erscheint mir oft wie Musik und Mahlerei. Der Mann muß alles aufzuhellen streben und sein Wesen deutlich und schön darstellen, indeß das Weib ihr Gefühl in ein heiliges Dunkel hüllt, und mit kindlichem Vertrauen ihrem Schicksal entgegen geht.»

Wo man, wie hier, nicht wenig solche Stellen auszeichnen könnte, wird man nicht geneigt seyn, mit der Verf. streng zu richten über Vergreifungen, wie I.31., wo sich die Regentropfen im Sonnenstrahl brechen, statt des Sonnenstrahls in Regentropfen; oder wie II.65., wo gesagt wird, Karakter bilde sich in der Einsamkeit, Talent in der Gesellschaft – was sich umgekehrt verhält; oder auch, wo die Verf. *sich selbst* über einen interessanten Gegenstand auszureden nicht unterlassen kann – wie I.119. über den Ausdruck des Auges.

Neue Allgemeine Deutsche Bibliothek,
Bd. 86, 2.St., 6. H., S.358f.:

Nr. 4 ist das Buch einer gebildeten Frau, das gelesen zu haben, Niemanden reuen wird. Die Charaktere sind zart gedacht, die Sitten und Empfindungen edel, und die Sprache, wenn auch zuweilen etwas mit Beywörtern überladen und üppig, doch im Ganzen gewählt und dem Gegenstande gemäß. Es ist keiner von den Romanen, die hinreissen; aber es ist einer von denen, die gefallen.

Bb.

Aurora, 6. *August 1804*,
1. Jg., Nr. 94, S. 376:

Eduard und Amanda von Sophie Mereau erscheint mir wie eine gefüllte Blume: wie hier die Befruchtungstheile auswachsen in farbenreiche Blumenblätter, so geht dort die Tiefe in eine gefällige Oberfläche aus einander, und ein buntes Farbengeäder läuft darauf hin und wieder.

[Joseph Görres]

BILDNACHWEIS

Erste Umschlagseite: Bleistiftzeichnung, unsigniert, um
  1798, Staatsbibliothek zu Berlin, Preußischer Kulturbe-
  sitz, Handschriftenabteilung, Signatur: Portr. Slg. (Pl.),
  Mereau, Sophie.
S. 4/5 und S. 172/173: Faksimile von Titelblatt und Fron-
  tispiz des von uns verwendeten Exemplars von Sophie
  Mereaus *Amanda und Eduard, ein Roman in Briefen,*
  bei Friedrich Wilmans, Frankfurt a.M. 1803; Universi-
  tätsbibliothek Heidelberg; Signatur: G 6235-22.
S. 303: unsigniert, um 1795, darunter handschriftlich:
  «Madame Mereau in Jena», Freies Deutsches Hochstift,
  Frankfurt a.M., Inv. Nr.: 3444; Signatur: II a-kl.
S. 316 und S. 379: aus: *Taschenbuch für das Jahr 1804,* bei
  Friedrich Wilmans, Frankfurt a.M., Stadtbibliothek /
  Stadtarchiv Trier.
S. 428: aus: Sophie Mereau, *Amanda und Eduard, ein Ro-
  man in Briefen,* bei Friedrich Wilmans, Frankfurt a.M.
  1803, Exemplar der Stadt- und Universitätsbibliothek
  Frankfurt a.M., Signatur: DL 1940/241 (Frontispiz).

Inhalt

Amanda und Eduard, ein Roman in Briefen
    Erster Teil   7
    Zweiter Teil   175
Editorische Anmerkungen   305
Erläuterungen   311
Wünsche und Verhältnisse – ein Nachwort   317
Entstehung des Romans   363
Zeittafel   380
Bibliographie   390
Rezensionen   417
Bildnachweis   427

Danksagung

―――

Bei der Arbeit an diesem Buch haben wir von verschiedenen Seiten wertvolle Unterstützung erfahren. Christiane Appenheimer, Imke Stührmann, Ulrike Werner, Prof. Hans Peter Herrmann sowie die Doktorandinnen-Gruppe um Prof. Nancy Kaiser haben die diversen Fassungen unseres Nachworts kritisch gelesen. Prof. Günter Oesterle war bei den zahlreichen Schwierigkeiten, die im Laufe der Arbeit auftauchten, ein engagierter Ansprechpartner. Martin Ehrenzeller hat uns bei editorischen Problemen beraten. Friedemann Walther recherchierte in den Bibliotheken Berlins; Edith Lamersdorf übersetzte Sekundärliteratur aus dem Italienischen. Dr. Uta Fleischmann stellte uns Kopien von einigen Briefen Sophie Mereaus an Heinrich Kipp zur Verfügung. Dr. Reiner Schlichting und Dr. Gisela Schwarz erteilten uns bereitwillig Auskünfte aus ihren Forschungsarbeiten. Daneben haben sich zahlreiche Personen, zu deren Beruf es gehörte, sich mit unseren Anfragen oder unseren Texten zu befassen, als freundlich und kooperativ erwiesen. Das gilt nicht zuletzt für die Bibliothekarinnen der Universitätsbibliothek Freiburg, insbesondere des Sonderlesesaals. Ihnen allen möchten wir herzlich danken. Unser Dank gilt auch der Universitätsbibliothek Heidelberg, die uns freundlicherweise ihr Exemplar des Romans zum Scannen zur Verfügung stellte.

© 1993 Kore Verlag GmbH
Dreikönigstr. 6, D-79102 Freiburg i. Br.
(+49) 761/702034 (Tel.) · 709425 (Fax)

Umschlaggestaltung: Michael Wiesinger
Satz: Kore, aus der Sabon und der Fetten Fraktur
Gesamtherstellung: Litosei, Rastignano (Bologna)
Printed in Italy

Die Deutsche Bibliothek – CIP-Einheitsaufnahme

Brentano, Sophie : Amanda und Eduard :
ein Roman in Briefen / Sophie Mereau –
hrsg. und mit einem Nachw. vers. von
Bettina Bremer und Angelika Schneider –
Freiburg (Breisgau) : Kore, 1993
ISBN 3-926023-36-8

ISB N 3-926023-36-8